O PORTO

Título:
VÅDESKUD
by Katrine Engberg

Esta tradução de *VÅDESKUD* é publicada por acordo celebrado
com a Salomonsson Agency

Tradução:
Marta Neves da Cruz

Revisão:
Miguel Branco

Design de capa:
© Harvey Macaulay/Imperiet

Adaptação de capa:
Joana Carvalho

Biblioteca Nacional de Portugal – Catalogação na Publicação

ENGBERG, Katrine, 1975-

O Porto. – 1ªed. – (Fora de coleção)
ISBN 978-989-9124-41-7

CDU 821.113.4-31"20"

Depósito Legal: 506298/22

Paginação:
Aresta Criativa – Artes Gráficas

Impressão:
Papelmunde

para
Minotauro
outubro de 2022

MINOTAURO, uma chancela de Edições Almedina, S.A.
Avenida Emídio Navarro, 81, 3D
3000-151 Coimbra
e-mail: editoras@grupoalmedina.net

KATRINE ENGBERG

O PORTO

MINOTAURO

Para Cassius.
A minha âncora, a minha ampulheta,
o meu pequeno sol brilhante.

SEGUNDA-FEIRA,
15 de ABRIL

PRÓLOGO

Após um fim de semana passado na cama, Michael acordou na segunda-feira como se tivesse a garganta cheia de estilhaços de vidro. Tinha acabado de puxar o edredão para tapar a cabeça pesada da febre e decidido telefonar para o trabalho a dizer que estava doente, quando a mulher entrou no quarto, parou de braços cruzados junto ao fundo da cama e lhe lançou *aquele* olhar. Michael levantou-se. Afinal de contas, ela tinha razão. Entrara há pouco tempo para a central de incineração como operador de grua e não podia arriscar transmitir uma primeira impressão negativa.

Reavivado por uma mistura de Paracetamol e café, conduziu até à ilha industrial de Copenhaga, Refshaleøen, sentindo-se cada vez melhor, o som do rádio a alternar entre êxitos de música ligeira e anúncios vibrantes. Estacionou o carro, acenou aos seguranças e subiu no elevador até aos vestiários do pessoal, para mudar de roupa. Em abono da verdade, isso não era sequer necessário, pois a pressão negativa dentro dos silos de resíduos selados deixava a área circundante quase sem vestígios de odores, mas, independentemente disso, Michael vestia sempre o macacão de serviço. Apertou as botas de biqueira de aço, colocou o capacete e encaminhou-se para a central, os joelhos doridos devido à gripe.

Os caminhos em torno do silo formavam um mundo próprio, feito de aço e válvulas, painéis de controlo, caldeiras e sinais. Sem quaisquer janelas, a central de incineração era um sistema fechado, sem sinais meteorológicos ou qualquer ritmo circadiano. Michael baixou-se algumas vezes para passar debaixo dos canos de água quente, cumprimentou dois colegas junto às turbinas de vapor e entrou na sala do operador de grua. Guardou o almoço no frigorífico e fez uma caneca de café antes de mergulhar na cadeira, com um suspiro pesaroso. À sua frente surgiu um cenário assustador, ao qual ainda não se habituara por completo.

Uma janela, a única em todo o silo de detritos, mostrava o coração da central de incineração: o baixo-ventre da civilização ocidental, um amontoado maciço de futilidades imundas. Michael nunca trabalhara com lixo e, nos primeiros turnos, sentira-se enjoado, como se estivesse a assistir ao apocalipse e devesse agir, em vez de estar simplesmente a olhar. Com o tempo, aquele sentimento melhorara. Até começara a comer as bolachas que os colegas deixavam enquanto movimentava a garra.

A garra! Com oito metros, de uma ponta à outra, parecia oriunda de um mundo distópico, onde aranhas gigantes governavam um planeta moribundo. Michael levara várias fotografias da garra para casa, para mostrar ao filho que, com 6 anos, estava convencido de que o trabalho do pai era o melhor do mundo.

Na verdade, o trabalho do pai era um pouco aborrecido. O sistema que controlava a garra, que a fazia mover-se das calhas onde os carrinhos com detritos eram despejados e levados até ao forno, era automático. Michael só ali estava para observar a transferência dos detritos da esquerda para a direita vezes sem conta, para se certificar de que nada corria mal.

— Bom dia — cumprimentou-o Kasper Skytte ao entrar, sentando-se na cadeira junto à de Michael.

Por vezes, os engenheiros de processo apareciam para verificar se havia algo errado no sistema de controlo. Michael não reparara em nada.

— Algum problema até agora?

— Nada.

Felizmente, era raro os engenheiros falarem com o operador de grua, ou com quem quer que não falasse a sua linguagem técnica, na verdade. Por isso, Michael sabia que poderia trabalhar em paz, o que até calhava bem. Sentia-se febril e quente e, afinal, talvez devesse ter desafiado a mulher e ter ficado na cama.

— Café? — perguntou-lhe Kasper.

— Obrigado, estou bem.

O engenheiro levantou-se, remexendo em canecas e colheres atrás de Michael, até que bocejou sonoramente, acabando por afundar-se de novo na cadeira junto à dele, ficando mais uma vez lado a lado a observar o silo. Michael pegou na sua mochila e procurou por alguma coisa que lhe aliviasse as dores de garganta, na esperança de ainda ter alguma pastilha. Encontrou uma embalagem de rebuçados *Ricola* e, agradecido, pôs logo um na boca.

A garra aproximou-se da janela, completamente carregada. Sempre que se aproximava muito, a oscilar, era um cenário impressionante. O lixo pendia dos seus braços gigantescos, como se fossem os tentáculos de uma alforreca: uma corda, uma lona suja, umas sapatilhas.

Michael aproximou-se do vidro, semicerrando os olhos. Aquele sapato estava preso a alguma coisa. Assim que a carga passou em frente da janela, viu surgir um braço, a cair do lixo, pendurado inerte na garra. Ao seu lado, Kasper cuspiu o café diretamente sobre a janela.

Foi então que Michael carregou com força no botão de emergência.

SÁBADO,
13 DE ABRIL

DOIS DIAS ANTES

CAPÍTULO 1

O oceano fechou-se sobre a sua cabeça e ele foi afundando, cada vez mais longe da luz da superfície. Uma alga afagou-lhe os braços, convidando-o a descer mais. Sentiu-se tentado a deixar-se ir, a expirar uma última vez e cair, deixando o corpo dissolver-se em pequenas partículas que dançavam nos raios de sol que penetravam no mar e render-se às sereias daquele azul infindável.

No entanto, as águas cinzentas da marina de Snekkersten estavam longe desse azul infindável. Jeppe Kørner deu um impulso e esticou os braços em direção à luz. Segundos mais tarde, rasgou a superfície e inspirou.

— Já começava a pensar que nunca mais voltavas.

Jeppe sacudiu a água dos ouvidos e, de olhos semicerrados, observou a figura no cais. Acima da superfície o mundo era quente e brilhante. Nadou até à escada e procurou com os pés o último degrau, escorregadio, olhando uma última vez para baixo. As profundezas frias do mar sempre lhe tinham provocado uma certa nostalgia, talvez um certo desejo de morte.

— Não percebo como é que aguentas tanto tempo. Fiquei gelado em apenas dez segundos — Johannes Ledmark tremia no seu roupão de banho, enquanto estendia uma toalha a Jeppe. — Vamos ligar a sauna e aquecer, antes que chegue o magote de idosos. Não aguento a visão de todas aquelas veias varicosas.

Piscou um olho, como se tivesse sido ferroado pelo próprio comentário mordaz, e encaminhou-se para a sauna. Jeppe secou-se e enfiou os pés nas sandálias demasiado pequenas que o amigo lhe encontrara.

Johannes, ator conceituado e um dos mais antigos amigos de Jeppe, arrendara para o verão o piso térreo de uma velha casa de tijolo perto do porto, em Snekkersten, enquanto procurava um novo lugar para viver. As inúmeras tentativas para salvar o seu casamento de doze anos tinham falhado e o apartamento num condomínio que ele e o marido tinham no centro da cidade estava agora à venda. Entretanto, Johannes tinha vindo lamber as feridas longe dos olhares indiscretos do público, na antiga vila piscatória de Snekkersten, a norte de Copenhaga. A casa estava decadente, deixava entrar água e o jardim era um verdadeiro matagal, mas Johannes parecia florescer naquele caos temporário com vista para as águas do Øresund. Até já começara a deitar mãos à obra com um corta-sebes e uma tesoura de poda, insistindo, teimosamente, que cortar a relva e arrancar as ervas daninhas do pátio incentivava a meditação.

— Ah, acho que estamos com sorte. A sauna está vazia.

Johannes segurou a porta do pequeno edifício do quebra-mar pintado de preto para Jeppe. Acomodaram-se nos bancos de madeira da sauna e deixaram que o calor seco do espaço se infiltrasse pela madeira, trazendo a vida de volta aos seus corpos frios. Aquele início de primavera estava invulgarmente soalheiro e quente para um país como a Dinamarca, mas por vezes ainda se sentia um frio cortante e a temperatura da água ainda não subira acima dos 7° C.

— Quem haveria de dizer, homens crescidos, banhistas de inverno na sauna — exclamou Johannes, com uma gargalhada. — Estamos apenas à distância de uma sanduíche de *pastrami* e de um bilhete sénior para o Museu da Louisiana para nos transformarmos nos nossos pais.

— Qual é o problema do *pastrami*? — perguntou Jeppe, sacudindo a água do mar do cabelo curto, para impedir que escorresse, gelada, pelas suas costas. — Receio que já nos tenhamos tornado nos nossos pais há muito tempo. Tu é que ainda não tinhas reparado, porque escolhes sempre tipos com metade da tua idade.

— Oh, para lá com isso — Johannes bateu-lhe no braço com uma toalha enrolada e, em resposta, Jeppe deu-lhe um murro no ombro. Ambos esfregaram as zonas atingidas, a rir.

— Além do mais, os meus jovens namorados mantêm-me em forma. Repara, nunca estive mais atraente do que agora! — Johannes sorriu, enigmaticamente. — Jovem e solitário apenas aos domingos. E tu? Na prática é como se agora já tivesses mulher e filhos. Como estão a correr as coisas?

Jeppe olhou para os pés, perlados de gotas de água do mar e suor. De facto, podia dizer-se que o que tinha com Sara era o que sempre sonhara, algo que ele nunca imaginara alcançar, e muitas vezes sentia-se a caminhar por uma linha ténue entre o amor e a crispação.

— Ainda não estamos a viver juntos — disse Jeppe. — Não é assim tão fácil quando há crianças envolvidas.

— Por outro lado, é uma forma de teres filhos — Johannes inclinou a cabeça para um lado e secou as orelhas na toalha. — Sempre foi uma coisa que quiseste.

Jeppe encolheu os ombros. Passara por três tentativas falhadas de tratamentos de fertilidade com a ex-mulher até decidirem separar-se e ela acabar por ter um filho com outra pessoa. Desde então, praticamente abandonara a ideia de vir a ser pai.

— Quando não temos filhos, tudo isto pode ser um pouco avassalador — admitiu Jeppe.

— Com toda a honestidade — começou Johannes, olhando-o com ceticismo —, é possível aprender a amar realmente os filhos de outras pessoas?

Jeppe pensou em Amina, de 11 anos, que nessa manhã tinha acordado toda a casa — e também a maior parte dos vizinhos — ao pôr a tocar *K-pop* num volume digno de um concerto ao vivo e a fazer depois uma birra quando Sara desligou a música.

— São as duas excelentes miúdas.

— Tomo isso como um não — Johannes riu-se. — Era o que eu imaginava, mas compreendo. A maior parte dos miúdos são tão insuportáveis como os próprios pais.

— Calma — protestou Jeppe. — Não foi isso que eu quis dizer. Gosto muito das filhas da Sara, só precisamos de habituar-nos uns aos outros. Elas precisam de algum tempo para se adaptarem à ideia de a mãe ter um namorado, que não é o pai… — sentiu uma onda de calor subir-lhe pela espinha e chegar-lhe ao rosto, deixando-lhe as bochechas de um vermelho brilhante. — Ouve lá, não deveríamos estar antes a falar do teu divórcio? Como está a correr a partilha dos bens? Os vossos advogados estão em contacto?

— Está bem, está bem, ganhaste — Johannes levantou as mãos, num gesto de rendição. — Vamos tomar o pequeno-almoço. Tenho *croissants* da padaria.

— Antes, temos de voltar à água — Jeppe levantou-se, com uma gota de suor a pingar-lhe do queixo para o chão. — Só um mergulho rápido.

— Nem pensar! Se tiver de entrar novamente naquele oceano gelado, morro.

— Um mergulho não te vai matar. Vamos lá, meu velho! — Jeppe puxou Johannes para fora da sauna e empurrou-o até ao quebra-mar, em direção à plataforma de natação. Já tinha saudades daquela escuridão fria, abaixo da superfície. Pendurou o roupão no gradeamento e ia a caminho da escada quando ouviu o telemóvel tocar. Voltou atrás e retirou-o do bolso do roupão, para ver quem estava a ligar. O vento deixou-lhe a pele dos braços nus toda arrepiada. Era a superintendente.

* * *

Os seus sapatos afundaram-se na areia macia, imortalizando com um rasto de pegadas cada ponto de contacto entre as solas de borracha e a praia de Greve. Anette Werner deixou os cães correrem à sua frente e apreciou a sensação do corpo a trabalhar, os pulmões a bombear oxigénio para dentro e para fora. O oceano era uma faixa azul-acinzentada que enviava lufadas de ar com cheiro a algas marinhas que vinham com as ondas, misturando-se com o cheiro forte do tojo da areia. O sol da manhã já estava bem acima da linha do horizonte. Anette respirou fundo e pensou em como as coisas que nos fazem sentir felizes e vivos geralmente também implicam dor. Como tornar-se mãe, por exemplo. Ter a pequena Gudrun há um ano e nove meses fora, sem dúvida, a coisa mais difícil — e às vezes até a mais chata — pela qual já passara. Mesmo assim, amava tanto a filha que começava a sentir a sua falta logo no exato segundo em que todas as manhãs se despedia dela na creche.

Mais à frente, os cães começaram a ladrar. Conseguia vê-los à beira da água e correu cerca de cem metros até junto dos seus três ansiosos *border collies*, tão depressa que quando os alcançou sentia o sabor de sangue na boca. Os cães rosnavam e empurravam-se, alternadamente saltando ou deitando-se na areia. Anette separou-os e agachou-se, para ver o que tinham encontrado.

Um pássaro morto jazia sobre a areia grossa. Reconheceu a plumagem preta e branca, o verde no pescoço e o delicado laranja no peito de um êider macho comum. Estava deitado de costas, com a cabeça virada para um lado, como uma criança. As suas penas estavam praticamente intactas, mais parecia estar a dormir. Porém, entre as patas amarelas, no lugar onde deveria estar o abdómen, havia apenas um buraco ensanguentado. O pato estava morto. Talvez tivesse migrado de Saltholm em direção ao norte, para passar o verão, tendo sido deixado para trás pelo seu bando.

O sol cintilava sobre as suas penas brilhantes e Anette resistiu ao impulso de passar o dedo sobre o belo animal. Afinal, era apenas um pássaro morto, não muito diferente do frango que Svend fizera para o jantar da noite anterior.

Chamou os cães que, obedientemente, a seguiram até ao carro, irrequietos por terem de deixar ficar o pássaro, mas demasiadamente bem treinados para desafiarem a dona. Na zona de estacionamento, Anette limpou-lhes as patas e, com graciosidade, os animais saltaram para a parte de trás do veículo, parecendo já ter esquecido o seu achado. Porém, mal ligou o motor, começaram a gemer e a choramingar, assim permanecendo até chegarem a casa, como se tivessem deixado para trás uma parte de si, na praia.

No número 14 da Holmeås, Svend estava no jardim da frente, saudando-a com Gudrun nos braços. Mesmo de longe, Anette podia ver a filha a debater-se para descer do colo e explorar o mundo, sempre impaciente, só parando quando dormia. *Tal como a mãe*, pensou Anette com orgulho. Quando desligou o motor, Svend pousou a pequenina no chão e ela encaminhou-se, com o seu passo vacilante, na direção aos arbustos, sem sequer olhar para trás, o rabo com a fralda a balançar e os bracinhos esticados, como uma equilibrista a segurar a vara.

Anette deixou os cães saírem do carro e foi beijar o marido. Pousou-lhe a mão na nuca, prolongando o beijo.

— Estás toda suada — suavemente, ele soltou-se do abraço, afagou-lhe a face e levou os cães até à porta da frente. — Mas *sexy*!

E, enquanto despia a roupa desportiva em frente ao espelho, pela primeira vez na sua relação de vinte e cinco anos, concordou com ele. Sempre tivera aquilo a que a mãe sempre consistentemente chamara de ossos fortes, talvez para protegê-la do facto desconfortável de ser gorda. Tinha sido a maior rapariga da turma, a mais alta e com os ombros mais largos e a que tinha as coxas mais musculosas. A que ganhava sempre nas provas atléticas e a preferida na escolha de equipas. Anette nunca considerara o seu tamanho um problema e Svend nunca lhe dera motivos para pensar que a via como alguém menos que perfeita, por muito rechonchuda que, por vezes, estivesse.

No entanto agora, ao olhar para o espelho, via um corpo diferente. A amamentação e os muitos meses de licença de maternidade tinham-lhe sugado os quilos em excesso, tendo como resultado que aos 46 anos estava em melhor forma do que nunca. Ainda tinha carne sobre os ossos, mas mais firme e forte. E estava mais bonita. Surpreendeu-se ao sentir como era bom. No chuveiro, permitiu que as mãos prestassem atenção ao corpo que ensaboavam e sentiu um enorme bem-estar ao tocar a pele firme sobre o abdómen. Secou-se em frente ao espelho de corpo inteiro e vestiu-se com as costas meio viradas, para conseguir avaliar o traseiro. Tendo considerado o corpo uma ferramenta durante a maior parte da vida, ao invés de algo decorativo, agora havia algo de inebriante em sentir-se atraente.

— O teu telemóvel está a tocar! — avisou Svend da cozinha e Anette rapidamente acabou de vestir as calças e correu para atender.

Gudrun estava sentada à pequena mesa de jantar, segura na sua cadeira alta, a atirar iogurte de fruta ao pai, que recebia os bombardeamentos com um sorriso. Sempre tivera um temperamento calmo, mas desde que se tornara pai, a sua paciência esticara-se como um pedaço de pastilha elástica ao sol. Anette atravessou a sala, abotoando as calças, e pegou no telefone, que continuava a tocar sobre a mesa da cozinha, ao lado dos pães com fermento que Svend acabara de fazer.

— Daqui Werner! — apercebeu-se de que tinha conseguido pisar uma bola de iogurte e praguejou para consigo.

— Desculpe perturbar o seu fim de semana, mas temos um problema. Bem, um possível problema. Acabei de falar com o Kørner.

Era a voz da Supe. O estado de espírito de sábado, de Anette, começou a afundar, caindo em direção aos dedos dos pés cobertos de frutos vermelhos. A superintendente — que nunca fora conhecida senão por «Supe», apesar de se chamar Irene Dam — era extremamente profissional e nunca telefonaria a um sábado, se o «possível problema» não fosse muito provavelmente real. Anette viu a saída familiar já planeada começar a esfumar-se na incerteza.

— Que aconteceu?

— Temos um jovem desaparecido ou, para ser mais precisa, um rapaz de 15 anos, Oscar Dreyer-Hoff. Foi visto pela última vez quando saiu ontem à tarde da escola, às 14h45h. Os pais pensaram que tinha passado a noite em casa de uma colega, mas verificou-se não ter sido o caso. Só se aperceberam da situação quando ele não regressou a casa esta manhã, como estava combinado.

— E por que razão *fomos* chamados? — perguntou Anette, olhando em volta, à procura de algo com que limpar o pé. — É bastante comum um jovem de 15 anos desaparecer por um dia ou dois para ir a uma festa à qual os pais não querem que vá, ou algo do género. Se estamos a ser envolvidos deve haver algo suspeito, não?

— A família recebeu uma carta.

Anette estabeleceu contacto visual com Svend. Já tinham passado por aquelas situações tantas vezes que ele percebeu, instantaneamente, o que aquele olhar significava. O piquenique de família teria de ser feito sem ela. Ele encolheu os ombros e mostrou-lhe um sorriso de encorajamento, antes de voltar a esconder-se por detrás do jornal e espreitar repentinamente por cima do mesmo, fazendo com que Gudrun desatasse a rir.

— Foi raptado? — perguntou Anette.

— Não sabemos ao certo — a Supe suspirou. — Mas a família é… como dizer, *proeminente*? São donos daquela leiloeira, Nordhjem. E já antes receberam ameaças. Há já vários anos que os temos sob o nosso radar.

Anette ouviu o riso da filha encher a cozinha.

— Estou a caminho.

CAPÍTULO 2

Por trás do constante fluxo de navios de cruzeiro do cais Langelinie e da mundialmente famosa escultura da Pequena Sereia, um pequeno barco de recreio, o Søndre Frihavn, escondia-se entre armazéns e o tipo de prédios de apartamentos modernos onde os frigoríficos de aço inoxidável estão sempre vazios porque os seus proprietários se encontram em Hong Kong.

Jeppe Kørner fez uma careta para o cais, passando por um restaurante com uma esplanada sob guarda-sóis verde-escuros, em direção aos edifícios de cimento vermelhos e cinzentos, a seguir aos quais o *ferry* de Oslo atracava. Esta zona poderia ser considerada desejável, até mesmo na moda, mas Deus sabe que não era, de maneira alguma, bonita.

«Dampfærgevej» indicara a Supe. A família Dreyer-Hoff morava no número 24B. Anette Werner iria encontrar-se com o colega na rua em frente, às onze da manhã.

Caminhou ao longo da água, olhando para o pequeno aglomerado de *folkboats*[1], ioles e iates feitos de fibra de vidro e madeira ancorados na pequena marina. O seu balançar e chapinhar sob o efeito da brisa trazia um eco de vida à desolada área.

---

[1] Veleiro nórdico. [N. da T.]

Viu Anette no cais, a menos de cem metros, em frente a um moderno edifício de tijolos. Estava parada junto ao quebra-mar, a observar um velho barco de madeira tapado com lonas e que parecia estar a ser inspecionado. Jeppe sorriu. Nunca pensou vir a dizer isso da colega, mas estava com bom aspeto. Continuava grande como um armário, mas, ainda assim, parecia mais delgada e magra na zona das ancas, o que conferia um ar desportivo aos seus ombros largos. Mas não era o simples facto de ter perdido peso. Ultimamente, Anette tinha um novo brilho no olhar, uma profundidade que transformara os seus traços faciais bastante comuns, tornando-a... bonita. Talvez tivesse algo que ver com o facto ter sido mãe ou talvez fosse uma dessas mulheres que vão ficando mais bonitas com a idade. Jeppe tinha certeza de que se fizesse algum comentário quanto à sua mudança ela lhe daria um soco.

— O que é, estás a olhar para o meu rabo enquanto tens oportunidade? — perguntou-lhe Anette, ainda de costas voltadas para ele.

— Seria parvo se não aproveitasse.

— Concordo — ela voltou-se e piscou-lhe um olho.

Chocaram os punhos — um cumprimento de compromisso, seguro, algures entre um abraço e um aperto de mão, que combinava com ambos na perfeição.

— O que tiveste de cancelar hoje?

— Um piquenique em família. Tudo bem. E tu?

— Eu estava com o Johannes em Snekkersten.

— Aha, então ele continua a esconder-se dos malvados e desagradáveis tabloides? — perguntou, enquanto apontava para uma entrada ao lado do edifício e começava a andar. — A porta da frente fica logo ali ao lado.

Jeppe deixou passar o sarcasmo em relação ao amigo. Além disso, a pergunta tinha algo de verdade. Desde que regressara do Chile com o divórcio na mala Johannes mantinha-se inativo. Jeppe começava a preocupar-se com o seu regresso aos palcos.

O botão do intercomunicador do número 24B revelava que a família Dreyer-Hoff era proprietária de todo o último andar do prédio. Um elevador imaculado de aço inoxidável, que fez Jeppe pensar no departamento de Medicina Legal, levou-os diretamente ao apartamento da família. No caminho, Jeppe enviou uma mensagem a Sara avisando de que nessa noite poderia chegar atrasado. Não havia forma de saberem o que poderia aquele dia trazer-lhes.

As portas do elevador abriram-se para uma sala impressionante, onde o piso de tábuas largas desaparecia sob tapetes persas e continuava até às janelas que se estendiam do chão ao teto, com vista para a marina. Linhas depuradas e modernas eram pontuadas por obras de arte coloridas e móveis de madeira antigos e carcomidos, que pareciam ter sido enviados diretamente de mosteiros italianos, embrulhados em papel de seda. Não era uma casa humilde, tal como não o era também a mulher que os recebeu. Malin Dreyer-Hoff era voluptuosa como um anjo de Botticelli, com uns olhos grandes, lábios rosados e um vestido floral verde justo no peito.

— Henrik, chegaram! — apertou as mãos à frente, torcendo-as nervosamente. Tinha os dedos manchados com alguma espécie de tinta azul.

— Olá — Jeppe estendeu a mão, hesitante. — Jeppe Kørner, da Unidade de Investigação da Polícia de Copenhaga. Esta é a minha colega, Anette Werner.

— Peço desculpa. Eu... obrigada por terem vindo tão depressa — aceitou o aperto de mão com dedos flácidos e afastou o olhar.

— Podemos sentar-nos? — Jeppe olhou em volta da sala ampla com uma cozinha aberta do lado esquerdo e paredes de vidro a toda a volta. Parecia uma versão moderna do *loft* que ele sonhava ter desde que vira *Flashdance,* quando era ainda criança. Cheirava a dinheiro.

— Vamos juntar-nos ao meu marido na sala de estar.

Malin conduziu-os ao longo de um comprido corredor com vista para a água de um dos lados e do outro com portas para as várias divisões. Jeppe espreitou por uma dessas, entreaberta, e viu mais dois quadros e dois monitores finos de computador. A família Dreyer-Hoff construíra a sua fortuna a gerir uma leiloeira online de arte e antiguidades. E isso estava bem patente na sua casa.

O corredor terminava numa sala de estar cheia de luz, quase tão grande como a zona da cozinha. Por cima de um sofá rosa de cinco lugares via-se um quadro de Kasper Eistrup, que se adequava ao espaço de uma forma tão perfeita que parecia ter sido feito por encomenda. Perto da janela via-se um cavalete com um quadro azul inacabado e ao lado dele um homem alto e grisalho, de mãos nos bolsos das calças, esperava-os de costas voltadas para o mar. Tinha uma ruga vertical entre as sobrancelhas e estava bem arranjado, com uma camisa branca perfeitamente passada a ferro e umas calças bege apertadas sobre uma barriga saliente. Os ombros eram um pouco descaídos, como costuma acontecer com quem passa a maior parte do dia sentado a uma secretária.

Aproximou-se para os cumprimentar, estendendo a mão.

— Henrik. Olá. Obrigado por terem vindo.

Jeppe ficou intrigado pela sua escolha de palavras, que pareciam mais adequadas a uma chamada telefónica. Mas a verdade é que a preocupação leva as pessoas a dizerem as coisas mais estranhas.

— Sentem-se.

Jeppe e Anette sentaram-se em duas poltronas a condizer, de frente para o sofá rosa, onde, de seguida, o casal se instalou. Henrik Dreyer-Hoff colocou o braço em volta da mulher, de forma protetora.

— Ainda não tiveram notícias do vosso filho? — Jeppe abriu o seu bloco de notas numa página em branco.

Ambos abanaram a cabeça.

— Quando é que perceberam que ele tinha desaparecido?

— Esta manhã — Malin inspirou profundamente. — Geralmente aos sábados tomamos o pequeno-almoço juntos. É uma tradição de família. É o Henrik quem cozinha…

Olhou para o marido, que assentiu.

— Adoro cozinhar, mas durante a semana raramente tenho tempo. Por isso, ao fim de semana… o Oscar pede sempre panquecas. Das americanas, com leitelho e calda — Henrik deteve-se.

Malin deitou um olhar ao marido, como se ele tivesse dito algo de errado, e voltou-se para Jeppe.

— Eu levantei-me cedo e fui pintar — explicou —, enquanto esperava que todos se levantassem e que o Oscar chegasse a casa. Mas ele não apareceu. Às 8h30 liguei-lhe e enviei-lhe uma mensagem.

Jeppe anotou a hora e reparou que a mão de Henrik apertava com força o ombro da mulher. Como se estivesse a apoiá-la. Ou a controlá-la.

— Onde é que ele ficou na noite passada? — perguntou Jeppe. — Ou onde era suposto ter ficado?

— Em casa da amiga Iben, para estudarem para um exame de Dinamarquês. Andam no 9.º ano. Mas ela diz que ele não apareceu. Só lhe falei pouco antes das dez da manhã. Foi então que percebemos que alguma coisa estava mal — Malin ia rodando, nervosamente, o anel em volta do dedo.

— E a Iben não sabe onde ele poderá estar?

— Diz que pensou que ele tivesse mudado de ideias. Eu acho isso estranho. E o pai dela, que deveria ter sido mais responsável e ter-nos contactado, nem sequer sabia dos planos deles. Pelo menos, é o que diz.

— Vamos precisar dos números de telemóvel do Oscar, da Iben e dos pais — Jeppe estendeu o bloco de notas a Malin por cima da mesa. Por um segundo, ela ficou a olhar para o bloco, perplexa, e depois, lentamente, começou a escrever, as mãos trémulas revelando o medo de que algo terrível pudesse ter acontecido.

— Eu acho que pode ter sido raptado — a sua voz tremeu. — Só pensar que ele…

— Onde vive a Iben?

— Em Fredericiagade — respondeu Henrik, e olhou para a mulher. — No número 64, não é? Com o pai. Se cortar caminho através da Cidadela demora cerca de dez minutos a pé. É o que o Oscar geralmente faz.

Jeppe acenou com a cabeça para Anette, que pegou, por sua vez, no bloco de notas e se encaminhou para junto da janela, para telefonar à amiga do rapaz.

— Então e o resto da família? Ontem à noite estavam em casa?

— Sim — respondeu Malin, após uma breve pausa. — Bem, o Victor, o nosso filho mais velho, tinha saído com uns colegas, mas o Henrik e eu estávamos em casa com a nossa filha Essie.

— Deixaram-nos isto — cuidadosamente, Henrik pegou numa folha de papel pousada sobre a mesa do café. Umas breves linhas digitadas a preto, a brilhar sobre um fundo branco. — Só a vimos hoje. Foi então que percebemos que algo de grave se passava e chamámos de imediato a polícia.

Jeppe puxou a manga até à extremidade dos dedos, pegou no pedaço de papel e leu.

Olhou em volta e viu a faca que esfaqueara Basil Hallward. Limpara-a muitas vezes, até não restar nela qualquer mancha. Estava brilhante, reluzente. Tal como matara o pintor, mataria também a sua obra e tudo o que ela significava. Mataria o passado e, quando isso acontecesse, ficaria livre.

A quilha sulcou suavemente a água, dividindo as ondas num interminável V atrás do barco. Os gritos das gaivotas acompanhavam o barulho do motor e o sol brincava no topo das ondas, transformando as pupilas do homem do leme em dois pontinhos pretos. CopenHill, uma combinação de instalação recreativa e central de incineração brilhava à luz da manhã, levando qualquer um a pensar que havia neve na sua pista de esqui artificial. Claro que não havia. Era primavera e a plataforma recreativa estava longe de ficar pronta, pelo que, por agora, os esquiadores da cidade ainda precisavam de viajar para chegarem às verdadeiras montanhas cobertas de neve.

O porto de Copenhaga estava tranquilo. Àquela hora da manhã apenas se viam os autocarros aquáticos do porto e os barcos de recolha de lixo. Dentro de poucas horas, a água estaria cheia de gente nos habituais passeios de sábado pelos canais, barcos alugados e velejadores que saíam para pescar, nadar e acampar nas pequenas ilhas do estreito de Øresund, além de ioles com capitães sequiosos de cerveja e caiaques conduzidos por remadores de olhos claros, protegidos por blusões corta-vento. Por essa altura, ele já ali não estaria.

Avançava sem qualquer plano ou pressão de tempo, precisamente como gostava, inclinando-se apenas conforme os movimentos do barco e deixando o vento espremer-lhe dos olhos as lágrimas da manhã. A fortaleza marítima de Trekroner surgiu à sua frente, a pequena ilha sorrindo a vermelho e verde, convidativa à luz do sol. De modo familiar, Mads Teigen dirigiu o rebocador do forte para o pequeno ancoradouro. Se não fosse o solitário iole de madeira ali atracado, a doca estaria vazia. Amarrou o barco em segurança, desligou o motor e saltou para terra. Os taludes íngremes estavam cobertos de ervas primaveris semelhantes a asas macias verdes e amarelas que cresciam, selvagens, protegendo o velho forte.

Trekroner fora originalmente construída em 1713 como parte das fortificações de Copenhaga, um sistema de estruturas de defesa que incluía vários outros fortes e que desempenhara um papel fundamental em ataques lendários, como a Batalha de Copenhaga de 1801 e o bombardeamento britânico da cidade, em 1807, quando esta perdeu a sua frota. O forte original de Trekroner fora assente sobre três navios velhos que foram afundados e enchidos com rochas.

Um deles chamava-se *Tre Kronor*, e foi o que deu o nome ao forte, embora a maioria das pessoas pense que tem origem na época, mais de 250 anos depois, em que a ilha foi vendida ao governo por três coroas dinamarquesas.

Mads agarrou num saco de plástico perdido e perscrutou o passeio marítimo em busca de sinais de vida, mas não viu nenhum. Como sempre, o seu olhar deteve-se no farol branco, que se erguia na entrada principal do próprio forte. Daí, a estrutura prolongava--se por dois andares abaixo do solo. Durante a I Guerra Mundial, as casamatas tinham servido de base a 750 soldados e mais tarde os alemães usaram-nas durante a ocupação. Entre aquelas paredes descascadas nos corredores abaixo do nível do mar, era ainda possível sentir no ar o cheiro a pólvora e a suor de ansiedade. O pânico e o tédio tinham-se infiltrado na alvenaria, que agora sussurrava as histórias de centenas de homens mortos.

Atualmente, o forte era apenas o lar de pássaros, martas e do seu vigilante solitário, que ali morava, nas antigas instalações do comandante, pintadas de vermelho. Um eremita na sua ilha. Fora esse o seu destino.

Mads atravessou a plataforma, onde estavam a juntar lenha para a fogueira do solstício de verão, e subiu até ao cimo do molhe. Queria ir ver o casal de cisnes que estava a fazer o ninho lá em baixo, junto ao quebra-mar. Do cimo do molhe, a vista das torres e pináculos de Copenhaga, de um lado, e do Turning Torso[2] de Malmö, do outro, era desimpedida. Ali, de pé, poderia muito bem estar no seu planeta interior, de tão isolado que era. Um enclave deserto no meio da capital, separado da vida agitada da cidade apenas por uma estreita faixa de água.

---

[2] Desenhado pelo famoso arquiteto espanhol Santiago Calatrava, Turning Torso é um arranha-céus localizado na cidade de Malmö, no sul da Suécia, no lado sueco do estreito de Öresund. [N. da T.]

O casal de cisnes estava com os seus ovos. A fêmea sentada pesadamente sobre o ninho de ervas marinhas, o macho andando, cautelosamente, à sua volta. Dentro de um mês, o forte teria uma nova ninhada de filhotes felpudos que se manteriam junto da mãe para conseguirem sobreviver às primeiras semanas críticas.

Mads sorriu ante esse pensamento.

Prosseguiu ao longo do molhe, passando por um dos antigos marcadores de navegação com riscas brancas e vermelhas, que se erguiam em postes no seu topo. A primeira despedida de solteiro da estação iria ter lugar por volta do meio-dia. Mads já tinha preparado as paragens da sua caça ao tesouro pelos corredores subterrâneos, mas um impulso fê-lo percorrer novamente o caminho.

O ar entre as espessas paredes de cimento da casamata era mais frio à medida que descia as escadas em caracol que conduziam à cave de teto rebaixado. Os seus passos faziam eco, como se alguém seguisse atrás dele nas sombras. Quando passou pela velha porta da cela com uma cruz vermelha, a distorção do som parecia tão real que não resistiu a virar-se para olhar para trás. Mas claro que não estava ali ninguém, a não ser os fantasmas na própria cabeça.

Mads verificou os doze pontos de paragem e certificou-se de que as cordas estavam amarradas e as lanternas carregadas, antes de voltar para a luz. Dispunha apenas de um par de horas na oficina antes de os convidados chegarem. No caminho de regresso ao alojamento do comandante, passou pelo iole de madeira solitário que continuava atracado no cais. Isso não o preocupou. Ainda assim, trancou a porta principal atrás de si. Não havia necessidade de correr o risco de ser incomodado.

Para ficar mais seguro, trancou também a porta da oficina. Pendurou o corta-vento na maçaneta da porta, guardando o telemóvel num dos respetivos bolsos, e ligou a aparelhagem, deixando que a *Sexta Sinfonia* de Tchaikovsky enchesse a sala.

A perspetiva de uma hora de paz e total tranquilidade para o seu novo projeto fê-lo dar um suspiro de alívio. Tirou do frigorífico um pacote embrulhado em plástico e pousou-o na bancada. Desembrulhou-o com cuidado, encheu uma tigela com água e preparou o bisturi.

CAPÍTULO 3

Anette observou os pais sentados no sofá cor-de-rosa e, relutantemente, recordou-se do casal britânico que tinha perdido a sua menina quando se encontrava de férias em Portugal. Apesar de anos de buscas, nunca fora encontrada. Houve até quem especulasse sobre a possibilidade de serem os próprios pais que estavam por trás do seu desaparecimento.

— A carta foi deixada sobre a mesa da cozinha — explicou Henrik, puxando a mulher para mais perto, como se pudesse protegê-la fisicamente das palavras que lhe saíam da boca. — Só reparámos nela depois de percebermos que o Oscar tinha desaparecido, pensávamos que era um dos seus trabalhos de casa ou algo do género.

— E não é?

Ambos abanaram a cabeça.

— A folha estava dobrada ao meio e do lado de fora tinha escrito *Para M e H*. Além disso, o texto foi escrito no computador. Ora veja!

Jeppe virou a folha e mostrou-a a Anette. Ela puxou a manga para cobrir os dedos, tal como ele fizera antes, pegou nela e examinou as palavras cuidadosamente.

— Poderá tratar-se de um pedido de resgate? Fala em morte — Malin respirou superficialmente.

— Parece ser alguma espécie de citação — Anette olhou para Jeppe e percebeu que este estava a pensar a mesma coisa. A maior parte das mensagens dos raptores era concreta, não descritiva e lírica. — Quem é Basil Hallward?

— Não faço ideia — apressou-se Malin a responder. — Nunca ouvimos esse nome antes.

Anette detetou um certo tom de desdém na sua voz, como se achasse que a polícia estava a fazer as perguntas erradas.

— Já antes recebemos ameaças. Há dois anos, talvez? Avisámos a polícia. Devem ter isso registado.

Anette anuiu.

— Essas cartas eram parecidas com esta?

Malin hesitou antes de responder.

— Tanto quanto me lembro, eram todas diferentes, algumas escritas à mão, outras num computador. Todas muito breves.

— Ainda as tem?

— Não — interrompeu Henrik, antes de a mulher ter oportunidade de responder. — A questão é que alguém tem alguma coisa contra a nossa família. E agora têm o Oscar!

A sua voz fraquejou naquela última frase. Baixou a cabeça e os ombros começaram a tremer. Malin pousou uma mão sobre a sua perna e deu-lhe umas palmadinhas, impacientemente. Para Anette, o gesto não pareceu muito afetuoso.

— Nessa altura, a polícia descobriu quem enviou as cartas? — perguntou Jeppe.

— Não.

— Muito bem, iremos procurar o relatório e dar-lhe uma vista de olhos. Os nossos especialistas forenses investigarão esta carta em busca de possíveis pistas e depois iremos compará-la com as anteriores, caso tenhamos cópias delas no processo.

Enquanto Jeppe explicava o procedimento, Anette fotografou a carta com o telemóvel, levantando-se a seguir em direcção à sua mala, tirou um envelope pardo onde a introduziu e voltou a fechá-lo. Reparou que Henrik levantara de novo a cabeça e colocara um braço em volta da mulher.

— Viram alguns sinais de uma entrada forçada? — perguntou.

— Temos um alarme, mas não foi acionado — respondeu Henrik, abanando a cabeça. — Mas também não é de admirar, pois não? Provavelmente tocaram à campainha e o Oscar deixou entrar os raptores.

— Quando foi a última vez que ele foi visto e por quem? — Jeppe virou uma página do seu bloco de notas.

— Ontem à tarde, quando terminou as aulas, às 14h45 — respondeu Malin. — Anda no Colégio Zahles, uma escola privada perto da estação de metro de Nørreport. A Iben disse-nos que se despediram lá em frente e que o Oscar tinha vindo para casa.

— E quando é que a restante família chegou a casa?

— À sexta-feira, a Essie, Esmeralda, a nossa filha mais nova, tem aula de dança. Fui buscá-la e chegámos a casa um pouco depois das 17h00, talvez 17h30. — Malin tocou na mão de Henrik, pousada sobre o seu ombro, como se desejasse que ele a afastasse. Ele não o fez.

— Já confirmaram com a vossa família mais próxima se sabiam alguma coisa dele?

— Telefonámos aos meus pais e à minha irmã, mas nenhum deles sabia nada. São a nossa única família próxima. Os pais do Henrik já morreram. De qualquer forma, o Oscar nunca iria para algum lado sem nos avisar.

Anette voltou a sentar-se junto de Jeppe.

— Conseguem perceber se ontem, depois da escola, veio para casa? Se, por exemplo, a sua mochila está cá? O computador?

Malin abanou a cabeça.

— Não, nem o telemóvel.

— E o passaporte? — prosseguiu Anette. — Está no lugar habitual?

— Eu verifiquei. Os passaportes estão todos no sítio habitual, numa gaveta — apontou para uma escrivaninha lacada a vermelho. — O que tencionam fazer para o encontrar?

— Vamos começar a procurá-lo de imediato — garantiu-lhe Jeppe. — Se ele tiver consigo o telemóvel, encontrá-lo-emos rapidamente. Entretanto, o que podem fazer é ligar a todas as pessoas que costumam contactá-lo com regularidade e perguntar-lhes se sabem dele.

Os olhos de Henrik humedeceram-se.

— Têm uma boa fotografia recente do vosso filho? — perguntou Jeppe.

— Vou buscar — Malin libertou-se do braço do marido, levantou-se e por um momento apoiou-se no encosto, como se estivesse tonta. A seguir, deixou a sala.

— Importavam-se se déssemos uma vista de olhos ao quarto dele? — perguntou Anette.

O pai não respondeu. Anette olhou para Jeppe, que encolheu os ombros, num gesto que ela escolheu interpretar como sendo de aprovação, levantou-se e percorreu o longo corredor, abrindo as portas à medida que passava. A primeira divisão parecia um escritório, mobilada com pesados móveis em madeira. No quarto seguinte viu um adolescente sentado, com uns auscultadores nos ouvidos. Tinha o cabelo preto e os membros compridos: era um bonito rapaz.

— Olá, sou Anette, da polícia. Deves ser o Victor.

O rapaz tirou os auscultadores e deixou-os à volta do pescoço, como um colar voltado para trás. Uma batida forte encheu o quarto. Anette percebeu que tinha os olhos vermelhos de chorar.

— Estou à procura do quarto do teu irmão — explicou, elevando a voz acima do som da bateria.

— Trate-me por Vic, como todos fazem — tirou o telemóvel do bolso das calças e pressionou o ecrã. A música parou. — Na verdade, este é o quarto dele. Eu vim sentar-me aqui e…

— Calculo que não saibas onde está o teu irmão.

— Se soubesse, penso que a senhora não estaria aqui neste momento, não é verdade? — Victor sorriu, como quem pede desculpa, e limpou uma lágrima do rosto. — Desculpe, não estou a armar-me em esperto, nada disso. É que tudo isto é tão… estranho.

Anette olhou em volta, para a decoração espartana do quarto: uma secretária com uma cadeira de madeira gasta, estantes apinhadas de livros, um porta-cabides cheio e uma cómoda. Só isso. O quarto estava tão limpo e arrumado como o resto do condomínio, mas não era, de forma alguma, tão acolhedor.

Por cima da secretária viam-se várias molduras pré-fabricadas penduradas, com imagens a preto e branco, desenhos a carvão de formas humanas, corpos nus, rostos de olhos baixos e membros que se iam esfumando numa cor preta.

— Foi o Oscar que desenhou isto?

— Sim, foi ele que desenhou tudo. Tem imenso jeito. Quando éramos mais novos estava sempre a tentar ensinar-me. Por exemplo, punha uma jarra de flores à minha frente e mostrava-me como desenhá-la em perspetiva e como fazer os sombreados. Nunca consegui fazê-lo e ele ficava todo zangado e dizia que eu fazia mal de propósito, para o chatear.

Anette sorriu.

— Quando o viste pela última vez?

— Ontem ao pequeno-almoço — Victor respondeu hesitantemente, com uma voz frágil, que parecia na iminência de falhar a qualquer instante. — Comemos na cozinha, como acontece geralmente, com a nossa irmã mais nova, e depois fomos juntos para a escola. O Oscar e eu andamos no mesmo colégio, mas ele anda no nono ano e eu sou finalista.

Brincou com os auscultadores.

— A mãe diz que alguém o levou. Acha que é verdade?

— Ainda é muito cedo para saber.

Algo pareceu partir-se nos auscultadores e o rapaz olhou para a pequena peça de plástico que segurava na mão, intrigado.

— Combinámos vir juntos para casa, mas eu... tive de ir falar com uma pessoa na escola. Talvez se eu tivesse mantido o plano...

Olhou-a suplicante. Anette gostaria de poder reconfortá-lo, mas não sabia mais do que ele sobre o que se passara. E talvez ele tivesse razão.

Pegou nos auscultadores e atirou-os para o chão.

— Um dos meus amigos diz que viu o meu irmão a falar com alguém num automóvel preto à porta do Jardim Botânico, a seguir às aulas.

Anette susteve a respiração.

— Como se chama o teu amigo? — perguntou.

— Jokke. Bem, Joakim. Está no mesmo ano que eu — Victor levantou o telemóvel e mostrou-o a Anette. — Há pouco enviei uma mensagem no Messenger a todas as pessoas que conheço. Ele acabou de me responder.

Ela entregou-lhe o próprio telefone.

— Hum, podes pôr o número do Jokke no meu telemóvel?

Ele obedeceu.

— Achas que o Oscar pode estar envolvido em algo de errado? Talvez com algum amigo com quem os teus pais não querem que ele esteja? — Anette sorriu gentilmente, para indicar que ele não ficaria metido em sarilhos com a resposta.

— Não! O meu irmão é um bom miúdo.

Anette voltou a olhar em redor do quarto, para os desenhos, a secretária, a cómoda e para a única cadeira do quarto, na qual Victor estava sentado.

— Hum, onde é que ele dorme? — perguntou.

— Na cama da família.

Olhou para o rapaz, inexpressiva.

— Os nossos pais acreditam que a ninhada deve dormir junta e por isso quando eu era pequeno construíram uma cama enorme para todos, com quatro metros e meio de largura. Agora eu já tenho a minha cama, mas o Oscar ainda dorme lá.

Anette sentiu uma lufada de ar frio na nuca.

Uma cama familiar?

Tigelas de papa de sementes de chia arrefeciam sobre a mesa da cozinha — um pequeno-almoço preparado por um pai sem apetite, para uma família que não estava em casa. Iben deveria estar ali, sentada com os cotovelos apoiados na mesa e com a boca cheia, a rir das suas tentativas desajeitadas para preparar comida vegana que a própria dera a conhecer à família. No entanto, e apesar de o seu melhor amigo ter desaparecido, ela tinha ido a uma reunião matinal do Conselho Dinamarquês para a Juventude. Iben era muito ativa na sua organização ambiental. A sua filha, infernalmente idealista e teimosa, pensou.

Kasper Skytte inclinou a cabeça para trás e emborcou o que restava da aguardente de vinho *Fernet-Branca*. A sensação de queimadura no esófago era agradável, bem como a subsequente onda de náusea. Não apreciava particularmente aquela bebida, em especial de manhã, mas naquele dia precisava mesmo de uma coisa forte e de sentir a feliz indiferença que se espalhava pelo corpo. Não tinha um problema de consumo excessivo de álcool — o seu vício era de outro género —, mas sabia que por vezes bebia demais. Sabia que o seu já grande consumo de vinho se convertera em algo sem dúvida nada saudável, nos sete anos que tinham passado desde o seu divórcio relativamente amigável. Sabia que só conseguia lidar com o facto de ser um pai divorciado com uma bebida e umas horas a sós em frente ao ecrã do computador, esperando ansioso pelo final de um dia de trabalho.

Quando, seis anos antes, a ex-mulher se mudara para San Sebastián com o novo namorado, concordara em deixar Iben permanecer na Dinamarca. Kasper ficara com o apartamento, com a filha e — bastante contra a sua vontade — com o cão, um *coton de tulear* chamado *Cookie* que, relutantemente, passeava duas vezes por dia, até, por fim, o animal ter batido a bota no ano anterior. Por outras palavras, ele ficara com tudo e ela partira sem nada, a não ser a sua liberdade.

Ainda assim, ela parecia ter levado consigo alguma parte da filha de ambos, pois a cada ano que passava, o vazio nos olhos de Iben ia aumentando. Pelo menos quando olhava para o pai.

O portão do jardim da frente bateu e Kasper olhou pela janela, para ver se era a filha. Era o vizinho de cima. Iben prometera voltar diretamente para casa depois da reunião, e agora nem sequer atendia o telemóvel quando ele ligava. Começou a deitar fora as papas que tinham ficado, mas desistiu de lavar a louça. Teria de esperar até mais tarde.

Oscar desaparecera e a polícia viria interrogar a sua filha. Essa era a realidade. Não poderia fugir disso. Rezou para que ela chegasse a tempo, para que ele não tivesse de os enfrentar sozinho.

Foi até à acanhada sala de estar e acendeu o candeeiro articulado sobre a pequena secretária que conseguira enfiar naquele espaço, apesar dos protestos de Iben. Era verdade que não havia muito espaço, mas em que outro sítio poderia pô-la? Se precisava de estar em casa para recebê-la depois da escola, preparar as suas refeições e ser pai, tinha de conseguir trabalhar quando ela fosse dormir. Pendurado na parede por cima da secretária encontrava-se o desenho da nova central de incineração de Copenhaga, a ambiciosa CopenHill ou, mais formalmente, o Amager Resource Center, também conhecido como ARC. O seu local de trabalho desde o ano transacto e que ocupava a maior parte das suas horas de vigília, para além de Iben.

Espalhou quatro folhas de papel na secretária e inclinou-se sobre as filas de números. Referiam-se à semana anterior e especificavam as emissões dos seis tubos internos da fábrica, a que chamavam depuradores. Esses tubos limpavam e conduziam o fumo dos fornos até à chaminé de 123 metros de altura, para que daí soprasse um vapor limpo e branco sobre a cidade. Kasper fora contratado como engenheiro de processo, não só para projetar circuitos e verificar eventuais emissões nocivas de substâncias tóxicas resultantes da queima do lixo, mas também para otimizar o uso da energia produzida pelo incinerador. Supervisionava todas as etapas do processo de incineração, desde a recolha de lixo pela cidade até à garra controlada por computador no próprio silo de resíduos.

O ARC era único em diversos aspetos. Sob o lema «Recolhemos e devolvemos», este centro de incineração era, desde o seu início, considerado bem mais do que um depósito de lixo. Projetado pelo grupo de arquitetura de renome internacional BIG, a instalação tinha um telhado construído como pista de esqui, com oitenta e cinco metros de altura, elevadores, um café e um revestimento de plástico italiano exclusivo, que possibilitava descer a grande velocidade sem um único floco de neve. CopenHill era o novo ponto de encontro recreativo e zona de referência da cidade. Dizia-se que só o projeto do telhado custara trezentos milhões de coroas dinamarquesas.

Contudo, a inauguração da pista já tinha sido várias vezes adiada e a imprensa parecia ampliar cada pequeno passo em falso, como se não tivesse qualquer apreço pela dimensão e significado do projeto. Um dos incineradores mais ecológicos do mundo, que funcionava de uma forma impecável. Mesmo assim, a central continuava a deparar-se com ventos adversos. Uma das histórias favoritas era a de ter sido necessário importar lixo de Inglaterra para se conseguir fornecer aquecimento urbano suficiente para a cidade. Desde o início que a instalação era demasiado grande e os volumes de resíduos de Copenhaga estavam a diminuir. Evidentemente, os jornalistas andavam em cima dessa questão. No entanto, o seu sobredimensionamento fora uma decisão política que visava evitar a criação de uma instalação que em dez anos se tornaria demasiado pequena.

Kasper aproximou uma lupa do papel e leu os números das últimas emissões do catalisador de NO_x. Os óxidos de nitrogénio representam riscos relevantes para a saúde ambiental e por isso são estritamente regulamentados em todo o mundo, com vista a minimizar o *smog* e as chuvas ácidas. Ele e os seus colegas eram alguns dos principais engenheiros mundiais na construção de centrais de purificação de fumos e já tinham sido contactados por instalações de incineração no Canadá, Índia e França relativamente a possíveis consultorias. O objetivo mais próximo era conseguir captar todo o CO_2 do fumo da fábrica, para que pudesse ser depositado numa formação geológica subterrânea. A tecnologia já existia. Era apenas uma questão de tempo.

Consultou o relógio e voltou a ligar a Iben. Continuava a não atender. Atirou o telefone contra a secretária, mas quando ele caiu daí para o chão viu-se forçado, envergonhadamente, a apanhá-lo e a verificar se tinha partido o ecrã. A polícia chegaria em breve, por isso ela tinha de estar em casa.

Voltou a inclinar-se sobre os papéis e começou a desenhar linhas com números ao lado. Circuitos e valores, ilustrados com símbolos minúsculos. Porém, os seus dedos continuavam a escrever coisas erradas, e ele praguejou para consigo, recostou-se na cadeira e olhou para o teto, tentando ouvir a chave na porta.

Não devia. Prometera a si mesmo despedir-se. Mas a ideia de ligar o computador ia crescendo na sua cabeça, já mal conseguindo ler os números no papel à sua frente. Se entrasse no sistema, depois seria mais fácil e poderia ficar de fora por algum tempo. Kasper teve uma sensação de queimadura no corpo, como uma inflamação que se espalhava do estômago e através da corrente sanguínea até à pele, fazendo-o tremer. Agarrou no computador, fez *log in* quase sem respirar e sentiu que tudo voltava a ficar em ordem.

* * *

Junto à estação de Østerport, onde os carris do comboio eram subterrâneos ao longo do parque Østre Anlæg, as árvores brilhavam brancas com flores contra um tapete verde com pequenos pontos amarelos. Ramos com botões de flores entreabertos apontavam ansiosamente para o céu, desafiando a gravidade, e o seu odor enchia toda a área. As de flores brancas deviam ser de ameixoeiras *mirabelle*, porque era demasiado cedo para as cerejeiras ou os espinheiros, e as amarelas, forsítias. As primeiras flores da primavera cobriam toda a cidade. Era muito mais do que uma afirmação de vida, era como uma droga de pura felicidade.

Esther de Laurenti respirou o perfume. Fizera 70 anos e a cada ano que passava, à medida que se aproximava do fim da vida, a chegada da primavera fazia-a sentir-se como se tivesse ganhado a lotaria. Puxou a trela individual com um único *pug* na extremidade e sentiu uma pontada de dor. No inverno, *Epistéme*, de 12 anos, tinha apanhado uma constipação que se transformara em encefalite e não a conseguira superar. Só restava *Dóxa*. Ganira durante algumas semanas pela perda do seu companheiro, mas agora estava mais tranquila. Avançava bem-disposta pelo caminho, sem quaisquer sinais visíveis de tristeza. É estranho como a morte pode chegar tão perto, sem deixar estragos profundos atrás de si.

Esther inclinou-se para coçá-la atrás das orelhas e continuou o passeio, passando pela Galeria Nacional, ao longo do Jardim Botânico e até aos lagos. O sol refletia-se, cintilante, na água, forçando-a a semicerrar os olhos que se transformavam em simples fendas estreitas. Sorriu para um grupo de jovens sentados num banco, com latas de cerveja na mão, os olhos luminosos. *Copenhaga está no seu melhor quando acorda da sua hibernação de inverno,* pensou, *ao contrário de nós, humanos, que temos de passar por inúmeros rituais matinais, antes de estarmos prontos para fazer o que quer que seja.*

Gregers, o seu amigo e colega de casa, de 85 anos, era um excelente exemplo de um arranque lento. Às vezes sentava-se na cozinha da casa de ambos em Peblinge Dossering, mal-humorado até quase ao meio-dia. E ia piorando com a idade. Com o passar do tempo, mexia-se menos e queixava-se mais. Todos os dias continuava a ir até à padaria em Blågårdsgade, para fazer algum exercício, mas mesmo assim estava a perder peso, a carne parecia desaparecer em torno dos seus ossos outrora fortes, e o seu o humor raramente ultrapassava o ponto de congelação.

Esther puxou *Dóxa* gentilmente, afastando-a do banco, e deixou os pensamentos voltarem àquilo em que passava a maior parte do tempo a pensar: a sua escrita. Ainda tinha apenas uma ideia incipiente para um livro, mas mesmo assim era tão emocionante que não conseguia afastá-la. A ideia surgira-lhe no Natal, quando fora colocar um ramo de flores no túmulo do seu falecido amigo Kristoffer. Nesse dia nevara e o espaço estava coberto com flores geladas. Aí permanecera durante muito tempo ao frio, tentando estabelecer uma ligação com o amigo, sentindo-se presa e abatida.

Por que razão lidamos tão mal com a morte, quando é uma situação inevitável, que todos teremos de enfrentar? Onde colocamos a nossa tristeza quando todos os rituais associados à morte estiverem terminados e todas as outras pessoas estiverem ocupadas a continuar com a sua vida?

Esses pensamentos zumbiam no fundo da sua mente, como uma vespa persistente que não pica nem se afasta.

Esther começara a ler sobre os rituais de morte em outras culturas, sobre os funerais e o luto. Numa manhã de março, acordara e fora diretamente para o computador escrever — de início, apenas pensamentos desconexos sobre a morte, mas depois um texto começara a ganhar forma. Sentia um ardor no estômago perante a ideia da sua história a germinar.

Inclinou a cabeça para trás e olhou para as folhas novas do castanheiro, pendendo frouxamente dos galhos, como as orelhas de um cãozinho. Era impossível imaginar como em breve se levantariam para formar paraquedas resistentes de um verde brilhante.

Rituais de morte e vegetação de primavera a germinar. Esther não conseguia lembrar-se de uma ocasião em que se tivesse sentido melhor.

CAPÍTULO 4

As ondas azuis-acinzentadas do oceano batiam nas rochas ao longo de Langelinie, lançando a sua água salgada sobre o rosto de Jeppe e Anette. No horizonte, no mar, podiam ver a fortaleza Trekroner e os edifícios industriais em Refshaleøen, e à direita, mais para o interior do porto, a antiga base da marinha, em Holmen, tal como o controverso edifício da ópera. Jeppe parou junto à Pequena Sereia, onde grupos de turistas tentavam tirar uma fotografia decente à frente da estátua dececionantemente pequena, e deitou fora o que restava do cachorro-quente que constituíra o seu almoço. Sentiu o hálito a cebola com que ficara e rebuscou os bolsos, à procura de cigarros.

— Vais fumar *agora*? — perguntou Anette, num tom reprovador. — A família Skytte está à nossa espera.

Jeppe estendeu-lhe o maço de cigarros com um sorriso. Não há nada mais divertido do que provocar um ex-fumador. Ela abanou a cabeça e enfiou as mãos nos bolsos, enquanto ele acendia um e inalava o fumo profundamente.

A primeira etapa da operação de busca estava em andamento. Uma equipa de agentes investigava os canais digitais, procedia a averiguações porta-a-porta pela vizinhança e telefonava a familiares e colegas de Oscar. A segunda etapa deveria demorar pouco mais de uma hora a ser ativada. Patrulhas caninas, helicópteros e o apoio dos *media* demoravam mais a pôr em ação. Tinham decidido, pelo menos inicialmente, focar-se na carta e nas suspeitas de um eventual rapto. Até serem conhecidas as exigências dos raptores, pode ser bastante prejudicial envolver toda a gente na situação.

A sua esperança era que Oscar aparecesse a salvo, antes que se tornasse necessário desencadear esta segunda fase.

— O que é que achas até agora? — perguntou Jeppe.

Anette apertou os lábios.

— Que não parecia uma nota de resgate clássica.

— Mas, tendo em conta o anterior padrão de ameaças, é provável que seja com isso que estamos a lidar — prosseguiu Jeppe, semicerrando os olhos enquanto olhava para a água.

— Bom, talvez — começou Anette, dando um pontapé numa pedra, que rolou pelo asfalto. — Foi só impressão minha, ou também sentiste uma vibração estranha entre os pais?

— Não seria de esperar?

Ela encolheu os ombros.

— E o que achas da ideia de uma *cama familiar*?

Ele expirou uma delicada coluna de fumo em direção ao horizonte.

— Não me parece propriamente natural dormir na mesma cama com um filho adolescente. Mas cada família é diferente. Presumo que façam o que consideram ser melhor para os seus filhos.

— Eu acho arrepiante — replicou Anette, simulando um estremecimento. — E quem disse que a Malin Dreyer-Hoff está em sintonia com os filhos? Não parece ser do tipo empático.

Jeppe levantou uma sobrancelha, impressionado.

— Para com isso, Jepsen! Lá porque uma vez leste um livro sobre o assunto, não significa que sejas especialista em descodificar pessoas.

Jeppe sorriu ironicamente para a parceira e apagou o cigarro na sola do sapato.

— Vá, vamos lá.

O bairro em volta do Palácio de Amalienborg tresandava a antiga riqueza. Antes de virarem para Fredericiagade, passaram por fachadas de reboco branco, ruas de paralelepípedos e placas de latão espessas. O ambiente moderno desaparecia lentamente, à medida que se afastavam da água e do castelo, onde o orçamento para a manutenção dos edifícios antigos era obviamente mais alto. No número 64, com uma entrada relativamente humilde na esquina da Borgergade, Jeppe encontrou o nome *Skytte* no intercomunicador e premiu o botão. A porta abriu-se para um pequeno pátio entre edifícios altos de apartamentos. Um homem loiro, de estatura mediana e com uma barba cheia, esperava-os à porta de um apartamento térreo com acesso direto a partir do pátio. Jeppe limpou os pés num tapete floral e estendeu-lhe a mão. Uma pastilha elástica não escondia o odor a álcool no hálito do homem.

O apartamento tinha um teto baixo e parecia escuro, mas estava agradavelmente decorado com móveis de pinho, tapetes de trapos e desenhos infantis já desbotados nas paredes. A decoração era funcional e despretensiosa — não podia contrastar mais com a luxuosa *penthouse* meticulosamente projetada da família Dreyer-Hoff.

— Vamos sentar-nos na cozinha. A Iben acabou de chegar a casa — Kasper Skytte abriu uma porta de madeira à qual faltava a maçaneta e precedeu-os.

Na cozinha, uma jovem de cabelo loiro-escuro cortado à altura dos ombros e um rosto infantil estava inclinada sobre uma chávena de chá. Anette permaneceu de pé, ao lado da mesa da cozinha, olhando de soslaio para os pratos sujos dentro do lava-louças, Kasper escolheu uma cadeira ao lado da filha e Jeppe sentou-se na sua frente. O pai virou-se para a filha, revelando uma marca de nascença do tamanho de um punho sobre a têmpora esquerda, que se estendia da extremidade da barba até ao cabelo.

— Iben, senta-te direita — pediu Kasper. — A polícia está aqui.

Jeppe estendeu a mão para a filha. Ela pegou-lhe devagar, como se o gesto fosse desusadamente adulto para ela.

— Olá, Iben. Sou o detetive Jeppe Kørner, da Polícia de Copenhaga. Como sabes, o teu amigo Oscar desapareceu. Disse aos pais que vinha passar a noite a tua casa...

Iben baixou os olhos para a chávena

— Mas não foi isso que fez. Sabes onde ele está? — prosseguiu Jeppe, gentilmente.

A rapariga rodou a chávena sem olhar para cima e Kasper pôs o braço em volta do seu ombro, para a reconfortar.

Jeppe apercebeu-se de que ela se afastou do toque do pai.

— Se sabes de alguma coisa, este é o momento certo para nos contares — disse Jeppe. — É uma situação muito grave. O Oscar pode estar em perigo.

— Não sei onde está.

— Está bem, Iben — Jeppe sorriu de forma tranquilizadora. — Quando é que o viste pela última vez?

— Ontem, em frente à escola, logo a seguir às aulas. Alguns de nós ainda ficámos a conversar uns minutos lá fora sobre o que iríamos fazer no fim de semana. Havia algumas pessoas da nossa turma e também outras mais velhas. O Oscar estava à espera do irmão mais velho, mas ele não apareceu. Após dez minutos, começámos a dirigir-nos para casa. Eu atravessei a estação de Nørreport e ele seguiu em direção ao Jardim Botânico.

— Não iam ficar juntos?

— Sim, mas ele queria ir primeiro a casa para deixar a mochila e mais tarde iria até minha casa. Para jantar e assim, o normal — respondeu, rápida e suavemente.

— Por que razão não foi logo contigo?

— Tal como disse, ele queria mudar de roupa, O. K.?

Iben franziu o nariz e Jeppe sentiu que por detrás do seu aspeto inocente havia ali um certo feitio.

— Mas ele não apareceu — disse Jeppe. — Tentaste ligar-lhe?

Ela levantou o queixo com um ar de reprovação, como se a pergunta fosse estúpida.

— Claro que tentei! Mas ele não atendeu e por isso pensei que tivesse ido jogar ou desenhar, ou até que tivesse adormecido, ou algo do género. Estamos sempre a encontrar-nos, não precisava de ser um plano rígido…

Anette interrompeu a rapariga.

— Um dos vossos colegas mais velhos, Joakim, diz que viu o Oscar a falar com o motorista de um carro preto. Também viste?

Iben abanou a cabeça.

— E não achaste estranho ele não ter desmarcado? — insistiu Jeppe.

— Não — olhou para ele com a expressão de desdém de um adolescente pelo conformismo da vida adulta. — Calculei que me ligasse quando acordasse hoje de manhã.

Kasper olhou-a, sério.

— Têm andado a mentir sobre dormirem em casa um do outro? — perguntou.

Tornou-se visível a pulsação no meio da marca de nascença na têmpora do pai e Jeppe achou que o homem estava a esforçar-se para se conter. Como se tivesse de controlar a força que percorria aqueles braços musculosos, para caber naquele pequeno apartamento sem partir nada.

— Não fazes ideia de onde poderá ter ido? — inquiriu Jeppe, voltando-se para Iben.

— Não — os olhos dela voltaram a pousar na chávena.

Jeppe sentiu-se invadido pela vontade de gritar com aquela adolescente indolente, fazendo-a compreender a gravidade da situação. *Ele foi sequestrado. Ajuda-nos!* Mas é claro que não o fez. As testemunhas devem ser tratadas com cuidado, caso contrário fecham-se.

— Não fazes ideia onde poderá ter dormido na noite passada? — insistiu, calmamente.

Iben endireitou-se por um segundo e depois abanou a cabeça.

A torneira da cozinha pingava, monótona, sobre os pratos sujos no lava-louças e Jeppe contou as gotas mentalmente. Um batimento cardíaco. Dois batimentos cardíacos. Três batimentos cardíacos.

A pergunta seguinte quebrou o ritmo.

— Os pais do Oscar encontraram uma nota com uma citação, impressa num pedaço de papel. Isso diz-te alguma coisa?

— Eu não sei nada — a voz dela esmoreceu, transformando-se num sussurro.

Kasper voltou a colocar o braço sobre os seus ombros e desta vez foi impossível a sua reação passar despercebida. Afastou o braço do pai, como uma criança pequena, que ainda não conhece palavras para expressar os seus limites.

Anette pegou num cartão.

— Se te lembrares de alguma coisa que nos queiras dizer, liga de imediato para este número. Quanto mais depressa o encontrarmos, melhor.

Foi Kasper quem pegou no cartão. Olhou-os nervosamente.

— Acham que ele poderá estar em perigo? — perguntou.

Jeppe esperou um instante antes de responder.

— Na grande maioria deste tipo de casos, as pessoas regressam ilesas.

Não era mentira, pensou, enquanto se despedia do pai e da filha. A maior parte das pessoas desaparecidas aparece, ilesa, nas primeiras vinte e quatro horas. Depois desse período, as probabilidades diminuem drasticamente.

Por outras palavras, tinham duas horas e meia para trabalhar.

* * *

«Into my arms, O Lord. Into my arms...»

A voz rouca de Nick Cave encheu o pequeno *atelier*. Jenny Kaliban aumentou o volume e fechou os olhos, deu uma passa no cigarro e acompanhou a canção, deixando que a música aliviasse a inquietação no seu corpo, como só ela consegue fazer. Sob as suas costelas, o medo corroía-a como um parasita, ameaçando devorá-la. As suas preocupações começavam a revelar-se nas finas rugas em redor dos olhos e da boca, no cabelo a ficar grisalho e nos joelhos desgastados. Nesse dia acordara com uma sensação de arrependimento no peito e estava com dificuldade em livrar-se da tristeza. Como um mantra, tentou dizer para si que não tinha muito a perder, mas claro que era mentira. Todos tinham algo a perder.

Abriu os olhos, desligou a música, pressionando um botão na *boom box* antiquada e atirou o cigarro para o lava-louças. Ia poder desfrutar de um dia completo no *atelier*, o que era raro, e não deveria desperdiçá-lo com autocomiseração e pensamentos negativos. As finanças estavam apertadas, para não dizer desastrosas. Teria de voltar a dar aulas à noite, a fazer mais turnos no Museu Thorvaldsens, a descobrir novas fontes de rendimento. O trabalho como guarda do museu dava-lhe muito jeito, mas não era bem pago. O aviso do senhorio para desocupar a casa estava no arquivo, a arder como um fogo teimoso que ameaçava queimar toda a sua vida.

Jenny tirou uma bata do gancho junto à porta e olhou em volta da pequena oficina. Situava-se no primeiro andar de uma casa em ruínas, que ficara de pé no bairro de Østerbro, quando todas as outras foram demolidas em nome da sagrada modernização. Entrava-se do pátio para as traseiras do edifício. As janelas empoeiradas não deixavam entrar muita luz e ao longo dos anos ela fora enchendo o quarto com fotografias, esculturas e material de desenho. O arquivo com os trabalhos artísticos, com as suas gavetas fundas, ocupava muito espaço, bem como o pequeno forno que usava para cozer peças de cerâmica. Em frente às janelas colocara prateleiras para agulhas de gravura, lápis de pastel e de carvão, cada tipo no próprio boião. Dava-se bem com a escuridão e a densidade. A luz de que precisava vinha do papel e da música — de dentro — e não do sol no céu.

Na frente do edifício ficava uma loja de roupa que tinha o seu armazém nas traseiras, mesmo por baixo do *atelier*. Tinham acabado de fechar. Teria paz e sossego para trabalhar o resto da tarde e noite. Ali, ninguém fazia comentários sobre a confusão, a música ou o cheiro a terebentina. O *atelier* era o seu maior luxo e a sua única despesa necessária. Preferiria prescindir do seu pequeno apartamento perto de Nørrebro Circle do que ficar sem este espaço.

Arrancou uma folha do bloco de espesso papel aguarela *Canson*, prendeu-o com clipes a uma prancha de contraplacado e colocou-a sobre um cavalete. Dispôs no chão barras de carvão e carvão em pó, trapos e o *spray* fixador, para usar uma vez terminado o desenho. Cantarolou para consigo. Os preparativos que precediam o processo artístico estavam tão entranhados nos seus dedos que era como se fizessem parte dela. Quando já tudo estava pronto, escolheu uma barra de carvão do boião e aproximou-a do papel em branco, sem hesitar.

Os seus alunos faziam-lhe muitas perguntas sobre inspiração, como se conseguia e como se convertia em arte. Jenny nunca soube o que responder. Para ela, desenhar e pintar eram tão naturais e intuitivos como respirar. Fazia-o, simplesmente, deixando que os seus dedos fizessem a ligação entre a alma e o papel. A imagem ia ganhando forma na tela, sem que disso tomasse consciência. Ficava frequentemente surpreendida com as cenas que se materializavam ante os seus olhos, muito embora tivessem sido criadas pelas próprias mãos.

Ouvia o arranhar da barra de carvão sobre o papel. Quando estava assim na frente do cavalete, o tempo desaparecia, literalmente. A manhã transformava-se em noite e a noite em meio-dia, sem que desse por isso.

Jenny afastou-se um passo do cavalete, forçando-se a sair do transe para olhar para a imagem emergente. Viu uma forma familiar, um corpo com o rosto voltado para o lado contrário e os membros pálidos nus. Lembrou-se das incontáveis exposições de desenhos de Rodin, do paralelismo elementar de Duchamp e dos retratos de Picasso, para os quais os seus pais, donos de uma galeria, a tinham arrastado, juntamente com a irmã, ao longo da infância. Aquelas imagens ficaram para sempre gravadas na sua carne. Habitavam nela e confortaram-na quando se sentiu perdida.

O velho *Omega Seamaster* de Jeppe indicava três horas quando ele e Anette entraram no seu escritório em Teglholmen. Os modernos corredores do Departamento de Crimes Violentos estavam desertos e o motivo não se explicava apenas por ser sábado à tarde. No ano anterior, todas as unidades de investigação tinham sido transferidas do histórico quartel-general da polícia, no centro da cidade, para este novo superquartel-general da polícia, no recém-construído Teglholmen, na zona sul da cidade. Porém, a mudança não tinha sido assim tão fácil de implementar. Desde o início que as novas instalações eram desajustadas e, apesar do aspeto aerodinâmico, os investigadores estavam a aperceber-se de que as condições no novo local não eram realmente propícias para realizarem o seu trabalho ou serem bem-sucedidos. Além disso, não tinham alma. Apesar de as antigas instalações terem sido desativadas após mais de cem anos de utilização, nas paredes velhas habitava um certo espírito e os tetos abobadados não poderiam ser substituídos por nenhuma nova construção.

A cadeira de escritório de Jeppe assobiou eficientemente por baixo dele assim que se sentou à secretária e ligou o novo computador, com um suspiro nostálgico. Trabalhara doze anos entre os painéis de madeira escura da antiga sede. Iria demorar algum tempo a habituar-se aos insípidos vidro e tijolo de Teglholmen.

Colocou sobre a secretária a fotografia de Oscar Dreyer-Hoff que Malin lhe facultara. Um rapaz magro, de cabelo escuro, olhos castanhos e pele que parecia não apanhar suficiente ar puro. Um rosto que ainda estava preso no espaço de tempo da adolescência, entre a gordura de um bebé e os traços finalizados de um adulto. Tinha um olhar inteligente, se é que fazia algum sentido deduzir esse tipo de coisa através de uma fotografia. Fora tirada ao sol, possivelmente na água, e os reflexos faziam o rapaz semicerrar os olhos. Parecia cético.

Jeppe abriu o sistema de registos da polícia, POLSAS, e fez um relatório com as notas do dia sobre o rapaz desaparecido. Anette, que estava sentada à sua frente, já começara a telefonar para vizinhos e colegas, um a um, e ia riscando os nomes da lista com quem já contactara. Já falara com a maioria, mas ninguém sabia onde estava Oscar. Joakim, o colega de turma de Victor, que achava ter visto Oscar a falar com o motorista de um carro preto, junto ao Jardim Botânico, não reparou na marca nem na matrícula e, depois de pensar melhor, já não tinha certeza se isso acontecera na sexta ou na quinta-feira.

Jeppe enviou um curto *e-mail* ao detetive Thomas Larsen, pedindo-lhe para verificar os antecedentes da família Dreyer-Hoff, focando-se nas cartas ameaçadoras que tinham referido e nos negócios e finanças da família. Se alguém tinha levado Oscar, o motivo estaria provavelmente relacionado com o dinheiro da família ou com a sua história.

Jeppe foi até à máquina de café no corredor, preparou um expresso duplo e deitou-lhe um pingo de leite. Quem sabia o que o resto do dia lhe traria? O pensamento de uma possível autópsia de um adolescente morto provocou-lhe uma reviravolta no estômago. Os filhos deviam sobreviver aos pais, ponto final.

De volta à secretária, imprimiu a fotografia que Anette tirara da carta misteriosa. O original estava a caminho da perícia forense, para ser examinada em busca de impressões e outros indícios que pudessem dizer-lhes algo sobre a sua origem. Esta nota impressa, no entanto, parecia bastante discreta. Cartas comuns escritas no computador, em papel comum, poderiam vir de qualquer computador e impressora.

Jeppe perscrutou, mais uma vez, as palavras.

> *Tal como matara o pintor, mataria também a sua obra e tudo o que ela significava. Mataria o passado e, quando isso acontecesse, ficaria livre.*

Recordavam-no de qualquer coisa, talvez de algo que tivesse lido. Reproduziu as frases no campo de busca do seu *browser* e recebeu uma página inteira de *links* sobre Oscar Wilde. Oscar? Seria o uso do mesmo nome simples coincidência ou uma mensagem oculta?

Jeppe lembrou-se de que Esther de Laurenti mencionara e citara Wilde mais de uma vez. Talvez fosse bom confirmar com ela. Habitualmente, sentia alguma relutância em perguntar-lhe coisas relacionadas com o seu trabalho de polícia. A sua amizade surgira no decurso de um caso de homicídio, três anos antes, e o auxílio dela quase lhe custara a vida. Esther ajudava-o desde então, mas ele estava sempre atento, para não voltar a expô-la a um potencial perigo.

Telefonou-lhe.

— Sim?

Ouviu música em fundo, ópera.

— É o Jeppe. Espero não estar a ligar em má altura — hesitantemente, deu um gole no café e fez uma careta.

— Jeppe, que bom ouvi-lo — seguiu-se uma breve pausa, como se Esther se tivesse afastado do telefone. Quando voltou a falar, parecia mais distante. — Deixe-me só desligar isto — a música deixou de se ouvir. — Pronto, assim está melhor. O que posso fazer por si?

— Na verdade, estou a ligar-lhe para perguntar se estará familiarizada com uma citação de Oscar Wilde com que me deparei. Podia pedir à Sara para pesquisar online, mas preciso de conhecer o contexto e compreender o que pode significar. Posso ler-lha?

— Claro! — respondeu ela, com um entusiasmo académico, por estar a ser desafiada no seu próprio território.

— «Olhou em volta e viu a faca que esfaqueara Basil Hallward. Limpara-a muitas vezes...»

Jeppe não avançou mais.

— *Se a conheço?* A minha tese de mestrado foi sobre Oscar Wilde. A citação é de *O Retrato de Dorian Grey*, um tributo de Wilde à juventude, uma farpa satírica à vaidade da sua época.

Ouviu-se um estrondo ao fundo, como o de um prato a cair e a partir-se.

— Gregers, o que foi isso? — perguntou Esther. — Oh, meu Deus, tivemos aqui um pequeno acidente. O Gregers deixou cair um copo e agora há cacos e leite espalhados por todos o lado. *Dóxa*, não! Jeppe, podemos falar mais tarde? Ou, melhor ainda, tem tempo para nos podermos encontrar?

— Obrigado, Esther. Amanhã à tarde? Talvez por volta das cinco?

— Claro, apareça!

Quando Jeppe desligou, o café já estava frio. Afastou a caneca e olhou por cima da secretária para Anette, que também estava a fazer um telefonema. Ela acenou-lhe, impacientemente.

— Claro, Søndre Frihavn, percebo! Vamos já para aí — Anette afastou o telefone do ouvido. — Estão a avisar que a mochila do Oscar foi encontrada num ancoradouro, a poucas centenas de metros do apartamento da família.

— Como sabemos que é dele?

— Tem o nome dele — explicou Anette. — Os especialistas forenses estão a caminho. Vamos! — bateu as palmas, como se estivesse a apressar uma criança.

Jeppe levantou-se e agarrou no casaco, com uma onda de energia que o café não lhe tinha proporcionado. Uma pista!

CAPÍTULO 5

Anette inclinou-se para a frente no banco do condutor e olhou para lá do parque de estacionamento dos modernos prédios de tijolos amarelos e em direção à água. Um grupo de motas ruidosas passou velozmente numa esquina próxima, decerto no caminho de regresso à cidade, vindos da tradicional gelataria de motociclistas, na extremidade do cais de Langelinie. O ar fervilhava com o ambiente de fim de semana e as pessoas faziam coisas agradáveis, sem necessidade de um propósito concreto.

Saiu do carro com Jeppe e caminharam em direção à pequena marina de Søndre Frihavn. Anette deixou-se ficar um pouco para trás, sentindo uma pontada de culpa perante a visão de famílias que se divertiam. De qualquer forma, Svend, Gudrun e o fim de semana de família teriam de esperar. Isso era parte integrante do trabalho de polícia: não podia desfrutar de tempo livre com o seu filho, quando o filho de outra pessoa tinha sido raptado.

Uma rampa estreita conduziu-os do cais até à doca. Passaram por veleiros, casas flutuantes e iates com insufláveis presos no convés.

— Ei, minhas senhoras, como vai isso? — Anette acenou para a equipa técnica.

Clausen, o técnico da cena de crime, era um homem de 59 anos, calvo e com rugas, que não podia ser mais diferente de uma mulher.

Porém, partilhava com ela o mesmo estilo de humor da velha escola.

— Ora, se não são Kørner e Werner, os nossos gémeos-maravilha favoritos. É bom voltar a ver-vos! — levantou uma mochila preta de *nylon,* com as mãos protegidas com luvas de látex. — Aqui está. Sem sinais visíveis de violência, sem lágrimas, sem sangue. Vamos levá-la para o laboratório, para a analisarmos melhor. Depois disso, claro está, é toda vossa.

— E tem o nome dele? — perguntou Anette.

Clausen abriu a mochila e apontou para uma etiqueta no seu interior com o nome de Oscar e o número de telemóvel escritos com um marcador preto.

— O nome também está escrito nos livros escolares e este deve ser o seu computador. Calculo que deva ser entregue à Saidani? — Clausen esperou por um aceno de cabeça e, então, continuou. — Vamos de imediato verificar se há impressões, para que vocês possam levá-lo. Além disso, há apenas mais um estojo e uma garrafa de água vazia.

Automaticamente, sacudiu um saco de plástico com uma mão para conseguir abri-lo e, com a outra, colocou nele a mochila.

— Espera! — Jeppe fez-lhe um sinal. — Deixa-me dar uma vista de olhos aos livros.

— Claro — Clausen voltou a abrir a mochila e cuidadosamente pegou num dos livros com as mãos enluvadas. — Mas para que queres vê-los?

— Ficou sem histórias aos quadradinhos e não tem nada para ler na casa de banho — troçou Anette. — Onde encontraram a mochila?

Clausen fez um gesto com a cabeça na direção da praia.

— Estava escondida por baixo da rampa — respondeu. — Entre baldes e vassouras que a associação náutica aí armazena e não particularmente bem escondida.

— Quem a encontrou?

— O vigilante da fortaleza. Pedi-lhe para esperar por vocês. Está ali. — Clausen apontou no sentido oposto, para a água.

Anette demorou um segundo a divisá-lo sob a intensa luz da tarde, de pé no barco, encostado ao parapeito. Deixou Jeppe a olhar para os livros e avançou na direção do homem, semicerrando os olhos, mas conseguindo ainda assim perceber o contorno de um indivíduo alto, iluminado por trás, que tinha vestido um fato-macaco. Protegeu os olhos do sol com uma mão. O barco era compacto, preto e amarelo, e parecia um pequeno rebocador com o nome *Stærkodder* pintado nas laterais.

— Foi o senhor que encontrou a mochila?

— Quem pergunta? — retrucou o homem, o rosto ainda obscurecido pela luz do sol atrás de si.

— A polícia.

Deslocou-se ao longo do parapeito e saltou para o cais.

— Estava debaixo da rampa. Encontrei-a quando fui buscar uma vassoura. Reconheci o nome por causa do alerta de busca da guarda costeira e telefonei-vos. Não faço ideia de como foi ali parar.

O homem tinha cabelos ralos e ombros largos, braços musculados e tatuados e um ar ligeiramente desgrenhado e amigável, embora os olhos tivessem uma expressão triste. Estendeu a mão. O seu aperto era forte a caloroso.

— Mads Teigen. Sou o vigilante da fortaleza Trekroner.

— Anette Werner, investigadora da Polícia de Copenhaga.

Olhou-a diretamente nos olhos sem pestanejar, um olhar da cor do oceano, com pequenas manchas de verde.

Por que estou a reparar nisso?, interrogou-se Anette, desviando o olhar.

— Então vive atualmente na fortaleza Trekroner?

— Sim, sozinho numa ilha deserta, o verdadeiro Robinson Crusoé do porto — sorriu timidamente, como se tivesse dito algo de presunçoso, de que a seguir se arrependera.

Anette agachou-se para tocar numa das amarras azuis pousada no cais, ao lado de um lugar vazio. Ali ao sol estava quente e seco. Espreitou por cima da água.

— Se costuma estar por aqui, consegue perceber se falta algum dos habituais barcos?

Ele abanou a cabeça, em jeito de desculpa.

— Como pode ver — começou —, há uma série de lugares vazios. Alguns andam por aí a navegar, outros ainda não voltaram a ser colocados na água após o inverno. Não é o tipo de situação que se consiga acompanhar.

— O. K. — ela levantou-se. — Viu alguém num barco com um rapaz adolescente perto da fortaleza? Ou em algum outro lugar do porto, nas últimas vinte e quatro horas?

— Vejo muitos jovens. Andar de barco pelo porto, a beber e a festejar, tem vindo a tornar-se muito popular. Se me pergunta, eu até acho bastante perigoso, mas não, não vi nada que me parecesse suspeito — semicerrou os olhos, por causa do sol. — Então não fazem ideia onde poderá estar o rapaz desaparecido?

— Porquê, tem alguma informação que queira partilhar?

— Não, não. Claro que se tivesse já vos teria dito. Estava apenas… curioso.

Anette pegou num dos seus cartões de visita e estendeu-lho.

— Se o vir, ou caso se lembre de alguma coisa que possa ajudar na investigação, por favor informe-nos.

Pegou no cartão e estudou-o cuidadosamente, como se isso lhe pudesse dizer algo sobre ela, algo que ele quisesse saber.

Anette estudou os dedos grossos que seguravam o cartão de visita branco e sentiu o impulso de lhes tocar. Porém, ao mesmo tempo, teve uma enorme vontade de fugir.

— Como disse, ligue-nos se vir alguma coisa!

Voltou-se e caminhou na direção de Jeppe, subitamente ansiosa por voltar a casa para Svend e Gudrun, para os abraços, as massas e o conforto de se poder aninhar no sofá, frente à televisão.

— Ele viu alguma coisa? — perguntou Jeppe, começando a subir a rampa.

— Não. Apenas calhou encontrar a mochila.

— E temos a certeza de que não foi ele mesmo a pô-la lá? — perguntou Jeppe, olhando por cima do ombro.

— Do que estás a falar? — Anette franziu a testa. — Por que haveria ele de pôr ali a mochila e depois ligar para a polícia? Isso não faz o mínimo sentido.

— Hum, talvez não.

Anette abanou a cabeça nas costas do companheiro.

— Vou ligar à Supe e informá-la da mochila — Jeppe encostou o telemóvel ao ouvido. — Precisamos de dar uma volta porta-a-porta pela doca, tocar a umas campainhas e falar com os transeuntes. Alguém pode ter visto o Oscar e o seu raptor no porto.

— Manda-lhe os meus cumprimentos!

Anette destrancou o carro e abriu a porta do lado do condutor. Antes de entrar, ainda voltou a olhar para o cais. Mads Teigen continuava de pé ao lado do barco, a segurar o seu cartão de visita e a olhar para ela.

O aroma do *risotto* à milanesa espalhava-se pelo apartamento em Peblinge Dossering. Esther de Laurenti salteara cebolas e arroz, acrescentara vinho branco e caldo e agora a iguaria repousava em lume baixo, enquanto ela se sentava ao computador. Dentro de poucos minutos poderia finalizá-lo com manteiga e parmesão, mas até lá ainda dispunha de algum tempo para trabalhar um pouco.

A ideia para o seu livro concretizara-se, finalmente, por volta do Ano Novo, quando tinha lido um antigo artigo online sobre funerais e fora recordada da lendária antropóloga dinamarquesa, Margrethe Dybris. Esther encontrara-a uma ou duas vezes na universidade, mas nunca a chegara a conhecer. Nos anos 1960 e 1970, Dybris viajara pelo sudeste asiático investigando rituais de morte, fotografando os locais e expondo, posteriormente, as suas fotografias.

Esther centrara-se num dos artigos científicos da antropóloga na biblioteca principal e gostara da ideia. Margrethe Dybris, que infelizmente falecera em 2017, parecia ter sido uma pessoa excecional. Nunca tinha casado e, em contrapartida, viajara sozinha até alguns dos cantos mais primitivos do planeta, numa época em que a maior parte das mulheres estava presa aos fogões e aos filhos. Mais tarde adotou duas crianças, instalou-se como mãe solteira em Bornholm e prosseguiu a sua pesquisa.

Esther acabou por recolher tudo o que conseguiu encontrar sobre as viagens de campo de Margrethe a cemitérios, sobre cadáveres mumificados e máscaras de morte. Ia lendo todo o material com uma admiração crescente, mas também com indignação.

Como era possível que nunca ninguém tivesse escrito uma biografia de Margrethe Dybris? Uma pioneira tão notável, que viveu e respirou o feminismo, muito antes de o conceito ter sido separado por «vagas» e se ter esbatido.

Tinham bastado algumas semanas de pesquisa para Esther perceber que seria esse o livro que iria escrever. O livro de Margrethe.

Agora estava a estudar e a reunir informações para uma biografia da antropóloga e do trabalho da sua vida, confiante de que a escrita fluiria assim que encontrasse a inspiração e após investigar minuciosamente o assunto. Estava numa boa fase, deixando páginas de notas e ideias por todo o apartamento.

Esther descobriu que Margrethe Dybris viveu em diversas ocasiões na Indonésia, com os Torajan, que mumificavam os seus mortos e viviam com eles durante anos, antes de os enterrarem. Pesquisou sobre a tribo e leu sobre os seus rituais fúnebres, prosseguiu e acabou por encontrar um artigo sobre relíquias mortuárias expostas num museu em Varsóvia. Tomou notas.

Segundo parecia, iria realizar-se uma exposição de máscaras mortuárias no Museu Thorvaldsens, ali mesmo em Copenhaga, que ela teria de ver. Um novo *link* levou-a a um anúncio de venda de um relevo gravado em madeira, que representava um cortejo fúnebre, bonito, mas sombrio, com crianças a chorar e um esqueleto entre as diversas personagens. Estava à venda na leiloeira Nordhjem por uma quantia impressionante e não propriamente dentro do seu orçamento. Um outro *link* conduziu-a a imagens de relicários. Deu por si a passar por imagens de cruzes e de pássaros, acabando por se deter na de uma boneca de pele clara.

— Pegou na tesoura?

Esther quase deu um salto da cadeira. Gregers estava parado mesmo atrás da secretária, olhando para ela com um ar acusador.

— Não está na gaveta da cozinha, como de costume.

— Não a vi, Gregers — respondeu, pousando uma mão sobre o seu coração acelerado. — Não estará no seu quarto?

— Oh, por favor! Se estivesse, eu não viria aqui perguntar-lhe por ela, não acha? — apontou para as pilhas de papéis sobre a secretária. — Não percebo como aguenta esta desarrumação.

Esther levantou-se da secretária com um suspiro audível. De uma forma geral, viver com Gregers era agradável e não apresentava problemas, mas de vez em quando o seu mau humor mexia-lhe com os nervos.

— Venha daí, vamos ver na cozinha — sugeriu. — De qualquer maneira, preciso de mexer o *risotto*.

Gregers foi à frente e ela seguiu-o, observando o seu corpo, cada vez mais pequeno. Voltara a perder peso. O seu apetite já não era o que costumava ser e por vezes até se esquecia completamente de comer, o que levou Esther a começar a preparar o jantar para ambos, algumas vezes por semana. De qualquer modo, até era mais divertido cozinhar para dois, ainda que Gregers se queixasse dos seus pratos mediterrânicos.

— Está mesmo aqui! — exclamou Esther, apontando para a tesoura. — No meio da mesa.

— Há pouco não estava aí! — disse Gregers, franzindo a testa. — Deve ter mexido nela! — pegou na tesoura e, zangado, afastou-se pelo corredor a arrastar os pés, em direção ao seu quarto, na parte de trás do apartamento.

— O jantar estará pronto dentro de quinze minutos! — gritou atrás dele.

Serviu-se de uma quantidade generosa de um vinho da casta Syrah e tirou a manteiga do frigorífico. As coisas com Gregers pareciam estar a piorar.

Pôs a tocar a sua versão favorita do *Rigoletto* de Verdi — a de Enrico Caruso — e deixou que a *Bella figlia dell'amore* acompanhasse o cheiro do parmesão derretido. Bebeu um grande gole e depois voltou a encher o copo, percebendo, com consternação, que a garrafa já estava meio vazia. Provavelmente teria de deixar de beber vinho durante a semana por uns tempos, por muito triste que isso fosse. Era tão entediante não beber.

O jornal estava aberto sobre a mesa de jantar, com várias secções separadas e dispostas lado a lado. Esther largou o copo e aproximou-se, para ver mais de perto. Várias páginas apresentavam buracos quadrados, como olhos, cortados aleatoriamente, sem tomar em consideração o ponto em que os artigos começavam ou terminavam. Os quadrados cortados estavam organizados numa pilha separada. Esther pegou no primeiro quadrado. Era um anúncio de férias ensolaradas no Egipto, que cortara a pirâmide mesmo a meio e deixara o título ininteligível.

Lentamente, sentiu uma pequena criatura desenrolar-se no seu estômago. A tesoura não só estivera sempre com Gregers, como ainda por cima ele parecia estar a usá-la para algo incompreensível.

A palavra *demência* atingiu-a ao mesmo tempo que o cheiro do *risotto* a queimar sobre o fogão.

CAPÍTULO 6

— Estacionas, enquanto eu vou encomendando qualquer coisa para nós? — perguntou Jeppe.

Saiu do carro, deixando Anette à procura de um lugar para estacionar, e dirigiu-se ao Oscar Bar. Mais outro Oscar, pensou Jeppe, atravessando os paralelepípedos. O famoso bar e café LGBTQ+ de Copenhaga ficava mesmo ao lado da câmara e a poucos passos da antiga sede da polícia e ao longo dos anos tornara-se o seu refúgio para uma bebida depois do trabalho. Nem a mudança de local dos escritórios nem o rapaz desaparecido iriam mudar isso.

Jeppe tinha-se esquecido de que era sábado à noite, até abrir a porta do restaurante e ouvir a música alta, enquanto os clientes dançavam, vestidos com cores brilhantes e roupas justas de couro. Sentou-se no bar e pediu duas garrafas de cerveja, enquanto Donna Summer cantava *Hot Stuff* e o *barman* a acompanhava.

Oscar estava desaparecido há mais de vinte e quatro horas e continuavam a não ter uma única declaração relevante de alguma testemunha, nem qualquer contacto por parte dos supostos sequestradores. O facto de a sua mochila ter sido encontrada na doca podia indiciar que ele fora levado por mar. A Supe conseguira que o superintendente-chefe lhes facultasse assistência por parte da agência de gestão de emergências, cujas unidades de busca e salvamento e mergulhadores estavam naquele momento a dirigir-se para a água. O helicóptero da marinha ainda dispunha de cerca de uma hora para voar sobre o porto de Copenhaga antes de escurecer. O alerta fora emitido para os vários vigilantes e funcionários dos fortes e ilhas, faroleiros e pilotos ao longo da costa, tanto do lado dinamarquês como do lado sueco do estreito. Os Serviços de Busca e Salvamento suecos em Malmö também ofereceram a sua ajuda. Busca alguma em solo dinamarquês poderia ser maior do que esta. Porém, nada disto ajudaria se alguém estivesse a prender Oscar dentro de portas.

— Oh, essa *Carlsberg* parece mesmo fresca! *Skål!* — Anette apareceu atrás dele e deu um grande gole na sua cerveja. — Recebi uma chamada quando vinha a entrar, o porta-a-porta não deu qualquer resultado. Ninguém viu o Oscar, desde que ele deixou a escola ontem à tarde — olhou por cima do ombro e ergueu uma sobrancelha, como comentário ao ambiente de festa no bar. — Alguma pista sobre a carta?

— Deixa-me ver… Sim, o Clausen acabou de escrever. — Jeppe tocou no ecrã do telemóvel e abriu o *e-mail* do técnico da cena do crime. — Trata-se de um papel branco comum de setenta e cinco gramas e o texto foi impresso numa impressora de jato de tinta e não numa impressora laser. A fonte é Times New Roman. Nota-se uma ligeira marca do rolo na parte superior da página, sugerindo ter sido impressa numa máquina grande e não numa impressora doméstica. Provavelmente o tipo de fotocopiadora ou impressora que se encontra em qualquer escritório profissional.

— Ou numa escola — sugeriu Anette. — Impressões digitais?

— Algumas. Encontraram as do Henrik e da Malin, mas infelizmente as outras não estão suficientemente nítidas para poderem ser usadas. Sabes como são as impressões em papel — Jeppe afastou o telemóvel e sorriu para um casal mais velho que começara a dançar em frente ao bar. Havia algo de libertador naquele ambiente descontraído à sua volta, tão inocente e despreocupado. — A Esther de Laurenti confirmou que a citação é de um livro de Oscar Wilde. Vou passar amanhã em casa dela para saber mais.

Anette acenou a cabeça e bebeu novamente.

— Que raptor deixa ficar uma citação de um livro antes de forçar a vítima a entrar num barco? Não acredito que esse pedaço de papel tenha qualquer ligação com o Oscar.

— A não ser que ele a tenha escrito? — sugeriu Jeppe. — Miúdos de 15 anos podem ser bastante... enigmáticos.

— Tenho certeza de que *tu* eras assim, quando tinhas 15 anos — olhou-o com um ar conhecedor. — Enigmático e um chato de primeira.

— Oh, pois. Diz antes um jovem sensível, cheio de palavras e de sonhos.

— Ainda bem que nessa altura não te conhecia — prosseguiu Anette, piscando-lhe o olho. — Já é suficientemente difícil aturar-te como adulto.

— Agora a sério, a mochila pode indicar que foi levado contra a sua vontade. Por que outra razão teria sido escondida na doca? Ele não a deixou ali para ir nadar, não é verdade?

— Ainda não estou convencida — disse Anette, abanando a cabeça. — Os raptores mostram-se nervosos e bruscos nas suas mensagens. E se isto tivesse acontecido por causa de dinheiro, por agora já teriam dito alguma coisa — ou seja, haveria algo mais concreto.

— E em que ponto é que isso nos deixa?

— Eu digo que foram os pais — Anette bebeu mais um pouco e limpou a boca com a mão.

— O que é que os pais fizeram? — contra-atacou Jeppe. — Não podes limitar-te a fazer uma acusação dessas!

— Bem, e tu também só arranjas teorias coxas — riu-se, sarcástica. — Não, sinceramente, acho que há qualquer coisa de estranho com aquela família. O tempo dirá se foi o pai, que lhe deu uma enorme tareia, ou a mãe, que sofre de síndrome de Munchausen por procuração. Eu receio que neste momento o Oscar esteja no fundo do oceano com algo pesado preso às pernas.

— Se há aqui alguém com Munchausen, és tu! Aquela pobre família está morta de medo por causa do filho desaparecido. Dá-lhes algum desconto, caramba! — Jeppe colocou dinheiro sobre o balcão. — As ameaças contra a família são suficientemente reais e é provável que estejam relacionadas com o desaparecimento do Oscar.

— Isso é o que eles querem que pensemos — ripostou Anette.

Jeppe bateu com os nós dos dedos no balcão.

— Bom, por mim já chega. Vou ter com a Sara a casa… Outra possibilidade é o Oscar ter-se envolvido em alguma coisa online, através de um *chat* ou de um jogo.

Anette terminou a cerveja e suspirou.

— Então estás a querer dizer que algum psicopata da Internet com uma prancha de surfe deixou uma linda carta aos pais e a seguir levou o rapaz para o mar e desvaneceu-se no ar?

— Sim, Werner — disse Jeppe, levantando-se. — É precisamente isso que quero dizer.

Meias sujas, sapatilhas desirmanadas, sacos, chapéus, livros escolares, envelopes fechados e livros de banda desenhada. O apartamento parecia um depósito de lixo. Tudo estava espalhado de uma maneira que afastava cada objeto do seu propósito original, como se tivessem perdido o valor devido à sua localização e se tivessem transformado em lixo, no chão da sala de estar.

Sara Saidani observou o caos com uma irritação crescente. Não era uma pessoa superarrumada e sempre vivera no meio de pilhas disto e daquilo, mas ultimamente a confusão tinha escalado a um ponto em que nem ela aguentava mais. Partilhava um apartamento de oitenta e cinco metros quadrados no bairro de Christianshavn, em Copenhaga, com as suas filhas e, na maior parte dos dias, também com o namorado, e mantê-lo numa ordem relativamente decente começava a equivaler a tentar conter um *tsunami* apenas com uma fileira de sacos de lixo.

Reparou numa maçã escura, já meio-comida, a um canto e revirou os olhos, enojada. Oh, que mais porcarias iria encontrar? Com um suspiro cansado, começou a limpar.

Umas cuecas com flores aterraram no cesto, juntamente com a camisola amarela com capuz, pela qual Amina choramingara durante semanas e que estava agora manchada e, em consequência, despromovida a roupa de andar por casa. E ali estava uma das *T-shirts* de Jeppe — quando ia embora, habitualmente levava a roupa com ele. Sara levou a blusa branca ao nariz e sentiu o odor do namorado, mas afastou-a rapidamente, juntando-a ao resto da roupa para lavar. Ao fim e ao cabo, havia limites à parvoíce de uma mulher mãe de duas filhas. Mãe solteira, investigadora da polícia e apaixonada por um colega de trabalho — não era a trilogia ideal.

Levou o cesto para a lavandaria, agachou-se e começou a enfiar a roupa na máquina. Os quartos apertados, combinados com o desafio de integrar Jeppe na família, começavam a cansá-la. E por mais apaixonado que ele se mostrasse em relação a ela, já no que dizia respeito às suas filhas não revelava grande ligação. Por vezes, Sara sentia-se tão assoberbada a tentar criar um relacionamento familiar entre todos, que já não sabia como se sentia relativamente a isso.

Jeppe deveria chegar em breve. Sara não estava de serviço, mas depois de ele lhe ter enviado uma mensagem nessa manhã, ela ligou o rádio da polícia. O rapaz tinha 15 anos e desaparecera na tarde do dia anterior. Poderia ser um caso sério, ou absolutamente inofensivo. Se tudo corresse bem, em breve estaria de volta e em boa forma.

O barulho da máquina de lavar chamou-lhe a atenção e ficou a observá-la meditativamente, enquanto se ia enchendo de água. Tirou o penso rápido da Pippi das Meias-Altas que cobria um arranhão no seu joelho, e que aí fora posto pela pequena Meriem, muito concentrada e com a língua de fora no canto da boca.

A porta da casa de banho rangeu, e Sara sentiu Jeppe, mesmo antes de se voltar para o ver.

— Chegaste — disse, levantando-se. — Encontraram-no?

— Não. Não há testemunhas e ninguém sabe onde ele está.

— Oh, coitados dos pais. Como é que estão a reagir?

— Como seria de esperar.

Jeppe segurou-lhe o rosto entre as mãos e beijou-a. Sara sentiu uma mistura familiar de excitação pelo novo amor, a par da exaustão que todas as noites a atingia depois de as meninas estarem deitadas. «O amor não é como nos filmes», alguém cantara, e tinha razão. Só quando as filhas estavam a dormir e o Departamento de Crimes Violentos à distância era possível o amor ser como nos filmes, mesmo que apenas em breves vislumbres. Se ao menos não se sentisse tão cansada.

— Que tal foi o teu dia? — perguntou Jeppe, prendendo-lhe um dos seus caracóis atrás da orelha.

— Bom, o costume. Levei as miúdas ao cinema. Vem, vamos para a sala. Vou buscar-te uma cerveja.

Fechou as portas envidraçadas atrás de si.

— Olha, arrumei tudo.

Jeppe olhou em volta da sala, que lhe parecia no habitual estado de desarrumação.

— Pronto, está bem! — confessou Sara. — Não consegui grande coisa. É impressionante o pouco que consigo fazer, mesmo quando não estou a trabalhar.

Ele sorriu, parecendo estar a controlar-se. Não era algo que verbalizassem, mas ambos sabiam que os seus padrões de limpeza diferentes eram um dos muitos obstáculos à possibilidade de virem a morar juntos.

— Trouxe o computador do Oscar — disse Jeppe, deixando-se cair no sofá. — Sei que amanhã estás de folga, mas…

A bem da própria consciência, Sara refletiu por um segundo. Já sabia que o trabalho venceria sobre o tempo passado com a família.

— Darei uma vista de olhos. Talvez possa pedir à minha mãe que tome conta das crianças durantes algumas horas — sentou-se junto dele. — Já verificaram se tem impressões digitais?

— Os técnicos da cena de crime encontraram várias, e não apenas as de Oscar. Estão agora a compará-las com as dos elementos da família, para ver se há algumas que não consigamos identificar. — Abriu a cerveja e bebeu com um suspiro de satisfação. — Havia uma carta para os pais. Sem remetente, apenas com uma citação de Oscar Wilde que referia uma faca e o passado ter de morrer.

— Uma nota de resgate?

— Ainda não sabemos — Jeppe encolheu os ombros. — Ainda não houve qualquer contacto, nem quaisquer exigências.

Sara abanou a cabeça, pegou na cerveja e bebeu um gole.

— Não gostas de falar sobre isso? — perguntou Jeppe.

Ela inclinou a cabeça, evasiva.

— É que, sabes… uma criança desaparecida… Quando se tem filhos, é o pior que se pode imaginar.

Jeppe voltou a pegar na cerveja, acabou de a beber, e pousou a garrafa.

— Também já não consigo pensar mais nisso. Vamos deitar-nos.

Deixou que ele a puxasse para o quarto, protestando sem convicção, ao mesmo tempo gostando da sensação das suas mãos e olhos sobre o seu corpo. Rendeu-se.

— Mamã, tive um pesadelo.

Meriem estava parada à porta a olhar para eles, perplexa. Sara embrulhou a colcha em volta dos ombros e levantou-se da cama, agachando-se para abraçar a filha. Jeppe desapareceu debaixo dos lençóis.

— Pronto, querida, já passou. Vá, vamos voltar para a tua caminha. Eu fico um bocadinho contigo.

Levou Meriem para o quarto que as duas meninas partilhavam e deitou-a na cama florida do beliche de baixo. Sentou-se na ponta da cama, a segurar a mão da filha, tentando reprimir a irritação por não poder deixar Meriem dormir na cama de casal com ela. Seria diferente se Jeppe fosse o pai delas? Ou se, pelo menos, se mostrasse um pouco mais interessado?

Permaneceu ali, a olhar para Meriem, sentindo o calor da sua mãozinha pequena. Quando, finalmente, a filha adormeceu, Sara voltou para o próprio quarto.

Jeppe tinha adormecido.

A escuridão envolve o corpo do rapaz como uma colcha pesada, sufocante. Ele fecha os olhos e volta a abri-los, mas não faz diferença. O coração bate-lhe, acelerado, no peito. Tenta respirar devagar para se acalmar, mas a cegueira torna-o difícil. À sua volta está frio e ele treme, com o seu blusão fino de ganga. Tenta impedir-se de tremer, sabendo que isso só o fará sentir mais frio.

É uma pequena divisão claustrofóbica. O teto é baixo, o espaço apertado. É difícil orientar-se no escuro. As paredes desfazem-se sob os seus dedos, e o teto está a pingar. Consegue ouvir o oceano, mas já não consegue vê-lo. Tem fome. Está cansado.

Senta-se no chão e encosta-se à parede. Tenta não pensar demasiado no espaço confinado ou na escuridão. Não adianta. Não há saída possível. Está encurralado.

O rapaz sabe que está ali para morrer. Deixou de ter esperança e agora já só quer que tudo acabe depressa, que o seu sofrimento não se arraste.

Sabe aquilo que o espera.

Quando o seu coração parar, o sangue no seu corpo deixará de circular e, lentamente, irá arrefecer até à temperatura do ambiente circundante. A pele vai tornar-se pegajosa e mudar de cor, ficando pálida e amarelada. Os olhos poderão estar abertos ou fechados, os brancos ficarão avermelhados e lacrimejantes. O livor mortis *aparecerá primeiro nas zonas em que o seu corpo está em contacto com a superfície por baixo. Se demorarem muito tempo a encontrá--lo, os patologistas retirarão um líquido avermelhado e amarelado das suas cavidades pulmonares com uma concha.*

O rapaz tenta pensar em todo o processo como algo natural, como um trabalho de biologia, uma condição para conseguir estar vivo. Mas continua com medo. Não tanto do que o espera do outro lado, mas do que tem de passar antes disso.

DOMINGO,
14 DE ABRIL

CAPÍTULO 7

— Ainda não o encontrámos. Lamento muito — as palavras de Jeppe esmoreceram. O ponto de situação da agência de gestão de emergências dessa manhã fora desanimadoramente inequívoco.

Malin Dreyer-Hoff respondeu mais com um som do que com uma palavra real. Aclarou a garganta.

— Está bem, obrigada — disse. — Nós também não soubemos mais nada.

O eco de uma desavença entre Sara e Meriem na cozinha chegou até ao quarto, onde Jeppe estava sentado. Esperava que o conflito não fosse audível do outro lado da linha.

Pelo menos, onde há conflito, há vida, pensou, enquanto fechava a porta.

— Eu… — também Malin parecia estar a afastar-se de alguma coisa ou de alguém. — Tenho algo que gostaria de lhe mostrar. Acha que nos podemos encontrar?

— Posso passar por aí — Jeppe consultou o relógio —, daqui a cerca de uma hora?

Do outro lado fez-se um silêncio. Ia repetir a sugestão, quando ela respondeu.

— Vá ter comigo ao local onde trabalho, no número 41 de Stockholmsgade. Também fica em Østerbro.

Está no trabalho?, questionou-se, mas sem lhe perguntar.

— Muito bem, estarei aí às nove.

Desligou e enviou uma mensagem para Anette e Thomas Larsen, pedindo-lhes para se encontrarem com ele no escritório, em Teglholmen, ao meio-dia. Tinham passado quarenta horas desde que Oscar Dreyer-Hoff fora visto pela última vez. Iriam ter de trabalhar a par das equipas de busca e salvamento, explorando todas as opções possíveis, mesmo a um domingo. No preciso momento em que recebeu o O. K. por parte dos colegas, ouviu abrir-se a porta da casa de banho e apressou-se na sua direção, antes que Amina tivesse oportunidade de voltar a entrar. A filha mais velha de Sara tinha o hábito de ocupar a casa de banho durante meia hora ou mais de cada vez. Para ajudar, de manhã estava sempre cronicamente mal-humorada. Tomou um duche rápido, no meio de uma série de produtos de banho perfumados, vestiu-se e sentou-se na mesa ao lado de Meriem.

— Dormiste bem? — nunca sabia como proceder com as miúdas. Não tinha certeza se poderia fazer uma festinha na bochecha de Meriem e sentia-se embaraçado pela sua falta de noção sobre como falar com uma criança de 8 anos.

— Responde, querida! O Jeppe fez-te uma pergunta!

— Dormi — Meriem sentou-se a ler um livro de banda desenhada, sem sequer levantar os olhos. Virou a página e enfiou uma colher cheia de papa de aveia na boca, pingando um pouco de leite em cima da mesa.

Jeppe empurrou a tigela para mais perto dela. Meriem voltou a empurrá-la para mais longe, sem tirar os olhos do livro.

— Está apenas cansada — Sara pousou uma chávena de café na frente dele. — Já o encontraram?

— Não — deu um gole no café e queimou a língua.

— Encontraram quem? — Meriem olhou para ambos, subitamente interessada.

— Ninguém, querida. Come o pequeno-almoço! — Sara afagou a cabeça da filha e voltou-se para a torradeira, onde as fatias de pão de centeio começavam a deitar fumo. — Consegui arranjar umas horas para trabalhar esta tarde. A minha mãe vem aí. Talvez possa levar as crianças à piscina.

— Iupiii, piscina! — Meriem soltou um guincho de alegria. Deu um salto, virando sem querer a sua tigela.

Rapidamente, Sara agarrou num pano e limpou o leite do chão.

— Tem cuidado! Oh, como se a confusão já não fosse suficiente.

Jeppe tentou tirar-lhe o pano, mas ela afastou-o. Meriem começou a chorar.

— Pronto, já chega. Não foi nada de grave. Dou-te outra tigela. Estás a ver? — apressadamente, Sara despejou mais um pouco de aveia numa tigela e foi buscar o leite.

Amina chegou e encostou-se à mesa da cozinha com os braços cruzados.

— Ouvi bem quando disseste que a avó nos vai levar à piscina? Eu não estou para isso!

Jeppe levantou-se e colocou a sua chávena no lava-loiças.

— Bem, é melhor eu ir andando…

Sara lançou-lhe um olhar e voltou-se para a filha mais velha.

— Ouvi o que disseste, Amina, mas tens de ir. Não quero que desaprendas de nadar.

— Como se tivesse alguma coisa que ver com isso! — troçou Amina. — Tu tens é de trabalhar.

Jeppe parou junto à porta.

— Lembrem-se, hoje vamos jantar a casa da minha mãe.

— *O quê?* — Amina olhou para ele de boca aberta.

— Eu já te tinha dito, minha menina — Sara acenou a Jeppe por cima do ombro.

— Não, não tinhas! Porque é que nunca ninguém me pergunta o que é que *eu* quero fazer? — lançou Amina.

— Tenham um bom dia! — Jeppe pegou no seu saco, que estava no corredor, e desceu as escadas para o ar fresco da manhã em Christianshavn. Quando chegou à rua, inspirou fundo e expirou.

Jenny Kaliban abotoou o uniforme e preparou-se para abrir o Museu Thorvaldsens aos primeiros visitantes desse domingo. O edifício ocre erguia-se como um templo à sombra do Palácio Christiansborg, com o friso da fachada representando Thorvaldsen no seu regresso a Copenhaga, vindo de Roma, a refletir-se no Canal Frederiksholms. Bertel Thorvaldsen, o escultor de renome mundial, ajudara a projetar o edifício, mas morrera antes da sua conclusão, em 1848. Estava agora sepultado no pátio interior do museu, que se tornou o centro da sua vasta coleção de arte e o seu mausoléu.

Jenny prendeu o cabelo grisalho num rabo-de-cavalo e esfregou as faces, para ganhar alguma cor. O trabalho do dia anterior no *atelier* tinha sido frustrante, e a noite mais frustrante ainda. Às três da manhã tivera de fumar dois charros para conseguir adormecer. Agora estava cansada e indisposta e não se sentia em condições para conduzir a visita guiada das 10h15. Saiu da sala do pessoal arrastando-se ao longo dos corredores abobadados, passando por estátuas de olhos inanimados voltados para o pátio. Os seus passos pesados ecoaram sob os tetos azul-celeste enfeitados com estrelas, revelando um novo signo do zodíaco em cada abóbada, e ela sorriu ao passar por escorpião, o signo do escultor e também o seu.

Os historiadores de arte geralmente achavam Thorvaldsen muito escandinavo, frio e simples, mas Jenny sabia que não era bem assim. O museu estava repleto de símbolos secretos e romance, que revelava que Thorvaldsen tinha sido tudo menos frio e chato. Como era o caso do eixo que atravessava desde a porta virada a oeste, passando pelo signo do escorpião, seguindo a direito pelo monumento funerário coberto de hera, e chegando até à figura de Cristo, junto à porta este. Desde o nascimento à morte e ressurreição numa linha, ilustrados de uma forma tão subtil e suave. Sem falar de todos os pormenores eróticos e no humor que espreitava por todo o lado, logo abaixo da superfície. Quando Jenny conduzia as suas visitas, descrevia sempre Thorvaldsen como um filósofo do amor, enfatizando a sua vida descontraída e erótica com as suas muitas namoradas e amantes, fora dos laços formais do matrimónio. Muitas vezes, as pessoas não conseguiam ver além dos olhares mortos das estátuas de mármore e achavam o museu enfadonho. Se soubessem! O erotismo tem muitas faces.

Jenny abriu as portas e deixou a luz da primavera entrar no átrio, seguida por visitantes ansiosos. Acolheu-os, indicou-lhes a bilheteira e informou-os de que dentro de poucos minutos teria início uma visita guiada. Depois ficou à espera, de pernas afastadas e mãos atrás das costas, por baixo da estátua de gesso do Papa Pio VII, réplica da estátua de mármore exposta na Igreja de São Pedro, em Roma.

Às 10h15 estava reunido um grupo de oito pessoas — sete delas grisalhas, usando óculos e com calçado prático — e ela deu início à visita. Em jeito de apresentação, falou-lhes das origens humildes de Thorvaldsen no final do século XVIII em Copenhaga, onde ganhara a reputação de criança prodígio, tendo começado a estudar na Real Academia Dinamarquesa de Belas Artes apenas com 11 anos, conquistando inúmeras medalhas de prata e ouro. A seguir, passou para os seus amigos proeminentes, incluindo o poeta Adam Oehlenschläger e o autor Hans Christian Andersen, a sua viagem de navio rumo ao sul via Malta, e os quarenta anos que passou em Roma. Enquanto conduzia o grupo, Jenny ia apontando para pinturas e esculturas, levando-os, de seguida, até ao pátio. Aí, falou-lhes do enterro na câmara subterrânea, alegadamente azul-celeste e decorada com rosas e lírios, com uma cruz no chão e, sobre o próprio caixão, uma placa funerária representando duas folhas de palmeira entrelaçadas. Era assim que tinha ficado projetado nas plantas do arquiteto.

Neste ponto, fez uma pausa para conseguir um efeito mais dramático, antes de prosseguir:

— Contudo, não há maneira de o comprovar, pois o túmulo nunca foi aberto.

Lançar um pouco de simbolismo ao estilo Dan Brown aqui e ali deixava os visitantes sempre de bom humor. As pessoas adoravam mistérios.

Jenny conduziu o grupo até à estátua de mármore de Ganimedes com a águia de Júpiter, que estava escondida numa das pequenas salas de exposições ricamente coloridas do museu. Tinha sentimentos contraditórios em relação à bela escultura do jovem ajoelhado em frente à águia, com as mãos estendidas. A sua pele era tão suave e perfeita, os seus olhos tão confiantes, sem imaginar que a águia era na verdade o deus Júpiter, que estava prestes a sequestrá-lo e a levá-lo para o Monte Olimpo, violando-o e fazendo dele criado dos deuses.

A porta do escritório de Nordhjem, em Stockholmsgade, estava pintada numa cor que Jeppe recordava como sendo verde Copenhaga, brilhando como se tivesse sido polida poucas horas antes. Foi introduzido num elegante corredor forrado com painéis de madeira de alta qualidade e subiu um lanço de escadas até ao primeiro andar, onde Malin Dreyer-Hoff o veio cumprimentar.

— Agradeço-lhe ter vindo ter comigo tão rapidamente — disse, ainda antes de ele ter chegado ao cimo das escadas. — Tive de sair de casa por algum tempo.

— Compreendo — Jeppe aceitou a mão que ela lhe estendia, ao chegar ao local com o chão de parquê em espinha.

Não conseguiu evitar inclinar a cabeça para trás e admirar o teto artisticamente pintado com detalhes dourados e um lustre de vidro veneziano. Dois sofás cor-de-rosa, que combinavam com o que os Dreyer-Hoffs tinham em casa, e grandes quadros de arte moderna acentuavam o estilo sumptuoso. Não era nada o estilo de escritório a que Jeppe estava habituado.

— Malin, a mochila do Oscar foi encontrada no porto, logo abaixo do vosso apartamento.

— A mochila... o que é que isso significa? — perguntou, rígida.

— Ainda não sabemos. Não tinha quaisquer marcas, tudo parecia normal. Estava escondida por baixo de uma rampa que descia para um dos ancoradouros.

Ela abriu a boca e voltou a fechá-la.

— É onde o nosso barco está ancorado — disse.

— Têm um barco?

— Um pequeno veleiro. É do Henrik.

— O Oscar sabe como conduzi-lo sozinho?

Ela hesitou.

— Acho que não — respondeu. — Talvez.

— Pode pedir ao Henrik que verifique de imediato se o barco está no seu lugar habitual?

Ela hesitou durante tanto tempo que Jeppe estava prestes a repetir a pergunta.

— Claro. Vou telefonar-lhe.

Malin ligou ao marido e falou-lhe em voz baixa, nítida, sem palavras suaves por entre todas as palavras duras. Após dois minutos, desligou abruptamente.

— Ele vai já verificar.

Dirigiu-se aos sofás cor-de-rosa, sentou-se e endireitou a bainha da blusa. Era um hábito que Jeppe associava a mulheres que se sentiam inseguras em relação ao seu peso, mas talvez neste caso fosse outro o motivo que a deixava inquieta. Sentou-se no sofá em frente a ela e pegou no bloco de notas.

— Que aspeto tem?

— O barco? Tem seis metros, é de madeira pintada de branco e chama-se *Frida*, como a minha mãe.

Jeppe tomou nota, sem olhar para cima.

— É o projeto de estimação do Henrik — prosseguiu. — Eu não sou fã de barcos. Mas ele adora brinquedos novos — carros, bicicletas de corrida e, desde o ano passado, também um barco.

Jeppe sorriu com a descrição. Os homens e as suas engenhocas.

O telemóvel dela emitiu um bip. Leu a mensagem e pousou-o na mesa, com o ecrã voltado para baixo.

— O barco desapareceu e as chaves não estão penduradas no sítio do costume. Embora possam facilmente estar algures num bolso ou numa mala. Não somos propriamente organizados. Por vezes as coisas desaparecem.

— Por favor, procurem cuidadosamente e avisem-nos se as encontrarem. — Jeppe fez uma pausa e viu-a acenar com a cabeça, lentamente. — Então, tinha algo para me mostrar?

— Sim — voltou a puxar a bainha da blusa, inclinou-se para pegar na sua mala pousada no chão e tirou de lá de dentro uma pasta de plástico. Segurou-a por um momento, antes de a passar sobre a mesa de centro.

— O Henrik acha que não devemos misturar as coisas, mas…

Jeppe agarrou na pasta e leu através do plástico transparente.

Um porco como tu não merece viver. Um porco como tu tem de olhar por cima do ombro. Isto não é uma ameaça em vão. Vou matar-te na segunda-feira, quando estiveres a regressar a casa do trabalho!

— As infames cartas ameaçadoras, presumo? Afinal, tinha-as.

Malin ignorou o comentário.

— Quanto tempo demora geralmente a chegar um pedido de resgate?

— Não sei dar-lhe uma resposta concreta. Alguns dias, por vezes mais. — Deu uma pancadinha na pasta. — Mas talvez consigamos encontrar os raptores, agora que temos as cartas. Obrigado. Oh, e já agora, o escritor Oscar Wilde tem algum significado especial para si? A tal citação vem de um dos seus livros.

— Não, nunca li nada dele — as pontas dos dedos com as unhas pintadas de rosa rodavam ansiosamente os muitos anéis de ouro que lhe adornavam as mãos. — Não saber onde está o meu filho... Imaginar como deve estar assustado, talvez em sofrimento...

Jeppe inclinou-se para a frente e pousou uma mão no braço dela.

— Garanto-lhe que estamos a usar todos os meios para conseguirmos encontrá-lo.

Malin pousou uma mão sobre a dele e apertou-a ligeiramente, agradecida, mantendo o contacto visual. Jeppe sabia que não poderia oferecer-lhe nada que a fizesse sentir-se melhor, a não ser o regresso do filho, são e salvo.

— Vamos investigar as cartas e procurar o barco. Deverá estar em algum sítio do porto. Calculo que um pequeno barco desses não possa ir muito longe, não?

— Não faço ideia.

— Está bem. Perguntarei ao Henrik — afastou suavemente a mão e levantaram-se ambos.

Sobre a consola de pernas curvas estava pendurado um desenho emoldurado de um rosto. Os traços eram jovens e bonitos, o olhar afastava-se dos olhos do observador, como que por timidez. O desenho fora feito com linhas pretas marcantes, com os planos variando em tons de cinza. Jeppe deteve-se.

— Não sei se é muito óbvio, mas é um retrato do Oscar — Malin aproximou-se do desenho do filho mais novo e admirou-o. — Era tão querido quando era pequeno. Tem filhos?

Essa era uma daquelas perguntas a que só se pode responder com um simples sim ou não. Jeppe ainda não tinha decidido propriamente.

— Não.

Sorriu-lhe e ela aproximou-se. Os seus olhos fizeram-no lembrar os de uma pantera no jardim zoológico. Presa no seu pior medo.

— Vai tudo correr bem, Malin.

O beijo foi inesperado. Suave e convidativo, com sabor a café e a medo. Jeppe afastou-se dela e Malin olhou para o chão.

— Desculpe. Não sei por que o fiz. Eu só... as coisas estão...

— Não tem importância. Eu compreendo — disse Jeppe, embora sem perceber por que razão ela o tinha beijado. Talvez uma necessidade de se acalmar, de pensar em outra coisa que não aquilo que a assustava? Mas por que não procurara esse conforto em Henrik?

— Vamos encontrá-lo.

Jeppe lançou-lhe um último olhar, antes de abrir a porta. Iriam, sem dúvida alguma, encontrar Oscar. A questão era saber se nessa altura ainda estaria vivo.

CAPÍTULO 8

CopenHill brilhava sob a luz viva daquela manhã de primavera, com o metal da fachada cintilante a refletir o sol. Bem acima da linha inclinada do telhado, o topo da chaminé refulgia vermelho como um olho malévolo. A nova referência de Copenhaga parecia um animal vivo e resplandecente, à espreita entre os arbustos e árvores de Refshaleøen.

Kasper Skytte bebeu um gole da garrafa que tinha na mão e contemplou o seu local de trabalho através do para-brisas do seu carro estacionado. Aguardente *aquavit Aalborg* morna... não encontrara mais nada para se preparar. Foi sentindo a queimadura a descer até ao estômago. Mesmo assim, continuou a beber.

Trabalhar na central naquele último ano dera um novo alento à sua vida, em todos os sentidos. Nunca estivera sob maior pressão, tivera mais sucesso ou mais conflitos do que agora. Parecia que toda a existência se tinha acelerado, que a vida passava a voar e que ele apenas podia tentar aguentar com o coração acelerado. Corria pela cidade para chegar a casa depois de comprar as mercearias para o jantar, acordava todas as manhãs para se deparar com cinquenta novos *e-mails*, decifrar números de emissões, desenvolver novos *softwares*, pesquisar, limpar o chão e ser pai, sem falhar demasiado em qualquer dessas atividades.

Diz-se que quem trabalha muito erra muito. Mas isso dava-lhe algum conforto? Ou sequer alguma desculpa?

Era demasiado tarde para mudar.

Tinha parado numa bifurcação da estrada e fizera uma escolha. Isso soava sempre muito bem nos livros, como se alguém estivesse realmente de pé no meio de uma montanha e pudesse escolher entre ir para o norte ou para o sul, rumo a novas aventuras. Na realidade ali estava ele, sentado no seu velho carro de família e com um nível de álcool no sangue tão alto quanto a chaminé da central de incineração. E já não podia voltar atrás e confessar.

Quando Iben era pequena, a vida era simples. A sua vinda ao mundo colocara tudo em perspetiva e ganhara novas proporções, estando o preto e o branco claramente definidos. Nessa altura nunca tivera quaisquer dúvidas sobre o que era certo ou errado, que tipo de valores iria passar para a filha e que tipo de mundo desejava que ela herdasse. Agora já não sabia nada.

Kasper deu mais um gole e reprimiu um arroto ácido. O telemóvel tocou. Novamente. Não atendeu. Como se precisasse que o lembrassem de como estava lixado.

Atirou a garrafa pela janela aberta. De seguida, ligou o motor e guiou em direção ao pesadelo em que a central se transformara.

— Ei, o que se passa? Onde estão todos? — Thomas Larsen pousou a caixa da padaria sobre a mesa do refeitório e olhou de Jeppe para Anette. — Achei que toda a equipa estaria aqui. Comprei vinte rolos de canela, para que houvesse suficientes para todos.

— Bem — disse Jeppe, fechando o recipiente de café acabado de preparar —, então mais ficam. Ouve, Larsen, desculpa, mas por agora vamos manter esta investigação restrita e eficiente. Seremos apenas nós três e a Saidani, e hoje ela está a trabalhar a partir de casa. A busca está a decorrer a todo o vapor, mas enquanto não tivermos notícias dos raptores não há muito que *nós* possamos fazer. Só vos arrastei para aqui a um domingo porque a Werner teve…, digamos, um palpite.

Larsen sentou-se à mesa sem tirar o casaco de cabedal.

— Um *palpite*? — reclamou. — Acabei de gastar quatrocentas coroas na padaria.

— Oh, vale bem o dinheiro, garanto-te — Anette agarrou numa cadeira ao lado dele. — O que estamos a festejar? Não que me queixe, mas por que razão trouxeste estas gulodices? — levantou a tampa da caixa e escolheu um rolo de canela com uma quantidade particularmente grande de açúcar glacê por cima e transferiu-o para o seu prato.

— Sim, bem, eu ia fazer um anúncio, mas suponho que agora também já não há como evitá-lo — Larsen suspirou, parecendo um rapazinho cujo castelo de areia acabara de desmoronar. — A Mette está grávida. Vou ser pai.

Jeppe cruzou o olhar com Anette, do outro lado da mesa, e reprimiu uma gargalhada. Havia algo involuntariamente cómico na importância que Larsen dava a si mesmo e que os divertia. Uma rara combinação de bom aspeto, ambição cuidadosamente aguçada e uma total falta de sentido de humor. Jeppe sabia que esta vontade de se rir de Larsen também envolvia um pouco de inveja. Agora, este detetive dez anos mais novo, seria pai antes dele. Tentou recompor-se.

— Isso é maravilhoso. Um verdadeiro motivo para celebração.

— Parabéns, meu velho! — exclamou Anette, dando uma palmadinha no ombro de Larsen.

— Bem, agora não podemos falar só de mim — disse Larsen, mais apaziguado. — Vamos lá falar um pouco desse *palpite* da Werner! — fez um sinal de aspas ao pronunciar a palavra.

— A Malin e o Henrik Dreyer-Hoff estão convencidos — começou Jeppe, empurrando o prato para o lado — de que há uma ligação entre as cartas de ameaça que receberam há dois anos, o desaparecimento do Oscar e a atual citação que lhes foi deixada. Eles acreditam que se trata de um rapto, mas a Werner não está convencida.

— Eu acho que estão a mentir — cortou Anette, com a boca ainda cheia. — Se ele tivesse sido raptado para pedirem um resgate, a esta hora já teríamos tido notícias dos raptores.

Larsen ia dizer qualquer coisa, mas Jeppe interrompeu-o.

— Nesse aspeto estamos de acordo. O barco da família desapareceu. Isso tanto pode significar que alguém forçou o Oscar a entrar nele, como que foi ele próprio a levá-lo.

— A menos — continuou Anette — que a mochila na doca e o barco desaparecido sejam pistas falsas plantadas pelos pais para nos baralharem.

— Seja como for — disse Jeppe, acenando com a cabeça —, será melhor darmos uma vista de olhos nos... — ia dizer *esqueletos no armário*, mas deteve-se.

— Na *cama de família*! — exclamou Anette, revirando os olhos.

Larsen olhou de um para o outro, parecendo tentar perceber se estariam a gozar com ele.

— Bom, Larsen, é a tua vez! — Jeppe fez-lhe um sorriso de encorajamento. — Esta é a situação. O que é que descobriste sobre as cartas com as ameaças?

— Oh, então *querem* mesmo saber? — Larsen abriu a sua mala decorada com um logótipo e retirou dela uma pasta com cerca de dez folhas de papel, que estendeu sobre a mesa. — Há pouco menos de três anos, um cliente foi à polícia por suspeitar de truques sujos nos leilões da Nordhjem. Os *media* tomaram conhecimento da história e vários outros clientes avançaram também com as suas suspeitas, o que deu origem a mais de vinte processos individuais. A história coincidiu com um feriado prolongado e ficou a fervilhar por bastante tempo. Poder-se-ia, sem dúvida, chamar-lhe uma tempestade de merda.

Trincou um rolo de canela e, antes de continuar, limpou a boca com um guardanapo de papel cuidadosamente dobrado.

— Isso não deve ter sido nada bom para a família. O negócio é deles, foi construído da estaca zero e não é administrado por qualquer empresa de capital de risco. O casal criou a leiloeira há apenas seis anos e conseguiu alcançar bastante sucesso em pouco tempo. Ela vinha do mundo da arte, como dona de uma galeria, e ele tinha sido administrador de uma companhia elétrica, e mantiveram essa divisão de trabalho. Ela é a diretora criativa e ele o responsável pela administração, mas na prática sobrepõem as respetivas áreas de intervenção. Ela lida sobretudo com as aquisições e ele é responsável pelas vendas online e pelo marketing, bem como por toda a área financeira.

Larsen levou o rolo de canela à boca, mas mudou de ideias e voltou a pousá-lo.

— A crise ocorreu há três anos. As acusações eram sobre licitação dos próprios produtos, o que, basicamente, significa fazer licitações falsas em qualquer item do leilão para lhe inflacionar o preço. As licitações podem provir de um vendedor ou de um cúmplice e são inacreditavelmente difíceis de descobrir ou provar.

— Mas conseguiram prová-las?

— O procurador do Estado para crimes económicos e internacionais graves, SØIK, investigou o caso e confirmou as suspeitas de que os leilões tinham envolvido uma fraude generalizada. Com o envolvimento do Ministério Público, conseguiu-se obter um mandado e realizaram-se buscas nos escritórios da Nordhjem. O meu contacto diz, *off the record*, que tinham a certeza de que a família estava a par deste esquema e que poderia até estar envolvida. Não há dúvida de que fizeram imenso dinheiro com os preços artificialmente inflacionados.

Larsen pegou num documento em papel timbrado do gabinete do Ministério Público. O texto fora cuidadosamente revisto, com inúmeras partes rasuradas.

— Mas a verdade é que não encontraram nada concreto e o caso foi arquivado. A minha ideia é que, simplesmente, não conseguiram provar nada e tiveram que desistir. As cartas ameaçadoras chegaram depois disso. Um total de nove cartas no decurso de um ano, a última das quais recebida há dois anos. Foram escritas em papel diferente, tanto à mão como no computador, mas todas elas sobre a família, cujos elementos, especialmente o Henrik, eram descritos como pessoas terríveis que mereciam morrer.

— Então é plausível que o escândalo esteja na origem das cartas ameaçadoras. O remetente chegou a ser encontrado?

— Não — Larsen sorriu expressivamente. — A família nunca entregou as cartas e acabou por retirar a denúncia.

Os três detetives entreolharam-se por cima dos rolos de canela. A retirada de uma queixa sugeria muitas vezes que as pessoas tinham algo a esconder.

— A carta que a família encontrou ontem tinha algumas semelhanças com as cartas ameaçadoras? — perguntou Anette.

— Não propriamente — Larsen procurou as palavras certas. — Na queixa, a família descreve as cartas como ameaças muito diretas, expressas numa linguagem grosseira.

— Mas ainda continuam a ser a nossa melhor aposta para encontrar um possível raptor. — Jeppe apontou para Larsen. — Investiga as consequências do escândalo do leilão. Perdas monetárias, empregados despedidos, algo que possa ter dado a alguém um motivo para se querer vingar da família.

— Vou tratar disso — Larsen voltou a colocar a pasta no saco, com uma expressão que sugeria que devia estar à espera de mais aplausos da audiência.

— Os pais poderiam facilmente ter levado o Oscar de barco para algum lado e tê-lo matado, talvez por acidente. — Anette partiu um pedacinho do açúcar glacê do rolo de canela. — Um desentendimento que acabou mal. Não é difícil cair nos aterros da fortaleza marítima de Trekroner. Isso já aconteceu com um jovem há alguns anos e ele morreu. Eles poderiam ter-se livrado do corpo e do barco.

O Mads Teigen diz que há muitos barcos particulares a navegar pelo porto. Teria sido fácil esconder-se entre eles.

— Aquele tipo, o tal que encontrou a mochila do rapaz? — Jeppe ergueu as sobrancelhas. — Quer acreditemos na explicação dos pais ou não, temos de focar-nos nas cartas ameaçadoras. Até podem ter vindo da parte de alguém próximo da família.

Anette estendeu a mão para a caixa da padaria, mas Larsen apressou-se a fechar a tampa.

— Certamente valerá a pena interrogar a família mais próxima — disse, olhando para Anette com ar reprovador —, amigos e funcionários da empresa. Podem existir conflitos dos quais não estejamos a par. Os pais do Henrik já faleceram. Os da Malin vivem a norte de Copenhaga e ela também tem uma irmã. Além disso, ainda temos os irmãos do Oscar.

— Eu vou encontrar-me com o Henrik em... — Jeppe foi interrompido pelo toque de um telefone.

Anette pegou no seu telemóvel, olhou para o identificador de chamadas e encolheu os ombros, como se não reconhecesse o número.

— Werner — disse, atendendo.

Jeppe viu os olhos dela brilhar. Depois de uma breve conversa, ela desligou e levantou-se.

— Era do Departamento de Buscas e Salvamento. O Oscar pode ter sido avistado na ilha de Hven.

— *Em Hven?*

A ilha sueca, localizada no estreito entre a Dinamarca e a Suécia, já tinha sido esquadrinhada pelas equipas de busca e salvamento, sem quaisquer resultados.

— Um dos residentes afirma tê-lo visto e ao barco há cerca de uma hora. E ele não estava sozinho no barco. Vou para lá imediatamente — Anette começou a dirigir-se para a porta.

— Como? Vais a nado? Não devo ir contigo? — Jeppe sorriu à parceira, que se apoiava ora num pé ora no outro, corada e ansiosa.

— Não, tudo bem. Vamos dividir o trabalho. Tu tratas do Henrik, eu vou até Hven com os colegas das Buscas e Salvamento e encontramo-nos mais tarde — acenou e desapareceu pela porta.

— Ei, Werner — gritou Jeppe, atrás dela —, não queres levar o teu casaco?

CAPÍTULO 9

Logo que o farol branco de Kyrkbacken surgiu à vista, foi atingida por um cheiro de algas marinhas em fermentação. Cisnes aninhados estavam enfiados entre o betão e os pedregulhos do pequeno porto, e atrás deles erguia-se uma encosta relvada de trinta metros, com uma igreja caiada de branco no cimo. As dimensões eram dinamarquesas — pequenas e pitorescas —, mas o ambiente era tipicamente sueco. Talvez fosse a fileira de pequenos edifícios de madeira pretos e vermelhos ao longo do molhe, talvez fossem as placas em frente ao quiosque, anunciando cachorros-quentes com salada de caranguejo. Anette reviveu as memórias de infância dos passeios em família à Suécia para a apanha de mirtilos e recordou a sensação vertiginosa de correr ziguezagueando pelo meio da urze, para que as víboras não a mordessem.

A quilha do barco de alumínio abriu caminho através da marina surpreendentemente cheia, onde estavam atracados veleiros e lanchas. De pé no leme, o capitão manobrou-o em segurança até a uma rampa disponível na extremidade mais interior da marina e, habilmente, amarrou-o da popa à proa com amarras fortes.

— Vou falar com essa testemunha — Anette saltou para o cais e passou pela multidão de crianças que comiam gelado, em direção à capitania do porto.

Lá dentro, atrás do balcão, um homem com uma *T-shirt* de um azul desmaiado assistia a um jogo de futebol no telemóvel.

— Polícia de Copenhaga — identificou-se Anette, mostrando-lhe o seu distintivo. — Recebemos um telefonema de uma testemunha daqui que…

— É na porta ao lado — interrompeu o homem, levantando os olhos apenas brevemente do ecrã do telemóvel. — Nicklas, está lá atrás.

Anette apreciou o dinamarquês quase sem sotaque daquele sueco, que certamente ajudava a fazer com que os turistas que diariamente chegavam de Copenhaga se sentissem em casa na ilha.

— Ah, obrigada.

— De nada.

Percorreu a curta distância até à porta seguinte do edifício decorado com uma placa que dizia FISKBODEN — algo como «Barraca de Peixe» —, passou por uma porta fechada e continuou até às traseiras. Um homem na casa dos quarenta, com entradas e brincos em ambas as orelhas, estava de pé a pintar a fachada de madeira com um bocado de tinta. Assim que a viu, pousou a trincha, limpou as mãos nas calças e estendeu-lhe uma mão para a cumprimentar.

— Olá, chamo-me Nicklas. Bem-vinda a Hven.

Ela apertou-lhe a mão.

— Viu o rapaz de quem andamos à procura?

— Vi-o ali — acenou com a cabeça em direção ao lado do porto mais distante. — Num barco de madeira… branco, certo? Um pouco antes das nove. Eu vinha de Norreborg, onde moro. Estavam a acabar de atracar.

— Tem certeza de que era ele? Com quem estava?

Olhou para Anette, como se ela não regulasse bem da cabeça.

— Eu estava a cerca de cem metros de distância, por isso não, não tenho certeza. Mas era um rapaz de cabelo preto num barco de madeira branco e uma segunda pessoa, que tinha cabelo louro. Por isso, liguei para o meu amigo Mads e perguntei-lhe se correspondia à descrição do rapaz desaparecido, e então ele transmitiu a informação ao pessoal das buscas e salvamento em Copenhaga. — O homem voltou a pegar na trincha e mergulhou-a no balde de tinta vermelho-ferrugem.

— Diz que o viu ali?

— O barco ainda lá está — voltou à pintura, dando uma olhadela aos turistas na área do porto, como se quisesse mostrar que estava demasiado ocupado a preparar-se para o verão para poder continuar a falar com ela.

Anette agradeceu-lhe e regressou ao barco de busca e salvamento, onde o capitão e dois voluntários a aguardavam.

— Está ali. Vamos!

Passaram pelos barcos de recreio, pelo restaurante, pelas casas de banho públicas e pela plataforma de natação, em direção ao lado oposto do porto. De facto, escondido atrás de um iate pretensioso, encontrava-se um barco de madeira branco atracado ao cais.

— Não é costume pintar o nome do barco na popa? Este deveria chamar-se *Frida*, mas tanto quanto consigo ver, não tem nada escrito.

O capitão saltou para a embarcação, segurou-se ao parapeito e inclinou-se para examinar o lado mais afastado do barco.

— Deste lado também não tem nome. E é obrigatório por lei, mas mesmo assim os donos de barcos nem sempre cumprem — inspecionou o barco aberto. — Aqui não há nada, para além de umas cordas. Está vazio.

Anette endireitou-se e olhou ao redor do porto, ao longo da costa e até à igreja. A que distância se conseguiria chegar a pé numas duas horas? Como é que alguém poderia desaparecer numa ilha tão pequena como aquela?

— Talvez devesse ir até à igreja para ter uma vista mais ampla — sugeriu uma voz, mesmo atrás dela.

Anette voltou-se e deparou com os olhos verde-mar. Mads Teigen.

— O que está aqui a fazer? — a sua surpresa fê-la soar rude.

— Fui eu que chamei a equipa de busca e salvamento. Conheço o Nicklas, da barraca do peixe. Pensei que talvez vos desse jeito alguma ajuda.

Anette olhou para o capitão dos Serviços de Buscas e Salvamento e para os dois voluntários. Mads tinha razão. Era um grupo de trabalho um bocado improvisado.

— Talvez — ela olhou para a igreja branca no cimo da colina, a brilhar como um sinal à luz do sol. Uma seta a apontar para Nosso Senhor, uma mão estendida em busca de uma alma, talvez? — A vista dali de cima é boa?

— Consegue ver-se a maior parte da ilha — respondeu.

— Muito bem — apontou para o capitão —, vocês procuram no porto! Perguntem a todos aqueles com quem se cruzarem se o viram! Entretanto, eu e o Mads vamos subir a colina e dar uma vista de olhos.

— Vamos? — perguntou, acenando para Mads.

A estrada fazia uma curva para fora da cidade e contornava a colina, virando abruptamente para cima e passando por bonitas casas com pátios bem tratados em socalco, ao longo da subida. Apanharam o ritmo e Anette sentiu-se grata por conseguir acompanhá-lo sem perder o fôlego. Chegaram à igreja e ao cemitério circundante no topo da colina. Mads parou, com uma mão sobre o trinco da cerca de ferro forjado.

— Sabia que a palavra *isola* deriva originalmente da palavra latina para «ilha»?

Anette sentiu que não era suposto responder.

— Quem vai para uma ilha, vai *isolar-se*, vai para ficar sozinho — Mads permaneceu com a mão sobre o trinco, os ombros largos a formarem uma parede em frente dela.

— É por isso que vive na fortaleza de Trekroner…?

Ele não respondeu. Após um breve momento, empurrou o trinco e abriu o portão para o cemitério da Igreja de São Ibb.

Anette observou-o a entrar. Seguiu-o.

* * *

— Alguma coisa para comer?

Sara abanou a cabeça e ignorou o olhar penetrante do empregado. Estava ali sentada havia meia hora com um bule de chá à sua frente e sabia que a sua conta não ajudaria a Paludan Books & Café a pagar a renda. À sua volta, grupos de amigos tagarelavam em volta dos *brunches* prolongados de domingo e ela fazia os possíveis para se abstrair das suas conversas e do aroma das panquecas. O computador de Oscar estava sobre a mesa, ao lado do bule. A mãe acabara por ficar em casa com as miúdas, porque Amina se recusara a ir à piscina, e Sara vira-se obrigada a sair de casa e ir procurar um sítio onde pudesse trabalhar.

Na sua frente, a imagem de dois pássaros mortos com penas pretas pontilhadas com ícones de aplicações preenchia o ecrã do computador. O portátil tinha os programas de processamento de texto normais, bem como as aplicações de música e de redes sociais que seriam de esperar. Oscar jogava *Fortnite* e *World of Warcraft* regularmente — jogos com os quais Sara estava bastante familiarizada e que sabia poderem pôr uma criança em contacto com uma série de pessoas que apenas conheceria superficialmente. Pedófilos ofereciam aos miúdos pornografia e outros itens, em troca de fotografias suas sem roupa. No entanto, à primeira vista não havia sinais de que através dos jogos Oscar tivesse conhecido alguém que o pudesse ter desencaminhado, nem conversas ou convites suspeitos. Pesquisou os *e-mails* e o calendário, mas apenas encontrou informações dispersas.

Na sua página do Facebook, Oscar colocara quadros de Francis Bacon, *links* para exposições de arte, vídeos de música *punk* e temas da atualidade política ambiental sobre os efeitos da produção de carne na camada de ozono, rinocerontes ameaçados de extinção, veículos de ocupação individual e pegadas de CO_2.

Havia conversas com os colegas no Messenger sobre festas e trabalhos de casa. Um dos assuntos girava em torno do dia temático no liceu duas semanas antes, quando Oscar aparentemente fizera uma apresentação sobre a presença de plástico nos oceanos. Foi elogiado por vários colegas com emojis de *bíceps* musculados e corações, mas alguns também faziam referência a um debate subsequente, em que parecia que as coisas tinham aquecido. Uma colega chamada Karla tinha escrito, *Tu é que tens razão. Eles estão a ser totalmente ridículos!*, enquanto um outro, Gabriel, acrescentara, *Aguenta firme! Se a nossa geração não fizer soar o alarme, daqui a dez anos o mundo está lixado.*

Sara procurou mais para baixo, para ver se Oscar fizera algum comentário sobre o assunto, mas não encontrou nada.

No ambiente de trabalho do computador havia uma pasta que revelou conter trabalhos escolares. Analisou-os. Na pasta de estudos sociais havia um artigo intitulado «Brexit, e de que Forma Poderia Afetar a Irlanda do Norte» e um outro com o título «Depressa!» e o subtítulo «Se Queremos Salvar o Mundo». Abriu a pasta dos trabalhos e deu-lhes uma vista de olhos. Pareciam bem feitos e deixavam perceber que ele era um bom estudante e que se envolvia nas tarefas escolares. Um título na pasta de Dinamarquês fê-la deter-se: «Oscar Wilde — A Sua Imagem».

Sara abriu o documento. Era um ensaio para a aula de Dinamarquês. Passou os olhos pelo texto, mas não encontrou nenhuma citação semelhante à que Jeppe mencionara. Mesmo assim, tinha de haver alguma ligação. O professor de Dinamarquês tinha escrito uns comentários e dera-lhe um Muito Bom, assinalado no final do trabalho. O nome do professor estava assinado *Malthe Sæther, Colégio Zahles*.

Uma busca rápida pelo nome forneceu-lhe um número de telefone e uma morada. Sara ligou, mas ninguém atendeu e a chamada também não foi para o correio de voz. Apenas se ouvia o toque de chamada. Teria tempo para lhe fazer uma visita? Vivia no número 19 de Vendersgade, no quinto andar.

Viu as horas. Eram quase duas. Provavelmente conseguiria ter mais meia hora sem fazer zangar a mãe. Enviou-lhe uma mensagem a dizer que estava a caminho, enfiou o computador na mala e encaminhou-se para a sua bicicleta estacionada lá fora.

Vendersgade ficava apenas a quinze minutos de distância, praticamente no seu caminho para casa.

Ó maravilhosa Copenhaga, capital do tamanho de uma aldeia!

Conduziu a bicicleta pelo meio do trânsito e desceu Nørregade, em direção a Nørreport. Seis minutos mais tarde encontrava-se em frente ao edifício do professor, a respirar com dificuldade. A fachada tinha sido recentemente rebocada com um tom amarelo-pálido delicado, que provavelmente não permaneceria limpo por muito tempo, no meio do intenso tráfego da área de Nørreport. Ao lado de uma das campainhas podia ler-se o nome SÆTHER, escrito a esferográfica azul. Pressionou o botão e esperou. Não teve resposta. Ao olhar para a frente do edifício, viu que uma das janelas superiores estava aberta e parecia ser a do apartamento do professor. Tocou novamente à campainha e esperou.

— Procura alguém?

Sara voltou-se e deparou com uma mulher de idade indeterminada, sentada a fumar um cigarro no degrau superior da loja de vinhos, na porta ao lado. O seu cabelo castanho cor de rato estava preso num rabo-de-cavalo despenteado, e vestia um *body* folgado com um padrão africano.

— Malthe Sæther, do quinto andar.

— Ele não está em casa.

— Sabe onde está?

A mulher pareceu avaliar Sara e aparentemente concluiu que ela era inofensiva, porque disse:

— Provavelmente em casa da namorada, que vive em Odense, a duas horas de distância. Passa lá a maior parte dos fins de semana.

— Oh — Sara assentiu automaticamente e tirou do bolso uma lista de compras dobrada. — Tenho apenas um recado para ele, que queria pôr na sua caixa de correio.

— Posso abrir-lhe esta porta — a mulher levantou-se e pegou numa chave. — Era uma parvoíce ter de voltar por causa disso.

A mulher abriu a porta principal e Sara entrou com um sorriso, abanando a cabeça para consigo, pensando como as pessoas podem ser tão crédulas.

Correu pela escada acima. No quinto andar encontrou uma porta branca na qual estava colada uma cartolina plastificada com um nome. Uma criança escrevera Malthe Sæther numa linha trémula e alternando letras maiúsculas e minúsculas, desenhando ainda um arco-íris. Sara bateu e esperou. Nada. Procurou o número de telemóvel dele, ligou e encostou o ouvido à porta. Não se ouviu qualquer toque no interior do apartamento. Agachou-se junto à caixa de correio e cheirou. O apartamento cheirava ligeiramente a chão de madeira ensaboado, mas mais nada.

Endireitou-se e verificou as horas. A fronteira mágica entre tarde e demasiado tarde aproximava-se rapidamente. Com um suspiro exasperado, desceu as escadas a correr até à bicicleta, ao trânsito e às suas filhas, que a esperavam em casa, em Christianshavn.

Logo a seguir ao portão do cemitério, um maciço comité de lápides acolhia os visitantes. Anette aproximou-se. Numa lápide escura lia-se a inscrição *As Irmãs Surdas-Mudas Bengtsson*, seguida dos seus primeiros nomes, datas de nascimento e de *óbito.*

Quão pouco espaço ocupamos quando morremos, pensou. *Uma pedra com algumas palavras e números para cobrir a história de uma vida.*

Ergueu o olhar e viu Mads Teigen de pé, no ponto mais alto da colina, em frente à igreja, olhando para a cidade, lá em baixo. À luz do sol, o seu corpo era uma silhueta robusta contra o céu, como um herói mitológico de braços fortes. Anette sentiu que os pequenos pelos dos seus braços se eriçavam. Ali, junto à igreja, longe da agitação da zona portuária, tudo estava deserto e encontravam-se sozinhos. O pensamento fê-la sentir-se estranha, como se estivesse a ver-se de fora, uma mulher e um homem sem espectadores.

— Basta! — vociferou para consigo, dando um pontapé numa sebe de buxo. Continuou pelo caminho por trás da igreja, sem esperar pelo companheiro de viagem. Um dos seus pontos fortes sempre fora a capacidade de ver o panorama geral sem vacilações emocionais, mas agora parecia que todas as suas convicções estavam a retroceder. Talvez alguma zona vital das suas células cerebrais se tivesse perdido durante a amamentação ou devido à falta de sono.

Por trás da igreja, os túmulos estendiam-se em direção a uma imensidão de árvores e arbustos que prosseguiam até ao cimo da colina. Viam-se trilhos resultantes das ervas pisadas e o ar zumbia com insetos. Anette prosseguiu através daquele idílio, ainda desconcertada pelas suas reflexões indesejáveis, e tão preocupada com os próprios pensamentos que não o viu até estar praticamente em cima dele.

Entre os arbustos, numa clareira, estava deitado um jovem. Estava nu e a sua pele brilhava num tom branco pouco natural, no meio daqueles verdes-amarelados que o rodeavam. Ao lado dele estava uma mochila e peças de roupa espalhadas, como destroços num mar tempestuoso.

Instintivamente, Anette deu um passo para trás e tentou recuperar do susto, controlando a respiração. Ouviu Mads aproximar-se atrás de si e levantou uma mão para o avisar para parar a tempo.

— Ele está aqui — sussurrou, sem saber bem porquê. Talvez por uma estranha forma de respeito.

Mads chegou junto dela e ambos se inclinaram sobre o corpo deitado na relva. Na verdade, era apenas um rapaz alto, com uma sugestão de barba no queixo e manchas de ervas nos joelhos magros.

O cabelo era escuro e tinha o rosto coberto de sardas. Uma ressonadela profunda quebrou o silêncio da clareira.

— Bem, pelo menos não está morto — comentou Mads, secamente.

Anette não conseguiu conter um sorriso aliviado.

— O que fazem aqui? — perguntou uma jovem que surgiu do meio dos arbustos, vestida apenas com umas cuecas. — Gösta, acorda!

O rapaz piscou várias vezes os olhos e olhou para eles em choque. Anette pegou no seu distintivo de polícia e mostrou-o aos dois jovens.

— Vistam-se. Temos algumas perguntas a fazer-vos.

— Qual é o problema? — a rapariga enfiou o seu vestido pela cabeça.

— É teu o barco branco de madeira ancorado na extremidade do porto?

O rapaz respondeu no dialeto cantante scanian dos suecos.

— Do meu pai. Viemos de Bäckviken esta manhã.

— Bäckviken?

— Sim, no lado leste da ilha. É onde moramos — lançou um olhar tímido à namorada.

Anette hesitou. O rapaz era sueco, vivia em Hven e não se parecia nada com Oscar Dreyer-Hoff. Mesmo assim, apontou para ele.

— E tens certeza de que aquele barco não veio de Copenhaga? De Søndre Frihavn, por exemplo?

O rapaz abanou a cabeça, amedrontado.

— Foi o meu pai que o construiu! Pode perguntar-lhe.

Mads deu uma palmadinha no braço de Anette.

— Então está bem. Lamentamos incomodar-vos. Tenham um bom dia! — começou a caminhar de volta à entrada do cemitério.

Anette ficou a olhar para os adolescentes por um momento. Finalmente, cedeu.

— O. K., desculpem. Foi um mal-entendido. Adeus.

Anette e Mads foram descendo a colina em silêncio. Estava atormentada pela deceção. Agora que era mãe, sentia uma certa responsabilidade pela segurança de todas as crianças. Mas, aparentemente, não conseguia ajudar Oscar, não podia fazer nada.

No sopé da colina, pegou no telemóvel e ligou a Jeppe.

— Daqui Kørner.

— Foi um fracasso. O rapaz era sueco e saiu para ir dar um passeio com a namorada.

— Raios! — ela ouviu-o dar uma passa no cigarro. — Eu estou na doca à espera do Henrik. Ainda estás em Hven?

— Vou agora para casa. Só preciso de encontrar os tipos da busca e salvamento... não faço ideia onde se meteram. Onde nos encontramos?

— Vai para casa, Anette! — disse Jeppe, após uma pausa. — Quando chegares ao porto já serão quatro horas. Vai passar algum tempo com a tua família e encontramo-nos amanhã de manhã.

— O. K. — ela desligou e olhou em volta do porto, em busca do pessoal da busca e salvamento.

Mads pigarreou.

— Se quiser, posso levá-la a Copenhaga. Ligamos do barco ao Departamento de Busca e Salvamento.

— Obrigada, isso seria excelente.

Mads liderou o caminho até ao rebocador da fortaleza e partiram. Enquanto navegavam para fora do porto, Anette permaneceu no convés, para deixar que o vento soprasse os seus pensamentos para bem longe. Mads estava ao leme no respetivo cubículo, com um cigarro aceso entre os lábios.

Expeliu o fumo e olhou para ela.

— Quer que a deixe na doca dos barcos em Søndre Frihavn?

— Sim, por favor — Anette inclinou-se contra o corrimão. — Que ilha é aquela?

— Do lado de estibordo? É o Forte Middelgrund, um dos antigos fortes marítimos do porto de Copenhaga. Foi construído por volta do virar do século... ou melhor, no século anterior, para proteger a cidade de um ataque marítimo. É enorme, tem uma altura de três ou quatro andares. Quando foi construído era o maior forte do mundo.

Anette foi juntar-se a ele na casa do leme, para não terem de falar aos gritos, por cima do vento.

— Para que serve atualmente? — perguntou.

— Bem, basicamente está abandonado há muitos anos, mas foi recentemente comprado por uma fundação, e vão fazer obras e transformá-lo num lugar para jovens, a Ilha da Juventude.

— *Ilha da Juventude?* O que é isso?

— O plano é usá-lo para eventos de escoteiros e acampamentos de férias. Mas as obras foram interrompidas, porque ficaram sem dinheiro. — Mudou o peso de um pé para o outro, o que fez com que os ombros de ambos se tocassem. Anette afastou-se discretamente.

— Pergunto-me se as equipas de busca e salvamento também terão procurado por ali.

— Certamente que sim. Além disso, têm câmaras de vigilância no porto da fortaleza, tal como existem no de Trekroner. Se o Oscar lá estivesse, tê-lo-iam visto nas filmagens. E o barco estaria ancorado no porto.

— Oh, certo. Pois claro.

Anette ficou calada. Tinha tanta esperança de que o rapaz em Hven fosse Oscar. Agora estaria sentado ao seu lado com um cobertor à volta dos ombros e uma expressão de alívio no olhar. O porto de Copenhaga surgiu à sua frente e ela observou os pináculos e cúpulas com um espinho no coração. E as mãos vazias.

CAPÍTULO 10

Quando Henrik Dreyer-Hoff apareceu no cais às três da tarde em ponto, estava visivelmente acabrunhado. Tinha as costas curvadas e o seu aperto de mão firme fora substituído por um vago aceno de cabeça, à laia de saudação.

— A Malin levou o Vic e a Essie para casa da mãe. Da forma como as coisas estão, não podemos tê-los em casa. Assim é melhor para eles.

Parecia atormentado. Porém, Jeppe teve a sensação de que por trás da sua expressão havia algo mais profundo do que choque ou preocupação. A culpa tem um cheiro muito particular, e pairava intensamente em volta de Henrik Dreyer-Hoff.

— As chaves do barco apareceram?

— Não — Henrik enfiou as mãos nos bolsos do casaco e estremeceu, embora a brisa estivesse bastante amena. — Tenho certeza de que estavam na taça da entrada, mas desapareceram. Assim como o barco — acenou com a cabeça na direção do lugar vazio.

E Oscar, pensou Jeppe.

— Aquele é o seu lugar?

— Sim, o número B-treze. É aquele. Eu costumava dizer a brincar que o treze traria azar, que um dia afundaríamos.

— Quando foi a última vez que saiu com ele?

— Quinta-feira à tarde, apenas um pequeno passeio rápido, sozinho. Estava frio e nenhum deles quis juntar-se a mim — levantou a mão em direção ao porto Langelinie. — É por aqui que saímos da doca, damos a volta, passamos por baixo da ponte e chegamos ao porto propriamente dito. Seguindo à direita passamos pela Pequena Sereia e avançamos em direção ao Canal Christianshavns. Se virarmos à esquerda, vamos em direção a Trekroner e ao mar aberto. Mas este barco não se destina a navegar em alto mar. A sua velocidade vai só até aos cinco nós e por isso geralmente ficamos pelo porto.

Jeppe acompanhou o seu dedo, enquanto ele indicava as suas rotas habituais.

— Com que regularidade costumam sair com o barco?

— Durante a época de navegação, tento sair duas ou três vezes por semana. Mesmo que seja apenas um passeio rápido à tarde, já me dá energia para vários dias. Mas nem sempre consigo convencer os miúdos a acompanharem-me. Têm sempre tantas coisas para fazer.

— E o que é que o senhor costuma fazer? Há muitas saídas que faça regularmente?

— Bem, depende do vento e se queremos pescar ou nadar. Por vezes vamos para Flakfortet ou até Trekroner… — Henrik deixou cair o queixo e susteve a respiração por um momento, antes de prosseguir. — O Oscar adora ir até lá explorar. Leva o bloco e desenha. Conhecemos o vigilante da fortaleza. Frequentemente arranja tempo para proporcionar ao Oscar uma visita guiada.

Algo ressoou no fundo da mente de Jeppe.

— O vigilante da fortaleza? Como é que se chama?

— Oh, não me consigo lembrar — respondeu Henrik, a testa franzida tentando recordar-se. — Vimo-lo apenas uma meia dúzia de vezes. Mas é amigável e conhece muito bem a história do forte. E também sabe muito de pássaros.

A impressão na cabeça de Jeppe aumentou de intensidade e chegou aos seus ouvidos.

— Como é que se conduz o barco? É difícil? Quer dizer... lamento estar a fazer uma pergunta estúpida, mas eu nunca experimentei andar num.

— Não é um veleiro. Basta ligar o motor com a chave, como num carro — explicou Henrik. — Solta as amarras e afasta o barco da doca. A parte difícil é voltar a trazer o barco sem o danificar. Conduzi-lo é fácil. Basta usar o leme na parte traseira do barco.

— Acha que o Oscar conseguiria fazê-lo?

— Isso... já não sei dizer. O Victor é um bom marinheiro, mas o Oscar nunca foi grande entusiasta. Porquê, acha que ele pode ter partido sozinho?

— Por agora, todas as opções estão em aberto — Jeppe resistiu ao impulso de tentar acalmar o pai a todo o custo. Não havia necessidade de lhe dar falsas esperanças. — Consegue pensar em alguém, dentro do vosso círculo de conhecidos, capaz de fazer mal ao Oscar? Ou a si?

— Por causa de dinheiro? Um resgate? — Henrik olhou-o, perplexo.

— Bem, sim, dinheiro. Ou por vingança.

Henrik abanou a cabeça.

— A única coisa de que me consigo lembrar é inveja. Alguém que quer alguma coisa de nós.

— Não há velhas disputas familiares das quais devamos ter conhecimento? Problemas com a leiloeira?

Um navio de cruzeiro tocou a buzina e afastou-se do cais de Langelinie, ali perto. Parecia um *iceberg* a libertar-se da calota de gelo e a deslizar para longe.

Henrik pestanejou. Um derrame num vaso sanguíneo de um dos seus olhos tornara rosada a parte branca.

— Obviamente ouviu falar das nossas... dificuldades na leiloeira, há alguns anos atrás — disse Henrik. — As acusações não tinham qualquer fundamento e a polícia não encontrou motivos para levar a questão a tribunal, mas as pessoas acreditam no que querem acreditar. Malin e eu demos entrevistas atrás de entrevistas para nos explicarmos e esclarecermos tudo, mas não resultou muito bem. As pessoas limitavam-se a criticar o nosso estilo de vida, a nossa decoração, a nossa forma de educarmos os filhos.

Jeppe acenou com a cabeça. Já estava familiarizado com a anatomia daquele tipo de opinião pública merdosa, graças à sua amizade com Johannes. Mas desse tipo de merdas a um rapto vai uma grande distância.

Henrik mostrava-se agora mais transtornado.

— Um conhecido terapeuta familiar até disse no horário nobre da televisão que éramos pais inaptos, porque dormimos juntos com os nossos filhos.

— De facto, o seu filho mais velho mencionou que dormem juntos numa cama grande. A *cama da família*, creio que foi assim que ele a referiu…?

— E? — perguntou Henrik, encolhendo os ombros. — Qual é o benefício para as crianças dormirem sozinhas nos seus quartos? É capaz de me explicar?

— É invulgar que crianças mais velhas, adolescentes, durmam com os pais.

— O que está a querer insinuar? — Henrik olhou para ele, irritado.

Afinal, o que sabia Jeppe sobre criar adolescentes, ou até crianças de qualquer idade? Nada de nada.

Esther foi buscar a garrafa de vinho do Porto ao armário de vidro, despejou café moído numa cafeteira de êmbolo e dispôs alguns biscoitos *cantucci* num prato azul com relevos Royal Copenhagen. Contava com Jeppe às cinco da tarde e embora parecesse um pouco disparatado tomar café e biscoitos tão tarde, antes do jantar, tornara-se uma tradição sempre que ele a visitava.

— Não me sinto muito bem.

Esther ergueu os olhos da chaleira fumegante que segurava.

— O que quer dizer, Gregers? — perguntou.

— Não sei bem — ele abriu e fechou a boca várias vezes. — É como se tudo estivesse ao contrário, do lado errado. A mesa da cozinha costuma estar ali, ou mudou-a de lugar?

— O que quer dizer? A mesa da cozinha não se consegue mover. Está presa à parede… — Esther reparou como a respiração dele era rápida e superficial, como a de um passarinho. — Ora muito bem, eis o que vamos fazer. Amanhã de manhã bem cedo ligo à sua médica e vou insistir para que o receba de imediato. Precisa de ser visto, O. K.?

— Vou deitar-me um bocado — disse ele, assentindo lentamente.

— Está bem, chame-me, se precisar de alguma coisa.

Gregers foi a arrastar os pés pelo corredor em direção ao quarto e fechou a porta atrás de si.

Esther acabou de preparar o café e serviu-se de um cálice de Porto. Ela merecia. De qualquer maneira, precisava disso.

Assim que levou o copo aos lábios, alguém tocou à campainha lá em baixo. Um minuto depois, Jeppe estava no átrio, sem fôlego. Beijou-a na face e contornou *Dóxa*, que ladrava incessantemente, para entrar na sala de estar. Quando Esther trouxe o café, ele estava em pé junto a uma das janelas que davam para o lago.

— Uma vista destas nunca cansa, não é verdade? — perguntou.

— Pelo menos durante a vida que me resta não irei cansar-me. Sente-se. Bebe um café, não bebe?

Jeppe sentou-se, obedientemente, tirou uma chávena do tabuleiro e estendeu-a a Esther.

— Nunca digo que não ao seu café. Obrigado.

Esther encheu as duas chávenas e sentou-se numa poltrona cor-de-pêssego. Sentiu que Jeppe estava um pouco agitado, mas, evidentemente, ele tinha muito com que se preocupar. Bebeu um gole de café e aclarou a garganta.

— Então — começou —, que história é esta sobre *Dorian Gray*?

Jeppe pousou a chávena com um sorriso.

— Direta ao assunto, como sempre. Gosto disso. Estamos à procura de um adolescente que está desaparecido desde sexta-feira à tarde.

— Oscar Dreyer-Hoff, não é? — perguntou Esther. — Vi no noticiário.

— Precisamente. A sua família encontrou este bilhete — estendeu-lhe um pedaço de papel. — É uma cópia, pode tocar-lhe à vontade.

Esther pegou no papel e leu com atenção. Reconheceu as palavras e apreciou a sua eloquência. Leu novamente.

— É uma nota de suicídio?

— Pensamos que pode ter sido raptado e que o raptor tenha deixado esta nota.

Esther levantou-se e encaminhou-se para as estantes que ocupavam toda a parede de fundo da sala de estar, apinhadas de livros do chão ao teto. Procurou brevemente e, de seguida, puxou um volume. Na capa, tinha a imagem de um jovem.

— Aqui está. *O Retrato de Dorian Gray*, um dos melhores livros do mundo, se quer saber a minha opinião. Tal como disse, a minha tese de mestrado sobre Wilde, que apresentei quando era estudante, há séculos.

Entregou o livro a Jeppe, que o virou diligentemente, dando uma vista de olhos à contracapa.

— Obrigado, Professora. Mas por que acha que a citação pode ser uma nota de suicídio?

Ela sorriu, olhando-o por cima da chávena de café.

— Abra na página duzentos e cinquenta e cinco! — pediu.

Jeppe encontrou a passagem e leu em voz alta.

— «Tal como matara o pintor, mataria também a sua obra e tudo o que ela significava. Mataria o passado e, quando isso acontecesse, ficaria livre.»

— A citação vem no final do livro, antes de Dorian Gray decidir acabar com a própria vida. Portanto, pode ser uma nota de suicídio. E ainda há essa curiosa da coincidência de nomes, *Oscar* Wilde e *Oscar* Dreyer-Hoff.

Jeppe bebeu um pouco de café e observou o jovem na capa do livro.

— Pode relembrar-me de como era a história? — pediu Jeppe. — Há qualquer coisa acerca de um quadro, não é verdade?

— Exatamente! Ao ver o seu retrato pintado, o belo jovem, Dorian Gray, fica tão apaixonado pela sua beleza que troca de lugar com a imagem, para que possa permanecer jovem, enquanto a imagem envelhece. Todas as suas más ações, e a idade, à medida que o tempo vai passando, tornam-se visíveis no retrato, mas o verdadeiro rosto de Dorian não muda. Por fim, acaba por já não aguentar olhar para a verdade revelada pela pintura e destrói-a. Porém, quando espeta a faca na tela, ele morre. Pode dizer-se que se trata de uma forma subtil de suicídio — Esther lançou as mãos ao ar e, por um momento, voltou a ser a professora, enfatizando o seu ponto de vista.

— Será que um rapaz de 15 anos conseguiria pensar numa coisa dessas? — perguntou Jeppe, com uma ruga de ceticismo visível na testa.

— Como era o Jeppe na sua adolescência? — perguntou ela.

A pergunta fê-lo sorrir.

— Esther de Laurenti, é uma rapariga esperta.

— Oh, por favor — voltou a encher as chávenas e sentiu-se corar. — A sério, se eu fosse a si, investigaria se o rapaz tem alguma razão para querer desaparecer.

— Suicídio? — perguntou Jeppe, novamente com a sua ruga de ceticismo.

Esther pousou a cafeteira cuidadosamente sobre a mesa de café.

— Tem uma explicação melhor?

CAPÍTULO 11

No número 14 da Holmeås, o jantar ia sendo servido mais cedo, a cada semana que passava. Por vezes, Anette tinha a impressão de que tanto ela como Svend antecipavam, inconscientemente, a hora do jantar, para que todos pudessem ir mais cedo para a cama. Como notívaga ferrenha, recusava-se a encurtar a noite, prescindindo do potencial tempo de adultos, mas sendo totalmente honesta, seria bom aproveitar mais algumas horas de sono.

Os soldados das Forças Especiais, pensou, *que se vangloriam de conseguir não dormir durante vários dias seguidos, deviam experimentar ter filhos.*

Gudrun chorara até conseguir que a levassem para a cama de casal e agora dormia regularmente num confortável espaço entre os pais. Isso significava um sono pouco descansado para os três, para além de constituir uma enorme ameaça para a vida sexual de Anette e Svend. Ambos concordavam que a filha teria de aprender a dormir sozinha rapidamente, mas a criança resistia com ferocidade e eles não tinham energia para insistir. Além disso, tê-la aconchegada entre eles era muito agradável. Até então, todas as conversas sobre a necessidade de tirá-la dali não tinham levado a lado nenhum.

Anette observou o marido a levantar a mesa, ao mesmo tempo que brincava às escondidas com Gudrun, sentada na sua cadeirinha alta. Pelo menos a sua filha estava a salvo e em casa.

— Querida, vamos deixar o papá limpar a cozinha, enquanto vamos tomar um banho? — a criança começou a chorar em resposta, os seus gritos a fazer ricochete entre as superfícies lisas da cozinha. Anette levantou-a da cadeirinha e tentou amenizar os seus protestos com palavras calmas.

Svend deteve-a.

— Na verdade, eu prometi-lhe que hoje seria *eu* a dar-lhe banho.

— Pá! — exclamou Gudrun, esticando-se para o pai, que lhe pegou ao colo com um sorriso de desculpas. A criança acalmou-se de imediato e encostou a cabecinha no ombro dele. Svend lançou um olhar suplicante a Anette, que, mesmo assim, lhe pareceu ligeiramente reprovador. Como se, de alguma forma, fosse culpa sua que a filha preferisse que fosse o pai a dar-lhe banho.

— Eu não devia...?

— Dás-lhe banho da próxima vez. Vai antes dar um passeio com os cães e apanhar um pouco de ar fresco! — olhou para a filha meigamente. — Dá um beijinho à mamã, princesa, e vamos procurar os brinquedos para o banho.

Anette conseguiu beijar a filha na cabeça, antes que os dois desaparecessem em direção à casa de banho. Sentiu-se desiludida, mas recusou-se a aceitar que esse sentimento a dominasse, apesar de o cansaço a deixar vulnerável. Era normal que nesse momento a filha preferisse o pai, que passava a maior parte do tempo em casa. Desde que Gudrun estivesse feliz e em segurança, o resto não tinha importância. Foi buscar as trelas e chamou os três *border collies*. Correram direitos a ela, a pessoa que, sem dúvida, *preferiam*.

Na rua, o ar do fim de tarde estava carregado de pólen e praticamente conseguia sentir o cheiro da casca das árvores, almíscar e sementes de primavera. O céu estava límpido e brilhante, e a primavera, ali ao virar da esquina, era tão palpável que era impossível não se sentir tonta. Os cães saltavam, puxando impacientemente as trelas. Quando chegaram perto do paul soltou-os, para poderem farejar e correr à vontade, enquanto ela se sentava, relaxada, num banco. Sentiu um maço de cigarros no bolso do peito do casaco de lã, ainda do tempo em que fumava, puxou-o para fora, tirou um cigarro e colocou-o, hesitante, entre os lábios. Era como vestir as suas melhores calças de ganga antigas. Sentiu-se simultaneamente desiludida e grata por não ter nada com que o acender.

Do nada, veio-lhe à mente a imagem de Mads Teigen ao leme, a fumar, sorrindo. Ou, mais precisamente, foi uma imagem que lhe surgiu várias vezes no decurso da tarde, mas agora permitiu-se pensar melhor sobre isso. Havia algo de invulgar naquele homem, uma reserva que ela simplesmente não conseguia descodificar. Era, sem dúvida, uma pessoa circunspecta, mas, ao mesmo tempo, parecia haver uma escuridão que ardia naqueles olhos verdes, uma melancolia que lhe parecia estranhamente sedutora. Anette tinha de admitir que o achava excitante e não fazia ideia do que fazer com esse sentimento. Até o facto de ele fumar o tornava interessante nesta fase de mãe hipócrita que ela estava a atravessar. Suspirou profundamente diante da própria idiotice. Provavelmente era a primavera que lhe estava a subir à cabeça. A primavera e o cansaço.

O telemóvel tocou. Era Kørner.

— O que foi *agora*?! — Anette riu-se, para deixar bem claro que estava a brincar. Por vezes o seu parceiro conseguia ser um pouco sombrio. — Novidades?

— Não, mas tenho alguns pormenores que gostaria de discutir contigo, se tiveres tempo. Não estás a fazer o jantar, pois não?

Anette ouviu-o acender um cigarro e sentiu uma pontada de saudade da forma como as coisas costumavam ser.

— Não — respondeu ela. — Tudo bem. Vamos lá ouvir isso!

— Estive a falar com a Esther de Laurenti. Ela acha que a carta para a família do Oscar pode ser um bilhete de suicídio.

— Estás a dizer que ele se matou?

Um grupo de adolescentes divertidos passou pelo banco de Anette e ela transferiu o telemóvel para o outro ouvido.

— O pai não descartou a possibilidade de o Oscar ser capaz de conduzir o barco da família.

— Mas que raio, Jepsen? Isso não faz sentido. Se ele tivesse cometido suicídio, por esta altura já o teríamos encontrado a ele e ao barco. Ou, pelo menos, os destroços — Anette falou com mais convicção do que aquela que na verdade sentia. Nenhuma das teorias parecia verdadeiramente plausível.

— E ainda há mais uma coisa. Esse tal vigilante da fortaleza, o que encontrou a mochila... O que também esteve em Hven...

— Mads Teigen, o que tem?

— Sabes há quanto tempo trabalha em Trekroner?

— Não. Porquê? — Anette ficou rígida.

— Parece que conhecia o Oscar. A família Dreyer-Hoff ia frequentemente a Trekroner. O Henrik fez-lhe referência, mas não conseguia lembrar-se do nome.

— Vou perguntar-lhe. Mais alguma coisa?

— É só — respondeu Jeppe. — Dá cumprimentos meus aí em casa!

Anette desligou e voltou a enfiar o telemóvel no bolso, atirou o cigarro por acender para um arbusto e chamou os cães.

A mesa estava posta com o faqueiro de prata antigo da avó, que Jeppe sabia que a mãe habitualmente guardava num cofre. No meio da mesa, um castiçal cintilava. A sobremesa, decerto comprada numa loja, fora já distribuída por pratos, em porções individuais. A mãe não se poupara a esforços. Jeppe gostaria que ela tivesse pensado um pouco mais no facto de 50 por cento dos convidados serem crianças, ao invés de tentar impressionar os adultos de uma forma tão ostensiva.

Começou a noite perguntando a Sara, com entusiasmo, como fora a sua educação na Tunísia, apenas para dominar a conversa com um monólogo sobre Cartago, os fenícios e a minoria étnica dos berberes. Depois disso, passou para o seu tema favorito, a cultura, e começou à pesca, para ver se Sara estava mais interessada em teatro ou ópera, arte ou literatura. Sem pestanejar, Sara admitiu que na verdade não tinha tempo para nada disso, uma confissão que Jeppe soube desde logo que a iria colocar na lista negra da mãe.

— Oh, mas tem de ler em voz alta para as suas filhas! Caso contrário, acabarão por tornar-se iletradas culturais. Escolha um dos clássicos, *Alice no País das Maravilhas*, por exemplo, ou a sequela, *Alice do Outro Lado do Espelho*. É uma ótima escolha para esse grupo etário. Tenho um exemplar que lhe posso emprestar. Acho que até foi do Jeppe quando era criança.

Sara sorriu e bebeu um pouco de água, sem mostrar intenção de continuar a conversa. Jeppe sentiu uma gota de suor escorrer-lhe pelas costas. Houve um pequeno acidente quando, inadvertidamente, Meriem fez cair um copo com uma das suas figuras de ação Transformers.

— Talvez devêssemos deixar as meninas levantarem-se da mesa enquanto nós comemos a sobremesa — sugeriu a mãe.

— É apenas água — Jeppe lançou-lhe um olhar de advertência.

— Também não gostamos do bolo — disse Amina, cruzando os braços. Tinha o ar de quem na última hora fora submetida à tortura chinesa da água.

— O. K. — Jeppe ignorou a sobrancelha erguida da mãe e levantou-se. — Vamos lá, meninas. Vamos para a sala de estar. Meriem, traz os teus brinquedos!

— Posso ver YouTube? — Amina dirigiu a pergunta à sua mãe.

Sara assentiu e a menina deu um salto e foi buscar o telemóvel ao casaco, na entrada. Regressou à sala de estar com o nariz colado ao ecrã e atirou-se para o sofá, imersa nos vídeos de música *K-pop* de que era grande fã.

Jeppe ajudou Meriem a colocar as suas figuras de ação sobre o tapete e regressou à mesa, onde a conversa tinha parado. Sentiu-se ligeiramente irritado com as mulheres da sua vida, que na realidade só toleravam pessoas que fossem como elas.

Ao menos podiam tentar! Mas não é assim que nós, humanos, somos. E quanto mais velhos vamos ficando, mais insistimos no nosso direito de sermos deixados em paz com as nossas peculiaridades e preferências.

Olhou para a mãe, que o criara sozinha, com muita disciplina e sem muito dinheiro. Sempre se importara profundamente, mas, depois dos longos dias de trabalho na universidade, não lhe sobrava muito tempo e energia para o filho.

De certa forma, sentiu que, instintivamente, compreendia Oscar. Mesmo nunca o tendo conhecido, reconhecia-lhe a sensibilidade. Quando tinha 15 anos, Jeppe Kørner costumava passar horas ou até mesmo dias inteiros deitado na cama com um livro espesso entre as mãos e as cortinas corridas. Enquanto os amigos jogavam futebol e se juntavam para, secretamente, beberem cerveja e falarem de raparigas, Jeppe afastava-se do convívio social e refugiava-se numa solidão autoimposta. Recordava-se da adolescência como o pior período da sua vida, repleta de dúvidas e de aversão interna, o seu reflexo no espelho era uma imagem de insegurança crónica e de fraqueza. Era um milagre ter sobrevivido a essa fase.

Consultou o relógio. Eram oito horas. Ao entardecer, as equipas de busca e salvamento suspenderiam os trabalhos por esse dia. Todos sabiam que ultrapassar a marca das quarenta e oito horas sem qualquer sinal de vida de Oscar significava que era provável que estivesse morto.

Onde estás, Oscar? — pensou, espetando o garfo no tiramisu. *Onde estás?*

A fome instalara-se a sério. O rapaz nunca antes tentara ir sem comida. O modo como a dor no seu estômago preenche todo o seu ser assusta-o. Mais do que o frio e o medo dos sons que ouve. O barulho constante e os sons de passos, mas ninguém aparece. Está só.

Agora está deitado. Já não tem forças para se sentar ou levantar e já não sabe se é noite ou dia. Ali está sempre escuro. Não é o tipo de escuridão que ele conhece — o céu noturno iluminado pelas estrelas e a lua a refletir-se na superfície do oceano —, mas sim negro como se tivesse perdido a visão.

Tenta não pensar na família, mas é difícil. Os seus pensamentos giram em torno dos irmãos. Falam com ele na escuridão e imploram-lhe que volte para casa. O estômago dói-lhe ainda mais quando ouve a voz da irmãzinha, então cerra os dentes com força para obrigá-la a afastar-se.

Respirar. Enquanto se concentrar na respiração não pensa em mais nada, nem sequer na morte. Mas sabe que ela está a pensar nele.

SEGUNDA-FEIRA
15 DE ABRIL

CAPÍTULO 12

Na segunda-feira de manhã, Kasper Skytte compareceu no trabalho sentindo-se ansioso. Uma consciência pesada lutava contra o medo de assumir o controlo do seu corpo, e ele tivera de reunir toda a sua energia para conseguir concentrar-se na tarefa que tinha em mãos. Nesse dia estava previsto sentar-se com o operador de grua e supervisionar o sistema de triagem controlado por computador no silo de resíduos. Fora necessário cortar os problemas pela raiz, para evitar que todo o processo de incineração ficasse paralisado. Nesse momento seria algo catastrófico em diversos aspetos.

Às 8h15 atravessou o átrio luminoso e arejado e apanhou o elevador até ao seu gabinete, pegou no computador portátil e prosseguiu até ao silo. Os seus passos ecoaram ao longo da ponte de metal e enquanto subia as escadas até chegar à porta laranja que levava à sala de operação da grua. Hesitou por um segundo antes de entrar, cumprimentou Michael, o operador da grua, e sentou-se ao seu lado, com o computador no colo e uma vista desimpedida para o lixo.

Kasper não era um grande fã de olhar para o lixo, e sempre que era forçado a sentar-se ali, pensava sobretudo no momento em que poderia ir embora.

— Algum problema até agora? — Kasper abriu as estatísticas da manhã no ecrã.

— Não.

Michael não era um tipo falador, o que naquele dia convinha perfeitamente a Kasper. O silêncio tornava fácil olhar para a frente e para trás, entre os números e o guindaste. A garra moveu o lixo das comportas, onde os camiões de lixo eram esvaziados, até aos fornos, da esquerda para a direita, num movimento interminável. Depois de assistir durante algum tempo, começou a ver coisas. A armação de um guarda-chuva converteu-se nuns ramos secos, um saco de plástico tornou-se cabelo solto e sacos de lixo pretos transformaram--se em membros decepados. Levantou-se.

— Café? — perguntou a Michael.

— Obrigado, estou bem assim.

Kasper serviu-se de uma caneca. Antes de voltar para a janela consultou o telemóvel e lembrou-se, com gratidão, de que não havia rede nesta zona da fábrica. Soprou timidamente na bebida quente e deu um gole. A garra deslizou mesmo na frente de ambos com uma carga completa, monstruosa, desagradável e fascinante. Objetos estranhos, que já tinham sido coloridos, eram agora cinzentos.

Foi então que o viu.

Kasper sentiu o café aproximar-se da traqueia. Tossiu e apontou.

Um segundo depois, Michael pressionava o botão de emergência.

— Certifiquem-se de que vestem os fatos e colocam os sapatos de segurança e uma máscara facial antes de entrarem no silo. O ar não é adequado para respirar, por isso têm de ser rápidos. Quando entrarem, encontrarão uma plataforma com extensas aberturas de cada um dos lados. Essas aberturas conduzem aos fornos. De momento estão desligados, mas permanecem muito quentes, portanto mantenham-se distantes! Assim que regressarem, estaremos prontos para vos desinfetar.

Anette aceitou os dois invólucros brancos e entregou um deles a Jeppe. Normalmente usavam roupas de proteção para evitar a contaminação do local da descoberta, mas naquele dia a situação era oposta, usavam-nas para se protegerem de serem contaminados pelo local da descoberta. Enquanto se vestia, questionou-se se já alguma vez estivera num sítio tão horrível. À sua frente, um conjunto de portas duplas maciças conduzia ao silo de resíduos, à plataforma entre os fornos que normalmente incineravam a mil graus. Mesmo ali o calor era insuportável. A ideia de irem até um espaço ainda mais quente, escuro e contaminado para inspecionarem um corpo morto era mais do que desagradável. Ainda bem que ela não era sensível.

Ajustou a máscara facial, confirmou que Jeppe também estava pronto, então abriu a porta e entrou na câmara de ar e no silo. Anette conseguiu ouvir Jeppe arfar quando a onda de putrefação escaldante os atingiu, e teve de engolir algumas vezes para se conseguir acalmar. Bastante abaixo deles encontrava-se um mundo de lixo, encerrado entre as sólidas paredes metálicas do silo e com a janela do operador da grua como o único ponto de visão. Tudo estava surpreendentemente silencioso, mas silencioso como quando um trabalhador de pavimentação de estradas faz uma pausa para enxugar o suor da testa, antes de prosseguir com o seu trabalho ruidoso.

A garra pairava sobre a plataforma, agarrando o lixo num enorme abraço e formando o seu próprio planeta redondo, num universo assustador. Um foco brilhante estava apontado para ela e ao seu lado encontrava-se uma figura alta e magra, que Anette reconheceu como sendo o Professor Nyboe, o patologista forense, juntamente com alguém que estava a tirar fotografias. Ambos usavam um equipamento de proteção igual ao deles e moviam-se de forma rápida e eficiente.

Aproximou-se mais da luz, juntamente com Jeppe. O suor já lhe escorria pelas costas, formando uma pequena poça mesmo por cima do traseiro. Resistiu ao impulso de arrancar a máscara facial para poder respirar corretamente e focar-se no lixo à sua frente. Uma perna humana branca e magra pendia entre um maço de cartolina e algumas latas. Bocados de lixo tinham sido escavados em volta da perna e conseguia distinguir-se vagamente um corpo, um pescoço e uma cabeça.

— Não podemos, simplesmente, abrir a garra?

Nyboe voltou-se.

— Ah, aí estão vocês! Este sítio é horrível, horrível. A garra contém cinco toneladas e meia de lixo, por isso temos de escavar em volta do corpo com muito cuidado. Se abríssemos a garra, ele desapareceria, pura e simplesmente, no meio do lixo.

— É um homem ou uma mulher? — a voz de Jeppe soou distante, apesar de estar mesmo ao lado dela.

— Ainda não sabemos nada — Nyboe removeu um pedaço de plástico com um alicate de cabo longo —, a não ser que se trata de um ser humano.

A face do cadáver apareceu à vista. Estava coberta por uma espessa camada de poeira e parecia uma estátua, lisa e despreocupada, e muito, muito morta.

— Já tens alguma ideia sobre a causa da morte?

— Dar-vos-ei a minha opinião quando tivermos tirado o corpo em segurança e depois de o examinar devidamente. Este lugar não é adequado a criaturas vivas! — praguejou para consigo enquanto escavava mais um pouco do lixo da garra.

Jeppe deu uma pancadinha no ombro de Anette e apontou para a porta:

— Vamos sair daqui!

Assim que passaram pelas portas duplas, tiraram as máscaras e inspiraram avidamente. Anette sentia os olhos a arder e estava prestes a coçá-los, quando um funcionário de fato-macaco a deteve.

— Têm de se desinfetar. Venham comigo!

Desceu com eles um lanço de escadas até uma sala do pessoal onde poderiam remover o equipamento de proteção, lavar-se superficialmente usando uma pequena bacia e desinfetar-se. Conseguirem libertar-se daquelas roupas fedorentas ajudou, mas livrarem-se da pestilência entranhada nos seus narizes já não era assim tão simples.

— Inacreditável! Quanto tempo estivemos lá dentro? Dois minutos, cinco? Como é possível termos ficado com este cheiro? — Anette cuspiu para o lavatório e prometeu a si mesma que se conseguisse ir a casa nessa noite passaria uma hora inteira no duche. — Percebeste se era o Oscar?

Jeppe sentou-se num banco e, pela terceira vez consecutiva, pôs desinfetante nas mãos. O parceiro dela, o incorrigível germofóbico!

— Esperava sinceramente que isto não acabasse desta maneira, que o encontrássemos vivo — respondeu, desanimado, sem olhar para cima.

— Também eu — Anette suspirou e esfregou os olhos. — *Se* for ele…

— Sei o que vais dizer — prosseguiu Jeppe, levantando-se. — Se for o Oscar, como é que acabou num depósito de lixo em Refshaleøen?

— Precisamente — ela voltou a cuspir, sentindo que poderia nunca mais voltar a ficar limpa. — E onde raio está o barco?

Um pequeno grupo de homens corpulentos em fatos-macacos grosseiros estava sentado em volta de Michael, o operador da grua, quando Jeppe e Anette entraram na sala de convívio da equipa técnica. Havia café em cima da mesa e um líquido claro em copos de papel que Jeppe achou ser algum tipo de álcool que provavelmente não estariam autorizados a beber na central. O operador da grua falou baixinho com os colegas, de rosto agitado e bastante corado, antes de engolir o que quer que estivesse no seu copo de papel. Pegou num lenço e assoou-se ruidosamente.

Jeppc, que estava prestes a estender-lhe a mão, optou por dar--lhe antes uma palmadinha no ombro.

— Jeppe Kørner. Como está?

— Bom, acho que estou bem. Mas tenho de admitir que já tive manhãs de segunda-feira melhores.

Em volta da mesa, os seus colegas murmuraram em concordância.

— Mas acho que o Kasper ainda ficou pior do que eu — continuou. — Teve de ir deitar-se num dos sofás do refeitório.

— O Kasper estava consigo na sala de operação da grua?

Michael assentiu.

— Então vamos dar-lhe algum tempo para recuperar. Sente-se em condições de nos fazer uma visita guiada, a mim e à minha colega? Mostrar-nos a central enquanto lhe fazemos algumas perguntas?

— O que querem ver? — perguntou Michael, levantando-se sem hesitação. Parecia até um pouco aliviado por ter alguma coisa para fazer.

— Na verdade, nem sabemos bem — respondeu Jeppe, hesitante. — O que precisamos de compreender é como é que o corpo foi parar à sua garra, de onde poderá ter vindo.

— Então vamos começar pela zona de depósito de resíduos. Sigam-me!

Conduziu-os até um elevador de aço inoxidável, descendo de seguida por corredores e escadas, pelo interior da central de incineração. Jeppe e Anette seguiram-no, baixando-se rapidamente sob canos e fios para conseguirem acompanhá-lo. Em breve o corpo seria removido da garra e transportado para o Departamento de Patologia. Dada a correlação entre o corpo e o desaparecimento de Oscar, a autópsia seria realizada de imediato e não no dia seguinte, como era habitual.

Michael caminhou até uma plataforma que oferecia uma vista desimpedida sobre o depósito amplo e bem iluminado. Um dos lados do espaço estava aberto para o exterior, e Jeppe pôde ver a rampa por onde circulavam os camiões de lixo provenientes de Kraftværksvej. Um homem vestido com um colete amarelo fluorescente discutia com um grupo de motoristas cujos camiões estavam estacionados em volta do depósito de resíduos.

— Aposto que estão irritados porque não podem despejar o lixo e ir embora — Michael apontou para baixo, ao longo de uma parede do enorme espaço. — Estão a ver o fosso que corre ao longo da parede? É onde normalmente os camiões descarregam o lixo. O silo fica do outro lado daquela parede. Já o viram do lado de dentro.

— Como é que funciona? — perguntou Jeppe, tirando o seu bloco de notas.

— O supervisor de piso orienta o camião para uma abertura e, em seguida, o motorista recua até a carga ficar sobre o fosso. Na cabina do motorista há um botão que abre a parte traseira e empurra o lixo para fora, de modo a cair nesse fosso.

Anette inclinou-se sobre o parapeito e apontou para um camião de lixo na abertura por baixo deles.

— Isso significa que o homem do lixo nem sequer vê o lixo? — perguntou.

— Agora chamamos-lhes técnicos sanitários e não homens do lixo — respondeu Michael, limpando a garganta, ligeiramente embaraçado. — Mas sim, neste final do processo, ele não vê o que está a descarregar. O lixo cai no fosso e acaba no silo, do outro lado da parede.

— O que quer dizer com «neste final do processo»?

— Bem, enquanto segue a sua rota para apanhar o lixo, ele vai abrindo a tampa de cada caixote, para ver se precisa de ser esvaziado. Se houvesse um corpo em algum deles, antes de mais teria de ser um caixote grande, talvez um de seiscentos litros ou até mesmo um contentor comercial, caso contrário não teria espaço. Em segundo lugar, o corpo deveria ter sido embrulhado ou coberto de alguma maneira. O condutor pode ter ficado admirado com o peso do contentor, mas é o suporte elevatório do camião que a seguir o levanta, portanto não lhe deve ter dado muita atenção.

Depois, o compactador esmaga o lixo e este é transportado para aqui, para a central de incineração.

Jeppe anotou apressadamente as palavras-chave em letras maiúsculas, que mais tarde só ele conseguiria decifrar.

— Será possível determinar em que ponto da cidade o corpo foi atirado para o lixo? Um contentor de seiscentos litros é muito grande? São comuns ou só se encontram em certos locais?

Michael sorriu, sarcástico.

— São usados por toda a cidade para o lixo municipal normal. Não posso precisar quantos são, mas se tivesse de dizer um número, aposto que estamos a falar de milhares.

— O. K. Então de que zona da cidade veio o lixo que foi despejado aqui esta manhã?

Michael encolheu os ombros.

— Vai ter de perguntar às diferentes companhias de gestão de resíduos para saber ao certo, mas as segundas-feiras de manhã são dias de muito trabalho. O lixo municipal vem do centro da cidade e também dos subúrbios.

— Então, está a dizer-me que vai ser difícil descobrir de onde veio o corpo? — perguntou Jeppe, levantando os olhos do seu bloco.

— Não, estou a dizer que será *impossível* ligar um item concreto a um caixote de lixo concreto. A garra apanha a camada superior de lixo, e uma vez que o corpo foi recolhido numa manhã de segunda-feira, é bem provável que tenha sido despejado no silo hoje mesmo. Mas nem disso podemos ter a certeza. — Michael acenou com a cabeça na direção do fosso. — Se alguém se quiser livrar de alguma coisa, este é o sítio certo. Tudo desaparece.

No refeitório, Michael apontou para uma forma deitada no sofá, de rosto virado para a parede. Dois funcionários, um homem e uma mulher, estavam de pé junto dele, com um ar preocupado.

— É o Kasper — sussurrou-lhes Michael. — Parece que não se sente melhor.

A funcionária olhou para eles e suspirou.

— Parece que está inconsciente — disse. — Acho que vamos ter de o levar para o hospital.

Jeppe aproximou-se. O homem tinha uma enorme marca de nascença na têmpora e bastou-lhe um minuto para se lembrar de onde a vira antes. Trocou um olhar com Anette.

— Kasper, somos da Polícia de Copenhaga. Gostávamos de lhe fazer algumas perguntas.

O homem moveu-se ligeiramente, abriu os olhos e voltou a fechá-los rapidamente.

— Eu... deem-me apenas um segundo — Kasper começou a sentar-se lentamente, com a ajuda dos colegas.

Jeppe e Anette afastaram-se alguns passos do sofá.

— Que merda é esta?! — sussurrou ela.

— Fala baixo!

— O pai da Iben trabalha *aqui*, onde o corpo do Oscar foi despejado? Não concordas que é...

— Kasper, sente-se bem? — Jeppe voltou a aproximar-se do sofá e agachou-se à frente dele.

Kasper Skytte olhou-o, hesitante. O seu rosto estava da cor de claras batidas em castelo.

— Foi do choque — murmurou.

— Acha que consegue responder a algumas perguntas?

Kasper acenou com a cabeça afirmativamente e engoliu em seco.

— Ficámos um pouco surpreendidos ao vê-lo aqui. Há quanto tempo trabalha na central?

Kasper fechou os olhos.

— Começou no verão passado — respondeu um dos colegas por ele. — Portanto, há pouco menos de um ano.

— Kasper, respira fundo — pediu a colega. Sentou-se ao lado do engenheiro e colocou um braço em volta dos seus ombros.

Kasper abriu os olhos e olhou para Jeppe, grogue como um pugilista no último *assalto*.

— É o Oscar?

— Ainda não sabemos — respondeu Jeppe, após um momento de hesitação.

Kasper deixou cair a cabeça. Preocupada, a sua colega de trabalho colocou um caixote de lixo à sua frente.

O telemóvel de Jeppe tocou e ele levantou-se, afastando-se do sofá para atender.

— Daqui Kørner.

— Fala Nyboe. Já voltámos ao departamento e começámos a lavar a sujidade do nosso amigo morto, para conseguirmos ver o que estamos a fazer. Ainda não iniciei o meu exame, mas achei que iam gostar de saber qual é a minha primeira impressão…

Nyboe fez uma pausa para dar um efeito mais dramático, suficientemente longa para que o estômago de Jeppe desse uma volta.

— Acho que temos aquilo a que provavelmente se chamaria bingo. O corpo na garra é do sexo masculino. Pele clara, cabelo escuro e muito jovem.

CAPÍTULO 13

Um, dois, três passos lentos e depois uma pequena pausa, dissimulada com um olhar em direção ao horizonte e um remexer no bolso do casaco, à procura de um rebuçado. Esther ficou chocada com a dificuldade que Gregers revelava em andar. Ele costumava dar vários passeios por dia. Como podia estar tão em baixo de forma? Ou aquele passo de caracol era mais um sinal de relutância em enfrentar a consulta marcada?

— Está nervoso por ir vê-la?

Esther observou aquele indescritível edifício médico em Østerbrogade, enquanto esperava que ele voltasse a colocar o pacote de lenços no bolso das calças. O consultório ficava no terceiro andar. Esther tivera de ser extremamente persuasiva para conseguir marcar-lhe uma consulta urgente e agora iam chegar atrasados.

— Talvez seja apenas uma gripe — a sua voz tinha uma nota de esperança. — Por acaso até me sinto um bocado quente.

— Esperemos que sim, meu amigo — Esther deu-lhe o braço e apertou-o. — Vamos, é por aqui.

Entraram no edifício e dirigiram-se ao elevador. Quanto mais se aproximavam do objetivo, mais tempo duravam as pausas de Gregers.

Esther reparou que ele vestira a camisa azul de xadrez, que geralmente só usava em ocasiões festivas, e que penteara o seu ralo cabelo grisalho.

A sala de espera tinha menos cadeiras do que pessoas e parecia zumbir com uma energia inquieta. Esther avisou a rececionista de que tinham chegado e rebocou Gregers para um canto, de forma a ficarem tanto quanto possível fora do caminho.

— Para que tivemos de nos apressar tanto, se agora nos fazem esperar?

Esther reparou que ele parecia menos confuso e mais parecido com o seu velho eu rabugento. Uma cadeira ficou disponível e ela estava prestes a segurá-la para ele quando a porta da médica se abriu.

— Gregers Hermansen?

A médica vestia umas calças de ganga e uma camisola de malha. Mesmo assim vestida, conseguia ter um ar mais eficiente do que todos os que estavam naquele lugar juntos. O seu aspeto saudável identificava-a melhor do que qualquer bata que pudesse ter vestida.

Suavemente, Esther empurrou o companheiro de casa para o gabinete, tentando evitar sobrecarregar a paciência da médica. Esta estendeu-lhes a mão e, de seguida, indicou-lhes o lugar para se sentarem, no espaço pintado de um amarelo da cor do sol, adornado com *posters* artísticos azul-cobalto.

— Bem, Gregers, já há muito tempo que não nos víamos, não é? — começou. — Como tem passado?

— Estou ótimo — respondeu, sentando-se muito direito.

— Ainda bem. Então o que posso fazer por si? — a médica aproximou mais a sua cadeira com rodinhas, pronta para começar a trabalhar.

— Essa é uma boa pergunta!

— Teve dificuldades respiratórias — respondeu Esther, dando-lhe uma palmadinha no braço. — Não se lembra?

— Eu estou ótimo — sorriu, com ironia.

— Bem, já que está aqui, que tal se eu aproveitar para o ouvir? — sugeriu a médica, preparando o estetoscópio.

— Por quem é.

Gregers chegou-se para a frente na cadeira, para que a médica conseguisse auscultá-lo. Ela começou a usar o estetoscópio, dando-lhe instruções quanto à respiração.

— Bem, Gregers, gostaria que fizesse umas análises ao sangue. Estou a ouvir um ligeiro ruído nos seus pulmões e precisamos de descobrir qual é a causa. Fuma?

— Não, nunca fumei.

Esther sabia que era mentira.

— Gregers, você fumava quando se mudou para a minha antiga casa em Klosterstræde, um maço por dia. Discutimos sobre isso porque o fumo flutuava até ao meu apartamento.

— Eu nunca fumei — insistiu Gregers, abanando a cabeça.

Esther estabeleceu contacto visual com a médica, que ergueu as sobrancelhas, levantando-se para ir buscar frascos e agulhas esterilizadas.

— Arregace a manga, Gregers, vou tirar-lhe uma amostra de sangue.

A médica limpou-lhe a pele, encontrou uma veia, inseriu a agulha e começou a encher os frasquinhos etiquetados com o sangue vermelho-escuro. Gregers esperou, desviando o olhar.

— Tem-se sentido confuso ultimamente? Tem dificuldade em recordar-se das coisas? E sonhos estranhos à noite?

— Talvez um pouco — respondeu ele, com um encolher de ombros.

A médica acabou de recolher o sangue e colocou-lhe um adesivo no braço.

— Ligue-me amanhã depois do meio-dia para saber os resultados. Vejo no seu processo que está a tomar um anticoagulante. Provavelmente seria uma boa ideia ter uma ajuda para não se esquecer de tomar os seus medicamentos nos próximos dias — olhou para Esther. — É viável?

Esther acenou em concordância. Sabia que iria ser uma luta ajudá-lo com os comprimidos, mas estava disposta a insistir.

— Obrigada por terem vindo.

Gregers levantou-se e apertou a mão da médica, antes de ir a arrastar os pés até à porta, seguido de Esther.

— Vaca estúpida — sussurrou enquanto ia a sair.

— Gregers! — protestou Esther.

— Que raio de perda de tempo foi esta? — bufou, olhando para ela. — Qual foi o interesse? O que vim aqui fazer?

Todos os colegas apertaram a mão a Thomas Larsen, felicitando-o pela sua próxima paternidade, na pequena sala de convívio do Departamento de Crimes Violentos. Apesar da seriedade da situação, os cumprimentos também eram devidos. A Supe pedira a Jeppe para liderar uma equipa de investigação composta por Anette, Sara e Thomas, bem como por mais outros oito agentes que, para começar, iriam auxiliá-los a recolher depoimentos de testemunhas e a reunir material. Até conhecerem a identidade da vítima, teriam de tratar o caso como uma investigação de homicídio nova e independente, que correria paralelamente à busca por Oscar.

Jeppe encheu uma caneca de café e colocou cadeiras em volta da mesa, sobre a qual já estavam dispostos o seu portátil, o telemóvel e o bloco de notas. Foi bebendo o seu amargo café expresso de máquina, enquanto observava os colegas a instalar-se, e estabeleceu contacto com o olhar sombrio da Supe, no extremo oposto da sala. A seguir, bateu levemente na mesa.

— Como já sabem, dois funcionários do ARC encontraram um corpo no silo de resíduos da central de incineração às 8h45 desta manhã. A vítima ainda não foi identificada, nem sabemos a causa da morte. Sabemos, no entanto, que se trata do corpo de um jovem. O Nyboe está a prepará-lo para a autópsia neste momento, portanto esperamos saber mais alguma coisa em breve.

Acenou para Anette, que estava encostada à parede. Ela prosseguiu.

— Infelizmente, neste momento é difícil de perceber como é que o corpo apareceu no silo. Estava embrulhado em plástico e pode ter sido trazido por qualquer um dos primeiros cem camiões de lixo que despejaram a sua carga esta manhã, ainda antes das sete. Isto é, se já não estivesse lá no fim de semana. Teremos de ver o que Nyboe tem a dizer.

— Há alguma outra forma de o corpo ter ido parar ao silo? — perguntou Larsen. — Não é possível qualquer pessoa entrar e despejar o lixo na central?

— Não, todo o acesso à área tem de ser autorizado — respondeu Jeppe. — Temos alguém a analisar as imagens de vigilância do depósito, onde os camiões despejam as suas cargas. Até agora, confirmaram que desde sexta-feira à tarde apenas camiões de lixo autorizados estiveram na central. Se o corpo foi colocado no silo de alguma outra forma, teve de ser pelo interior das instalações. Seja como for, o local da descoberta indica que estamos perante um homicídio. Não vejo como seria possível alguém acabar naquela garra por acidente.

Apontou para os oito agentes da polícia.

— Precisamos de localizar e falar com quaisquer potenciais testemunhas, a começar pelo pessoal da central. É um local grande, com muitos funcionários, que se deslocam de um lado para o outro entre gabinetes, salas de máquinas e a área do telhado. Vamos dividir o grupo. Quatro de vocês irão para a central e começarão por uma extremidade. Os restantes entram em contacto com a associação industrial dos trabalhadores de resíduos e recursos, DAKOFA, para tentar descobrir a melhor maneira de localizar potenciais testemunhas entre os trabalhadores sanitários. Em Copenhaga existem vários operadores privados envolvidos na recolha de lixo. Encontrem-nos e perguntem-lhes quais as suas rotas e horários de recolha. Estamos a olhar especificamente para esta manhã, mas tudo o que seja menos habitual tem interesse. É muito provável que um desses homens tenha transportado o corpo recolhido de um grande caixote ou contentor de lixo em Copenhaga e mesmo que à partida não tenha noção disso, é possível que se lhe perguntarem venha a lembrar-se de algo suspeito.

Os agentes assentiram, tomaram as suas notas e começaram a dividir as tarefas entre si.

— A Werner e eu assistiremos à última parte da autópsia, depois do almoço. Todos deveremos estar prontos para investigar o resto, família, residência, colegas de trabalho, assim que tivermos uma identificação definitiva da vítima.

— E ainda não ouviram a melhor parte! — interrompeu Anette. — Adivinhem quem descobriu o corpo, juntamente com o operador da grua? O Kasper Skytte, o pai da melhor amiga de infância do Oscar! Acontece que ele trabalha na central como engenheiro.

— Só podes estar a brincar! — exclamou Larsen, incrédulo.

— Não, estou a falar a sério.

— Será possível ele ter atirado o corpo para o silo? — perguntou Larsen, afastando o cabelo dos olhos. — De algum lugar a partir do interior da fábrica?

— Bem, é sem dúvida uma grande coincidência ele trabalhar no sítio onde poderemos ter encontrado o corpo — Anette apontou para Larsen para enfatizar este ponto.

Jeppe serenou a agitação que se estava a espalhar pela sala.

— Sei o que todos estamos a pensar — disse —, mas vocês também sabem que precisamos de fazer isto pela ordem certa. Nada de deixar passar informações para os *media*, compreendido? Não podemos arriscar-nos a que a família saiba antes do tempo — levantou-se. — Muito bem, vamos a isto!

A equipa levantou-se também, começando a trocar contactos relevantes e outra informação. O telefone tocou sobre a mesa em frente a Jeppe. Ele olhou para o número no ecrã. Patologia.

— Fala Kørner.

— Daqui Nyboe — a apresentação foi seguida por um suspiro e por uma pausa que lhe era extremamente invulgar. — Tenho más notícias. Ou boas, dependendo da perspetiva.

— Vamos ouvi-las — em volta de Jeppe, as conversas esmoreceram, como se o tom sério de Nyboe, do outro lado da linha, pudesse ser percebido na sala.

— Já olhámos para ele. Ouve, Kørner, temos o corpo de um homem jovem sobre a mesa, um tipo de baixa estatura... que não produz muitas hormonas sexuais. Antigamente, as pessoas usariam, ainda que neste caso incorretamente, o termo depreciativo hermafrodita...

— Nyboe, o que estás a tentar dizer-me? — Jeppe sentiu os olhos dos colegas postos nele.

— O que estou a querer dizer é que o falecido *não* é o Oscar Dreyer-Hoff.

— O quê?

— Não é um rapaz, mas sim um homem na casa dos vinte, de constituição débil e subdesenvolvido em termos da sua...

— Mas — Jeppe ouviu a própria voz, como um eco —, se não é o Oscar, então quem é?

A equipa agitava-se, inquieta. Jeppe virou-lhes as costas.

— O meu químico forense encontrou a sua impressão digital no sistema — ouviu-se Nyboe remexer uns papéis. — Preencheu um desses formulários para verificação de antecedentes que as pessoas que trabalham com crianças têm de preencher. Desses que servem para garantir que não são pedófilos. O falecido era professor e chamava-se Malthe Sæther.

CAPÍTULO 14

O homem deitado na mesa de aço inoxidável parecia realmente muito jovem. As suas faces eram magras e suaves e o cabelo espesso e escuro. A cabeça estava num ângulo estranho e as pernas estavam dobradas numa posição fetal. Um dos pés estava ainda calçado com uma sapatilha suja, mas de resto estava nu. Arranhões e hematomas competiam com a lividez do corpo, e a sua pele tinha uma leve tonalidade esverdeada.

— Quantos anos disse que ele tinha? — perguntou Anette, inclinando-se sobre a forma inerte do professor de Dinamarquês de Oscar Dreyer-Hoff.

— Vinte e sete. Mas o físico parece quase o de um adolescente. Estão a ver o queixo estreito e a maçã-de-adão subdesenvolvida? Sinais claros de um baixo nível de testosterona — o professor Nyboe parecia defensivo. Anette sabia que ele não gostava de se enganar.

— Não lhe toque. A pele pode sair! — avisou Nyboe.

Anette afastou-se. Pareceu-lhe ter detetado um brilho provocante nos olhos de Nyboe, que desapareceu de imediato, antes que ela pudesse ter certeza.

— Já estava a cair enquanto cortávamos os pedaços de plástico — explicou. — Quando o sistema imunitário para de funcionar, as bactérias espalham-se do estômago e dos intestinos por todo o corpo e começam a consumi-lo. Certamente que, neste caso, todas as bactérias no lixo em redor ajudaram. Conseguem ver estas pústulas cheias de líquido por baixo da epiderme, aqui e aqui? — perguntou, apontando um dedo enluvado para o corpo. — Foi aí que as células começaram a verter.

— O que é que isso te diz quanto à hora da morte? — Jeppe foi colocar-se ao lado de Anette junto à mesa, batendo com a esferográfica no seu bloco de notas.

Anette conseguia sentir o cheiro do cigarro que ele fumara mesmo antes de entrarem no edifício Teilum para assistirem à autópsia de Malthe Sæther. Ainda agora, neste ambiente, inclinada sobre o corpo de um jovem morto, o cheiro do cigarro conseguia despertar-lhe uma enorme vontade de acender um também.

Nyboe assegurou-se de que o gravador que tinha na mão estava desligado. Estava a falar com eles e não a preparar o seu relatório.

— É difícil responder com precisão. Há inúmeros fatores a ter em conta. O abdómen e o rosto ainda estão levemente inchados com os gases de metano, o *rigor mortis* está menos intenso e o processo de decomposição está a começar lentamente. Isso significa que a morte ocorreu há mais de vinte e quatro horas e menos de trinta e seis. No entanto, o corpo estava envolvido em plástico, e... terei razão no que estou a presumir? Pode ter estado num caixote de lixo ou num contentor antes de ter sido encontrado no silo, não?

— Há alguns indícios que o sugerem — confirmou Anette.

— As noites ainda são frias, praticamente geladas. Se ele tiver sido colocado num contentor do lixo no exterior, embrulhado em plástico, isso pode ter retardado a decomposição. Sabem quando foi a última vez que foi visto com vida?

— Contactei a namorada dele, Josephine, para a informar — disse Anette, com um aceno de cabeça. — O endereço que têm registado é aqui em Copenhaga, mas ela vive parte do tempo em Odense. Diz que falou com ele ao telefone na sexta-feira, por volta das cinco da tarde. Após esse telefonema, não temos mais nenhum sinal de vida dele. Pelo menos até agora.

Nyboe apontou para o pescoço e pernas dobradas.

— Se olharmos para a posição do corpo, há sinais de que o *rigor mortis* ocorreu enquanto ele estava deitado no recipiente de lixo. No entanto, e mais uma vez, é um pouco difícil de determinar depois de todos os hematomas que sofreu devido à garra.

— Se ele foi transportado para a central de incineração por um camião do lixo, e esse é o cenário mais provável, já que é difícil aceder ao silo de resíduos por outra via que não a das calhas de despejo, então o corpo também terá sido comprimido pelo compactador no camião de lixo — acrescentou Jeppe.

— Sim, está bastante maltratado — Nyboe fez uma pausa, encostando o gravador ao queixo enquanto pensava. — A minha constatação provisória é a de que ele morreu na sexta-feira ao início da noite ou em algum momento da noite, mas não poderei ter a certeza até o abrirmos e analisarmos o conteúdo do seu estômago e tudo o mais.

Anette chamou a atenção de Jeppe. Sexta-feira à noite. Oscar desaparecera no mesmo dia sem deixar rasto.

— Eu apostaria que ele foi embrulhado em plástico e colocado no exterior, presumivelmente num contentor de lixo, em algum momento da noite de sexta-feira ou da madrugada de sábado. Ficou aí até o lixo ser recolhido de manhã. Se tivesse ficado no silo durante todo o fim de semana, seria de esperar que o processo de decomposição estivesse ainda mais avançado.

— Então um cadáver ficou durante todo o fim de semana num contentor do lixo no meio de Copenhaga? — o rosto de Anette contorceu-se num espasmo de repugnância. — Sem que ninguém se apercebesse?

— Como é que alguém iria reparar? Um grande saco plástico no fundo de um contentor não é nada de invulgar, e o cheiro fétido está sempre ali presente. — Nyboe voltou a ligar o gravador. — Felizmente, a forma de morte parece mais fácil de determinar. Presumível causa de morte: asfixia. Traumática, há que assinalar. Fenómeno de estase pronunciada e marcas de lividez no pescoço. Nos exames internos, procuraremos sinais de enfisema agudo e quaisquer quebras no osso hioide, fraturas dos cornos da tiroide ou lesões na cartilagem cricoide.

Soltou o botão de gravar e acenou para o técnico forense, que estava a preparar as tigelas de aço inoxidável para os órgãos do corpo.

— Podemos tirar uma fotografia em grande plano do pescoço? — pediu Nyboe. — De ambos os lados, se conseguir.

O técnico pegou na câmara e foi tirando fotografias, enquanto Nyboe explicava.

— Estrangulamento manual. É muito provável que ele tenha sido estrangulado de frente, com as duas mãos — exemplificou, enquanto falava. — Um dos métodos de homicídio mais comuns, típicos dos crimes passionais e de outros assassinatos impulsivos. Além disso, ele estava nu dentro do plástico. Bem, se não contarmos com a sapatilha. À primeira vista não há sinais de atividade sexual ou de agressão anterior ou posterior ao momento da morte.

Anette tentou imaginar o frágil Oscar a estrangular o seu professor com as próprias mãos. Não parecia o cenário mais óbvio. E, no entanto, ao mesmo tempo, até fazia algum sentido. Inclinou-se para Jeppe e falou baixinho.

— Não achas que seria boa ideia informar a família do Oscar da morte do Malthe? Ver como reagem…?

— Bem pensado, Werner — assentiu. — Vou enviar de imediato o Larsen e a Saidani até casa dos avós, em Charlottenlund, onde estão os irmãos do Oscar. E nós dois iremos avisar os pais assim que estivermos despachados daqui.

— Combinado.

O técnico forense pôs a máquina fotográfica de lado e voltou para as tigelas de aço inoxidável junto à parede. Nyboe regressou à mesa e inclinou-se sobre o rosto do falecido.

— Oh, há mais uma coisa… um pouco estranha.

O tom da sua voz fez Anette apurar os ouvidos.

—Talvez eu esteja apenas a ser antiquado, mas na verdade não vejo isto muitas vezes aqui no departamento — apontou para o falecido. — Tem o rosto coberto com um pó facial leve. Tem maquilhagem.

Quanto mais ao norte de Copenhaga, mais altas são as árvores. Em volta de Hellerup as coroas de faias e carvalhos começam a dominar seriamente o horizonte. Até mesmo nos jardins particulares, os troncos das árvores assemelham-se a colunas gregas que lançam as suas sombras, bem como a sua beleza, sobre a vizinhança. Um sinal de prosperidade, pensou Sara, olhando para fora, pela janela do lado do passageiro, para o verde reluzente das árvores pelas quais ia passando. Tal como a obesidade noutros tempos, até que a Revolução Industrial alterou a imagem do corpo ideal. Na casa de renda limitada em Helsingør, onde viveu com Mido e as crianças até ao divórcio, as árvores iam apenas até à altura da vedação. Suficientemente grandes para escalar, mas demasiado pequenas para bloquear a luz. Como é óbvio, aqui, numa zona de abundância, as árvores nunca poderiam ser demasiado altas.

— Nos próximos três anos, hei de ter um sítio aqui em Hellerup ou Charlottenlund, ou no mínimo em Ordrup — disse Thomas Larsen, nomeando alguns dos subúrbios por onde estavam a passar, ao longo da costa leste, a norte de Copenhaga. — Uma casa grande e gorda, com pátio, garagem e um trampolim no quintal.

Larsen reduziu a velocidade e seguiu para norte pela Bernstorffsvej, com o nariz quase colado ao para-brisas, como se naquele momento estivesse realmente à procura de uma nova casa.

Vestido com um blazer de xadrez e uma camisa branca de bom gosto, quase parecia uma caricatura do tipo de pessoa que vivia naqueles lugares.

— Achei que gostavas de morar na antiga e elegante Frederiksberg — replicou Sara, deitando uma vista de olhos aos botões de punho do colega.

— Bem, agora que vamos ser pais... as crianças precisam de um jardim para brincar, de um ambiente seguro.

— E não consegues ter isso na cidade? Como, por exemplo, em Christianshavn?

— Todos temos a nossa maneira de fazer as coisas — respondeu, sorrindo de forma apaziguadora. — Por que não deixamos que as coisas fiquem por aqui?

— Só que a tua maneira é melhor do que a minha...?

— Esquece, Saidani! Podes optar por interpretar a minha atitude como se eu olhasse para o teu modo de vida com superioridade. Mas eu só quero dar à minha família uma casa verde e tranquila.

Sara desceu o vidro da janela e deixou que os chuviscos aliviassem a tensão em redor dos seus olhos. Não se passava uma semana sem que se perguntasse se seria realmente seguro viver no meio da cidade, a poucos passos de Christiania — a comunidade anarquista e *hippie* de Copenhaga —, com duas filhas que cresciam de cada vez que ela piscava os olhos. Amina já agia como uma adolescente, mais interessada nos seus amigos e na música *K-pop* do que em passar tempo em casa. Estaria mais segura ali, sob aquelas árvores enormes? Não que fosse uma opção financeira, mas e *se* fosse?

— Era Johannevej, não era?

Larsen abrandou e virou à esquerda, foi avançando lentamente e estacionou mesmo em frente ao número 10. Uma moderna casa de tijolos amarelos olhava-os inexpressivamente, com as suas janelas sem cortinas de cada um dos lados da porta da frente. Duas árvores baixas ladeavam a entrada, simetricamente, mas sem ostentação.

Era uma casa que se enquadraria em qualquer lugar da área da Grande Copenhaga. Estava longe da fantasia de potencial comprador que Larsen tinha acabado de partilhar alguns minutos atrás — era apenas uma casa de classe média completamente normal, com um código postal chique.

A mulher que abriu a porta, por outro lado, tinha um ar de pessoa rica. Estava vestida discretamente e a sua boca era uma linha firme; era baixa e tinha unhas limpas; e o seu cabelo grisalho tinha um corte elegante. A pele em volta dos olhos parecia transparente, como acontece quando a pessoa esteve a chorar, mas tenta escondê-lo. *Digna*, foi a palavra que ocorreu a Sara, quando lhe estendeu a mão e se apresentou, bem como a Larsen. A senhora tinha um aspeto digno.

— Sara Saidani e Thomas Larsen, da Polícia de Copenhaga. Obrigada por aceitar receber-nos tão rapidamente.

— Sou Frida Dreyer. Oh, mas claro que isso já sabem. Entrem. Hoje o meu marido está na Suécia, mas os meus netos estão na estufa.

Conduziu-os através da casa moderna com um estilo interior eclético de móveis rústicos, design chique e de linhas limpas. Sara baixou a cabeça por baixo do lustre de cobre da entrada, que ficaria lindamente num *hall* de entrada com um teto alto, mas que ali parecia pesado e totalmente deslocado. Victor e Esmeralda estavam sentados na marquise envidraçada, um em cada extremidade de um sofá com um padrão de flores, com uma manta em cima das pernas. Entre eles encontrava-se uma pilha de revistas e, na mesa de centro, em bambu, via-se uma caixa vazia de *pizza,* com marcas da gordura que escorrera nos cantos.

— Meus anjos, a polícia está aqui.

— Já o encontraram? — perguntou Victor, com um tom de esperança.

— Infelizmente não.

Victor piscou os olhos. Tinha o cabelo preto e desgrenhado, olhos escuros com pestanas longas e lábios cheios. Era um rapaz invulgarmente bonito, pensou Sara, enquanto apontava para uma cadeira de bambu.

— Podemos sentar-nos?

— Oh, desculpem — respondeu Frida, lançando as mãos ao ar, perturbada. — Com certeza. Sentem-se, por favor. Fecha o livro, Essie. A polícia quer falar connosco.

A neta pousou o livro no colo e fixou Sara. Ela tentou sorrir de forma tranquilizadora para a criança, mas isso não pareceu surtir qualquer efeito. Frida caminhou até junto de Essie e sentou-se no braço do sofá, para poder dar a mão à neta. A sua outra mão remexia nervosamente na capa do sofá à qual a criança estava encostada.

Sara e Larsen sentaram-se. As cadeiras de bambu estalaram, um som maciço no silêncio tenso da marquise.

— Ao início desta manhã, foi encontrado o corpo de Malthe Sæther no Amager Resource Center — começou Larsen.

— Quem é? — Frida parecia confusa.

— Malthe era professor no Colégio Zahles — prosseguiu Larsen. — Dava Dinamarquês ao Oscar. A turma do Victor também o teve como professor.

— Conhece-lo, Vic? — perguntou Frida, parecendo ainda mais confusa.

Victor parecia ter-se transformado em pedra, mal respirando. Então, num gesto súbito, atirou a manta para o lado, pousou os pés no chão e sentou-se muito direito, como se o assunto fosse demasiado sério para manter uma postura relaxada.

— Porra!

— Estás bem, querido?

— Sim, sim, avó — respondeu, abanando a cabeça. — É que... Mas que raio se passa? Sabem quem o matou?

— Isto pode ter alguma relação com o Oscar? — perguntou Frida, olhando para Sara, desconfiada.

— Ainda não sabemos — disse Sara. — Gostaríamos de vos fazer algumas perguntas. É provável que já tenham respondido a algumas delas ao telefone. Pode ser?

Todos acenaram em concordância, um de cada vez.

Sara abriu a aplicação de notas no seu telemóvel.

— Antes de mais — começou —, gostaríamos de saber onde estiveram na sexta-feira à noite.

— Eu e o meu marido ficámos em casa — apressou-se Frida a responder. — Vimos um filme, creio, ou talvez isso tenha sido no sábado à noite. Mas ficámos em casa todo o fim de semana. E tu, querida? Provavelmente estavas em casa com a mamã e o papá, não? — parou de brincar com a almofada para passar a mão pelo cabelo da neta.

Essie anuiu.

— Estiveram os quatro em casa? — perguntou Sara. — Toda a noite?

— Eu e a mamã estivemos — respondeu a rapariga, olhando, indecisa, para o irmão. — O papá estava no trabalho.

— Está sempre — explicou Victor.

Sara tomou nota.

— E tu? Onde estiveste na sexta-feira à noite?

— Fui sair, claro — Victor pestanejou algumas vezes. — Sexta à noite estive a jogar *air hockey* no Electric Corner. É um bar.

— Com quem?

— Com amigos da escola. Pessoal do meu ano, a malta do costume. Ficámos até à hora de fechar — enfiou as mãos nos bolsos. — Provavelmente acabámos de jogar um pouco antes das quatro.

Larsen sorriu com um ar de compreensão, como se ainda fosse suficientemente jovem para ficar na cidade até altas horas da manhã.

— Sabes se o Oscar esteve em contacto com o Malthe fora da escola? — perguntou Larsen.

— Pode explicar-me de que se trata? — perguntou Frida, parecendo alarmada.

— Preciso de ar — Victor levantou-se, fazendo cair a caixa de *pizza* que estava sobre a mesa. — Se quiserem, podem vir comigo lá fora...

— Não sei se será uma boa ideia — Frida voltou-se para Sara. — Ele só tem 17 anos.

— Está tudo bem, avó — Victor abriu a porta envidraçada para o jardim das traseiras.

Sara fez-lhe um gesto tranquilizador e, juntamente com Larsen, seguiu o rapaz até ao exterior. Talvez houvesse alguma coisa que a avó não precisava de saber.

Caminharam pelo relvado molhado até um pequeno gazebo, onde Victor se deixou cair sobre um banco embutido. Pegou num maço de cigarros e acendeu um, voltando a guardá-lo no bolso das suas calças de fato de treino cinzentas.

Sara sentou-se ao seu lado, enquanto Larsen permanecia na entrada. Victor fumou intensamente, até que a cinza ficou pendurada na ponta do cigarro, numa posição de equilíbrio que desafiava a gravidade.

— Se ele fez alguma coisa ao meu irmão...

Sara olhou para o perfil do adolescente, para as suas pestanas longas e a mandíbula bem esculpida, que se contraía de cada vez que ele inalava.

— O que queres dizer com isso, Victor?

O rapaz deu outra passa, e desta vez a cinza flutuou para o chão de azulejos do gazebo.

— Há poucas semanas, fui à procura do meu irmão na escola. Tinha-me esquecido do dinheiro para o almoço. Eles estavam na biblioteca.

— Quem? O Oscar e o Sr. Sæther?

— Sim — o olhar escuro de Victor encontrou o dela. — Estavam de pé, abraçados.

CAPÍTULO 15

Os tijolos vermelhos do Museu Geológico passaram a voar pela janela do carro. Anette fez uma curva à direita em terceira e Jeppe teve de segurar-se na pega da porta para não cair em cima dela.

— Josephine, a namorada do Malthe, está a caminho de Copenhaga — informou, enquanto Jeppe tentava regressar ao seu lugar. — Podemos encontrar-nos com ela dentro de uma hora.

— A restante família já foi informada?

— Os pais dele moram no norte, em Hjørring. São divorciados, mas moram a duas ruas de distância, no mesmo bairro. Larsen falou com a mãe. Uma senhora agradável, segundo disse, que ficou completamente devastada, o que é compreensível. Um assassinato é um choque. O Malthe era um jovem feliz e saudável, atlético e idealista. Nunca teve problemas com drogas ou com crime.

— Eles vêm cá?

— Isso vai depender do momento em que o corpo puder ser libertado para a família. A polícia local está em contacto com eles e informar-nos-á se souber de algo que possa ser relevante para o caso.

Anette ia a acelerar como habitualmente, puxando pelo carro até ao limite e mais ainda. Para ela, a luz amarela do semáforo constituía um mero convite. Com o tempo, Jeppe foi-se habituando.

— O Kasper Skytte sabe que estamos a chegar?

— Ele não atendeu quando liguei — Jeppe estendeu a mão para se segurar no *tablier*, para evitar ser atirado contra o para-brisas. — Mas do serviço de urgências disseram-me que ele foi para casa.

— Bem, nesse caso vamos ter de o surpreender — replicou Anette, carregando no acelerador.

— Uoha! — Jeppe fez um esforço para se agarrar ao banco do condutor. — O Larsen e a Saidani estão a contactar os colegas do Sæther no Colégio Zahles. Como não encontrámos o telemóvel dele precisamos de começar por aí, e depois obter os nomes dos amigos através da namorada.

— De acordo com a escola, ele estava a trabalhar lá há dois anos. Mudou-se para Copenhaga quando aí começou a dar aulas — Anette estendeu a mão para vasculhar o porta-luvas, sem diminuir a velocidade.

— De que é que precisas?

— Não sei — retrucou, fechando-o novamente. — Pastilha elástica, alcaçuz, cocaína. Qualquer coisa que me tire este maldito desejo de fumar.

Jeppe abanou a cabeça na direção dela e expirou sonoramente.

— Porque achas que ele estava a usar maquilhagem?

— Talvez apenas porque gostava — sugeriu Anette, virando à esquerda num sinal amarelo, ignorando os consequentes concertos de buzinadelas.

— Um jovem professor usaria, realmente, maquilhagem? Não há muitos homens que o façam. O que diriam os seus alunos?

— Talvez se maquilhasse apenas quando não estava a trabalhar. Quem sabe? Vamos ter de descobrir.

Uma mulher surgiu na passadeira em frente ao carro e Anette teve de pisar no travão, buzinando com agressividade.

— Ela tinha o direito de atravessar — sublinhou Jeppe.

— Sim, mas de qualquer maneira deveria ter olhado!

Esperaram em silêncio que a luz do semáforo mudasse. O sinal de trânsito emitia um clique como um metrónomo, numa contagem regressiva. Jeppe apercebeu-se de que estava a tamborilar no painel.

— O que achas que aconteceu, Werner? Se tivesses de adivinhar, aqui apenas entre nós, mesmo ainda sem quaisquer provas. Só para mim.

— Não sou grande fã de me pôr a adivinhar, Jepsen. Sabes disso. Se a tua barriga parece querer dizer-te algo, geralmente isso significa apenas que estás com fome.

Jeppe não pôde deixar de rir.

— Mas se insistes — prosseguiu, enquanto o carro recomeçava a andar —, acho que o Oscar matou o professor e depois fugiu. Não sei por que o fez, mas para mim parece-me a explicação mais óbvia. Os pais sabem e estão a protegê-lo. É por isso que estão a comportar-se daquela maneira. Pronto… simples lógica. E isto sem qualquer treta emocional da minha parte.

— Um rapaz talentoso de 15 anos, com uma família rica, mata o seu professor, escreve uma misteriosa carta de despedida e parte de barco? É a isso que chamas lógica?

Anette pisou de novo no travão, fazendo com que Jeppe fosse sustido com força pelo cinto de segurança.

— Estás a assumir que o Oscar é feliz e talentoso, porque eles têm dinheiro e porque é isso que eles te dizem? O que aconteceu com o teu sentido crítico, Jepsen? — perguntou-lhe.

— Agora não és tu que estás a imaginar coisas?

— Estou apenas a ligar os pontos em que a distância é mais curta.

— Lógica e direta — disse Jeppe, sorrindo para a parceira. — Mas a vida não é assim. De tudo o que é orgânico surgem ramificações que se contorcem em direções inesperadas, incluindo crimes. Até pode ter sido um perpetrador totalmente diferente que matou o Malthe e talvez também o Oscar. No entanto, agora que falas disso, tens razão em relação a uma coisa. A vida no seio da família Dreyer-Hoff pode não ser tão harmoniosa como eles querem que pareça.

— *A cama da família* — ironizou Anette, parando o carro em frente do número 64 da Fredericiagade. — É muito estranho.

— O que eu acho realmente estranho é o Kasper Skytte. Pode ser apenas uma coincidência ter sido ele a encontrar o corpo do professor do Oscar?

— Vamos entrar e perguntar-lhe.

Saíram do carro, atravessaram a rua e tocaram à campainha com intercomunicador na porta da frente do prédio. Não obtiveram resposta. Anette voltou a pressionar o botão, insistentemente. Continuaram sem resposta. Esperaram dois minutos, para o caso de ele ter adormecido e precisar de tempo para se levantar. Então, premiu de novo a campainha do apartamento. Jeppe olhou para o relógio. Eram duas da tarde.

— Não está no trabalho, nem no hospital, nem em casa. Onde raio se terá metido?

O museu Thorvaldsens estava deserto. Os raios de sol da tarde caíam sobre as estátuas, fazendo o mármore branco brilhar como neve acabada de cair. Esther foi percorrendo os espaços de exposição. À medida que ia avançando, os tetos abobadados engoliam o barulho dos seus passos cuidadosos. Passeou pelas salas vermelha, verde e amarela e parou em frente à estátua de um rapaz com uma águia.

— Hoje tem este lugar só para si.

Esther voltou-se na direção da voz e descobriu uma funcionária mesmo atrás de si. Vestia um uniforme azul-escuro e tinha as mãos cruzadas atrás das costas.

— Geralmente estamos fechados às segundas-feiras — explicou a mulher, aproximando-se de Esther. — Hoje temos um novo programa-piloto e por isso a maioria das pessoas não sabe que estamos abertos. — Apontou para a estátua. — Gosta deste trabalho?

Esther voltou a olhar para a águia de mármore.

— Hum, na verdade ainda não tive oportunidade de pensar muito nisso. Hoje vim aqui para ver a coleção de máscaras mortuárias do museu, mas não as encontro…

— Por que quer vê-las?

Esther hesitou.

— Por interesse profissional… É por causa de um livro que estou a escrever — explicou.

A funcionária assentiu lentamente, como se estivesse a dar a sua aprovação.

— O museu não as considera arte. E quem pode determiná-lo? Eu própria trabalho com imagens e não faço a mínima ideia do que é arte e do que não é.

A funcionária tinha o rosto bastante estragado, com rugas e inchado, mas era evidente que em tempos fora muito bonita. Antes das preocupações da vida e da passagem dos anos terem produzido os seus efeitos.

— As máscaras mortuárias não estão expostas. Estão guardadas no sótão e não estão disponíveis para o público — disse, começando a afastar-se.

Esther seguiu-a.

— Haverá alguma maneira de eu conseguir uma autorização? Eu só quero vê-las. Nem precisa de ser por muito tempo.

A funcionária continuou a andar, sem responder.

— Estou disposta a pagar… caso seja necessário pagar custos extras com o pessoal.

A funcionária parou e voltou-se. Olhou para Esther, mordendo o lábio inferior.

— Quanto?

— Desculpe?

— Quanto estaria disposta a pagar?

Esther considerou a pergunta tanto grosseira quanto inadequada. Talvez fosse aceitável num mercado de rua em Banguecoque, mas ali?

— Por quinhentas coroas, pode desfrutar de uma visita privada agora mesmo. Hoje não estamos propriamente cheios, portanto podem bem passar sem mim neste andar durante algum tempo.

Mais tarde, Esther teve dificuldade em recordar-se do motivo por que dissera que sim. Supôs que tivesse sido por um misto de surpresa e constrangimento.

— Está bem. Darei um salto a um multibanco assim que acabarmos.

A funcionária assentiu, satisfeita, e estendeu a mão como se para selar um acordo.

— Jenny Kaliban — apresentou-se. — Prazer em conhecê-la.

— Esther de Laurenti.

— Vamos subir as escadas — Jenny virou-se e começou a caminhar rapidamente, enfatizando a impressão de que estavam a tramar algo obscuro.

Antes de a seguir, Esther olhou por cima do ombro.

No segundo andar, Jenny abriu um painel que se encontrava escondido na soleira da porta e digitou um código. No meio da parede ocre, com um pequeno estalido, abriu-se uma escotilha vermelha de metal e uma escada automática estendeu-se lentamente.

— Faça o favor, minha senhora!

Esther forçou-se a sorrir e começou a subir a escada de aspeto pouco estável. Após dez degraus, chegaram a uma escada de tijolos que as deixou sob o telhado do Museu Thorvaldsens.

— Cuidado com a cabeça! — avisou Jenny. — Vamos àquela estante ali. Consegue vê-la?

Esther viu pedras, caixotes com quadros e painéis de lã de rocha Rockwool por todo o lado. Baixou a cabeça sob um barrote sobre o qual se encontravam capacetes pintados.

— São da guerra — explicou Jenny atrás dela —, do movimento da resistência. As máscaras estão ali, à direita.

Nas prateleiras de uma velha estante havia caixas de madeira e papelão com números ou cartões manuscritos ornamentados na parte da frente. Tanto quanto Esther conseguia ver, deviam ser, ao todo, cerca de quarenta caixas. Mesmo à sua frente, havia uma claramente rotulada com o número 27 e, por cima do número vermelho, um nome cuidadosamente escrito a lápis. Ela leu *A. GOETHE* e depois continuou para outra caixa. *KARL XII.*

— Isto são... estas máscaras são realmente das pessoas cujos nomes constam nas caixas?

— Sim, uma loucura, não é? — a excitação tomou conta da voz de Jenny. — Veja aquela!

Esther seguiu o dedo indicador de Jenny e leu *NAPOLEÃO BONAPARTE.*

— A máscara mortuária de *Napoleão* está aqui?!

— Está. É aquilo a que chamam «cópia original», e não foi Thorvaldsen quem a fez. Mas, de facto, está aqui, escondida numa caixa no sótão.

— É realmente uma pena.

— Concordo! Do meu ponto de vista, a arte não é apenas uma questão estética. É uma forma de cognição que nos diz algo fundamental sobre ser-se humano. Mas quem se incomoda a dar-me ouvidos? — Jenny colocou um par de luvas de algodão e cuidadosamente tirou da prateleira uma das caixas de madeira. — Vou mostrar-lhe uma das melhores. Georg Zoëga, mentor de Thorvaldsen. É de 1809.

Jenny tirou a tampa da caixa e foi removendo mãos-cheias de bolinhas de espuma, até conseguir retirar um objeto embrulhado em papel de seda. Com cuidado, foi afastando as camadas de papel que envolviam a máscara e mostrou-a a Esther, como se fosse um pintainho acabado de sair do ovo.

A máscara era cinzenta e estava rachada em alguns pontos, mas estava bem preservada, revelando um rosto masculino de faces encovadas, olhos fechados e nariz adunco, com a boca ligeiramente aberta. Parecia estar a dormir, mas Esther não tinha dúvidas de que ele estava morto.

— E eram feitas logo após a morte?

— Com gesso de Paris colocado no rosto dos mortos, sim. De seguida, era usado como molde. Em 1800, muitos artistas faziam moldes de pessoas proeminentes mortas, para mais tarde poderem esculpir uma estátua que se assemelhasse bastante ao falecido. Uma máscara mortuária. — Com extremo cuidado, Jenny virou a máscara para mostrar a alça na parte de trás. — Antigamente, as pessoas penduravam-nas na parede para decoração, mas agora somos demasiado puritanos para fazer esse tipo de coisa. Temos tanto medo da morte que preferimos ignorá-la.

Esther aproximou-se mais, até que a máscara ficou apenas a um palmo de distância dos olhos dela.

— Acha que algo da essência do falecido permanece na máscara? Que isso pode construir uma ponte entre o mundo dos mortos e o dos vivos? — perguntou Esther.

Jenny olhou para ela como se a achasse louca.

— Tenho de voltar a descer, antes que o meu chefe perceba que me ausentei. — Voltou a colocar a máscara na caixa, repôs cuidadosamente as bolinhas de espuma, fechou a tampa e arrumou-a na prateleira.

— Claro, certamente — Esther endireitou-se.

— Então só nos falta tratar do pagamento.

— Vou procurar um multibanco e regressarei num segundo.

Esther seguiu Jenny no caminho de volta sob os barrotes, ao longo da alvenaria em direção às escadas e de regresso ao átrio do museu. Saiu apressada pela entrada principal e dirigiu-se para a Praça Højbro. Devia haver um multibanco ali por perto. Enquanto estugava o passo, pensou no que acabara de viver no sótão do museu. Não apenas as máscaras mortuárias, mas também a mulher que lhas mostrara. Jenny Kaliban. Que personagem tão estranha.

* * *

Em frente a uma parede dourada de rostos humanos em relevo texturado, via-se um urso polar que vestia um *smoking*, laço e luvas brancas, levando uma pata à testa, como se estivesse surpreendido, ou possivelmente indignado, pelos rostos dourados atrás de si. Jeppe virou as costas ao urso e olhou para Anette. Ela parecia estar a divertir-se. Josephine, a namorada de Malthe Sæther, sugerira que se encontrassem ali, no café pseudoartístico Bankeråt, porque ficava ao virar da esquina da casa de Malthe. Ela precisava de ir buscar as suas coisas ao apartamento, mas enquanto ele estivesse cheio de investigadores forenses a reunir provas, não era possível interrogá-la ali. Portanto, Jeppe e Anette estavam agora sentados numa mesa com tampo de mármore, entre os animais empalhados do café e luminárias de cabeça de boneca, à sua espera. Jeppe fora contra a ideia de interrogar uma testemunha num café, sobretudo por ter de sentar-se ali com Anette, sentindo-se ridiculamente quadrado naquele tipo de ambiente *fixe* e *rock and roll*.

— São da polícia?

Uma jovem parara junto à sua mesa, olhando-os muito séria. Era magra e não muito alta, com o cabelo preto cor de azeviche, *piercings* nas sobrancelhas e uma maquilhagem pesada nos olhos. Tinha uma voz rouca profunda, que não combinava com a sua estatura delicada.

— Sou a Josephine — apresentou-se, com um aceno de cabeça.

— Olá, Josephine. Agradecemos-lhe ter vindo encontrar-se connosco tão rapidamente. Quer pedir alguma coisa?

Abanou a cabeça e sentou-se na cadeira junto a Anette. Apesar da maquilhagem carregada, a pele em volta dos olhos e do nariz estava vermelha.

— Tenho de avisar-vos que me sinto podre. Acabei de despedir-me do cadáver que supostamente era o meu Malthe — fechou os olhos. — Na verdade, nem sei como vou aguentar.

— Seremos rápidos. Tem alguém com quem possa ficar, para não ter de estar sozinha?

Ela acenou afirmativamente.

— Disse-nos que falou com o Malthe pela última vez ao telemóvel, às 17h00 de sexta-feira — Jeppe abriu o seu bloco de notas numa página em branco. — De que falaram?

Josephine respirou fundo e começou, hesitante:

— Ele ligou para adiar o nosso encontro. Em geral, aos fins de semana o Malthe e eu víamo-nos, alternadamente, na casa de um ou do outro. Enquanto eu estiver a viver em Odense, sou estagiária numa livraria situada numa rua comercial só para peões, teríamos de fazer assim. Ele deveria ter ido a Odense na sexta à noite, mas cancelou.

— E disse por que razão?

— Tinha de ficar em Copenhaga, porque um dos seus alunos estava metido em sarilhos e precisava de ajuda.

Oscar, pensou Jeppe, mas sem o dizer em voz alta.

— O Malthe não disse de quem se tratava ou qual era o problema, mas percebi na sua voz que era um assunto sério. Se assim não fosse, não perderia o seu tempo de descanso com isso. Era muito dedicado, mas... — Josephine piscou os olhos e olhou para baixo.

— Ele estava com alguém, quando falou com ele ao telefone?

Josephine abanou a cabeça.

— Com quem é que ele convivia aqui, em Copenhaga? — perguntou Anette. — Amigos, colegas?

— O Malthe ainda não tinha grandes ligações sociais aqui em Copenhaga. Passávamos os nossos fins de semana a viajar de um lado para o outro. Quando estamos afastados durante toda a semana, ficamos com pouca vontade de partilhar com outros o pouco tempo que temos juntos — Josephine secou os olhos com um lenço amarrotado que tirou do bolso. — Mas dizia muito bem de uma colega chamada Lis. Nem sei o apelido dela. E bebia café com várias pessoas do seu prédio. Também cantava num coro uma vez por semana. Um coro masculino, que ensaiava numa igreja em Vesterbro. Ele gostava imenso disso.

Jeppe tomou notas.

— Sabe o nome do coro? — perguntou.

— Talvez Allegro? Ou Axis? Algo desse género. Nunca cheguei a ouvi-los cantar.

— Que mais fazia ele no seu tempo livre?

— Saía comigo, tal como vos disse — respondeu, com um canto da boca subindo ligeiramente. — Pelo menos aos fins de semana. O Malthe ainda não trabalhava há muito tempo como professor e passava a maior parte das noites de semana a preparar o trabalho. Além do coro às terças-feiras à noite e de longos passeios de bicicleta. Ele sempre andou imenso de bicicleta, mas aqui na cidade dificilmente tinha tempo para isso. Estava sempre a preparar as aulas e a avaliar os trabalhos dos alunos.

— Sabe de algum conflito que ele pudesse ter tido? Tinha inimigos?

— Não — Josephine riu-se nervosamente.

Jeppe esperou, mas ela não desenvolveu o assunto.

— Havia alguém com quem ele não se desse bem?

Ela abanou a cabeça.

— Convivia com alguns dos seus alunos fora da escola?

— Claro que não! — parecia indignada.

Jeppe e Anette trocaram um olhar sobre a mesinha de café.

— O Malthe alguma vez falou de um aluno chamado Oscar? — perguntou Jeppe.

Josephine pensou por um instante e a seguir abanou a cabeça.

— Nunca fez referência a um Oscar Dreyer-Hoff?

O seu rosto iluminou-se.

— Dreyer-Hoff? — perguntou. — Se está a referir-se ao Victor, então sim.

— Tem certeza de que o Malthe falou do Victor Dreyer-Hoff? — insistiu Jeppe, olhando para ela, confuso. — E não do Oscar, o irmão mais novo?

Ela assentiu e os *piercings* das sobrancelhas tilintaram.

Jeppe recostou-se na desconfortável cadeira do café e perguntou:

— E o que é que ele lhe disse sobre o Victor?

— Bem, quando o Malthe começou a dar aulas em Zahles, o Victor era do nono ano. Todos os rapazes da turma o admiravam, formaram-se panelinhas, houve situações de *bullying* e os alunos mais frágeis passaram maus bocados — fez um gesto de aspas na palavra *frágeis*. — O Malthe estava decidido a fazer algo quanto a esse problema. Falou com os alunos e tentou persuadi-los a serem mais tolerantes com os outros.

— E conseguiu ajudar?

— Pelo contrário. O diretor repreendeu-o e disse-lhe que se restringisse ao ensino. Foi tão injusto! Quem sabe, talvez os pais do Victor sejam grandes amigos do conselho de administração ou algo do género. O Malthe acabou por ser transferido para dar aulas a uma turma diferente — as suas faces pareciam um pouco coradas sob a maquilhagem pálida. — Falou muito desse assunto com a Lis. Isso eu sei. Mas sem ser ela, os outros colegas não foram de grande ajuda. Para ele, isso foi a parte mais dececionante. Quando estamos num lugar novo, espera-se que os professores sejam solidários entre si. Mas agora já não pensa muito nisso. Adora a escola... adorava — corrigiu-se.

Jeppe continuou a tomar notas. A jovem pigarreou, antes de prosseguir.

— Depois da reprimenda do diretor, o Malthe encontrou um pássaro morto na mala, na sala dos professores.

— Um pássaro morto?

— Uma pomba. Não é nojento?! Ele tinha certeza de que o grupinho do Victor estava por trás disso, mas claro que não podia prová-lo — Josephine puxou a gola da camisa xadrez, largando-a de seguida.

No seu bloco, Jeppe escreveu: VICTOR PÁSSARO MORTO?

— Tem a certeza de que o Malthe não tinha quaisquer inimigos? — insistiu Anette?

— Absoluta!

— Não haveria algum rancor em relação a ele? Dívidas? Alguma antiga questão por resolver?

— Não! De maneira nenhuma. O Malthe é a pessoa mais querida e gentil que conheci — Josephine olhou para o colo e expirou pesadamente. Os seus ombros magros davam-lhe um aspeto de passarinho bebé.

— Talvez agora deva ir descansar um pouco — sugeriu Jeppe, delicadamente. — Precisa de ir buscar alguma coisa ao apartamento?

Ela acenou afirmativamente, sem levantar a cabeça.

— Nós levamo-la lá.

— Está bem. Tenho só de ir à casa de banho.

Levantou-se, pegou na mala de lona e dirigiu-se à casa de banho. Anette ficou a vê-la afastar-se.

— Que maquilhagem é aquela?

Jeppe sorriu e pegou no telemóvel, para ver se tinha novos *e-mails*.

— O Nyboe diz que o Malthe Sæther morreu na noite de sexta-feira por volta da meia-noite, podendo, no entanto, a morte ter ocorrido duas horas mais cedo ou mais tarde, portanto entre as 22h00 de sexta e as 02h00 de sábado.

— Isso significa cinco a nove horas após o último sinal de vida confirmado. Por isso agora precisamos de descobrir o que é que ele fez a seguir ao telefonema com a Josephine — Anette consultou o relógio. — Importas-te se eu não for convosco ao apartamento? Gostaria de fazer uma visita ao Mads Teigen, em Trekroner. Quero descobrir até que ponto conhece realmente o Oscar.

— Agora? Sozinha?

— Não te preocupes, Jepsen. Se for caso disso, consigo enfrentá-lo com uma perna às costas.

— Queres que vá dar sozinho a notícia da morte do Malthe aos Dreyer-Hoff? — perguntou Jeppe, com um suspiro.

— Tentarei chegar a tempo, mas, se não conseguir, tenho a certeza de que te aguentas bem sem mim — levantou-se.

— Não faças nada estúpido, Werner.

— Nunca! — Anette piscou-lhe o olho e encaminhou-se para a porta. Jeppe viu-a levantar o rosto para sorrir ao sol da tarde e depois desapareceu ao virar da esquina.

Quando voltou a cabeça, Josephine estava de novo junto à mesa, com a mala de lona ao ombro. Retocara a maquilhagem dos olhos e aplicara um pouco de *blush* no nariz.

— Infelizmente, a minha colega não poderá ir connosco — explicou, levantando-se. — Está pronta?

Acompanhou-a até ao exterior do café e ao longo do passeio. Para uma pessoa tão pequena, caminhava extremamente depressa. Teve de acelerar o seu ritmo para poder acompanhá-la. Jeppe parou junto ao estacionamento de bicicletas, em frente ao prédio de Malthe.

— A bicicleta dele é alguma destas? — perguntou à rapariga.

Josephine examinou as fileiras de bicicletas e abanou a cabeça.

— É uma bicicleta de estrada verde-menta, mas não está aqui.

— Está bem, obrigado.

Jeppe cumprimentou o polícia que estava à porta e subiram as escadas até ao quinto andar. À porta do apartamento foram recebidos por um Clausen sorridente, o técnico da cena de crime, que entregou a ambos um par de luvas de látex e umas coberturas de plástico azul para colocar sobre os sapatos. Josephine agarrou-se à soleira da porta e parecia não ser capaz de a largar. Gentilmente, Clausen soltou-lhe a mão e levou-a ao interior do apartamento. Saíram alguns minutos depois.

— Não consigo fazer isto. Tenho de pedir à minha família para vir empacotar as minhas coisas. Não quero voltar mais aqui!

Na mão, Josephine segurava uma fotografia sua com Malthe. Tinha ar de quem só queria beliscar-se e acordar do horror em que estava a viver.

— Há alguma coisa no apartamento que lhe pareça estranha? Algo fora do lugar? — perguntou-lhe Jeppe.

— Parece o mesmo de sempre — os olhos encheram-se-lhe de lágrimas. — Posso ir-me embora? A minha mãe vive em Rødovre. Quero ir vê-la agora.

— Claro. Um polícia leva-a. Deixe-nos, por favor, alguma indicação de como poderemos contactá-la.

Josephine tirou as coberturas dos sapatos e entregou-lhas.

— Uma última questão — disse Jeppe. — Pode ser?

Ela anuiu.

— O Malthe alguma vez usou maquilhagem?

— *Maquilhagem*? — olhou-o, surpreendida. — Está a falar de maquilhagem como a minha? Gótica?

Jeppe encolheu os ombros.

— *Maquilhagem*? — Josephine abanou a cabeça. — Ele nunca usaria uma coisa dessas. É um rapaz do campo, de Hjørring.

— Pobre rapariga! — Clausen aproximou-se de Jeppe, enquanto este permanecia na soleira da porta, a retirar as luvas de látex.

— Sim, tenho pena dela.

— Estamos mesmo a acabar, Kørner, por isso em breve poderás ter o apartamento só para ti. Não encontrámos nada de invulgar, não há sinais de violência, nada partido, nenhuma confusão, nem quaisquer vestígios de sangue. O lugar está limpo e arrumado, as plantas foram regadas recentemente e há comida no frigorífico. Recolhemos impressões digitais de copos e do comando remoto e levamos a escova de cabelo e a escova de dentes para o perfil de ADN. Vamos também levar o seu computador, para o analisar. Presumo que a Saidani o queira assim que estivermos despachados daqui, não?

— Sim, Clausen. Encontraram o telemóvel dele?

— Não, nem sinal. Mas a carteira está aqui, com a carta de condução e o cartão multibanco, o que significa que onde quer que tenha ido não estava a planear guiar um carro ou precisar de dinheiro. A menos que tivesse dinheiro com ele.

— Algumas porcarias? — Jeppe estava a referir-se aos habituais tipos de pornografia c brinquedos sexuais que a polícia encontrava em nove de cada dez residências... geralmente escondidos numa gaveta de roupas íntimas ou numa caixa de sapatos no armário.

— Nada de porcarias.

— O. K., obrigado.

Jeppe passou por Clausen e entrou no apartamento. Dois outros técnicos vestidos de branco iam a sair, com as mãos cheias de sacos de papel pardo, de regresso aos laboratórios com os seus espécimes forenses. Fechou a porta atrás deles.

O apartamento estava mobiliado como ele esperava para um jovem casal que se mudara há relativamente pouco tempo. As paredes eram brancas e os móveis do tipo temporário, financeiramente responsável. Atrás da porta da cozinha viam-se cadeiras dobráveis IKEA empilhadas e no chão do *hall* uma fileira de sapatos de ténis. Pendurado na parede, um póster emoldurado com o desenho *retro* de um ciclista vestido de amarelo. Prateleiras brancas de melamina continham livros sobre pedagogia, dicionários etimológicos e uma bela coleção de literatura dinamarquesa e europeia deste século e do anterior, todos por ordem alfabética.

Na parede por cima da mesa da cozinha estava disposta uma colagem de fotografias de viagens, com Malthe e Josephine em frente a templos, formações rochosas e pores do sol.

Jeppe aproximou-se. Eram um casal invulgar. Malthe estava bronzeado pelo sol e tinha as faces vermelhas na maioria das fotografias, Josephine estava pálida e usava uma maquilhagem carregada. Ele parecia um jovem magro, mas saudável, da Jutlândia do Norte, ela uma autonomista antifascista do bairro Nordvest de Copenhaga. Mas pareciam felizes juntos.

Josephine fizera referência a um coro. As pessoas tinham sempre interesses imprevisíveis. Aparentemente, este jovem entusiasta do ciclismo, do norte da Jutlândia, gostava de cantar. Allegra, ou algo do género, talvez Jeppe conseguisse encontrar um panfleto em algum lado. Examinou uma pasta com contas e correspondência do local de trabalho de Malthe e do sindicato, procurou na gaveta da mesinha-de-cabeceira e numa pilha de revistas junto à televisão. Nada.

Teve mais sorte na cozinha. Entre alguns jornais locais havia um folheto verde, de cerca de treze por vinte centímetros, publicitando um retiro do coro, no final de maio. Na parte de trás do folheto, Jeppe pôde confirmar que o coro se chamava *A-choir* e que era apenas composto por homens. Todas as idades eram aceites, mas os candidatos tinham de apresentar a gravação de uma audição e ter disponibilidade para ensaiar todas as noites de terça-feira na igreja de Absalon.

Jeppe colocou o folheto numa pasta e depois na sua mala. Quando ia a sair da cozinha reparou num desenho preso com ímanes no frigorífico. Representava dois homens num tipo de competição de *wrestling*, desenhado a carvão e lápis sobre papel branco. Ambos estavam nus. Ele reconheceu imediatamente os traços. O desenho assemelhava-se aos do quarto de Oscar Dreyer-Hoff.

CAPÍTULO 16

— Que agradável surpresa. E já tão tarde. São quase sete da tarde, nunca para de trabalhar? — Mads Teigen estendeu a mão para ajudar Anette a descer do barco. Ela fingiu não reparar e desembarcou sozinha.

— Durante uma investigação deste tipo não é possível parar de trabalhar.

— Claro — ele procurou um maço de tabaco e acendeu um cigarro.

A curta viagem de barco decorrera em silêncio. Anette procurara ganhar coragem para fazer a pergunta pela qual tinha vindo e isso incomodava-a.

— Então, o que posso fazer por si?

Novamente aquele olhar intenso, o tom azul-esverdeado, aquela carga elétrica.

Anette desviou os olhos.

— Há quanto tempo trabalha aqui no forte?

— Há quase um ano.

— Conhece o Oscar, o rapaz que está desaparecido? — as palavras ficaram presas na sua garganta.

— O que quer dizer? — pareceu ficar congelado, com o cigarro ao canto da boca.

— O Henrik Dreyer-Hoff disse-nos que lhes mostrou o forte várias vezes, que falou com o Oscar e que até lhe deu algumas explicações sobre pássaros.

Mads olhou para ela. Era impossível dizer o que estaria a passar-lhe pela cabeça. As suas sobrancelhas escuras franziram-se sobre o nariz.

— Eu iria lembrar-me se o tivesse visto várias vezes. É possível que tenham estado aqui e que eu não tenha reparado neles, mas eu não os *conheço* — inalou e sorriu-lhe. — Deve ter sido o anterior vigilante do forte.

O seu sorriso era desarmante e a sua explicação tão direta que Anette sentiu uma impressão de alívio espalhar-se por todo o corpo. Mads ainda nem sequer trabalhava ali há um ano e a família possivelmente nem usara o barco durante todo o inverno. Era mais do que provável que Henrik Dreyer-Hoff estivesse a falar do antecessor de Mads.

— Quando é que as equipas de busca e salvamento estiveram aqui à procura do Oscar?

— Sábado e domingo. E eu faço rondas de manhã e à noite, todos os dias. Ele não está aqui.

Anette olhou para o porto vazio, para as margens cobertas de ervas e para o próprio forte, cujos contornos começavam já a ficar obscurecidos pelo crepúsculo.

— Mas talvez *ele* tenha estado aqui e deixado ficar algum vestígio que ainda ninguém tenha descoberto. Como é que costuma fazer a vistoria?

— Começo numa das extremidades e uso uma lanterna. Posso levar desde vinte minutos, se estiver cansado, até uma hora e meia, se realmente quiser fazer um trabalho mais completo. Chama-se ronda de inspeção.

— Vamos fazer uma ronda juntos. Procuraremos em todos os cantos e recantos, até mesmo nos sítios em que você normalmente não verifica. Sabemos pelo pai que o Oscar adorava explorar as casamatas — Anette meteu a mão no bolso e tirou uma pastilha de nicotina do respetivo *blister*, uma compra recente que a deixava embaraçada. Meteu-a na boca e começou a mastigá--la um pouco a medo. Normalmente não gostava deste tipo de substitutos.

— De certeza que não prefere um destes? — perguntou Mads, mostrando-lhe o seu cigarro aceso.

— Ei, não me tente. Estou a esforçar-me por me manter na linha — riu-se. — Por onde começamos? — questionou, batendo as palmas.

— Primeiro precisamos de lanternas. Venha! — foi subindo pela doca, em direção a um dos edifícios vermelhos, a residência do comandante. Anette engoliu o desagradável sabor de nicotina e hortelã-pimenta e seguiu-o.

Lá dentro, a residência tinha tetos altos e uma decoração antiquada, com mobiliário de madeira sólida e baús de bordo. À medida que o crepúsculo aumentava, as salas pareciam estranhamente abandonadas, como se o tempo tivesse parado e ninguém vivesse ali. Mads desapareceu num quarto de arrumações e Anette ficou à sua espera no *hall* de entrada.

— Deixe-me apenas descobrir duas que funcionem. É só um segundo.

— Está bem.

Anette olhou para uma coleção de fotos a preto e branco amarelecidas, presas na parede por cima de uma cómoda, e aproximou-se para ver mais de perto. Grupos de soldados sorridentes sentados à mesa de jantar, todos eles há muito mortos e enterrados. Ao lado da cómoda havia uma porta aberta que dava para uma divisão que parecia ser uma espécie de oficina com uma bancada e prateleiras ao longo das paredes. Espreitou.

Sobre as prateleiras, viam-se pássaros embalsamados muito próximos uns dos outros, grande parte dos quais com as asas abertas, como se estivessem a voar. Gaivotas, cisnes, êideres e corvos, com penas brilhantes e olhos mortiços.

— Está pronta? — Mads apareceu por trás dela e fechou a porta da oficina, fazendo-a ter de dar um passo para trás. Estavam tão próximos que ela conseguia sentir a respiração dele. Mads entregou-lhe uma lanterna pesada, sorriu timidamente e foi abrir a porta da frente.

— Só consegui encontrar uma com pilhas, por isso vamos ter de partilhar. Será melhor começarmos.

Anette saiu e ouviu a porta bater atrás deles. O ar era puro e refrescante.

— Vamos começar pela toca do coelho — Mads caminhou em direção a uma pequena colina relvada ao lado do edifício e destrancou a pequena porta da cabana.

Anette dirigiu a luz para aquilo que, sem dúvida alguma, servia como armazém para o café de verão da ilha, com cadeiras, mesas e vassouras.

— O que procuramos são embalagens de comida, um saco de dormir, qualquer coisa que ele possa ter deixado para trás — instruiu Anette. — Talvez ele tenha escrito alguma coisa na parede. Você conhece o lugar por dentro e por fora, mantenha-se atento a coisas que nunca tenha visto antes.

Avançaram ao longo da ilha, abriram todas as portas e iluminaram todos os cantos, inspecionaram o farol e as boias, mas não encontraram qualquer sinal de que Oscar tivesse estado ali. Embrenharam-se na escuridão da casamata e desceram até à cave. Os seus passos calcavam o betão poroso, enquanto o feixe da lanterna fazia surgir das sombras imagens oníricas. Mads baixou a cabeça sob uma porta em arco.

— Talvez devêssemos desistir, não? — sugeriu. — Como referi, já percorri a ilha várias vezes, com e sem a equipa de busca e salvamento. Se houvesse alguns indícios, eu tê-los-ia descoberto.

A luz de Anette incidiu sobre uns desenhos coloridos nas paredes curvas. Azuis e vermelhos formavam um pássaro a apanhar uma panqueca no ar, um gato gordo junto a um monte de espinhas de peixe e um sinal que indicava o caminho para a Cela da Morte.

— O que *é* isto?

Ele sorriu na escuridão.

— Na década de 1930, a ilha foi temporariamente transformada num parque de diversões para os habitantes de Copenhaga. As pinturas murais são dessa época. Ora passe-me a lanterna! Aqui, podem atirar-se bolas pelo antigo canal de ventilação. Três bolas por vinte e cinco *øre*.

Fez incidir a luz sobre o que restava de quase cem anos de diversão despreocupada, e Anette sentiu uma pontada do mesmo desespero que por vezes sentia ao segurar a sua filha adormecida nos braços. De que adianta tudo isto se vamos morrer de qualquer maneira?

— Não há nenhum sítio que ainda não tenhamos visto? Deve haver por aqui milhões de corredores e espaços secretos... De certeza que não faltou nada?

— Sim. E não encontrei nada — Mads abriu a porta e fez incidir a luz sobre o chão, mostrando a saída e um lanço de escadas que conduzia a um corredor maior e com tetos mais altos.

Anette passou por cima de uma pilha de ossos pequeninos, presumivelmente de um pássaro morto. Um barco passou lá fora. As suas luzes brilhavam através dos pinázios das janelas, desenhando linhas pretas no teto.

— É lindo, não é? Às vezes venho aqui à noite só para ver isto — Mads desligou a lanterna.

Observaram em silêncio, enquanto as manchas de luz deslizavam pelo teto abobadado. Quando o barco passou, tudo ficou de novo completamente escuro.

— É verdade que vocês encontraram um corpo na central de incineração? — perguntou. — Ou é apenas um rumor?

— Não posso falar sobre investigações em curso. A menos que você saiba alguma coisa que queira partilhar?

Ele não respondeu.

Subitamente, Anette sentiu-se cansada de tudo aquilo.

— O. K., acenda a luz!

— Chega por agora? — perguntou Mads, voltando a acender a lanterna.

Anette virou-se para a janela agora escura e para o mar para além dela. O que quer que tivesse acontecido entre Oscar e Malthe Sæther, as pessoas deixavam sempre alguma coisa para trás — lixo, restos, corpos.

— Então e os outros fortes no porto? O forte Middelgrund, que está a ser renovado? Disse que era bastante deserto…

— Mas, tal como eu disse, também tem videovigilância, para já não falar de ter sido completamente revistado pela equipa de busca e salvamento. Ele não está lá. — A luz da lanterna piscou e Mads sacudiu-a, com um suspiro. — Acho que as pessoas precisam de começar a preparar-se para a possibilidade de ele nunca vir a ser encontrado.

Malin Dreyer-Hoff puxou Jeppe para um abraço e descansou a cabeça contra o seu pescoço. A intimidade foi inesperada, mas tão triste que, após uma breve hesitação, Jeppe acabou por abraçá-la também. Assim ficou, desajeitado, ainda com o casaco vestido, a suar, receando chegar demasiado perto, mas também receoso de rejeitá-la. O apartamento estava escuro e sossegado e a respiração dela foi acalmando a pouco e pouco.

Ele deu-lhe uma palmadinha nas costas e afastou-a gentilmente para olhá-la no rosto. Tinha as pupilas pequenas, como as de uma raposa a ser perseguida.

— O Henrik não está em casa?

— Tinha assuntos a tratar. Como sempre…

Jeppe assentiu. Talvez nesse momento eles não suportassem estar juntos.

— Podemos sentar-nos em algum lado? — perguntou. — Tal como disse, ainda não temos notícias concretas sobre o Oscar, mas aconteceu uma coisa que precisamos de discutir.

Ela secou os olhos com as costas das mãos. Não tinha qualquer tipo de maquilhagem e sem dúvida que não estava preocupada com a aparência.

— Tentei pintar um pouco — disse —, apenas para pensar noutra coisa. Mas não me consigo concentrar. Acho que temos uma bela garrafa de rum na cozinha. Quer juntar-se a mim?

Jeppe ainda não tinha jantado e o seu estômago roncou, sensível à ideia de despejar álcool nele.

— Obrigado, porque não?

Malin encontrou uma garrafa num dos armários da cozinha e acendeu as luzes sobre a mesa com uma expressão de surpresa, como se tivesse acabado de se aperceber que lá fora estava a escurecer. Jeppe sentou-se à mesa da cozinha e aceitou um copo biselado servido com uma generosa dose de rum.

— Estou aqui porque esta manhã foi encontrado um corpo. Malte Sæther, professor do Colégio Zahles, está morto.

Malin bebeu um gole e fechou os olhos, mas não fez tenção de dizer alguma coisa.

— Isso não a surpreende?

— Já nada me surpreende — respondeu, com um sorriso débil. — O meu filho desapareceu. Neste momento, até me pode dizer que amanhã o sol não vai nascer — abanou a cabeça. — Desculpe, nem sei o que digo. É horrível, obviamente. Como é que aconteceu?

Jeppe olhou para ela. Compreenderia a implicação da coincidência entre o momento da morte de Malthe e o desaparecimento de Oscar?

— Foi estrangulado e atirado para uma lata de lixo.

— Não! — Malin parou com o copo no ar. — A sério? Isso é terrível.

— Conhecia-o... o Malthe? — Jeppe deu um trago no rum, ignorando os protestos do estômago.

— Conheci-o uma vez, numa reunião de pais e professores, mas apenas isso. Era simpático, jovem, originário algures da Jutlândia — encolheu os ombros, como que para indicar que era tudo o que sabia.

— O que é que o Oscar achava dele?

— Não o ouvi queixar-se do professor, mas na verdade Dinamarquês é uma das suas disciplinas preferidas — inspirou e susteve a respiração. Abanou a cabeça, tristemente. — Oh, meu Deus! O que se passa com este mundo?

— Nunca teve a impressão de que eles poderiam ser amigos, para além da habitual relação entre um professor e um aluno?

Ela lançou-lhe um olhar estranho.

— O Oscar nunca me falou do Malthe.

Jeppe tirou uma pasta da sua mala e pousou sobre a mesa o desenho que retirara do frigorífico do professor.

— Reconhece isto?

Ela olhou para baixo, sem se inclinar para a frente, como se não estivesse disposta a comprometer-se totalmente.

— Não, à primeira vista não. Parece um dos desenhos do Oscar.

— Encontrei-o preso no frigorífico do Malthe Sæther.

Ela deu mais um trago, mas não disse nada.

— Tem alguma ideia de como poderá ter ido lá parar?

— Muitas vezes o Oscar dá os seus desenhos. Tem tanto talento.

— Sim, é muito bom — concordou Jeppe, com um breve sorriso. — Mas não acha um tipo de desenho invulgar para um aluno do liceu dar ao seu professor? Tendo em conta o tema.

— Não significa apenas que tem imaginação? — os seus olhos azuis assumiram um brilho hostil. — Ele também gosta de desenhar dragões e monstros.

— E o Oscar não convivia com o professor fora da escola?

— Não!

Agora não havia qualquer dúvida em relação à hostilidade.

Jeppe voltou a guardar o desenho na pasta e deixou-a recuperar por um segundo, antes de folhear o seu bloco de notas, procurando a entrevista com a namorada de Malthe, Josephine.

— Soube dos conflitos na turma do Victor, quando o Malthe Sæther era seu professor?

— *Conflito* é uma palavra demasiado forte — respondeu, após uma hesitação. — Alguns alunos não estavam satisfeitos. O Malthe tentou tornar isso um problema para toda a turma.

Jeppe observou-a atentamente, tentando perceber se ela estava a desvalorizar a questão deliberadamente ou antes a recusar admitir os problemas do filho.

— Não houve qualquer questão relacionada com uma pomba morta na mala do Malthe?

— O Victor não teve nada que ver com isso — Malin abanou a cabeça, exasperada. — Não foi alguém de outra turma? Seja como for, o assunto assumiu umas proporções exageradas.

— Está a querer dizer que o professor exagerou?

— Digamos antes que o Malthe era jovem e ansioso… — encolheu os ombros e esvaziou o copo.

— O. K. Recorde-me: a Malin e o Henrik estiveram ambos em casa na noite de sexta-feira, não é verdade? — por causa do rum, Jeppe começava a sentir uma queimadura no esófago.

— Já falámos disso! — Malin pousou o copo, com um pequeno tinido. — Já lhe disse, vimos televisão e fomos deitar-nos cedo. Porquê?

— O Henrik não foi a lado nenhum?

— Não.

— Obrigado pela bebida — disse Jeppe, levantando-se. — Telefono-lhe assim que tivermos mais novidades.

Malin olhou-o, perplexa, como se estivesse à espera de que ele ficasse, até que, hesitante, se levantou também. Um leve cambalear deixou claro que o rum começava a desafiar o seu equilíbrio. Ou isso ou as suas emoções estavam a afetá-la.

— Vai já embora?

— Creio que será provavelmente o melhor.

Jeppe pressionou o botão do elevador e esperou que ele chegasse antes dela. O toque do elevador fez-se ouvir de imediato e ele entrou, despedindo-se com um *adeus* aliviado da silhueta de Malin na cozinha. O seu trabalho era encontrar o filho dela, não confortá-la.

A iluminação do elevador transformou o seu reflexo nas paredes de metal brilhante num fantasma amarelado. Rosto estreito, cabelo escuro curto..., poderia facilmente interpretar Oscar Dreyer-Hoff em adulto num filme.

Se é que haveria um Oscar Dreyer-Hoff adulto.

CAPÍTULO 17

Os pelos iam caindo no lavatório, cobrindo lentamente a porcelana branca, como uma camada de lã. No espelho, a linha do maxilar de Kasper Skytte tornou-se visível sob o aparador de barba. Encheu uma bochecha e passou o aparador sobre ela — para cima, para baixo e na diagonal, até a barba ter apenas cerca de dois centímetros de comprimento. Embora fosse difícil, forçou-se a olhar-se nos olhos. Este cuidado consigo próprio ajudou um pouco na sua autoestima, muito embora o volume extra em volta da barriga e as bolsas sob os olhos começassem a empurrar o seu aspeto na direção errada. Não era um homem feio. Até mesmo a marca de nascença, que odiava intensamente quando era mais novo, acabava por marcar pontos aos olhos do sexo oposto.

— Pai! Ainda demoras? Tenho de ir fazer xixi — Iben bateu na porta com força.

— Já saio, querida. Dá-me só um minuto!

Ele *sabia* que ela sabia alguma coisa. Obviamente, Oscar tinha dado com a língua nos dentes.

A questão era o quanto ela sabia e onde estaria a sua lealdade quando chegasse o momento.

O seu telemóvel tocara todo o dia e ele acabara por desligá-lo. Até tinham aparecido e tocado à campainha da porta. A polícia, certamente. Estava pressionado por todos os lados. Kasper bebeu um gole da pequena garrafa que se encontrava ao lado do lavatório. Era de novo a aguardente *aquavit*, que trouxera para casa do minibar de um hotel. Estava morna e já sabia a arrependimento do dia seguinte, tal como vinha a acontecer nos últimos tempos. Estava a beber desde que regressara das urgências e sabia que teria de parar em breve, se quisesse manter-se minimamente funcional à noite.

Limpou os pelos do lavatório, abriu a água, deixou que os restantes descessem pelo ralo, a seguir embrulhou a garrafa de aguardente vazia em papel higiénico e depositou-a no fundo do caixote do lixo. Devia sentir-se aliviado, mas não sentia nada disso. Se ao menos pudesse dizer que a sua consciência pesada o estava a corroer por dentro, mas isso seria mais uma mentira. Embora estivesse, evidentemente, a debater-se com sentimentos de culpa, acima de tudo o que tinha era medo de ser apanhado.

A polícia. Teria de falar com eles mais cedo ou mais tarde, mesmo que esse pensamento lhe parecesse inconcebível. Talvez pudesse ligar-lhes no dia seguinte de manhã e explicar-lhes que tinha ficado tão chocado com o cadáver na garra que tomara um comprimido para dormir e fora direito para a cama. O que diriam a uma explicação dessas?

— É toda tua, querida! — gritou.

Iben saiu do quarto e foi direta para a casa de banho, sem sequer olhar para ele. Estendeu-lhe a mão, mas ela esquivou-se e fechou a porta da casa de banho atrás de si. Ouviu-a trancá-la e ficou parado por um momento a olhar para a porta fechada. Ponderou bater e persuadi-la a falar, mas desistiu. Só faria com que ela o odiasse ainda mais.

Quando tinha ela começado a tratá-lo como um leproso? Foi quando o seu vício aumentou ou simplesmente quando ela se tornou adolescente? Parecia que ainda há pouco tempo se sentava no seu colo, enquanto ele lhe lia uma história para dormir. Ela costumava beijá-lo dez vezes nos lábios antes de o deixar desligar a luz.

Kasper vestiu uma *T-shirt* lavada e dirigiu-se à sua secretária, na sala de estar. No percurso embateu no candeeiro de pé azul, que caiu ao chão, partindo a lâmpada. Seria melhor beber um pouco de água.

Enquanto se inclinava para a torneira do lava-louças, apercebeu-se de como estava extremamente ébrio. Os cantos da sala estavam desfocados e agitavam-se — se não fosse pela náusea que lhe subia à garganta, teria sido hilariante. Voltou para a secretária e para o computador e felicitou-se pela sua coragem, como fazia sempre que conseguia abster-se. Em vez disso, verificou a conta, como fazia diariamente desde a transferência bancária há duas semanas, e sorriu para o número que apareceu no ecrã.

Sentiu-se aliviado. Tinha apenas de ultrapassar o desconforto desta primeira fase e a seguir decerto tudo correria bem.

Um pequeno toque anunciou a chegada de um *e-mail.* Abriu a caixa de entrada e cuidadosamente deu-lhe uma vista de olhos. Era um *press release* do escritório e pelo cabeçalho pôde perceber de imediato que era uma das notícias sobre a qual ele próprio fornecera a informação.

> *O ARC poupa o meio ambiente do equivalente às emissões de NO_X de cinquenta mil carros. O catalisador transforma o NO_X tóxico em nitrogénio padrão, o que significa que agora estamos apenas a emitir um décimo do NO_X libertado pelo antigo incinerador. É uma conquista extraordinária.*

Kasper analisou o texto, com a pulsação a acelerar. Era tudo excelente. Devia sentir-se orgulhoso e feliz, a convidar os colegas para jantar e a brindarem juntos com champanhe, enquanto discutiam futuros projetos e viagens. E, no entanto, aqui estava ele sozinho, podre de bêbado e morto de medo. Sabia que comunicar por escrito era perigoso, mas uma vez que era a sua pele que estava em causa, recusava-se a suportar sozinho toda a responsabilidade no caso de ser descoberto. Abriu o Messenger e escreveu:

O que faço se eles descobrirem alguma coisa?

A seguir, carregou em «Enviar».

Jeppe correu pelas escadas acima até ao quinto andar. Aquele velho edifício de apartamentos no lado sombrio de Nyhavn não tinha elevador. A porta abriu-se e embateu numa caixa com discos de vinil e livros que precisavam de ir para o sótão. Aquela caixa já estava instalada na entrada há seis meses. Talvez devesse limitar-se a deitá-la fora.

Entrou no seu apartamento e respirou o ar estagnado que se encontra em casas que não são habitadas. Não se deu ao trabalho de acender a luz. Afinal, só ia emalar umas roupas para os dias seguintes. O seu apartamento ficava no último andar, mesmo por baixo do telhado, com vista para o Museu Charlottenborg. Era seu há quase ano e meio, mas nunca se mudara realmente. A princípio, ele e Sara tinham tentado viver alternadamente na casa de um e do outro, mas tornara-se demasiado complicado com as crianças.

Agora, deslocava-se entre o trabalho e o apartamento de Sara em Christianshavn e vivia com o seu saco desportivo atrás. Passava pela sua casa uma ou duas vezes por semana para lavar a roupa na máquina e ver se tinha correspondência, mas só abastecia o frigorífico em casa de Sara, nunca na sua. Jeppe tirou calças de ganga e *T-shirts* do estendal e dobrou-as, depois pôs metade de lado e enfiou a outra metade no saco de desporto. Uma vida tão livre como a de um mochileiro, mas talvez também um pouco miserável.

Notou que o sofá tinha sido feito como cama, o que devia significar que Johannes estivera ali recentemente. Dera-lhe uma chave para que o amigo tivesse um lugar para passar a noite quando estava na cidade e não tinha vontade de fazer a viagem, sempre a subir a costa, até Snekkersten. Sara tinha razão em dizer que era um disparate não usar este apartamento devidamente. Era grande e caro. Talvez devessem simplesmente dar o salto de fé e encontrar um sítio para viverem juntos. Seria assim tão difícil ser o padrasto das suas duas filhas? Além disso, começava a ficar farto de passar a vida com o saco de um lado para o outro.

Pôs o saco ao ombro, trancou a porta e desceu as escadas a correr. A noite estava límpida e amena e decidiu seguir pela ponte das bicicletas para Christianshavn. Aquele caminho junto à água sempre lhe fizera bem, mesmo agora, quando não conseguia evitar perscrutar o porto em busca do barco branco.

A meio da ponte pousou o saco, olhando para lá da Ópera e do cais de Langelinie, em direção à fortaleza marítima Trekroner e ao mar aberto. Tentou seguir a teoria de Anette até ao fim. Oscar estaria metido em algum tipo de embrulhada com Malthe Sæther, talvez um relacionamento pouco saudável? Ao que parecia, tinham-se visto na sexta-feira à noite, e a seguir Oscar estrangulara o seu professor, atirara-o para um contentor de lixo e levara o barco para o mar, desaparecendo.

Ou teria alguém matado ambos? Talvez o corpo de Oscar ainda estivesse no silo dos resíduos, a apodrecer sob aqueles montes de lixo. Se assim fosse, provavelmente nunca iriam encontrá-lo.

Jeppe pegou de novo no saco e prosseguiu. Do outro lado da água virou à direita e caminhou ao longo do canal, em direção a Overgaden Oven Vandet. Adorava aquela parte do cais com o seu chão de paralelepípedos, as casas flutuantes e os barcos de madeira sob as velhas tílias. No ar suave da noite, a rua brilhava como num conto dos dias dourados do passado de Copenhaga, antes de se ter tornado no cinzento enevoado que era agora. Chegado à Praça Bodenhoffs, dirigiu-se para Burmeistersgade e Christiania. Em poucos metros, a sensação do bairro passou de idílio burguês para chique desleixado, incluindo a presença de cães grandes e musculados e o cheiro de marijuana.

Conseguia ouvir gargalhadas no quiosque da esquina e o som abafado de música num telemóvel.

Sorriu, enquanto passava por um grupo de adolescentes. *Nada invoca mais a primavera do que um grupo de adolescentes ociosos nas ruas.*

Parou. No grupo, por entre todas aquelas camisolas com capuz e latas de cerveja, viu Amina sentada, tentando esconder-se. Eram 21h30. Já deveria estar na cama.

— O que fazes aqui? — Jeppe tentou não deixar transparecer o choque na sua voz, mas não conseguiu.

Uma rapariga com um boné, que aparentava ter 15, 16 ou até 17 anos, olhou-o com suspeição.

— Quem é este? — perguntou.

— O namorado da minha mãe — murmurou Amina de cabeça baixa, recusando-se a olhá-lo nos olhos.

— Calma, meu! — a rapariga do boné riu-se. — Esta noite ela vai ficar com a minha irmã mais nova e estão as duas comigo. Estamos a caminho de casa — levantou-se e ajudou Amina e outra rapariga da mesma idade a levantarem-se também. — Venham, miúdas. Vamos andando.

Jeppe deteve-as.

— A tua mãe sabe que estão todas aqui? — perguntou.

— Está tudo bem. Vivemos mesmo ali. Vamos embora — a rapariga do boné fez sinal à irmã e a Amina para que a seguissem e começou a atravessar a estrada.

— Acompanho-vos até casa.

Jeppe seguiu as três raparigas e ignorou os risinhos do grupo de adolescentes atrás de si. Sentia-se perdido. Deveria levar Amina para casa, independentemente de quais pudessem ser as consequências para ela?

Na mesma rua, a menos de cinquenta metros, a rapariga do boné enfiou a chave na porta da frente de um edifício de apartamentos. Jeppe colocou o pé na entrada.

— Subo convosco para cumprimentar a tua mãe.

Ela encolheu os ombros, com indiferença, mas Jeppe percebeu que ela não gostara da ideia. No segundo andar, uma mulher sorridente com o cabelo loiro oxigenado veio recebê-los com um gato nos braços. Dirigiu-se apenas às raparigas.

— Ah, aí estão. Ótimo, são horas de irem para a cama.

— Creio que a Amina vai passar aqui a noite...? — perguntou Jeppe, olhando, preocupado, para a mulher.

Ela confirmou com um aceno de cabeça.

— Sou amigo da mãe. Não conheço as regras das suas filhas, mas a Amina não está autorizada a ficar à noite até tarde na rua, e ainda menos com um bando de adolescentes a beberem cerveja.

— Não reparei que já era tão tarde — nervosamente, a mulher afagou o gato entre as orelhas. — Mas agora já estão em casa, certo? Regressou ao apartamento e fechou a porta com um leve sorriso para Jeppe, que permaneceu, indeciso, na escada até, finalmente, decidir descer as escadas e sair para a rua.

A sensação de primavera acabara de se evaporar.

O rapaz está deitado no chão de betão, na passagem estreita entre duas paredes. Não é mais do que uma fenda, apenas larga o suficiente para uma pessoa conseguir ficar de pé. Ou deitada.

A luz do dia nunca aí chega, nenhuma planta aí cresce e ninguém aí passa. E, no entanto... Um som de arranhar cresce na escuridão, misturando-se com os sons das ondas e do vento. Um corvo encontrou o caminho para as profundezas. Cautelosamente, salta para mais perto e examina a sua presa.

O corvo é um pássaro inteligente, um dos únicos capazes de usar ferramentas — cavar em busca de comida com um graveto, por exemplo. Alimenta-se principalmente de grãos e de ovos dos ninhos de outros pássaros, mas isso não significa que não goste de meter o bico em alguma carniça. Poder-se-ia quase dizer que é um oportunista. Ele limpa muito bem o que deixamos ficar, certificando-se de que não há cadáveres espalhados por aí. É o pequeno lixeiro da natureza.

O corvo salta cautelosamente para mais perto, à espera. Está habituado a ser cuidadoso, mas o rapaz já não se mexe. O pássaro aproxima-se do seu rosto e olha para ele, analisando em que ponto da carne deverá enfiar o bico e arrancar um pedaço.

TERÇA-FEIRA
16 DE ABRIL

CAPÍTULO 18

Na manhã de terça-feira, o ambiente em Burmeistersgade estava, sem dúvida alguma, alegre. Não havia fila para a casa de banho e Meriem tinha tagarelado animadamente ao pequeno-almoço. Jeppe tentou não pensar muito na possibilidade de aquela paz familiar se dever ao facto de Amina não estar em casa. Sara sorriu-lhe enquanto lhes servia café e ele teve uma sensação de paz que se espalhou da boca do estômago até aos lóbulos das orelhas.

— Dormiste bem?

— Como uma pedra! — a expressão de Sara iluminou a sala. — E tu?

— Bem. Estou um pouco rígido. Esse colchão ainda é demasiado macio para mim, mas estou bem disposto — tirou o leite do frigorífico e deu-lhe um beijo rápido.

— Será que hoje podias examinar o computador do Malthe Sæther? O Clausen vai enviá-lo esta manhã.

O sorriso de Sara esmoreceu. Tinham como regra não falarem de trabalho em frente às crianças.

— Claro.

— Obrigado — Jeppe tentou fazê-la sorrir novamente, mas ela não se mostrou recetiva. Jeppe sentou-se, bebeu o seu café e tentou concentrar-se nas tarefas que tinha pela frente, ao invés de se focar nas mudanças subtis que iam ocorrendo no seu relacionamento.

Para encontrar um perpetrador, primeiro teria de ficar a conhecer a vítima. A chave para a morte de Malthe estava provavelmente escondida em alguma área da sua vida — na escola, no coro, com um amigo —, apenas teriam de encontrá-la. O primeiro item da agenda de Jeppe para esse dia era interrogar Lis Christensen, a professora que era colega de Malthe em Zahles, a seguir, o diretor do coro, e esperava falar também com Kasper Skytte. Porém, antes de mais, tinha um assunto pessoal a resolver.

Quando faltavam dez minutos para as oito, encontrava-se junto à vedação em frente à escola Christianshavn. Rapazes e raparigas em *scooters*, casacos de capuz, e com mochilas penduradas passaram por ele num fluxo constante, sem sequer tirarem os olhos dos sapatos e dos telemóveis. Pais de calças de ganga preta justas tiravam a sua prole das bicicletas de carga com beijos e acenos ansiosos, antes de seguirem a correr para o trabalho.

Amina vinha a chegar atrás da sua amiga, como se estivesse a esconder-se — e provavelmente até estaria. Jeppe abriu caminho pela multidão e puxou-a para o lado, antes que ela pudesse entrar no terreno da escola.

— Bom dia, Amina — cumprimentou. — Podemos ter uma conversa rápida, tipo dois minutos?

Ela evitou olhar para Jeppe.

— Só quero saber o que estavas a fazer tão tarde na rua, na noite passada.

— Falou com minha mãe?

— Não.

A decisão de manter o segredo de Amina às custas da confiança de Sara fora instintiva. E já estava arrependido.

— Amina, só estou preocupado contigo. Estavas por ali, numa esquina, às nove e meia da noite, com adolescentes que bebiam cerveja. Sabes que não tens autorização para isso.

— Eu não bebi nada.

— Oh, acredita, se tivesses estado a beber, eu ter-te-ia arrastado para casa — Jeppe levou a mão à cabeça. — Tu tens 11 anos! *Onze!* Ainda há pouco brincavas com a tua irmãzinha.

Amina olhou para ele, os olhos semicerrados e os cantos da boca virados para baixo.

— Quem pensa que é? Você vem sorrateiro todas as noites, depois de nós estarmos deitadas, para dar uma queca com a minha mãe. Acha que isso lhe dá o direito de nos dizer o que fazer? Brincar às casinhas?

— Amina, não podes querer dizer uma coisa dessas!

— Esqueça! Esqueça essa merda toda!

Afastou-se dele e entrou na escola.

Jeppe ficou a vê-la afastar-se, depois voltou-se e começou a andar. No seu peito, onde antes havia um nó de preocupação, agora havia apenas um vazio.

Desceu para o metro em Christianshavns Torv. Por uma vez, os empurrões e cotoveladas matinais mal-humorados das pessoas adequavam-se à sua disposição. No comboio, o fardo da sua inconveniência parecia mais pesado, estação a estação. De todos os fedelhos ingratos do mundo, por que haveria Sara de ter uma filha que simplesmente se recusava a dar-lhe uma oportunidade?

Desceu na estação Nørreport e tentou enxotar a sua frustração batendo com os pés nas escadas, enquanto subia até ao nível da rua.

Em Nørre Voldgade, elegantes letras douradas numa fachada de bom gosto revelavam a localização do Colégio Zahles, uma das melhores e mais antigas escolas secundárias de Copenhaga. A colega de trabalho de Malthe, Lis Christensen, prometera encontrar-se com Jeppe na porta da frente às oito e um quarto, e assim que ele chegou, uma mulher mais velha saiu pelas portas envidraçadas e aproximou-se dele. Tinha o cabelo castanho-escuro bem penteado e uma expressão de dor no olhar.

— É você?

Essa pergunta existencial que basicamente tem sempre uma resposta afirmativa. Jeppe sorriu e estendeu a mão.

— Jeppe Kørner, da Unidade de Investigação da Polícia de Copenhaga.

— Sou a Lis. Importa-se se ficarmos cá fora, no ar fresco? Há bancos ali no parque — apontou para a entrada do Ørstedsparken e começou a andar devagar e com dificuldade, sem dúvida por sofrer de artrite ou de alguma lesão na anca.

O céu por cima da cidade ficara carregado de nuvens e parecia que iria chover a qualquer minuto. Na ausência de sol, as temperaturas tinham caído abruptamente e as pessoas voltavam a usar casacos de lã e cachecóis. Jeppe assumiu que Lis queria ter a conversa num banco mais por discrição do que por um desejo de apanhar ar fresco. Ela caminhou lentamente ao longo do caminho de cascalho, encolhida sob o frio da manhã, e Jeppe acompanhou o seu ritmo até chegarem a um banco com vista para um pequeno lago, sob uma cobertura rendilhada de ramos verdes-claros.

Sentaram-se. Lis levantou a cabeça e semicerrou os olhos. Mesmo nos dias nublados, a luz sobre Copenhaga era sempre intensa e brilhante.

— É verdade que o Malthe foi assassinado? — a pergunta brotou como se ela não tivesse pensado em mais nada desde a notícia da morte do professor no dia anterior.

— Lamento, mas é verdade.

Ela assentiu brevemente, de um modo quase cortês, numa reação controlada, que era, sem dúvida, a maneira de se proteger contra essa horrível notícia.

— Lamento muito. Conhecia-o bem? — perguntou Jeppe.

— Não eramos amigos, mas falava frequentemente com o Malthe num contexto profissional, logo desde que foi contratado, há dois anos. Era um rapaz muito doce.

Lis não parecia incomodar-se com as temperaturas baixas, apesar de se ver o vapor na sua respiração quando falava.

— Ele não teve um começo fácil na escola, embora eu tenha feito o possível para o ajudar. Tivemos muitas conversas sobre o ensino e como lidar com os problemas na sala de aula.

— Que tipos de problemas?

Ela olhou-o com ceticismo, como se a pergunta fosse de alguma forma inadequada e Jeppe demorou algum tempo a perceber que era apenas a sua expressão neutra. Uma longa carreira a ensinar crianças malcriadas tinha deixado a sua marca.

— O Malthe era um idealista. As pessoas são-no muitas vezes quando acabam de sair da universidade. Cheias de ambições e ideias. Claro que isso é ótimo, mas a realidade de uma sala de aula é... algo diferente — suspirou, alisando o tecido das calças. — Os jovens não se sentam na ponta das cadeiras, ansiosos por aprender. A escola aborrece-os. E, ao contrário do que acontecia quando eu era nova, não são propriamente recetivos à disciplina. Bem, desculpe.

— Não tem de pedir desculpa! — garantiu Jeppe com convicção. — Os outros professores gostavam do Malthe?

— Sim, sem dúvida. Era uma pessoa de trato fácil e tinha excelentes ideias para os temas do dia e formas de ir variando o ensino. Alguns colegas até podiam achá-lo um pouco excessivo com toda a sua energia, mas não havia ninguém que não *gostasse* dele.

Ela voltou-se e olhou para a lagoa. Uma garça-real cinzenta voou rasante sobre a superfície da água e pousou na margem.

— Posso contar-lhe algo que fique apenas entre nós?

— Se contribuir para a nossa investigação, não — replicou Jeppe. — Mas farei os possíveis para garantir que o seu nome não será mencionado.

Olhou para ele com ceticismo, mas conseguiu recompor-se. Era notório que decidira partilhar os seus pensamentos, mesmo antes de se encontrarem.

— Há cerca de seis meses, tivemos na escola um episódio em que o Malthe esteve envolvido, um caso com um aluno…

— Victor Dreyer-Hoff? — adivinhou Jeppe.

Ela anuiu.

— O Malthe quase foi despedido por causa disso — inspirou, como se fosse continuar, mas depois afastou o olhar e suspirou, visivelmente afetada por aquilo de que estava a falar.

— Que tipo de episódio?

— Houve rumores de que no baile de outono do ano passado, o Victor, que é finalista, molestou uma das alunas novas, do nono ano. Eu não estava na festa, nem o Malthe, mas a história foi circulando pelos corredores até chegar à sala dos professores e ao gabinete do diretor. A rapariga nunca fez queixa. Recusou-se a dizer o nome dele ou a fazer qualquer declaração, e nenhum dos outros alunos viu nada, portanto o assunto não avançou.

— Assediada?

As mãos voaram-lhe do colo para o rosto, onde segurou, protetoramente, as faces coradas.

— Sim, sexualmente, compreende? Não sei se houve de facto alguma coisa, mas o Malthe insistiu em chegar ao fundo da questão. Falou com o Victor e com a rapariga para descobrir a verdade.

Fez uma pausa.

Jeppe deu-lhe espaço e esperou até que ela estivesse pronta para continuar.

— O que fez a escola acerca disso? — perguntou.

— É essa a questão! — respondeu, com uma risada desdenhosa. — Nada de nada. Oh, quer dizer, fingiram que estava tudo bem, disfarçaram, mas por parte do diretor não houve qualquer intenção de olhar para o caso, muito pelo contrário. O Malthe recebeu uma ordem direta para não se meter no assunto e para deixar os alunos em paz. O Victor é um rapaz popular, presidente da associação de estudantes, ativo na equipa de basquete e no comité dos bailes e, além disso, é de uma família proeminente. E é claro que esse tipo de incidentes constitui má publicidade.

Jeppe recostou-se no banco e tentou obter mais informações. Rumores de alguma agressão, o desaparecimento de Oscar, a morte de Malthe.

— Alguma vez falou com o Malthe sobre o Oscar, o irmão mais novo do Victor?

— O Malthe gostava muito dele — respondeu, com um aceno triste. — Isso diz muito sobre a forma como ele agia, não permitindo que o seu conflito com o Victor se estendesse ao seu irmão mais novo. O Oscar é bom rapaz, mas mesmo assim o Malthe poderia facilmente ter optado por mantê-lo à distância. Especialmente quando se pensa na Iben.

— Iben?

— Iben Skytte — o seu olhar vagueou. — Ela e o Oscar são os melhores amigos, por isso meter-se nesse assunto foi um pouco como enfiar a mão num ninho de vespas. Mas o Malthe não tinha medo.

— Não estou a perceber — Jeppe abanou a cabeça, confuso. — Que relação tem a Iben com tudo isto?

— Bem... — Lis hesitou. — Era ela, no baile de outono. — A rapariga que o Victor supostamente molestou era a Iben Skytte.

O velho provérbio diz, apropriadamente, que não sabemos o que temos até o termos perdido. Anette estava tão habituada a acordar com o cheiro de café e de pão acabado de fazer que nessa manhã de terça-feira a falta desses aromas lhe parecia tão errada como molho tártaro sobre salsicha de fígado. O quarto estava vazio. Svend devia ter-se levantado com Gudrun, mas obviamente não tinha feito o pequeno-almoço. Desorientada, levantou-se e abriu a porta do quarto. Nem um som. Onde quer que Svend tivesse ido, tinha levado consigo a bebé e os cães.

Cambaleou para o chuveiro e pôs a temperatura baixa, na tentativa de acordar. A noite tinha sido uma longa sucessão de sonhos sobre pele nua e água, e ela acordou várias vezes com o corpo trémulo de excitação sexual. Teria tido realmente um orgasmo no sonho? Enfiou a cabeça debaixo de água. O caminho de regresso à realidade era nebuloso e difícil, mas o frio sobre o couro cabeludo ajudou um pouco. Engasgou-se, fechou o chuveiro e esfregou-se com a toalha até estar quente e limpa, livre de sonhos sujos e fantasias indistintas. Vestiu-se e tentou ouvir vozes, de certa forma esperando conseguir sair para ir trabalhar antes que a família regressasse a casa.

Quando estava em pé junto à mesa da cozinha, a deitar cereais para uma tigela, a porta da frente abriu-se e os cães correram para dentro com as patas molhadas e uma devoção faminta. Acariciou-os, pegou em papéis de cozinha para lhes limpar os focinhos e as patas, deitou-lhes comida e água fresca. No preciso momento em que ia deitar leite na sua tigela, Svend apareceu à porta.

— Fomos apanhados por uma chuvada. Podes pegar nela?

Anette pegou na filha e deu-lhe um enorme beijo na bochecha molhada, antes de a levar para a casa de banho, lhe fazer umas coceguinhas e lhe vestir roupas secas.

Quando acabaram, foi dar com Svend na cozinha, com uma caneca de café instantâneo e o jornal aberto à sua frente. Colocou Gudrun na sua cadeirinha alta, preparou-lhe uma torrada, cortou-lhe uma maçã em pedaços e serviu-lhe um pouco de leite.

— Então bom dia. Por onde andaram?

— Fomos dar um passeio — respondeu Svend, com a cabeça enterrada no jornal. — Fomos comprar o jornal. Ela está exausta, por isso hoje não a levo à creche.

Anette ligou o jarro elétrico e colocou café moído na cafeteira de êmbolo.

— Esta manhã não fizeste pão?

Ele não respondeu, limitando-se a encolher os ombros, como se fosse natural. O que teria sido, para qualquer outra pessoa, mas não para Svend. Nem sequer lhe tinha dado um beijo de bons dias!

Sentou-se, com a sua tigela na frente.

— Há algum problema?

Lentamente, ele levantou os olhos vidrados e distantes do jornal.

— Estou apenas um pouco cansado. A Gudrun voltou a acordar às cinco da manhã.

Svend continuou a ler e Anette comeu uma colher cheia de cereais. Na sua boca, tornou-se numa massa pastosa que era difícil de engolir. Talvez ele *estivesse* apenas cansado. Na verdade, não o podia culpar. No dia seguinte seria a sua vez de se levantar com Gudrun.

— Devíamos fazer aquele fim de semana em Paris, não achas? Andamos a falar disso há séculos. Quando este caso ficar encerrado? Só tu e eu e uma garrafa de vinho tinto na cama de hotel? Os teus pais até iriam ficar contentes por tomarem conta da Gudrun.

Svend emitiu uma espécie de sussurro sorridente, mas não olhou para cima.

Anette pousou a colher e olhou para o marido, com uma preocupação crescente.

— O rapaz desaparecido ainda não apareceu.

Isso fê-lo baixar o jornal.

— Isso é terrível! Coitados dos pais. Há quanto tempo está desaparecido?

— Desde sexta-feira à tarde, portanto três dias completos e uma noite. Ontem fui eu mesma à sua procura, na fortaleza marítima de Trekroner. Com o respetivo vigilante — Anette trincou a língua. Que tipo de necessidade doentia a levava a falar a Svend do homem que a assombrava nas suas fantasias noturnas?

— A fortaleza de Trekroner? Seria um sítio estúpido para se esconder. Há sempre imensas pessoas que lá vão. Se alguém quisesse esconder-se realmente no porto de Copenhaga escolheria outro lugar, como o Forte Middelgrund ou Prøvestenen — exclamou Svend, voltando a enterrar o nariz no jornal.

— Prøvestenen? O que é?

— Oh, é outra das antigas fortalezas marítimas, mas bastante menos conhecida. Fica na Ilha Petroleum, rodeada por indústria pesada. Por trás da central de incineração ARC, sabes? A menos que se trabalhe aí, a única maneira de lá chegar é por barco.

Bocejou e regressou à leitura.

Anette desistiu dos cereais, arrumou as suas coisas e as de Gudrun e pegou nos blocos *DUPLO* para a filha.

— Tenho de ir já trabalhar. Vais portar-te bem com o papá? — deu um beijinho na bochecha de pêssego da filha e virou-se para Svend, para se despedir. Ele continuava sentado, absorto no seu artigo, e deixou que ela o abraçasse, sem grande reação. — Vou sair, querido. Gudrun está na sala de estar, por isso deixo a porta aberta para que lhe possas ir deitando um olho. Vou encontrar-me com o Kørner em Vesterbro daqui a meia hora. Se não conseguir vir jantar envio-te uma mensagem. Divirtam-se os dois!

Quando Anette entrou no carro, o beijo que lançara da porta ainda pairava no ar. Svend estava cansado. Provavelmente era apenas isso. Decerto a sua consciência pesada e os pensamentos indesejados estavam a pregar-lhe partidas.

Quando fora a última vez que tinham feito sexo? Já passara algum tempo. Teria de pensar a sério naquela fuga até Paris para que pudessem passar um pouco de tempo juntos novamente, como casal.

Ligou o motor e consultou as horas no *tablier*. Iriam interrogar o diretor do coro em que Malthe participava às dez. Talvez conseguisse convencer Mads Teigen a encontrar-se com ela a seguir e a levá-la a Prøvestenen. Sentiu uma impressão na barriga perante esse pensamento e bateu no painel, para se controlar. Mas que raio de fascínio era aquele por um homem de olhos tristes e mãos fortes, que nem sequer conhecia? Já não era uma adolescente! Forçou-se a afastar esses pensamentos e escreveu uma mensagem breve e fria a Mads, para saber se ele estaria livre para a ajudar na busca, por volta do meio-dia.

Svend, pensou, *o meu bondoso e adorável marido, um homem de confiança, que me faz rir e nunca tem mau hálito. Amo-o!*

Mas o pensamento ficara plantado na sua cabeça como um vírus maligno: o amor deles estaria a diminuir?

CAPÍTULO 19

O zumbido característico de *Ark Futura* acordava frequentemente Mads Teigen às primeiras horas da manhã. A hélice do cargueiro maciço tinha um som peculiar, mais profundo do que as dos outros cargueiros que passavam pelo porto. Habitualmente voltava a dormir, mas nesse dia tinha dormido mal e fora atormentado por pesadelos e permanecido agitado, sempre às voltas, mesmo até de manhã. Há muito que os sons de Trekroner lhe eram familiares: os gritos roucos das gaivotas, os hidroaviões e a buzina do *ferry* de Oslo. Deitado na cama, foi registando tudo isso, sem prestar realmente atenção. Tornara-se o pano de fundo da sua vida.

Uma vida sem quaisquer perspetivas de mudança. Não que ele quisesse mudança. Mads deixara de esperar mais da sua existência. A relva nas margens precisava de ser aparada, a população de martas controlada, o forte mantido. Rotina, sem alterações.

E, no entanto…

No dia anterior tinha havido uma alteração. Por um segundo, tinha aberto a porta do seu coração e deixado a luz brilhar no pântano que aí existia. Fora um erro. Não voltaria a acontecer. Fora punido por isso durante toda a noite e agora havia apenas uma coisa a fazer. O mesmo que sempre fazia: fechar-se e seguir em frente.

Saiu da cama, percorreu a sua lista mental por baixo do duche e vestiu-se. Era terça-feira e nesse dia não haveria muitos visitantes na ilha. Com exceção dos habituais clubes de remo, provavelmente poderia trabalhar em paz. O café escorria pelo filtro. Encheu uma caneca e levou-a para a luz da manhã, bebendo sob a faia alta do pátio, de olhos postos no horizonte.

Era o dia 266 no seu calendário.

Fez as rondas matinais. Começou pelo sítio do canhão, onde um ganso estava a fazer o ninho no cimo do antigo depósito de munições. Sabia que as pequenas aves iriam nascer em breve. Os gansos incubavam sempre durante vinte e cinco dias. Se algum dos ovos se atrasasse, arriscava-se a ser deixado para trás, para os bicos esfomeados dos corvos. Ainda no dia anterior tentara salvar um pequeno ganso de um outro ninho; estava deitado de costas, incapaz de se virar. Mas a tentativa saíra frustrada e, por isso, o pequeno animal agora estava deitado no frigorífico, à espera de poder ser preservado.

Do outro lado da ilha, olhou para a barcaça afundada ao largo da costa, onde uma colónia de focas vivera nas últimas semanas. No dia anterior tinham desaparecido repentinamente, decerto porque já tinham comido todo o peixe por ali e tinham mudado de sítio. Sentia falta das suas cabeças de olhos grandes à superfície. Recordava-se que seis ou sete anos antes alguém num caiaque pensara ter visto uma foca junto ao quebra-mar perto da barcaça afundada, mas quando se aproximara tinha visto que afinal era um corpo. Tanto quanto se lembrava, tratava-se do empregado de um restaurante de um dos fortes, que tinha problemas com os membros de um gangue.

Focas e pessoas mortas, aves raras e remadores — se esperasse tempo suficiente, tudo iria parar a Trekroner.

Mads atravessou o nível superior do forte, passou pelo farol e voltou para o flanco sul. Aqui encontrara um lugar onde poderia permanecer encostado ao edifício da casamata, abrigado do vento e do barulho da cidade, e ver tudo desde o forte Middelgrund, à esquerda, passando pelo parque eólico longe da costa, e até Refshaleøen e a central de incineração, à direita. Ali havia uma energia especial, que incitava à paz e à contemplação. Mads era carpinteiro de formação e sempre se considerara um homem da Jutlândia do Norte pragmático e com a cabeça no lugar. Gostava da vida ao ar livre, de pesca, caça, era uma pessoa prática e sem grandes exigências. Até a sua vida desmoronar e — com a ajuda de um dos seus companheiros de caça — ir acabar ali.

Ao longo do último ano, desenvolvera uma espécie de sexto sentido. Não sabia que outra coisa poderia chamar-lhe. Talvez uma ligação ao outro mundo. Quando estava ali de frente para o mar, essa ligação soava tão alto como um alarme de carro e não podia ser ignorada. A criança morta falava-lhe com uma voz clara. Sem culpa, sem medo.

Fechou os olhos e respirou o ar do mar. Algas, sal, vento, chuva. Grãos de areia que voavam e lhe picavam o rosto e o azevém, que sussurrava sobre a natureza transitória de tudo.

Não foi culpa minha, dizia para consigo, mas lá bem no fundo sabia que isso era mentira.

Uma escola tinha mudado a aula de Educação Física para um dos campos de basquetebol na faixa relvada do Sønder Boulevard. Quando Jeppe e Anette se encontraram em frente à Igreja de Absalon, os gritos alegres dos alunos misturavam-se com a chuva matinal, como uma colagem de juventude e esperança.

— Olá — cumprimentou Anette, quando estavam ainda a cerca de cinco metros de distância —, é aqui? Era um coro de igreja ou algo desse género?

— A igreja não é usada. Agora é um centro comunitário, onde têm todo o tipo de atividades, desde *bridge* a refeições comunitárias e aulas de tango. E, aparentemente, também um grupo coral.

— Que moderno — olhou para o céu, semicerrando os olhos. — Vais fumar antes de entrarmos?

— Para poderes aproveitar o meu fumo? — Jeppe riu-se. — Esquece, Werner. Está a chover! A propósito, entraste em contato com o Kasper Skytte?

— Não — Anette franziu a testa. — Continua a não atender?

— Continua! Vem, é por aqui.

Subiram as escadas de pedra até à grande porta de madeira e abriram-na. No interior, a antiga igreja de tetos altos recebeu-os calorosamente, com as suas paredes pintadas de cor de salmão rosado, azul e verde. Grandes mesas enchiam o espaço, no sítio onde antes deviam ter estado os bancos da igreja.

— O diretor do coro disse que o poderíamos encontrar no bar — explicou Jeppe, abrindo caminho por entre as mesas.

— Um bar numa igreja...? — comentou Anette, enquanto o seguia. — Não temos nada disto nos subúrbios de Greve Strand.

— Oh, e como é que sabes? Quando foi a última vez que foste à igreja?

— Já foi há algum tempo, admito. Mas agora que falas disso, acho que por acaso até bebemos um pequeno *shot* de *schnapps* no altar.

Jeppe riu-se.

— Estás a chamar *shot* de *schnapps* ao sangue de Cristo?

— Tinha um sabor horrível. Nunca mais lá voltei.

Numa sala ao lado do antigo altar encontraram o balcão de um bar com prateleiras cheias de garrafas de bebidas alcoólicas atrás e uma máquina de lavar louça industrial. Um quadro listava os *snacks* do dia disponíveis e por baixo de uma mesa podia ouvir-se o sussurrar do dispensador de cerveja — poderiam estar em qualquer bar de hotel ou numa discoteca na cidade. No meio do chão via-se uma série de grades de leite que continham mantimentos, o que indicava que naquele momento o bar estava fechado.

— Como se chama o diretor do coro?

Jeppe verificou as suas notas.

— Sigurd Vejlø.

— *Sigurd?* — Anette soltou um risinho ante aquele nome um tanto invulgar. — Sigurd, o cantor do coro!

Nesse momento, uma porta por trás do bar abriu-se, deixando passar um jovem que segurava nos braços uma grade de pacotes de leite vazia.

— Ah, chegaram. Estão à espera há muito tempo? — pousou a grade e limpou as mãos a um pano da louça.

— É o Sigurd?

— Eu mesmo.

— Jeppe Kørner e Anette Werner, da Unidade de Investigação da Polícia de Copenhaga. Falámos por telefone.

Sigurd apertou-lhes as mãos.

— Vamos sentar-nos a uma mesa. Há uma aula de espanhol a começar às onze, mas até lá temos a igreja só para nós.

Tirou o avental e caminhou em direção à capela. Jeppe e Anette seguiram-no. O diretor do coro era alto — devia ter cerca de dois metros — e muito esguio, com cabelo loiro platinado curto e argolas douradas nas duas orelhas. Uma tatuagem multicolorida com anjos e demónios espreitava por baixo da sua camisa de manga curta, estendendo-se até ao pulso.

Sentaram-se.

— Então é o diretor do coro *e* também trabalha no bar? — perguntou Anette.

Sigurd sorriu-lhe.

— Comecei por ser contratado como empregado de bar, mas Absalon gosta de aproveitar todo o tipo de talentos dos seus funcionários. É verdadeiramente uma casa do povo. Também organizo uma noite de *quiz* sobre música, uma vez por mês.

— Muito bem, A-Choir… — Jeppe pegou no seu bloco de notas. — Como é que o coro começou e quantos são os seus membros?

— Comecei o coro na primavera passada e somos vinte e dois. Apenas homens.

— Fale-nos um pouco dele — pediu Jeppe.

Sigurd hesitou.

— Bem, terei todo o gosto em fazê-lo, mas importam-se de dizer-me por que estão interessados em nós?

— Claro que não. Estamos aqui porque aconteceu uma situação grave com um dos vossos membros, Malthe Sæther. Está morto.

— Não! — Sigurd levou a mão à boca e ficou paralisado. Os olhos encheram-se-lhe de lágrimas.

— Conhecia-o bem? — perguntou Jeppe, o mais gentilmente possível. A reação tinha sido bastante mais forte do que esperava.

— Não... — murmurou Sigurd. — Desculpem, é que estou... em choque. Gostava muito dele.

Sigurd esfregou o rosto e respirou fundo. Jeppe e Anette trocaram um olhar.

— Há quanto tempo se conheciam?

— O Malthe juntou-se ao coro há pouco menos de um ano, portanto praticamente desde o início. O que lhe aconteceu?

Jeppe suspirou. Não havia uma forma fácil de o dizer.

— O Malthe foi assassinado. Ainda não sabemos todos os pormenores, mas morreu na noite de sexta-feira.

Sigurd desviou o olhar, enquanto as suas faces já pálidas iam ainda perdendo mais cor.

— Quando é que o viu pela última vez?

— Terça-feira à noite, no coro. Oh, meu Deus, isto é terrível! — Sigurd abanou a cabeça. — O Malthe era a pessoa mais simpática que se possa imaginar. Tinha voz de tenor e uns olhos azuis lindos. Todos gostavam dele.

Jeppe tirou do bolso um pacote de lenços e estendeu-lho.

— Alguma vez o viu fora do coro? — perguntou.

— Não — Sigurd tirou um lenço e limpou o nariz. — Ele ficava muitas vezes até mais tarde e bebia uma cerveja, mas nada mais do que isso. Também chegámos a ir de bicicleta para casa juntos, já que ele mora em Vendersgade, que fica no meu caminho para casa. Eu moro em Østerbro.

— E onde esteve na sexta-feira à noite?

— Em casa — respondeu sem hesitação. — Estou numa fase em que me concentro em cuidar bem de mim. Como de forma saudável, fico em casa e vou cedo para a cama. Foi o que fiz todo o fim de semana.

— Vive sozinho?

Jeppe percebeu que Sigurd sabia a razão da pergunta.

— Sim. Infelizmente, não tenho ninguém que possa corroborar que estive em casa.

— São perguntas que temos de fazer.

— Eu compreendo — assentiu.

— E não falou com ele desde terça-feira à noite? Não houve telefonemas… nem mensagens?

Sigurd pareceu refletir por um instante e respondeu:

— Não, não houve nada disso.

— E os outros membros do coro? Acha que algum deles poderá tê-lo visto durante a semana?

— Penso que não — abanou a cabeça. — O Malthe vinha para cantar e passar uns momentos agradáveis. Só isso. Como a maioria de nós. Não tem nada que ver com encontros amorosos.

Jeppe sorriu.

— Alguma vez discutiram assuntos pessoais?

— Não, não propriamente. Apesar de ter havido uma noite, há cerca de duas semanas, em que ele me pareceu mais em baixo — enquanto falava, Sigurd ia amarrotando o lenço, transformando-o numa bola. — Falámos dos desafios que as gerações mais novas têm de enfrentar hoje em dia e em como as redes sociais vieram possibilitar novos tipos de *bullying*. O assunto mexia mesmo com o Malthe.

— E explicou porquê?

Sigurd abanou a cabeça.

— Ele tinha de manter a confidencialidade, mas eu fiquei com a nítida impressão de que um dos seus alunos passara por uma experiência desse tipo.

Esther não conseguia encontrar paz. Seguiu as suas rotinas matinais — um duche prolongado, papas de aveia com passas e uma caminhada junto aos lagos com *Dóxa* — e instalou-se à secretária, com a intenção de trabalhar na biografia que estava a escrever. No entanto, levantava-se constantemente para ir buscar mais café e deu por si perdida nos próprios pensamentos, frente ao teclado. Foi até à janela para olhar para os lagos, onde a chuva salpicava a superfície da água, e depois voltou a sentar-se à secretária.

As notas que escrevera no dia anterior sobre as máscaras mortuárias em Thorvaldsens estavam aí pousadas, recordando-a do seu encontro com Jenny Kaliban. Tentou identificar o que a inquietava em relação àquela mulher. Antes de mais, a sua rudeza — fora quase mal-educada, mas era algo mais do que isso. Talvez a sua linguagem corporal, as suas vibrações? Havia uma energia tensa em Jenny Kaliban que Esther interpretava como egocentrismo.

Esther permitiu-se a ter cinco minutos para satisfazer a sua curiosidade. Cinco minutos e depois começaria a trabalhar! Digitou o nome Jenny no motor de busca do computador e recebeu uma série de *links* para galerias, museus, aulas noturnas e um artigo da Wikipedia que abriu e leu. O artigo era curto e o seu conteúdo pouco profundo.

Jenny Kaliban nasceu com o apelido Dreyer, em Frederiksværk, a cerca de uma hora a norte de Copenhaga, a 6 de novembro de 1968. Os seus progenitores tinham sido ambos donos de galerias e professores de arte.

Jenny foi assim chamada porque era o nome da cantora de ópera sueca Jenny Lind. Desde cedo foi ativa na sociedade artística local, que se reunia numa galeria propriedade da família Dreyer.

Em 1990, fundou com a irmã a comuna de artistas Kaliban e organizou exposições e eventos na zona. Um *link* para o jornal local em Halsnæs levou Esther à revelação de um trabalho conjunto na biblioteca. A fotografia mostrava Jenny junto a um cavalete em frente a uma parede de tijolos pintados de branco. Parecia jovem, na casa dos 20 anos, e era impressionantemente bonita, com um fato branco e olhando, confiante, para a máquina fotográfica. Do outro lado do cavalete, uma jovem mulher sorridente: a irmã, com um vestido de verão floral.

Esther ampliou a legenda, puxando a cadeira para um pouco mais perto e perturbando *Dóxa*, que fazia uma soneca aos seus pés.

O nome da irmã era Malin Dreyer. Não era a mãe do desaparecido Oscar Dreyer-Hoff?

Esther fechou o artigo e foi lendo várias publicações sobre Jenny. Entrou em 1995 para a Academia Real Dinamarquesa de Belas Artes, em Copenhaga. Uma exposição coletiva em Den Frie em 1999. Uma entrevista na revista internacional de artes *Apollo*. Fora convidada a participar na Bienal de Veneza em 2005. Cofundadora do movimento Arte como Protesto, que levou a cabo um evento em frente ao Palácio de Christiansborg, em 2008. Em 2009, foi-lhe encomendada uma obra para a praça da cidade. Depois disso, as referências diminuíam um pouco.

Esther encontrou um *link* na parte inferior da página que remetia para um artigo do jornal *Weekendavisen,* com menos de três anos. No título lia-se «Museu Cancela à Última Hora» e o artigo era sobre o Museu de Arte Moderna de Arken, que optara por cancelar a exposição individual de Jenny Kaliban, apenas com um par de meses de antecedência. O diretor do museu recusara-se a comentar a situação em concreto e Jenny Kaliban também permaneceu silenciosa, mas o jornalista especulava sobre a possibilidade de ter algo que ver com o escândalo na leiloeira Nordhjem, que era propriedade da irmã de Kaliban.

Então ela *era* tia de Oscar Dreyer-Hoff!

Esther continuou a pesquisa, mas não encontrou mais nada de interesse sobre Jenny Kaliban. O que descobrira, no entanto, sugeria uma carreira que afundara ainda antes de descolar realmente.

Tal como a minha, pensou Esther, fechando o *browser* com um suspiro culpado.

— Importas-te se te deixar aqui? — Anette encostou o carro no passeio, em frente ao impressionante quartel-general da polícia, e pôs o carro em ponto morto.

Jeppe olhou para a colega no lugar do condutor.

— Onde vais? — perguntou, surpreendido.

— Vou encontrar-me com o Mads Teigen, o vigilante do forte do Trekroner.

— Outra vez?!

Anette pestanejou, parecendo invulgarmente hesitante por um segundo.

— Prometeu ajudar-me a procurar o Oscar naquele forte chamado Prøvestenen. E, antes que digas alguma coisa, bem sei que é um tiro no escuro, mas acho que as equipas de busca e salvamento podem ter deixado passar alguma coisa. Vi-os atuar em Hven e, sinceramente, não fiquei impressionada. Apareceram apenas três homens e dois deles eram voluntários.

Jeppe revirou os olhos.

— És capaz de admitir que tens a necessidade de controlar tudo? Por exemplo, também controlas se o Svend dobra as cuecas da maneira certa?

Ela não se riu.

— Tenho um... palpite. Tu, mais do que todos, sabes como isso é.

Jeppe saiu do carro, tentando proteger-se da chuva.

— Tem cuidado, Anette! — pediu. — Não te esqueças de usar um colete salva-vidas.

Ela piscou-lhe o olho, esperou que ele fechasse a porta e pôs o pé no acelerador. Jeppe ficou a vê-la acelerar e virar a esquina e voltou-se para enfrentar o seu local de trabalho.

A visão do moderno edifício de escritórios sob a chuva fez alterar automaticamente o seu nível de serotonina, levando-o a desejar poder viajar para algum país quente e ficar por lá. Enquanto se dirigia para a porta da frente, olhou para a fachada e sentiu o peso dos tijolos encharcados bem fundo na sua alma. Esta era a sua nova realidade. Se queria manter o seu trabalho, que, aliás, adorava, não tinha outra alternativa. Por outras palavras, tinha de descobrir uma forma de — se não adorar — pelo menos aceitar o novo edifício da polícia em Sydhavn.

No refúgio do seu gabinete, pendurou o casaco nas costas da cadeira para secar e tentou ver o lado positivo das coisas. Pelo menos, ele e Anette partilhavam o seu gabinete e não tinham de sentar-se numa zona de espaço aberto, como muitos dos seus colegas. Foi buscar um copo de café à máquina e encontrou Thomas Larsen e Sara Saidani nos seus cubículos no corredor.

— Larsen, Saidani, tudo bem?

— Sim, obrigada. Trouxe o computador do Malthe — respondeu Sara, sorrindo-lhe de uma forma que não era estritamente profissional. O seu olhar aquecia-lhe o coração. — Chegou esta manhã dos técnicos da cena do crime da NKC. Não há impressões digitais para além das dele. Até agora, não há nada a assinalar, tudo parece normal.

Jeppe bebeu o seu café. Sabia ligeiramente a detergente para a louça.

— Esta manhã encontrei-me com uma colega do Malthe, uma Lis Christensen. Ela afirma que houve problemas entre ele e alguns dos alunos, incluindo o Victor Dreyer-Hoff.

— E, por outro lado, o Victor insiste que viu o Malthe e o Oscar abraçados na biblioteca da escola, há duas semanas — contrapôs Sara, franzindo o sobrolho.

— Será que o Victor inventou isso porque estava chateado com o professor? — Jeppe pousou o copo de café sobre a secretária de Sara. — A Lis também me falou de uns rumores sobre um episódio ocorrido no ano passado, no baile de outono. Segundo parece, o Victor terá molestado sexualmente a Iben Skytte. A Lis não sabe se foi verdade, pode não passar de um rumor, mas precisamos de perguntar à Iben se realmente aconteceu alguma coisa.

— Eu trato dela — disse Sara, com um aceno de cabeça.

— Antes de ires — interrompeu Larsen —, verifiquei o alibi do Victor e parece credível. Os amigos confirmaram que estiveram juntos durante toda a noite de sexta-feira e até às primeiras horas da manhã de sábado. Essa Lis parece uma testemunha plausível?

— Parece, mas quem sabe? — Jeppe empoleirou-se sobre uma das mesas vagas próximas e colocou a mão no pescoço dorido, esfregando-o com cuidado. — Segundo o diretor do coro do Malthe, ele estava preocupado com um problema entre os seus alunos, talvez algo relacionado com *bullying* ou assédio sexual. Isso bate certo com o que a Lis me contou.

— O que queres dizer, Kørner? Que o Malthe tentou resolver uma situação acalorada com os alunos e de alguma forma ficou entre os dois irmãos e foi assassinado? — Larsen parecia cético. — Se assim foi, teve de ser o Oscar a fazê-lo, porque o Victor esteve a jogar *air hockey* no Electric Corner toda a noite de sexta-feira.

— E a seguir o Oscar pegou no barco da família e fugiu — acrescentou Sara.

— Pode ter sido assim — admitiu Jeppe. Sabia que era a teoria mais plausível de que dispunham. No entanto, sentia instintivamente uma certa antipatia por ela. Talvez simplesmente não quisesse que aquele jovem sensível, que o fazia lembrar de si, fosse culpado de homicídio.

— Algum de vocês contactou o Kasper Skytte? Desapareceu desde que eu e a Werner o vimos ontem na central. Tinha ficado combinado que nos telefonaria o mais brevemente possível.

Sara e Thomas Larsen abanaram a cabeça.

Jeppe regressou ao seu gabinete e voltou a ligar o número de Kasper. Desta vez a chamada foi atendida.

— Sim? — a voz parecia distante e ensonada.

— Olá, Kasper. Sou Jeppe Kørner, da polícia. Desde ontem que andamos a tentar contactá-lo.

— Desculpem — aclarou a garganta. — Estava a sentir-me tão mal quando saí das urgências que quando cheguei a casa tomei um comprimido para dormir. Dormi até agora. Deve ter sido do choque.

— Aha — Jeppe fez uma pausa. Conseguia ouvir Kasper Skytte a engolir. — Precisamos de lhe fazer umas perguntas sobre a descoberta do corpo, logo que possível. Podemos passar por aí?

Foi a vez de Kasper ficar silencioso. Depois, murmurou:

— Claro. Importam-se que tome um duche primeiro?

Jeppe consultou o relógio. Passava pouco das 13h00, mas sentiu-se na obrigação de dar ao homem oportunidade para acordar devidamente.

— Estarei aí às 15h00. Até logo — e desligou.

Jeppe deixara ficar o café em cima da secretária de Sara, mas não quis dar-se ao trabalho de ir buscar outro copo. Ponderou ir comprar uma sanduíche, até se lembrar de que não havia nenhum lugar no bairro onde ir buscar comida, para além daquela horrível cadeia de *fast-food* mesmo na esquina.

Foi até à janela e ficou a observar o fumo a sair da chaminé de uma fábrica no horizonte, deixando que os seus pensamentos flutuassem com ele, até que o toque do seu telemóvel ecoou através do gabinete.

— Körner.

— Olá, Jeppe. É a Esther. Espero não estar a incomodá-lo.

— Não há problema. — Deixou-se cair na cadeira da secretária, que se afundou ligeiramente sob o seu peso, com um silvo hidráulico.

— Ligo para lhe perguntar se já falou com a tia do Oscar Dreyer-Hoff, Jenny Kaliban?

Jeppe suspirou. O que estaria Esther a preparar agora?

— Ainda não. Porquê?

— Bem, é que ontem encontrei-a no Museu Thorvaldsens, e deixou-me uma impressão estranha, por isso fui ler um pouco sobre ela. Está familiarizado com o escândalo da leiloeira Nordhjem?

— Sim, Esther, estou — na voz de Jeppe insinuou-se uma ligeira irritação e ele respirou fundo, antes de continuar. — Estamos a investigar todos os aspetos relacionados com a vida do rapaz desaparecido — *e com a morte do seu professor, claro*, pensou para consigo, mas optando por não o referir em voz alta.

— É porque... bem, a tia teve uma importante exposição cancelada a seguir às más notícias na comunicação social e às acusações legais feitas contra a leiloeira, e acho concebível que isso tenha causado uma disputa familiar. De facto, o negócio de uma das irmãs arruinou a carreira da outra.

— Hmm — respondeu Jeppe, evasivamente.

— Ela tem um *atelier* em Østerbro... — Esther hesitou e ele percebeu que ela se debatia para saber até que ponto poderia pressioná-lo.

Ele voltou a olhar para o relógio. Em rigor, deveriam falar com a tia para descobrir se ela sabia alguma coisa sobre Malthe Sæther. Provavelmente poderia tentar espremê-la um bocado, antes de ir interrogar Kasper Skytte.

— Por acaso tem a morada dela?

Ela facultou-lho com uma voz que parecia pedir desculpa.

— Tanto quanto sei, ela não tem telemóvel. Sabe que eu não quero imiscuir-me no seu trabalho, mas fiquei curiosa.

— De qualquer forma, eu tinha de falar com ela — disse Jeppe, sorrindo contra vontade. — Já agora, Esther, uma vez que estou a falar consigo, gostava de lhe fazer uma pergunta... pessoal.

As palavras saíram-lhe da boca sem sequer ter oportunidade de refletir. Por que motivo haveria de lhe pedir conselhos, especificamente a ela? Apesar de serem amigos, era raro falarem das suas vidas pessoais.

— Hum, bem... se uma pessoa descobrisse algo sobre uma criança, uma rapariga de 11 anos, e tivesse noção de que a, mãe dela ficaria furiosa se soubesse e a repreenderia seriamente, deveria contar-lhe ou não?

Esther ficou em silêncio. Ele estava prestes a recuar quando ela pigarreou e disse:

— É importante que a criança continue a confiar em si?

Jeppe refletiu sobre a questão. Ficou surpreendido ao aperceber-se de como não tinha dúvidas.

— Sim, isso é muito importante para mim.

— Então a resposta é óbvia. A menos que...

— O quê?

— A menos que esse segredo a coloque em perigo.

CAPÍTULO 20

As nuvens pairavam baixas sobre a água, sinistras e escuras, enquanto Mads Teigen atracava o *Stærkodder* em frente à fortaleza marítima de Prøvestenen. Anette sabia que não valia a pena tentar ajudá-lo com as tarefas rotineiras e saltou para a doca de betão. Com exceção dos dois, o porto estava completamente vazio, sem um único barco ou pessoa à vista. Na sua frente, a fortaleza assomava, baixa, com as chaminés e silos da Ilha Petroleum por trás, cinzentos e abandonados. Restos de pedras, uma antena, um caixote de lixo tombado. Parecia uma espécie de cruzamento entre uma ilha do Atlântico Norte e um filme de ficção científica.

Um bom sítio para desaparecer, pensou, e apercebeu-se de que Mads estava mesmo ao seu lado.

— Está bem? — ele pousou a mão larga no seu ombro. O seu toque provocou um choque elétrico em Anette, que nem se atreveu a responder, com medo de deixar transparecer o efeito que ele tinha sobre ela. Ela afastou-se e olhou para o horizonte.

— Sim, estou bem, apenas um pouco cansada. E você?

— Também estou bem — sorriu. — Na verdade, há muito tempo que não me sentia tão bem.

Anette correspondeu ao seu sorriso largo e arrependeu-se imediatamente. Por que não conseguia, simplesmente, relaxar?

— Quer tomar uma chávena de café antes de irmos? — apontou com o polegar para uma garrafa térmica que estava no convés. — Almoçou? Trouxe alguma comida para o caso de ter fome.

— Obrigada pela simpatia, mas não tenho fome. Se não se importa, é melhor irmos começando.

Ele fez um gesto na direção do forte, como quem diz «senhoras primeiro». Anette sentiu os olhos dele nas costas e o coração começou a bater com mais força. A fachada do forte estava gasta e fustigada pelo tempo. Ela tocou na moldura de uma janela em ruínas e viu o dedo atravessar até ao outro lado. O lugar parecia completamente abandonado.

— Provavelmente será mais fácil entrar pela parte de trás.

Mads apontou para a extremidade do forte e caminharam em volta do edifício até uma grande área aberta, coberta de areia. Uma pequena escavadora fora aí deixada e atrás dela via-se um gigantesco silo branco encostado à alvenaria, como se algumas espécies invasoras tivessem crescido mais do que o seu hospedeiro.

— Uau, parece que viemos parar à Lua!

— Acho que não vamos conseguir entrar no forte. Todas as portas estão barricadas — disse Mads, franzindo o sobrolho.

— Espere, talvez seja mais fácil dali de cima.

Anette foi novamente até ao final do edifício, onde uma escada conduzia ao telhado do forte. Subiu dois degraus de cada vez e chegou a um pátio coberto de betão, com abrigos fortificados e suaves almofadas de ervas. Mads seguiu-a.

— Trouxe as lanternas, não trouxe? Acho que se consegue entrar por aqui.

Apontou para uma porta metálica aberta, através da qual se via uma escada que certamente desceria para o forte. Mads passou uma lanterna a Anette e ligou também a sua.

— Pronto?

Ele assentiu.

— Vamos entrar.

Anette espreitou pela porta. O cimo da escada estava iluminado pela luz do dia que vinha de fora, mas no terceiro ou quarto degrau os contornos transformavam-se num buraco negro. O seu coração pareceu parar e ela gemeu, exasperada pela própria insegurança. O que havia ali para que tivesse medo?

Olhou uma vez mais para o céu cinzento, ligou a lanterna e avançou através da escuridão, com Mads logo atrás de si.

O fumo do charro persistia espesso sob o teto baixo do *atelier*, obscurecendo as telas empilhadas e os potes de pincéis. Jenny Kaliban respirou descontraída e inclinou-se para trás, até que a cabeça tocou a parede. O barulho do restaurante da porta ao lado foi-se atenuando lentamente. Fechou os olhos e desfrutou dos sons de vida remotos que nada tinham que ver consigo. Era apenas uma observadora, um papel em que se sentia confortável.

Uma batida na porta perturbou a calma. Apagou o charro e fez um esforço para se levantar. As suas pernas pareciam rígidas e pesadas. Devia ter ali ficado sentada mais tempo do que imaginara.

À porta estava um homem que ela nunca tinha visto antes. Era alto e magro, tinha o cabelo escuro e o tipo de olhos que contavam histórias tristes. Ele mostrou-lhe um cartão de identificação plastificado.

— Olá! Não sei bem se estou no sítio certo. Procuro Jenny Kaliban — lançou-lhe um olhar interrogador e ela assentiu com naturalidade. — Jeppe Kørner, prazer em conhecê-la. Sou da Unidade de Investigação da Polícia de Copenhaga. Tem um minuto?

Jenny hesitou. Ainda conseguia ver o fumo do charro a serpentear na direção das escadas. A última coisa que queria era convidar um polícia a entrar no seu santuário. Aparentemente, ela hesitou durante demasiado tempo, porque ele começou a explicar.

— É por causa do seu sobrinho, Oscar Dreyer-Hoff. Como certamente já saberá, desapareceu na sexta-feira.

— Já o encontraram? — a sua voz soou estridente, até mesmo para ela, mas não conseguiu controlá-la.

— Infelizmente não. Não há novidades.

Jenny resignou-se, deu um passo atrás e abriu a porta.

— Entre!

O polícia entrou no *atelier*, deu alguns passos e olhou em volta. Jenny viu a confusão e o pó através dos olhos dele, as janelas tapadas e o mau estado geral do lugar.

— Deixe-me apenas arejar um pouco o espaço — passou rapidamente por ele para ir abrir a janela para o pátio, deixando a luz entrar e o fumo sair. Sorriu, desculpando-se. — É bom para a criatividade.

Ele anuiu educadamente e absteve-se de comentar, apontando de seguida para uma velha cadeira de braços.

— Importa-se que me sente?

— Oh, faça o favor. Posso oferecer-lhe alguma coisa? Café instantâneo?

— Não, obrigado.

Ele tirou o bloco de notas do bolso. De forma descontraída, cruzou uma perna sobre o joelho da outra e usou-a como suporte, enquanto folheava as páginas. Ficava com um ar elegante, quase como se fosse um intelectual francês, e de certa forma bastante atraente. Tinha que ver com os seus olhos sensíveis e com a forma como virava as páginas. Ou talvez ela estivesse apenas um pouco pedrada.

— Soube pela sua irmã, Malin, que a senhora também não sabe onde está o Oscar. Calculo que isso não se tenha alterado?

— Toda a família está a desmoronar-se — disse Jenny, abanando a cabeça. — É terrível.

— É verdade. Continuamos a procurá-lo por todo o lado — pôs a sua esferográfica a postos. — A razão desta minha vinda deve-se ao facto de o professor do Oscar, Malthe Sæther, ter sido encontrado morto ontem de manhã.

— Morto? — ela sentiu o chão desaparecer por baixo dos seus pés.

— Assassinado. Conhecia-o?

Ela soltou o ar que tinha retido nos últimos segundos.

— Não, não conheço nenhum dos professores do Oscar.

— O Oscar disse-lhe alguma coisa sobre o seu professor de Dinamarquês? Ele e o Sr. Sæther pareciam próximos.

— Não me lembro de alguma vez ter ouvido esse nome — Jenny olhou para as próprias mãos.

O polícia virou a página, mesmo não tendo escrito nada.

— É chegada à sua família?

Ela tentou focar-se na pergunta, mas sentia a boca tão seca que tinha dificuldade em falar.

— Bem, *chegada* pode ter muitos significados diferentes. Podemos não andar de uma casa para a outra de cinco em cinco minutos, mas somos uma família. A minha irmã e o marido são pessoas muito atarefadas, sabe, por isso muitas vezes as visitas são espaçadas. Mas sempre adorei os miúdos. Na verdade, o Oscar interessa-se por desenho. O Vic não tem qualquer capacidade artística, mas tanto a Essie quanto o Oscar têm potencial e estão ansiosos por aprender.

— Há alguns anos a empresa da sua irmã passou por algumas adversidades…

Jenny esperou. Onde é que ele queria chegar?

— Estou a pensar nas acusações de licitação de produtos próprios e da subsequente cobertura pela comunicação social. Isso teve alguma repercussão para a vossa família?

— Claro. Para mim, foi como se tivesse sido atropelada por um autocarro. A minha irmã e o meu cunhado ainda se debatem com as consequências desse caso.

Ele olhou para o cavalete e para o esboço em que ela estava a trabalhar.

— Também a afetou a si?

Jenny sentiu como se o sangue se esvaísse da sua cabeça, fluindo em direção a algum ponto desconhecido do seu corpo. Lembrou-se de como gritara com a irmã, dera murros no peito do cunhado e lhes implorara que fizessem alguma coisa. Que responsabilizassem o museu Arken, ameaçassem os jornalistas para que ficassem em silêncio, o que fosse preciso para conter as forças que estavam a asfixiar a sua carreira.

— Não, não afetou — respondeu, olhando-o nos olhos.

Ele olhou-a inquisitivamente e de seguida virou outra página vazia no seu bloco.

— Quando viu o seu sobrinho pela última vez?

Jenny pensou um pouco.

— Já há algum tempo. Ele cresceu imenso e interessa-se por outras coisas. Foi provavelmente há alguns meses, talvez uns seis. Não me recordo ao certo.

— Onde se encontraram?

— Hum, deve ter sido aqui. Por vezes, o Oscar vinha até cá e desenhava. Sobretudo quando era pequeno. Chegava a passar cá a noite.

— Aqui? — o polícia apontou com a esferográfica à sua volta, com o ar de alguém que preferiria morrer a deixar um filho seu dormir num sítio daqueles.

— Qual é o problema do meu *atelier*? Não o acha aceitável?

Ele ergueu as sobrancelhas, surpreendido.

Jenny inspirou profundamente e tentou sorrir. Precisava de se controlar melhor!

— De momento está um pouco desarrumado. Geralmente arrumo-o quando estou à espera de visitas. Mas um certo nível de caos criativo fomenta a inspiração.

O polícia tomou nota de alguma coisa. Jenny tentou engolir.

— Tal como disse, há vários meses que não vejo o meu sobrinho, mas da última vez não me pareceu muito feliz.

Ele ergueu os olhos do bloco.

— Mas não tenho certeza absoluta. Um adolescente não discute as suas emoções com a sua velha tia.

— Ele não lhe falou de problemas que pudesse ter na escola?

— Não.

— Mesmo assim, apercebeu-se de que algo não estava bem — prosseguiu o polícia. — Suspeitou de alguma coisa em concreto?

Jenny voltou-lhe as costas e foi até junto do lava-louças, encheu lentamente um copo de água e bebeu. O que aconteceria se lhe falasse sobre Henrik?

Voltou-se para ele.

— Não. Não suspeitei de nada em concreto. Se tivesse, obviamente que teria contado à minha irmã.

CAPÍTULO 21

Às 14h45, quando os alunos mais novos do Colégio Zahles se levantaram das cadeiras e começaram a sair, Sara Saidani estava a postos, em frente ao centro de juventude Thomas P. Hejle, a cerca de 450 metros de distância. A cada minuto passavam autocarros amarelos enegrecidos de fuligem, estimulando o sentimento de culpa que Larsen conseguira incutir-lhe. Claro que era melhor para as crianças crescerem num ambiente verde e tranquilo, com hortas e vizinhos que nos cumprimentam. A decisão de se mudarem de Helsingør para Copenhaga tivera que ver ver com a sua carreira. Não tomara em consideração a felicidade das filhas, não particularmente. Amina ficara especialmente incomodada com a reviravolta, que acontecera logo depois de Mido ter voltado para a Tunísia. Sem o pai, a viver num ambiente novo — não tinha sido fácil para ela.

Afastou os pensamentos. Ser mãe solteira significava viver com uma espada de dúvida bem enterrada no coração. Se ficasse a pensar em tudo aquilo que não estava a fazer como deveria, acabaria por não conseguir fazer nada.

— É a Sara?

Sara voltou-se e viu um rosto jovem sem maquilhagem, olhos cinzentos e um nariz pequeno, que reconheceu como sendo Iben Skytte, pela sua página do Facebook. A rapariga na sua frente era uma adolescente típica: uma jovem curiosa, vestida com roupas com *slogans* alusivos à proteção do ambiente. E acne.

— Olá, Iben. Obrigada por teres vindo. Como estás?

Iben revirou os olhos com um ar sarcástico, como se o assunto fosse demasiado sério para estar com perguntas tão superficiais.

— Por aqui está um inferno. E consigo?

Percebia-se pela sua voz que estava zangada. Uma raiva controlada, mas percetível. Sara sentiu agressividade em cada célula do corpo daquela rapariga de 15 anos.

— Pergunto, porque quero realmente saber, Iben. E tenho muito tempo para te ouvir.

Pela resposta da rapariga Sara percebeu que dissera a coisa errada ou que talvez tivesse usado o tom de voz errado, insultuosamente condescendente, ainda que não o tivesse feito com intenção.

— Se queres saber, também eu estou num verdadeiro inferno. A minha filha mais velha quase já nem fala comigo. Ela e o meu namorado não se suportam.

Iben sorriu ironicamente, como se lhe tivesse agradado o esforço de Sara, apesar de se aperceber da intenção subjacente. Tinha de ter atenção com esta rapariga. Ela era perspicaz.

— Joga ténis de mesa? — perguntou Iben.

A pergunta inesperada fez Sara rir-se.

— Hum, um pouco...?

— O. K., então venha daí!

Iben conduziu Sara até à porta principal sob o letreiro néon cor-de-rosa, passando por corredores e descendo umas escadas, até chegarem a uma sala de convívio com piso antiderrapante e quatro mesas de pingue-pongue.

— Esta é a sala do ténis de mesa. Venho aqui jogar várias vezes por semana — Iben tirou uma raquete de uma prateleira e entregou-a a Sara. — Tire o casaco e vamos jogar uma partida! É a Sara a servir.

Sara lembrou-se de como se sentia quando discutia com Amina: já não era ela quem mandava. Esta adolescente, que já estava a atirar-lhe uma bola de pingue-pongue, estava a dominar a interação e a fazê-la sentir-se insegura de uma forma que nenhum homem de ombros largos conseguia. Pousou o casaco numa cadeira e dirigiu-se à mesa, questionando-se se seria isto que acontecia aos miúdos que cresciam apenas com um progenitor.

— Desde que falemos enquanto jogamos, tudo bem. Estou aqui para te fazer uma pergunta importante.

Iben atirou a bola por cima da rede.

— Enquanto jogarmos, podemos falar — anuiu, encorajando Sara a servir com um aceno de cabeça.

Sara sentiu as palmas das mãos húmidas de suor e rangeu os dentes. Levantou a raquete e atirou a bola para a mesa com tanta força que saltou pela sala até se deter num canto.

Iben atirou-lhe de imediato outra bola, mas desta vez Sara conseguiu mantê-la em jogo.

— Dizem que o ténis de mesa é o único desporto com bola que ativa ambos os hemisférios do cérebro. Exercita o pensamento estratégico, a motricidade fina e a memória a longo prazo, tudo ao mesmo tempo — a jovem deu uma tacada forte, fazendo com que a bola fizesse ricochete mesmo na extremidade de um canto da mesa, junto a Sara. — E até ao último segundo não se sabe para onde o adversário vai atirar a bola.

Iben fez um riso maquiavélico. Sara apanhou a bola do chão, pousou-a sobre a mesa e olhou seriamente para a rapariga.

— Circula um rumor na tua escola, de que algo aconteceu numa festa no outono passado. Com o irmão mais velho do Oscar. É verdade?

A expressão facial de Iben não se alterou.

— Atire a bola! — instruiu, levantando a raquete, de olhos centrados na adversária.

Sara mordeu o lábio para se impedir de praguejar e serviu. Passaram a bola de um lado para o outro em silêncio, até que Iben a segurou.

— Até não joga assim tão mal — comentou. — Mas devia praticar mais.

— Iben, há algo de verdade nesses rumores?

A rapariga inspecionou a raquete, fazendo um ar insatisfeito, e depois pousou-a com um suspiro.

— Não quero falar disso. O que aconteceu na festa é entre mim e o Vic. Ninguém tem nada que ver com isso.

— Gostava que tivesses razão, mas o Malthe Sæther foi assassinado e o Oscar continua desaparecido — Sara olhou-a nos olhos. — O que aconteceu entre vocês dois?

— Não tem nada que ver com isto — respondeu Iben, pestanejando.

— O Oscar viu-te com o Victor na festa? Ele estaria um bocadinho apaixonado por ti?

— O Oscar e eu somos apenas amigos. De qualquer maneira, não tem nada que ver com a morte do Malthe.

Sara sentiu que a expressão vazia no rosto de Iben pretendia esconder alguma coisa.

— Há duas semanas, o Oscar fez uma apresentação sobre o plástico nos oceanos num dia temático na escola. Lembras-te disso?

— Claro — Iben piscou os olhos. — Ele falou na introdução. Eu pintei um dos cartazes. O Oscar é muito tímido e por isso para ele foi uma grande luta falar em frente de toda a gente. Os pais também estavam lá.

— É verdade que houve um debate a seguir à apresentação? Alguém o criticou?

— Talvez — Iben voltou a pegar na raquete.

— Lembras-te de quem foi? Ou acerca de que foi?

Iben abanou a cabeça. Sara resistiu ao impulso de lhe dar um abanão.

— O Oscar frequenta as reuniões do grupo ambientalista a que pertences?

— É possível que lá tenha ido uma vez — a rapariga voltou a piscar os olhos, onde começava a surgir uma expressão de cautela.

— E tu? — Sara tentou sorrir. — Como é que começaste a interessar-te pela crise climática?

Iben encolheu os ombros e atirou a raquete para cima da mesa, refugiando-se, uma vez mais, atrás de uma armadura de inacessibilidade.

— Não me apetece jogar mais. É capaz de encontrar sozinha a saída?

— O que é que a polícia acha que aconteceu ao Oscar?

Kasper Skytte soou como se estivesse a tentar fazer com que a pergunta parecesse casual. Estava de pé junto ao balcão, a servir chá em duas canecas. Uma deles estava perigosamente perto da borda, mas ele, obviamente, não tinha notado. O vapor serpenteou à sua volta, suavizando o cheiro do álcool com notas de jasmim e camomila.

Jeppe olhou para o relógio. Passava um pouco das três da tarde, supostamente apenas duas horas desde que ele acordara Kasper e, no entanto, o homem enrolava as palavras ao falar. Para ficar assim bêbado tão depressa devia ter bebido imenso.

Estavam de pé na pequena cozinha da família Skytte, onde a luz do dia nunca penetrava devidamente. Apesar de as luzes estarem acesas, a divisão era tão sombria como uma noite de inverno.

— Ou seja, acham que ele assassinou o professor? — Kasper pousou as canecas de chá sobre a pequena mesa de jantar e sentou-se.

— Ainda estamos a ponderar todas as possibilidades — Jeppe puxou a sua caneca para mais perto e rodou-a até meio, de modo a que as lascas na borda ficassem do lado mais afastado. Em volta dessa borda viam-se resíduos antigos de algo que parecia ser tanino, por isso teve de superar o seu desconforto para conseguir beber pela caneca. Ser sensível nem sempre é conveniente.

Procurou uma página em branco no seu bloco de notas e preparou a esferográfica.

— Ontem de manhã, às 08h45, o Michael ativou o botão de emergência no silo de resíduos do ARC. Diga-me o que aconteceu antes disso.

— *Homem no silo*, é o que lhe chamamos. Nunca o tínhamos pressionado antes, nem sequer em treinos — Kasper bebeu um gole de chá com um sorriso de desculpa. — Cheguei ao trabalho por volta das oito da manhã, mudei de roupa e fui para a sala de controlo da grua. Tinha detetado alguns erros nos códigos do programa de triagem que precisava de verificar. Mas ainda não estava ali há muito tempo quando vi — engoliu em seco e pigarreou —... quando vi a perna na garra... e, bem, foi nesse momento que o Michael pressionou o botão.

— Ficou surpreendido?

Kasper olhou para ele, incrédulo.

— O que quer dizer com isso? Se eu esperava encontrar restos humanos no meu trabalho, é isso? Claro que fiquei surpreendido. Fiquei em choque!

Jeppe acenou com a cabeça enquanto tirava notas.

— É verdade. Até teve de ir ao hospital.

— Por que tenta fazer parecer que há algo de errado comigo? Eu estava em choque! Cheguei a casa, tomei um comprimido para dormir e dormi durante vinte e quatro horas. Fiquei perturbado a esse ponto — Kasper levantou-se, foi buscar um recipiente que estava na mesa da cozinha e deitou duas colheres de açúcar no seu chá.

— Nessa altura, soube de quem era o corpo?

— Não.

Jeppe virou a página. Por um momento, o farfalhar do papel quebrou o silêncio entre eles.

— Mas, como descobrimos mais tarde, o corpo pertencia a Malthe Sæther, professor de Dinamarquês da sua filha. Conhecia-o bem?

— Acho que posso dizer que mal o conhecia. Talvez tenha trocado no máximo três frases com ele durante todo o ano passado, em alguma reunião de pais e professores. A Iben é uma rapariga crescida e eu não me envolvo muito nas coisas da escola.

Jeppe tomou nota. Sentiu que Kasper tentava ler o que ele escrevia, como se estivesse a sentir-se inseguro.

— Ei, até percebo… o professor da minha filha aparece morto no silo…

— Foi *o Kasper* que o encontrou — clarificou Jeppe.

— Mas foi uma coincidência! Tudo o que é deitado ao lixo em qualquer ponto de Copenhaga vem parar ao incinerador. Não teve nada que ver comigo.

— O que é que o seu trabalho envolve especificamente?

Kasper ergueu as sobrancelhas, surpreendido.

— Sou engenheiro de processo. Somos uma equipa de três engenheiros a trabalhar em conjunto em pesquisas. Não sabia que a polícia tinha interesse nesse tipo de coisas.

Jeppe sorriu.

— É habitual sentar-se com o operador da grua?

— Só se houver algo de errado com o respetivo sistema de controlo. Normalmente estou com os meus colegas num gabinete no sexto andar.

— E o que faz? Em traços gerais.

— Bem, trabalhamos para reduzir as emissões de gases de combustão da central, especificamente CO_2 e NO_X. O ARC tem um valor limite de cinquenta por cento em comparação com todas as outras centrais de incineração de lixo do país e emitimos apenas quinze por cento da quantidade permitida. Isso é uma redução equivalente a ter menos cinquenta mil carros nas estradas. Esses gases de combustão são conhecidos por provocarem cancro e chuvas ácidas — acenou com a cabeça, com orgulho. — Somos um dos incineradores de resíduos mais ecológicos do mundo.

— Impressionante.

— Obrigado.

Jeppe observou-o calmamente. As faces vermelhas, a saliva a acumular-se nos cantos da boca e o cheiro a álcool. Parecia um homem sob pressão.

— A Iben alguma vez falou com o Malthe Sæther?

A súbita mudança de assunto confundiu-o nitidamente. Limpou a testa com a manga.

— Quer dizer, em privado? Que eu saiba não. Mas a Iben já não me conta muita coisa. É preciso arrancar-lhe tudo a saca-rolhas. Adolescentes, sabe?

— Sabe o que aconteceu entre ela e o Victor Dreyer-Hoff no baile de outono?

— Agora não estou a perceber nada — Kasper levantou-se, apoiando-se pesadamente na mesa. Tinha os olhos húmidos e o suor escorria-lhe da testa.

— Está tudo bem? — Jeppe estendeu um braço para o ajudar, mas antes de o conseguir, Kasper saiu apressadamente da sala. Uma porta bateu com força e de seguida ouviu-se um som distinto. Kasper Skytte estava a vomitar.

A escada terminava num corredor comprido e estreito. A luz da lanterna de Anette revelou paredes cinzentas e um teto abobadado. Um pouco mais à frente, o corredor dividia-se em dois. Seguiu pelo da direita e continuou ao longo do espaço de betão onde os seus passos ecoavam, até chegar a outra bifurcação. Voltou-se. Atrás de si estava tudo escuro. Onde se metera Mads?

Irritada, refez o caminho por onde viera, voltou para a primeira divisão e escolheu o corredor à esquerda. Depois de vinte passos rápidos, um vislumbre de luz revelou-lhe que ele se encontrava numa sala do lado direito do corredor. Viu-o iluminar uma parede com a lanterna. Parecia absorto e o brilho da lanterna refletia-se no seu rosto, formando sombras profundas sob os seus olhos.

Anette controlou a respiração e entrou. O espaço tinha uma forma elíptica, como um submarino, e as paredes de gesso descascavam-se em flocos sobre centenas de cadeiras de plástico alinhadas em filas organizadas.

— O que é isto? Parecem desenhos de edifícios, planos de alguma coisa... — Anette fez incidir a luz sobre uma série de cartazes pendurados na parede. Aproximou-se mais, sentindo o calor do corpo dele.

— Quem sabe... — voltou-se para ela. Metade do seu rosto estava iluminado, a outra metade na escuridão. — Já chega?

Anette consultou o telemóvel e verificou que não tinha rede. Endireitou as costas.

— Não, vamos continuar a procurar.

Seguiram pelo corredor de teto baixo e desceram vários degraus, até ao universo labiríntico do forte. Num nível mais baixo, as paredes curvas estavam caiadas de branco e do teto pendiam lustres com lâmpadas elétricas acesas.

— Como é que as lâmpadas podem estar acesas? — Anette apontou para o teto, confusa.

— Deve haver um gerador a funcionar algures.

— Mas... lustres? Num forte? — a sensação de ter cruzado um limiar entre a realidade e os sonhos tornou-se cada vez mais intensa. Aquele lugar dava-lhe arrepios.

Numa parede via-se uma fileira de lavatórios, suficientes para que todos os membros de um grupo de escoteiros pudessem lavar os dentes ao mesmo tempo. Anette abriu uma das torneiras, e um fino fio de água saiu, escurecendo a bacia cinzenta.

— Há água corrente.

— Já estivemos em todo o lado — um som crepitante e um brilho na escuridão revelaram a Anette que Mads Teigen acendera um cigarro.

— Espere aqui, devem existir estruturas para alívio de pressão, tal como existem no forte Middelgrund. O meu marido explicou-me que construíam estas estruturas para evitar que os fortes desmoronassem em caso de ataque.

— Ele não está aqui, Anette, e eu já não aguento mais. Venha, vamos voltar para o barco — Mads afastou-se, sem sequer esperar por ela.

Anette permaneceu ali por um segundo. Era o que faltava, chegar tão longe, para acabar por desistir no último minuto!

Prosseguiu através da escuridão, ao longo das paredes húmidas, enquanto se embrenhava mais profundamente no forte. A cada passo que dava, o ar ficava mais frio e húmido, mais áspero e empoeirado. No nível inferior, descobriu uma abertura na parede, pela qual já antes passara. Desta vez parou e fez a lanterna incidir sobre ela. A abertura tinha quase a altura suficiente para uma pessoa e estava protegida por uma porta com uma grade metálica. A luz da lanterna não conseguia chegar até ao fim, permanecendo o fundo numa escuridão total.

Ela abriu a porta de grades, baixou-se e entrou. O lugar era tão estreito que os ombros tocavam ambos os lados. A cada passo que avançava, o espaço parecia fechar-se atrás de si, intensificando a sua claustrofobia. Contou os passos e quando chegou ao número vinte e cinco, estava no fim da parede. A passagem estava vazia. Voltou-se cuidadosamente, para não bater com a cabeça, e encontrou o caminho de regresso ao corredor principal. Quando, finalmente, o alcançou, inspirou profundamente, como um mergulhador em apneia que chega à superfície.

Após um segundo, prosseguiu pelo corredor principal, até que viu outra passagem lateral, dez metros mais à frente. A porta de grades estava aberta.

Os seus pés pisavam algo estaladiço, e ela resistiu ao desejo de apontar a luz da lanterna para baixo, para ver o que estava por baixo deles. Se fosse algo nojento, talvez não conseguisse continuar a caminhar sozinha e não iria, de maneira alguma, admitir perante Mads que se sentia nervosa.

Vamos, Anette. Tu és capaz!

Voltou a inspirar profundamente, fazendo a luz da lanterna deslizar sobre o reboco descascado a toda a volta, e as paredes pareciam ir estreitando cada vez mais. Apercebeu-se dos sintomas de pânico e esforçou-se por recuperar o controlo.

Não se morre por causa de palmas das mãos suadas e um pouco de falta de ar.

Talvez aquele monólogo interior tenha sido a razão para não o ter visto até ele estar mesmo na sua frente. O choque atingiu-a como um soco no estômago, e teve de se curvar e de se segurar na parede para não cair. Estava sem ar.

Oscar Dreyer-Hoff estava deitado no chão frio de betão, numa passagem estreita nas profundezas do forte Prøvestenen, de olhos fixos, cegamente, no teto.

CAPÍTULO 22

O helicóptero militar *EH101 Merlin* voou baixo sobre Copenhaga e aterrou no telhado do Hospital Nacional. Uma camada espessa de nuvens cobria ainda a cidade, e a chuva caía pesadamente por entre a escuridão induzida pela tempestade. O helicóptero de resgate era como uma sala de urgências voadora, com duas enfermeiras e um médico a bordo, que desde o forte Prøvestenen tentavam reanimar o paciente. A detetive Anette Werner estava sentada ao seu lado, com um cobertor sobre os ombros, observando.

Passaram-se menos de cinco minutos desde que aterrara no telhado e a maca de Oscar Dreyer-Hoff fora conduzida até ao centro de trauma das urgências do hospital, onde era esperado por uma equipa de dezasseis médicos, cirurgiões e enfermeiros de trauma, para prosseguirem a tentativa de reanimação. O cardiologista considerou que o paciente estava mais morto do que vivo. A sua temperatura corporal era de 25º C, o que significava estar a sofrer de hipotermia de terceiro grau. Os movimentos respiratórios eram escassos e as pupilas não estavam reativas.

A equipa de trauma iniciou de imediato a reanimação cardiopulmonar (RCP), ao mesmo tempo que lentamente iam aquecendo o corpo gelado de Oscar e lhe administravam fluidos intravenosos. Com uma hipotermia grave não era conveniente aquecer os pacientes demasiado depressa a partir do exterior, porque nesse caso o sangue frio chegaria ao coração fazendo-o parar. Portanto, o perfusionista ligou Oscar a uma máquina coração-pulmão que assumiu a circulação, permitindo que o seu sangue recuperasse lentamente a temperatura devida.

Uma funcionária administrativa acompanhou Anette pelo corredor até à sala de espera dos familiares e ofereceu-lhe uma chávena de chocolate quente. Foi aí que Jeppe a encontrou, quando entrou a correr pelas portas vermelhas do centro de trauma, oito minutos depois. Parecia tão frágil que ele foi direito a ela e a abraçou. Pela primeira vez em dez anos de parceria, Anette encostou a testa ao seu ombro e permitiu-lhe que a confortasse. Depois de vários minutos, afastou-se e limpou as lágrimas das faces.

— É típico da tua parte aproveitares-te da situação para me agarrares! — brincou.

Jeppe riu-se e sentou-se no sofá ao lado dela.

— Estás bem? — perguntou.

— Sim, sim. Não sei o que raio se passa comigo. Foi apenas um grande choque, de repente vê-lo ali deitado. A vida não é só cerveja e diversão.

— Bebe o teu chocolate quente. Vai ajudar.

Ela bebeu, obediente.

— Ele está vivo, mas por um fio. Os médicos ainda não podem dizer grande coisa — Anette abanou a cabeça. — Pergunto-me porque estaria ali. Espero sinceramente que consiga recuperar.

— Encontraram o barco?

— Há cinco minutos. No fundo do porto, junto à Ilha Petroleum e com um buraco no casco, provavelmente feito com uma marreta que foi encontrada nos destroços — Anette sorriu, mas parecendo ainda extremamente triste.

Jeppe deu-lhe uma cotovelada ligeira.

— Ei, queixo para cima! — incentivou. — Fizeste o que as equipas de busca e salvamento não conseguiram. Encontraste-o! E vivo! Bem mereces uma palmadinha nas costas.

A porta abriu-se e Henrik e Malin Dreyer-Hoff entraram, levados pela funcionária do hospital. Malin evitou fazer contacto visual com Jeppe, mas tendo em conta o clima do seu último encontro, talvez isso não fosse de estranhar.

Henrik avançou diretamente até à cadeira de Anette e parou na sua frente. Os seus ombros largos tapados com o casaco enchiam a sala de visitas, como um pilar da energia masculina.

— Foi quem o encontrou? — perguntou-lhe emocionado.

— Sim.

Ele inclinou-se sobre a cadeira e levantou Anette num abraço. As extremidades dos dedos dos pés dela mal tocavam o chão. Protestou delicadamente, resistindo àquela proximidade inesperada com o pai de Oscar.

— Obrigado.

— Faz parte do meu trabalho — devido à sua limitação de movimentos, Anette deu-lhe uma palmadinha desajeitada no braço, com o ar de alguém que já tivera demasiadas manifestações de afeto para um só dia.

Jeppe olhou para baixo, para esconder um sorriso involuntário. Quer fosse por terem encontrado Oscar, ou pela invulgar demonstração de sensibilidade da sua colega, a verdade é que ali no hospital sentiu um ímpeto irracional de alegria. O rapaz pairava entre a vida e a morte e Anette entre o chão e o teto. Havia esperança.

Quando a porta da frente do número 64 da Fredericiagade finalmente se abriu, Kasper Skytte estava sentado no escuro da sala, à espera. O couro da poltrona estava quente com o seu corpo e a garrafa de uísque com a temperatura da sala. Na cozinha, o fricassé vegetariano que preparara para o jantar mantinha-se intacto sobre a mesa. Conseguia ouvir Iben a andar de um lado para o outro, de sapatos e casaco. Finalmente, entrou e olhou-o circunspecta.

— O que estás a fazer sentado no escuro?

— Quando me sentei não estava escuro. Por que vieste tão tarde? — tinha a boca seca e teve de humedecer os lábios, antes de continuar. — Desde quando é que nos tornámos o tipo de família que não comunica nem faz as refeições em conjunto?

— Eu vou para o meu quarto. Tenho de estudar — disse Iben, olhando para baixo.

— NÃO VAIS A LADO NENHUM!

Kasper ouviu-a suspirar e recuperou a compostura.

— Por favor, entra e senta-te. Precisamos de falar.

Um segundo depois, a luz foi ligada. Iben sentou-se no sofá, o mais longe possível do pai.

— Estás bêbado! — ela estava pálida e os olhos pareciam encovados no seu rosto jovem.

— E se estiver?

— És patético. Tenho vergonha de ti — a voz de Iben era calma e neutra. O desprezo estava na sua escolha de palavras.

Durante a hora em que esteve à espera dela, formulara repetidas vezes as perguntas na sua cabeça, mas agora que a filha estava sentada à sua frente, com a boca virada para baixo e a testa lisa, as frases fugiam para longe dele e transformavam-se em neblina.

— O que aconteceu entre ti e o irmão mais velho do Oscar?

— Porque perguntas?

— Porque pergunto?! Responde-me, raios… Responde!

Iben pôs o cabelo para trás com as duas mãos e prendeu-o atrás das orelhas. Era um hábito que tinha desde pequena e essa imagem atingiu Kasper como se tivesse levado um murro no estômago.

— Não percebo a razão deste interrogatório, lá porque de repente decidiste interessar-te pela minha vida.

— O que queres dizer com *de repente*? Desde quando é que não me interesso por ti?

— Todas as noites em que te sentas em frente à merda do computador a *trabalhar*. Não penses que não sei o que andas a fazer — respondeu, semicerrando os olhos.

— Do que estás a falar?! — Kasper conseguia perceber o pânico na sua voz e esforçou-se por parecer mais calmo. — Iben, diz-me. O que aconteceu com o Vic? Eu posso ajudar-te.

A expressão nos olhos da filha deixou-o sem fôlego. Voltou a encher o copo, com as mãos trémulas.

— Sim, pai, bebe mais. Isso vai ajudar a que tudo volte a ficar bem — levantou-se.

— Senta-te, querida. Vamos falar. Tu és tudo para mim — com aquela última frase, Kasper não conseguiu conter mais as lágrimas. Sabia como devia parecer ridículo, mas não conseguia evitar.

— É fácil de dizer, não é? *És tudo para mim* — de repente, voltou a parecer a menina que já não era —, mas é mentira, pai. Não estás interessado em saber quem sou ou em como a vida me corre, desde que eu não interfira com a porra da tua carreira e finja que a nossa família é perfeita e que não faça ideia em que é que gastas todo o nosso dinheiro.

— Isso não é verdade! — ele esfregou o rosto com força com ambas as mãos e pigarreou. — Senta-te, querida. Ainda não é demasiado tarde.

— *É* demasiado tarde. Eu tenho 15 anos. Já não temos nada para falar. O que queres que eu diga? — a sua voz soava como estilhaços de vidro e facas afiadas. — Que é culpa tua eu não ter mãe?

— Foi uma decisão conjunta, a de que tu ficarias…

— Conjunta?! — agora Iben estava a gritar. — Ninguém me perguntou o que eu queria. Achas que eu quero viver com…

Deteve-se e olhou para ele, o lábio inferior a tremer de raiva. Kasper sentiu uma pontada de medo.

— Achas que eu não sei o que fizeste?

A pontada transformou-se numa extensa onda de pavor que o percorreu de uma ponta à outra.

— Foi pelo nosso bem. Por nós!

O rosto de Iben distorceu-se numa careta de choro, tão feroz quanto inesperada. Ela abanou a cabeça, as lágrimas a caírem-lhe pelo rosto.

— Como pudeste fazer uma coisa dessas, pai? Não percebes? Estragaste tudo!

CAPÍTULO 23

«So lock all the gates and bolt the chamber door, because nobody leaves or enters anymore...»

Esther desligou o hino de Al Jarreau de mais de quarenta anos que costumava pôr a tocar quando sentia falta do pai, e apurou os ouvidos. Levantou-se e abriu a porta para o *hall*. Gregers estava de pé do outro lado, com uma caixa na mão e uma expressão tímida.

— Bem, hmm... — começou — desculpe vir bater-lhe à porta tão tarde, mas percebi que ainda estava acordada.

— Não é assim tão tarde. A minha música estava demasiado alta?

Ele gesticulou mal-humorado com as mãos e disse:

— Eu só queria... agradecer a sua ajuda com a médica — Gregers estendeu-lhe uma caixa de cartão. — São chocolates. Embora com os preços que cobram se pudesse pensar que são ouro.

Esther abriu mais a porta e pegou na caixa.

— Obrigada. Não precisava de se ter incomodado, Gregers. Vamos experimentar já um?

— Bom, não queremos que fiquem rançosos.

— Vamos sentar-nos na cozinha? — perguntou-lhe, com um sorriso.

— Bem, esta sala também é agradável...

— Venha. Tenho uma garrafa de vinho tinto aberta. Quer um copo?

Gregers deu um grunhido de aprovação, caminhou até à poltrona e sentou-se com um suspiro satisfeito. Esther levou os chocolates para a cozinha, acendeu a luz e pegou em outro copo de vinho. Era um facto que por vezes o seu colega de casa era rabugento, mas apreciou o seu gesto. O relógio do forno indicava que eram quase nove da noite. Gregers não costumava visitá-la assim tão tarde. Decerto tinha algo em mente.

Regressou à sala com um tabuleiro com o copo de vinho e os chocolates e viu que ele se levantara e estava de pé junto à janela, a perscrutar a escuridão.

— Vamos sentar-nos aqui no sofá? — Esther pousou o tabuleiro sobre a mesa de café e foi até junto dele. — Está tudo bem, Gregers?

Ele sorriu, surpreendido, como se só então tivesse dado pela presença dela.

— Ah, está aí. Estava apenas a pensar na vida. E na morte.

— Tal como todos nós, de tempos a tempos. — Na verdade, ultimamente os pensamentos de Esther circulavam sempre em volta da morte e dos seus rituais, mas esse não era o tipo de assunto que habitualmente discutisse com ele. — Está a pensar em alguma coisa concreta?

— Acho que estou a caminho.

A princípio ela não compreendeu o que ele queria dizer, mas a expressão dos seus olhos permitiu-lhe perceber.

— Gregers, pare com isso! Não está a morrer.

— Oh, minha cara Esther, tenho 85 anos. Diga o que quiser, mas já não estará muito longe. Mas não é apenas uma questão de idade. É como se eu *sentisse* que está a chegar.

Esther sentou-se e deitou vinho nos dois copos. As palavras dele assustaram-na. A morte só era fascinante ao longe, não quando nos entrava pela porta da frente. Mas se ele sentia a necessidade de falar sobre isso, não iria dececioná-lo.

— Vá, venha sentar-se, meu amigo. Fale-me do que tem andado a pensar.

Ele sentou-se e aceitou o copo que ela lhe oferecia, mas depois fixou-o, como se não percebesse bem o que era aquilo, e pousou-o sobre a mesinha de café.

— Já não estou bem certo dos limites entre os meus pensamentos e a realidade. Tenho sonhos que me parecem tão reais que me assustam. Por exemplo, estamos aqui sentados na sua sala de estar. É realidade, não é?

Ela assentiu.

— Está aqui mais alguém além de nós?

— Não, Gregers.

— A Inger não está aqui?

Esther teve de pensar cuidadosamente, para se lembrar de que Inger era a ex-mulher de Gregers, com quem há mais de vinte anos ele não tinha o mínimo contacto.

— Não, a Inger não está aqui.

— Ela disse que na casa de verão ia ser de tarde. Tínhamos esta adorável casinha de verão perto de Nykøbing Sjælland, quando os miúdos eram pequenos. Nada de luxuoso, mas adorávamos estar lá. Uma das piores partes do divórcio foi termos tido de vendê-la. Bem, de qualquer forma, a Inger disse que é de tarde e que o sol está a brilhar. Bebemos cerveja e *schnapps* ao almoço e estou deitado na rede.

Esther interrompeu-o suavemente.

— Isso foi algo que *aconteceu* realmente?

Ele fez um gesto como que a enxotar a pergunta para longe, irritado.

— É assim que *vai* acontecer. De qualquer forma, aí estou eu, deitado na rede, com um ligeiro barulho em volta. As crianças estão a brincar no jardim e o cão está de novo vivo e levou um monte de areia para dentro de casa. O sol bate-me no rosto, alguém está a rir-se algures, talvez seja eu.

Fez uma pausa e pegou no copo. Parecia engasgado.

— Ela vem até à rede, pega-me na mão e beija-me. Fecho os olhos.

Gregers bebeu e fechou os olhos.

— Depois acabou.

Jeppe deambulou do Hospital Nacional junto aos lagos até à estação Nørreport.

As noites de abril são frescas e de um azul límpido, pensou, estremecendo audivelmente, fazendo com que um par de patos deitados na margem saltasse apressadamente para a água. Dentro de um mês haveria patinhos no lago e flores nos castanheiros.

Oscar fora encontrado e a primavera estava a chegar.

A estação de comboios estava fechada, porque alguém fora colhido por um comboio na linha férrea dos comboios-S na direção oeste, e o metro apenas circulava intermitentemente, pelo que Jeppe acabou por ir a pé até Christianshavn. Quando chegou a Burmeistersgade, estava gelado até aos ossos.

O modo como Sara abriu a porta permitiu-lhe perceber que estava metido em sarilhos. Sentira-o durante todo o dia.

— Hoje a Amina chegou a casa a cheirar a cerveja — anunciou ela.

Manteve-se à porta a olhar para ele. Jeppe pousou o saco no chão.

— Ela está bem?

— Agora está a dormir, mas quando eu quis saber quem lhe tinha dado álcool, perguntou-me se tu tinhas dado com a língua nos dentes.

Jeppe preparava-se para explicar, mas não conseguiu, pois Sara prosseguiu de imediato.

— É verdade que a encontraste ontem à noite na rua, já tarde?

Jeppe acenou com a cabeça.

— Mas não a trouxeste para casa nem me falaste do assunto. A minha filha de 11 anos estava sentada na rua a beber e tu não achaste que valeria a pena contares-mo?

— Ela ontem não tinha bebido nada…

— Ela estava sentada na rua às nove e meia da noite e não a trouxeste para casa?! O que tinhas na cabeça?

A expressão de Sara estava mais do que zangada, estava além de uma possível reconciliação. Jeppe olhou para baixo. Instintivamente, soube que nesse momento não adiantaria tentar explicar a sua intenção de criar uma ponte entre ele e Amina.

Sara fechou a porta. Jeppe pegou no saco que pousara no chão, voltou-se e partiu. Todas as relações têm um fim. Por vezes, o seu tempo termina antes do amor. É quando se sofre realmente.

QUARTA-FEIRA
17 DE ABRIL

Se nos deitarmos sobre um braço demasiado tempo, ele fica adormecido. A sensação regressa lenta e dolorosa, o formigueiro e as picadas prosseguem enquanto o sangue luta palpavelmente contra a dormência, numa tentativa de assumir o controlo. A vida dói quando volta a fluir.

O rapaz fica deitado por muito tempo, a ouvir a própria respiração. O que é a respiração? Uma pieira, um sinal de vida. Sentiu tecido entre os dedos. Tecido. Deve estar deitado numa cama. Ou num caixão.

Abriu os olhos e voltou a fechá-los, vislumbrou um tubo de plástico claro no seu braço esquerdo. Respiração, tecido, tubo... tinha de estar no hospital. Isso significava que estava vivo. Sentiu simultaneamente desilusão e alívio, embora não percebesse como poderia isso ser possível. Tentou mexer-se, mas não conseguia. O seu corpo sussurrava. Talvez os seus ossos e músculos se tivessem dissolvido num líquido quente que se derramaria se alguém lhe fizesse um buraco.

A luz era avassaladora. No forte adaptara-se de tal forma à escuridão que se esquecera de como a luz podia ser exigente. Cores vibrantes destacavam-se contra contornos de metal e plástico. Limpo e assustador.

Havia algo no seu nariz que o incomodava. Tentou levantar a mão para se livrar do que quer que fosse, mas foi detido.

— Está acordado!

O grito perfurou-lhe os tímpanos. Não podia, simplesmente, morrer em paz?

CAPÍTULO 24

Na quarta-feira de manhã, Jeppe sentou-se à secretária com a sensação de se mover através da água. Lenta e pesadamente. Passou uma mão sobre a superfície laminada e inspecionou-a. Nem um grão de pó. Era estranho, mas, em retrospetiva, isso fazia-o sentir ainda mais falta do antigo quartel-general da polícia. Ou, para ser mais preciso: não era tanto regressar ao seu antigo local de trabalho, mas mais fugir daquele edifício de escritórios indistinto em Sydhavn. Pela primeira vez em meses, passara a noite no seu apartamento em Nyhavn, mas não dormira grande coisa. Enquanto bebia o seu café de máquina, com a sensação de ter dois olhos cheios de gravilha, pensou: *Chamam-lhe coração partido, mas mais parece já nem sequer existir um coração. É o vazio.*

Na outra extremidade da secretária dupla, Anette estava sentada a olhá-lo expectante e Thomas Larsen estava encostado à soleira da porta, de braços cruzados sobre o peito. Nesse dia aperaltara-se com um *blazer* cor de chocolate de aspeto caro, com um lenço a espreitar do bolso do peito. No entanto, Jeppe não gostava dos seus arabescos verdes.

— Muito bem. O último contacto conhecido com o Malthe Sæther continua a ser o telefonema com a namorada, Josephine, às cinco da tarde de sexta-feira — começou Jeppe, com um suspiro interior. — Tanto quanto sabemos, ele estava em casa na altura e disse-lhe que um dos seus alunos estava com problemas e precisava da sua ajuda. Podia ser o mesmo aluno que o diretor do coro referira, o que estava envolvido no caso de *bullying* online. E permitam-me que acrescente que esse mesmo diretor não tem álibi para o momento em que o assassínio ocorreu.

— Mas também dificilmente terá algum motivo — interveio Anette. — Então, onde foi o Malthe depois do telefonema com a namorada? Sabemos que foi morto em algum momento no decurso de uma janela de quatro horas, a começar às 22h00 de sexta-feira, e que de seguida foi provavelmente atirado para um contentor de lixo, até acabar por aparecer no silo, na manhã de segunda-feira. O seu telemóvel desapareceu, mas a informação que recebemos da companhia de telefones revela que depois do seu telefonema com a namorada não houve mais chamadas nem mensagens. O último contacto registado do seu telemóvel ocorreu às 19h08 e foi captado por uma antena LTE em Bartholinsgade. Isso pode indicar que ele se dirigia para nordeste. Portanto, basta-nos localizar todos os seus alunos que moram a nordeste do seu apartamento em Vendersgade.

— Sabemos que ele ia encontrar-se com alguém *relacionado* com um dos seus alunos — disse Jeppe. — Não que fosse necessariamente encontrar-se com um aluno. Poderia ser alguém da família.

Larsen levantou o dedo indicador, assemelhando-se involuntariamente a um pastor batista.

— Não continua a ser mais provável que o Malthe Sæther se tenha encontrado com o Oscar que, por algum motivo, o estrangulou, atirando-o depois para o lixo e fugindo para o forte Prøvestenen? O assassínio coincidir com o desaparecimento do Oscar não pode ser mero acaso, pois não?

— Ámen! — exclamou Anette.

— Mas porquê? — argumentou Jeppe. — E poupa-me a habitual lógica do «porque é louco». Todos sabemos que é preciso um motivo para assassinar alguém.

Anette acenou, com um ar de desdém.

— Podiam ser amantes, ou ter qualquer outro tipo de relacionamento que não pudesse ser visto à luz do dia. Há uma série de possibilidades. Temos apenas de ter paciência e perguntar ao Oscar quando ele já estiver com saúde suficiente para poder ser interrogado.

Paciência? Jeppe já não tinha nenhuma paciência de sobra. Nem para suspeitos comatosos, professores com maquilhagem ou adolescentes ariscas.

Levantou-se e foi até à janela para arrefecer os ânimos. Não resultou.

— Que raios, certamente que algum de vocês deve ter alguma coisa que possamos usar!

— Desculpa, o que queres dizer? — perguntou Anette, fazendo a cadeira estalar. — Podemos concordar que eu encontrei sozinha o nosso principal suspeito numa maldita fortaleza marítima?! O que é que *tu* conseguiste nos últimos dias?

— Isto não é uma merda de um concurso, Werner. Relaxa!

— Tu é que precisas de relaxar!

Larsen pigarreou.

— Na verdade, encontrei algo que me parece um pouco estranho. Não sei se está relacionado com a morte do Malthe, mas há uma coincidência engraçada entre o local da descoberta e o Henrik Dreyer-Hoff.

— Então vamos lá ouvir isso!

Larsen ergueu as sobrancelhas, mostrando o que sentia em relação ao tom de voz de Jeppe.

— Pois bem, como sabem, estou a investigar a leiloeira da família Dreyer-Hoff e o escândalo da fraude. O Henrik é um empresário. Participa em conselhos de administração, faz *lobbying* e esse tipo de coisas. Mas lembram-se de eu ter dito que ele vinha de uma área completamente diferente, quando ele e a Malin decidiram abrir a leiloeira, há cerca de seis anos? — Larsen fez uma pausa, para dar um efeito mais dramático.

Jeppe suspirou e perguntou, exasperado:

— E…? O que queres que imaginemos?

— Não quero que imaginem. A princípio, pensei que era uma companhia elétrica, mas acontece que o Henrik era diretor de vendas da empresa alemã Mirnhof e Schalcke. É um fornecedor global de tecnologia de processamento industrial — instrumentos de medição. Os seus clientes incluem instalações de produção de energia. Nessa qualidade, atuou tanto como parte de um fórum de colaboração quanto como consultor pessoal da presidente da Associação Dinamarquesa de Resíduos, uma organização com interesses políticos. O nome dela é Margit Smith.

Jeppe regressou à secretária, sentou-se e esfregou o queixo, lembrando-se de que o seu equipamento de barbear estava em casa de Sara.

— Vai direto ao assunto, Larsen — pediu Jeppe. — O que é suposto fazermos com essa informação?

— A Margit Smith já não é a presidente da associação. Há seis meses, foi nomeada CEO da central de incineração Amager, mais conhecida como ARC.

— O que significa isso? — Jeppe sentou-se mais direito.

— Significa que o Henrik é próximo, talvez até amigo, da CEO da central de incineração onde o corpo do Malthe Sæther foi encontrado.

— De acordo com a Malin — replicou Jeppe, olhando para a secretária sem sinal de pó —, ela e o Henrik estiveram em casa com a filha durante toda a noite de sexta-feira. Ele tem um álibi para a hora do crime.

— Quando a Saidani e eu visitámos a avó, a Essie disse que na sexta à noite o pai estava no trabalho — protestou Larsen.

— Foi o que ela disse? — perguntou Jeppe. — Werner, queres ir dar um passeio? Precisamos de perguntar ao Henrik onde é que esteve realmente na sexta-feira à noite.

Ouviu-se uma breve pancada na porta e a Supe espreitou com um aceno educado, como que para se desculpar pela interrupção. Esticou o pescoço de uma forma que lembrou a Jeppe um peru de desenhos animados.

— A Saidani não vem, porque tem uma filha doente, mas promete enviar ainda hoje num relatório online qualquer coisa que encontre no computador do Malthe Sæther.

— Obrigado, Supe — Jeppe sentiu a referência a Sara como uma pontada no seu coração ferido. — Podemos pedir ao Mosbæk que esteja a postos para ir connosco ao hospital quando o Oscar Dreyer-Hoff acordar? Estamos provavelmente a falar de um sequestro ou de uma tentativa de suicídio, portanto será conveniente contarmos com assistência psicológica.

— Vou tratar disso.

— Obrigado, Supe.

Jeppe esperava que ela saísse, mas ela ficou.

— Kørner, uma pessoa foi colhida na estação Nørreport ontem à tarde, pelas 16h30…

— Sim, eu sei. Às 21h00, quando eu tentava ir para casa, a estação ainda continuava fechada. Mas o que tem isso que ver connosco?

— Parece que o Kørner falou com a vítima. Ontem de manhã. Era uma mulher de certa idade, que dava aulas no Colégio Zahles. Chamava-se Lis Christensen.

Mads Teigen preferia a sua oficina a qualquer outro lugar do mundo. Acordara novamente cedo, mas desta vez tinha saído da cama e ido diretamente para a sua bancada, cercado pelos pássaros. Uma gaivota com as asas abertas; um par de êideres, com os bicos de frente um para o outro; e uma rara coruja-das-torres com olhos atentos na sua face branca. Eram tão bonitos. Faziam-no sentir-se consolado.

A taxidermia, ao contrário da mumificação, tem uma componente estética embutida: o desafio de criar a reprodução mais realista dos mortos. Uma combinação única de arte e ciência. Celebridades como Carl Akeley acrescentaram *glamour* à taxidermia, com a sua manada de elefantes africanos, que foi exibida no Museu de História da cidade de Nova Iorque. A beleza dos animais pode ser apreciada de perto, e se os espectadores se permitirem permanecer na exposição, quase poderão ouvir os passos dos elefantes e ver as suas orelhas a enxotar as moscas.

Infelizmente, o inevitável envolvimento de sangue e entranhas nesta forma de arte assusta a maioria das pessoas. Há muito que Mads desistira de falar sobre a sua paixão. Já não tinha forças para passar pelas obrigatórias fases de repugnância educada, perguntas estúpidas e distanciamento.

Se pudesse, teria explicado às pessoas que eram os pássaros que o mantinham vivo. Fá-las-ia entender como essa sua capacidade de lhes dar uma nova vida era o que tornava a morte suportável.

Arregaçou as mangas. Tinham encontrado o rapaz mais morto do que vivo, e não era certo se conseguiria sobreviver. Até quando seria possível uma reanimação? Definitivamente, pensou para si, que não depois de o cadáver ter apodrecido e se ter transformado em pó.

Mads deixou que os seus pensamentos vagueassem até à polícia Anette. Uma onda de calor espalhou-se da barriga ao resto do corpo, e sentiu um formigueiro no colo e a cabeça leve. Há muito tempo que não tinha pensamentos daqueles, nem se permitia pensar com o corpo durante aquele celibato autoimposto. Fazia parte do seu castigo. Mas agora, enquanto trabalhava, deixava o desejo fluir através de si.

Uma linda gralha-cinzenta estava deitada sobre a bancada, pronta para a ressurreição. Não para o empalhamento. Mads odiava essa palavra, empalhamento. O seu objetivo era, pelo contrário, criar a ilusão de vida, de um pássaro a voar.

Virou a ave de barriga para o ar e com o bisturi fez-lhe uma incisão no centro do abdómen. Soltou-lhe a pele ainda com a plumagem agarrada, até ficar presa ao corpo apenas junto ao bico, e depois virou-a do avesso. Olhando-a carinhosamente, começou a raspar a carne dos ossos. Depois de a lavar e secar, a pele ficou lisa e pronta entre as suas mãos. Pegou num boneco de espuma de tamanho equivalente, que achou poderia funcionar para o corpo da gralha, e acariciou as penas lustrosas da pequena criatura.

Anette. Quase que sentia a pele dela sob os seus dedos, enquanto virava o pássaro e cortava um pedaço de fio de aço fino. Pensar na sua pele deixou-o tonto. Queria segurar-lhe os braços e beijar-lhe o pescoço, a barriga, os seios, até que ela se lhe rendesse. Queria segurar-lhe o pescoço enquanto a penetrava, olhando-a nos olhos enquanto se aproximavam do clímax.

Mads empurrou o fio fino através dos ossos da primeira asa, e depois fez o mesmo com a segunda. Enrolou algodão em volta de um novo pedaço de arame até chegar ao volume do pescoço de um pássaro. Com o seu picador de gelo, fez um buraco no enchimento de espuma para a cabeça, prendeu-o ao pescoço e colocou-o no lugar dentro do «casaco» de penas, de modo a ficar cheio e a tornar-se novamente num corpo. Nesse momento, teve de largar o pássaro e focar-se em si, tocar-se. Anette arfava por baixo dele, encharcada em suor e linda, e ele seguiu-a de imediato, ejaculando e deixando-se cair sobre ela, sem fôlego. Os seus pensamentos flutuavam, enquanto as secreções secavam nos seus dedos, sob a forma de uma lama vergonhosa.

Levantou-se da bancada, retirou uma pena da sua bochecha, e foi até ao lavatório, abrindo a torneira. O seu corpo estava agradavelmente aliviado, mas a sua cabeça fervilhava de autorrecriminação. Perdera toda a vontade de trabalhar no pássaro.

Anette pressionou o botão de cima do elevador e olhou para o parceiro. Parecia exausto, mas talvez fosse apenas da iluminação fluorescente. Meu Deus, como ele conseguia ser tão irritante por vezes. Muito embora, para ser totalmente justa, parte do incómodo que sentia se devesse provavelmente às flutuações na sua vida nos últimos dias.

— Por que haveria a colega do Malthe Sæther de se matar? — Jeppe até soava tenso. — Consegues explicar-me? Uma mulher mais velha e amigável sai do trabalho, vai até à estação de metro e salta para a frente de um comboio sem aviso prévio? Falei com ela ontem de manhã e não parecia ter a mínima intenção suicida. Como é que isso pode fazer sentido?

— Deve ter sido um acidente — disse Anette, abanando a cabeça.

— Ela tinha dificuldade em andar. Talvez tenha tropeçado? Oito horas depois de ter falado com ela sobre o Malthe, morre. Mais uma maldita coincidência, mais circunstâncias infelizes.

As portas do elevador abriram-se e a luz do apartamento da família Dreyer-Hoff inundou-o. Henrik esperava-os com os braços abertos. Anette tentou estender-lhe a mão, mas viu-se envolvida num novo abraço do pai agradecido. Ele pousou o queixo sobre o ombro dela e fechou os olhos, demasiado perto e demasiado íntimo. Após alguns segundos, deu-lhe uma palmadinha viril nas costas, libertou-a do abraço e pousou-lhe as mãos nos ombros.

— Espero que o seu superior lhe reconheça o valor. Para mim, merece uma medalha de mérito.

— Obrigada — Anette acenou com a cabeça, desconfortável. — Estamos felizes por o Oscar estar a salvo.

Segurou-a por mais um momento agonizante e finalmente largou-a.

— Posso oferecer-vos um café? Trouxemos os miúdos para casa e estamos a deixá-los desfrutar de mais um dia de folga na escola. Estão a tomar o pequeno-almoço.

Victor e Essie estavam sentados ao balcão da cozinha, cada um com um prato de ovos mexidos e torradas. O sol aparecera e brilhava sobre a água lá em baixo, deixando que manchas de luz dançassem nas paredes do apartamento e nos seus rostos.

Anette sorriu-lhes.

— Olá. É bom estarem de volta a casa? — perguntou.

— É — Victor respondeu encolhendo os ombros e Essie anuiu com timidez.

Henrik segurou carinhosamente na nuca do filho e disse:

— Vic, e se levassem a vossa comida para a sala de estar e pusessem um filme, enquanto eu falo com a polícia?

— Está bem, pai.

Os miúdos levantaram-se e levaram os pratos em direção ao sofá cor-de-rosa, na outra ponta do apartamento. Henrik encostou-se ao balcão da cozinha.

— Digam-me, o Oscar é suspeito no assassinato do professor? — perguntou num tom casual, como se fosse um assunto inofensivo. Parecia ter-se esquecido do café.

Jeppe sentou-se num banco alto e pousou as mãos sobre o balcão à sua frente, abrindo-as como um jogador de póquer que não tem nada a esconder.

— O que o leva a perguntar?

— Bem, foram vocês que o encontraram meio morto de fome e de sede numa ilha deserta. O Oscar é a vítima, não o culpado.

— O que quer dizer?

— Sabe o que quero dizer — Henrik cruzou os braços à frente do peito. — O facto de alguém ter matado aquele pobre professor não tem nada que ver com o meu filho.

Uma nota tensa insinuou-se na sua voz. Anette percebeu que ele estava a fazer um esforço para não se mostrar irritado.

— O Oscar é um rapaz tímido de 15 anos que acha tudo um pouco difícil: a escola, crescer, o mundo em geral. Saiu de barco para o porto para se afastar de tudo. Foi um ato estúpido e dramático e se não fosse aqui a sua colega, as consequências teriam sido fatais — Henrik olhou para Anette com apreço.

— O Oscar disse-lhe que foi isso que aconteceu? Já está consciente?

— Ele acabou de acordar e a minha mulher disse que ele estava bastante bem, mas ainda não nos contou o que aconteceu. Discorremos que assim tenha sido.

— Portanto, ainda não sabem ao certo se ele não terá sido raptado? — perguntou Jeppe, lançando a Henrik um olhar interrogativo.

— Não.

— Bem, será emocionante ouvirmos o Oscar contar o que lhe aconteceu. Em breve iremos ao hospital para falar com ele.

Jeppe inclinou-se para a frente sobre os cotovelos. Anette conhecia suficientemente bem a sua linguagem corporal para perceber que ele estava a mudar de direção.

— Onde esteve na sexta-feira à noite? — perguntou.

— Em casa — respondeu Henrik. — Já não tínhamos falado disso antes?

— A dado momento não foi ao trabalho? — insistiu Jeppe.

— Não.

A sua resposta foi pronta, mas Anette apercebeu-se de uma hesitação no seu olhar.

— Muito bem — Jeppe endireitou-se. — Soube que antes de fundar a Nordhjem trabalhava numa área diferente, numa empresa que fornecia equipamento industrial. É verdade?

— Isso já foi há muito tempo — respondeu Henrik, parecendo genuinamente surpreendido. — Já deve ter sido aí há uns seis anos, mas é verdade.

— Qual era o seu cargo?

— Era diretor de vendas.

Jeppe acenou com a cabeça, como costumava fazer enquanto se aproximava, lateralmente, da vítima: a cabeça um pouco inclinada, os olhos direcionados para algum ponto do chão.

— É verdade — prosseguiu — que durante esse mesmo período também foi conselheiro pessoal de Margit Smith…, que veio a tornar-se CEO do ARC, há seis meses?

Henrik assentiu, desconfiado.

— Tenho ótimos contactos... na comunidade empresarial, entre políticos, e sim, também conheço a Margit... Desculpe, não quero dificultar as coisas, mas realmente não compreendo onde quer chegar.

Jeppe ergueu ligeiramente os ombros e Anette percebeu que ele estava à procura de um ponto por onde fazer estalar o verniz. Achou que seria um bom momento para se afastar.

— Peço desculpa, preciso de ir à casa de banho...

Seguiu pelo corredor comprido com passos cuidadosos. Essie estava sozinha sentada no sofá, com o prato no colo e os olhos colados ao ecrã plano.

Anette pigarreou.

A menina franzina deu praticamente um salto e levou as duas mãos ao peito.

— Desculpa se te assustei. Estava só à procura da casa de banho. Onde está o Victor?

A criança olhou para baixo, para um pingo de manteiga que caíra no sofá de seda rosa.

— No quarto dele. Não queria ver televisão.

— Não te preocupes, isso sai com água. Olha! — Anette mergulhou um dedo num copo de água que estava sobre a mesa e esfregou a nódoa, rezando para não estar a estragar um sofá de cem mil coroas.

— O que estás a ver?

— *Riverdale* — murmurou. Tudo naquela criança irradiava desconforto por estar perto de um adulto desconhecido.

Anette hesitou. A polícia não tinha permissão para interrogar uma criança de 10 anos sozinha, mas uma única pergunta não ia fazer mal.

— Essie, disseste aos meus colegas que o teu pai era capaz de ter ido trabalhar na sexta-feira passada. Lembras-te disso?

— O meu pai estava em casa.

— É que disseste aos nossos colegas que ele estava no trabalho…

— Fiz confusão — baixou os olhos para o prato.

— Está bem — Anette sorriu.

— O que se passa aqui?!

Essie deu um salto, e o prato caiu ao chão e partiu-se. Henrik passou rapidamente por Anette, resmungando irritado, e começou a apanhar os ovos mexidos caídos no chão.

— Eu estava apenas à procura da casa de banho.

Henrik levantou-se com os cacos dos pratos nas mãos e os olhos com uma expressão furiosa.

— Creio que já basta de perguntas por hoje.

CAPÍTULO 25

— Aqui tem, Jenny. Espero que não precise de açúcar, porque não temos. Não faço ideia onde foi parar.

Jenny Kaliban olhou para a assistente social, que estava a sentar-se do outro lado da secretária, e para o copo de plástico da máquina de café que esta acabara de colocar à sua frente. Ao lado do copo, um pacotinho de leite em pó e uma colher de plástico. A mulher por detrás da secretária tinha a sua idade e uns caracóis frouxos a emoldurar-lhe o rosto cansado. Apenas as suas unhas brilhavam vermelhas e recém-polidas, como ilhas solitárias de esperança num oceano moribundo. Quase se poderia pensar que ela nascera para trabalhar num centro de emprego, pensou Jenny maldosamente. A menos que fosse aquele ambiente sombrio e triste que a fora moldando à sua semelhança ao longo dos anos.

O que faço aqui?, perguntou-se. Como é que ela, que vivia e respirava estética, acabara por ver-se forçada a recorrer a estes lugares insípidos e sugadores de almas ano após ano, de chapéu na mão e uma expressão humilde no rosto?

Fervia de raiva, mas sabia que a sua fúria era consigo própria. Era ela a culpada. Sem intenção, desentendera-se com a família. Agora não era sequer bem-vinda para visitar o sobrinho doente. Mas não era a única culpada — eles tinham-na deixado ficar mal primeiro. E também a sociedade! Os artistas sempre tinham dependido das doações de patronos, da aristocracia e das classes altas, mas a sua geração de artistas tinha sido completamente desconsiderada. Fora forçada a pactuar para sobreviver e suportar o desrespeito mal escondido da sociedade.

— Vejo que ainda faz turnos no museu. Mas isso não adianta grande coisa — a assistente social digitou algo no computador e olhou para Jenny por cima dos óculos de aros de plástico.

— Não — disse Jenny. — Não posso continuar a viver disso e do subsídio complementar que me dá.

— Bem, não sou eu quem estabelece ou paga os seus subsídios — replicou a mulher, continuando a digitar.

— No entanto, é quem avalia se continuo a ter direito a receber um subsídio para sustentar o meu estilo de vida. Não é por isso que me faz vir a estas reuniões? Para inspecionar as minhas roupas surradas e faces encovadas?

A assistente social escreveu um pouco mais, de lábios severamente apertados. Jenny sabia que nunca poderia fazer aquela mulher perceber, mas não podia limitar-se a ficar ali sentada, não podia deixar passar a sua ignorância sem fazer um comentário.

— O século XXI proclama a morte da estética. Que se lixe a religião, a ciência e a espiritualidade! Mas o espírito humano sempre se alimentou da beleza. Arte, palavras, música. Quando perdemos isso, perdemos o nosso propósito de vida. Estamos a afogar-nos em roupas baratas e mamas de plástico. As pessoas preferem assistir a espetáculos de talentos na televisão do que ouvir os quartetos de cordas de Prokofiev. *La beauté sauvera le monde*! Quem nos dera.

— Pelo que vejo, Jenny, já usou todos os benefícios suplementares a que tem direito. Em cada cento e quatro semanas só pode recebê-los em trinta delas. Depois disso, são interrompidos.

— O que está a dizer? Não vou receber mais dinheiro?

A assistente social inclinou a cabeça para trás e semicerrou os olhos através das lentes.

— Pode requalificar-se para benefícios suplementares se satisfizer o requisito de trabalhar pelo menos cento e quarenta e seis horas por mês durante os próximos seis meses.

— Mas de que vou viver? — Jenny sentiu o sangue latejar no pescoço.

— Do seu emprego.

— Não posso viver com a miséria que o museu me paga. Não me dá nem para pagar a renda e comprar comida!

A assistente social apoiou os cotovelos na secretária, como se estivesse prestes a partilhar um segredo.

— Bem, então vai ter de trabalhar um pouco mais ou reduzir as suas despesas. Não é culpa do governo se não consegue viver de acordo com as suas possibilidades.

Jenny olhou para as suas mãos ásperas. As unhas estavam curtas e sujas devido aos trabalhos diários com telas e tintas.

— Posso conseguir ajuda em dinheiro?

— Não enquanto tiver capacidade para trabalhar — a mulher tirou os óculos. — Talvez seja o momento para arranjar um trabalho a sério, Jenny!

Jenny sentiu as portas fecharem-se à sua volta. Sentiu o pânico crónico a crescer cada vez mais, a agarrar-se ao seu estômago e a apertar, até conseguir sentir a bílis na parte de trás da boca.

— Está a gostar disto, não está? A forçar uma artista preguiçosa a aceitar um emprego como empregada de limpeza. Mas está a esquecer-se de uma coisa: o que faz a arte pela sociedade? Que tipo de lugar será o mundo sem pessoas como eu?

— Obrigada por ter vindo! — a assistente social virou-se para o seu ecrã e continuou a escrever.

Jenny levantou-se, fazendo tombar a cadeira atrás de si. Ergueu a cabeça bem alto e falou com toda a dignidade que conseguiu reunir.

— A senhora! A senhora tem sangue nas mãos!

* * *

À entrada da unidade de cuidados intensivos do Hospital Nacional, Jeppe e Anette foram recebidos por uma enfermeira que os levou, eficientemente, ao consultório ocupado pela médica assistente de Oscar. Estava curvada sobre uma sanduíche triangular e tinha os olhos colados ao ecrã do computador.

Jeppe hesitou à porta.

— Peço desculpa por interrompermos o seu almoço. Somos da Unidade de Investigação da Polícia de Copenhaga. Podemos fazer-lhe algumas perguntas rápidas?

— Só um segundo. Já vos dou atenção — a médica deu mais uma dentada e atirou o resto da comida para o caixote de lixo, acenando-lhes para que entrassem, enquanto acabava de mastigar.

— Quando é que o Oscar foi transferido do centro de trauma para aqui?

— Há uma hora — respondeu, depois de verificar no computador. — Esteve estável durante toda a noite e já respira autonomamente, portanto agora é connosco. Temos uma equipa completa 24 horas por dia, ele está em boas mãos.

— Está consciente?

— Vai entrando e saindo do sono, mas é normal, dado o alívio da dor que vai sentindo.

— Vai ficar bem? — perguntou Anette.

A médica meneou a cabeça para a frente e para trás, evasivamente.

— A sua idade e condição física tornam as hipóteses de sobrevivência bastante fortes, mas quando alguém fica tão frio e desidratado, existe o risco de falência de múltiplos órgãos nos dias que se seguem. O fígado também parece ter sofrido alguma lesão.

— Calculo que o departamento forense esteja em contacto convosco relativamente ao exame do paciente… — disse Jeppe, anuindo.

— Virão hoje, mais tarde.

— Ótimo. Reparou em algum indício que sugira que ele tenha sido submetido a violência ou força? Marcas na pele, ossos partidos, qualquer coisa suspeita?

— Não. Alguns pequenos arranhões nos braços, hematomas, mas nada que não fosse de esperar depois de quatro dias numa ilha deserta. Porém…

— Sim?

— Fizemos-lhe uma lavagem ao estômago. Suspeitamos de uma possível *overdose* de acetaminofeno, mas depois de tantos dias vamos demorar algum tempo a determinar. O laboratório precisa de analisar o conteúdo do estômago para termos certeza, mas à partida é o que parece.

— Demasiado *Tylenol*? — perguntou Jeppe, com a testa franzida.

— Pode ser uma indicação de tentativa de suicídio — a médica encolheu ligeiramente os ombros. — Mas os comprimidos também podem ser administrados à força. Terá de ser o Oscar a dar-nos essa informação.

— Podemos vê-lo? Um dos nossos psicólogos da polícia vem também para nos ajudar na conversa.

— Ele continua muito fraco, mas vamos lá ver como está e então decidiremos. A mãe está com ele.

Acompanhou-os até a um quarto no final do corredor, bateu com delicadeza na porta e entrou. Antes de a seguirem, deram-lhe um instante para preparar Malin para a sua visita.

Na cama de hospital estava deitado um rapaz magro, com medicação intravenosa no braço e a cabeça voltada para a parede. A mãe de Oscar estava sentada numa cadeira por baixo de um despropositado póster de uma morsa, com os olhos fixos no filho.

— Não exagerem! — advertiu a médica à porta, antes de se afastar.

— Olá, Malin — cumprimentou Jeppe. — Ele está a dormir?

Malin abanou a cabeça levemente.

— E a Malin, dormiu aqui no hospital?

— Num sofá, na sala de visitas da enfermaria.

A confiança é um elemento estranho, um dos alicerces dos relacionamentos humanos mais difíceis de entender totalmente. Exige honestidade, fiabilidade e abertura — isso é o que sabemos. No entanto, e sobretudo, ou existe ou não. A confiança de Malin Dreyer-Hoff em Jeppe desaparecera. Em algum ponto, em algum momento das suas interações, ele dera um passo em falso e ela afastara-se. O seu olhar cauteloso lembrava-o de quão frágeis e precárias eram as relações entre as pessoas. Até a morsa por cima do seu ombro parecia fazer-lhe uma cara feia.

Ouviu-se um ligeiro barulho da porta e Mosbæk apareceu. Como sempre, o psicólogo da polícia trazia uma bolsa de couro cuja alça diagonal dividia a sua barriga sobre o tecido axadrezado da camisa. A sua barba ruiva cheia refulgia sob o brilho das luzes do hospital e ele trazia consigo os aromas das hortas e dos bosques de outono.

— Olá, Mosbæk — cumprimentou Jeppe. — É bom vê-lo. Este é o Oscar, e a mãe, Malin.

— Olá — Mosbæk tirou a bolsa e cumprimentou Malin calorosamente, antes de puxar uma cadeira para junto da cama, dando uma delicada cotovelada em Jeppe e Anette, para que se afastassem.

— Se vocês dois forem um bocadinho ali para o canto, o Oscar e eu poderemos ter alguma paz e tranquilidade.

Jeppe acenou à sua parceira e afastaram-se para o canto mais distante, deixando o psicólogo sozinho junto à cama.

— Assim está melhor. Quem é que pode pensar ou falar com tanta gente à volta? — centrou-se no rapaz. — Sou Mosbæk, psicólogo da polícia. Eu costumava ter um nome próprio, mas até a minha mulher deixou de o usar, por isso também podes tratar-me por Mosbæk.

Oscar não respondeu, permanecendo de rosto virado para a parede.

— Estou aqui — prosseguiu Mosbæk — para garantir que tens uma recuperação completa. O hospital trata do teu corpo, mas as pessoas são mais do que carne e osso, não é verdade? Estou aqui para ouvir o que sentes. Queres partilhar os teus pensamentos comigo? Não tens de o fazer, a escolha é tua.

Cuidadosamente, o rapaz voltou a cabeça.

— Para que quer saber quais são os meus pensamentos?

— Bem, Oscar, não é bem querer conhecê-los, mas por vezes os nossos pensamentos podem tornar-se nos nossos piores inimigos, se não os partilharmos.

Jeppe sorriu a Anette. Uma das qualidades que tornava Mosbæk tão útil era a sua capacidade de criar rapidamente confiança e levar as pessoas a baixarem a guarda.

— Sentes-te suficientemente bem para falares comigo?

— Não me consigo lembrar muito bem dos últimos dias — respondeu Oscar, com os olhos a vaguear. — É como se o meu cérebro tivesse parado de funcionar como deve ser.

Mosbæk tirou um pequeno bloco de notas da sua bolsa de pele e sorriu, como que pedindo desculpas.

— Isto é apenas para as minhas notas. A minha memória também não é lá grande coisa. Vamos começar com aquilo de que *consegues* lembrar-te.

O rapaz soergueu-se sobre os cotovelos com alguma dificuldade, procurando pegar no copo que tinha sobre a mesinha-de-cabeceira. Mosbæk ajudou-o.

— Bem, lembro-me da minha família, de onde vivemos, da escola, de todo esse tipo de coisas. Não é como se tudo tivesse desaparecido. Só tenho dificuldade em recordar-me da parte mais recente. Parece que os dias se… misturam. Lembro-me de levar o barco para o forte.

— Foste sozinho? — interveio Anette.

— Acho que sim.

— O que estavas a fazer mesmo antes de pegares no barco? — prosseguiu Anette. — Estavas com alguém?

— Está tudo bem, Oscar. Vamos com calma — Mosbæk lançou a Anette um olhar de advertência. — Diz-me, como te sentes?

Malin sentou-se na extremidade da cadeira, a observar o filho, de olhos bem abertos. Talvez ela ainda não lhe tivesse feito essa pergunta simples. Provavelmente ninguém teria.

— Não sei — Oscar engoliu em seco, como se quisesse reter alguma coisa.

Jeppe conseguia ouvir Mosbæk expirar pelo nariz e percebeu que o psicólogo estava a sorrir para o rapaz.

— Isso é absolutamente normal. Os médicos encontraram alguns restos de *Tylenol* no teu estômago. Consegues lembrar-te se tomaste algum comprimido?

— Não — sussurrou Oscar.

— Por que razão levaste o barco?

— Talvez porque me estava a sentir um pouco em baixo…

— Discutiste com alguém? Talvez com o Malthe Sæther? — perguntou Mosbæk, com uma voz animada.

— Malthe, o meu professor…? — Oscar passou um dedo por baixo do nariz, com um ar confuso.

Mosbæk voltou-se para Jeppe e Anette com uma expressão interrogativa. Oscar estaria preparado para ouvir o que aconteceu?

Malin decidiu por eles.

— Querido — começou —, o senhor Sæther foi encontrado morto, assassinado. É por isso que a polícia está a fazer tantas perguntas — falou do sítio em que estava sentada, sem fazer qualquer movimento para se levantar.

Oscar arquejou.

— É muita coisa para assimilar — disse Mosbæk, segurando na mão do rapaz —, eu percebo. Estás bem?

Oscar parecia tudo menos bem. Parecia um veado, um segundo antes de embater na frente de um carro.

— Vamos fazer uma pausa — o psicólogo deu-lhe uma palmadinha na mão.

— Então e a nota? Foste tu que a escreveste? Como uma nota de suicídio? — Jeppe recebeu um olhar de aviso de Mosbæk, mas ainda assim continuou. — Na sexta-feira à noite, o Malthe Sæther ia ajudar um dos seus alunos. Eras tu? Ou a Iben?

— A Iben está bem? — Oscar começou a chorar. — Posso vê-la?

— Só quando estiveres novamente estável e saudável, querido — disse Malin, levantando-se finalmente.

Oscar levou as mãos ao rosto.

— Eu acompanho-vos à porta — ordenou Malin.

Jeppe parou à porta e voltou-se.

— Ontem falei com a sua irmã Jenny. Ela confidenciou-nos que o Oscar há algum tempo que tem problemas…

— Como é que ela sabe? Nunca o vê — replicou Malin, com a expressão endurecida.

— Porque não?

Ela ficou parada, com a mão na maçaneta, pronta para fechar a porta atrás deles.

— A minha irmã é… intensa. A Jenny tende a fazer drama à sua volta e, de seguida, atira a culpa para as outras pessoas. Pede dinheiro emprestado que depois não devolve e na verdade ela e o Henrik não se dão muito bem. Amo a minha irmã, mas… somos muito diferentes.

— Eu fiquei com a impressão de que ela é muito próxima de si. E também dos miúdos.

— Talvez — Malin olhou para o filho por cima do ombro.

— Malin, o que aconteceu na vida do Oscar que o pode ter levado a fugir no barco e a tentar o suicídio?

— Acha que eu sou uma má mãe, não acha? — o rosto dela ficara vermelho de raiva.

A pergunta foi tão inesperada que Jeppe nem conseguiu responder.

— Vem para aqui com os seus princípios e teorias e olha com sobranceria para a nossa família. Reprova a forma como educamos os nossos filhos, não é?

Ele ergueu as mãos tentando detê-la, mas ela continuou.

— Acha que sabe exatamente como lidar com um rapaz como Oscar e aquilo de que ele precisa realmente — começou a fechar a porta, forçando Jeppe a dar um passo para trás —, mas está enganado. Não faz porra de ideia do que é ter filhos.

CAPÍTULO 26

O *screensaver* apareceu sem aviso e Esther de Laurenti teve de colocar novamente o cursor sobre o formulário verde para preencher a informação da sua conta. Estar ali sentada na biblioteca principal de Copenhaga, em Krystalgade, a mexer num computador público não era o seu passatempo favorito, mas como os artigos científicos de Margrethe Dybris estavam armazenados no banco de dados da biblioteca e não disponíveis online, ela tivera de lá ir pessoalmente para os conseguir imprimir.

A zona comum da biblioteca era tão barulhenta como uma estação de comboios. Mesmo a meio do dia, estava cheia de estudantes e de reformados que entravam e saíam das portas giratórias e subiam e desciam as escadas rolantes do átrio luminoso e de tetos altos que era o coração da biblioteca.

Irritada, Esther sacudiu o rato pouco sensível, que só conseguia fazer mover o cursor metade das vezes. Em parte, sentia-se aliviada por estar fora de casa e longe de Gregers. Nos últimos tempos, era difícil estar perto dele, não só porque estava invulgarmente pegajoso, mas também porque, tinha de admitir, o medo da morte do seu colega de casa não era nada agradável. Sentia-se envergonhada por isso e ainda mais devido ao próprio medo crescente: quem iria cuidar de Gregers se ficasse incapacitado?

Abriu e fechou páginas e encontrou os três artigos que Margrethe escrevera sobre os funerais e as tradições do povo toraja em relação à morte e ao luto. Examinou-os rapidamente e enviou-os para a impressora. Setenta e duas páginas no total. Ia sair caro, mas precisava de os ter.

Enquanto esperava pela impressão, escreveu *rituais fúnebres* no campo de pesquisa do *browser* e clicou nas *imagens*. Bem poderia começar a pensar na capa — a parte fácil de escrever um livro.

Esther percorreu as fotografias de procissões fúnebres e enterros, todas elas muito monótonas e vagas para uma imagem de capa. Digitou então *artefactos funerários*. O resultado foi melhor! Passou por fotografias de sarcófagos egípcios e esculturas e até por máscaras mortuárias romanas, que os cidadãos usavam durante as procissões fúnebres, para homenagear os seus ancestrais. A imagem de uma máscara de cré cinzenta fê-la deter-se — parecia igual à que Jenny lhe mostrara no museu — e clicou no *link* indicado em baixo, que a remeteu para outra página com fotografias de relicários. Uma delas mostrava uma boneca de pele clara e pálida, com os olhos fechados. Era uma imagem muito pequena e por isso difícil de ver com total clareza, mas tinha uma expressão sonhadora e estava deitada sobre veludo vermelho-escuro, que criava uma impressão de profundidade e contraste. Podia ser interessante!

Tentou ampliar a fotografia, mas foi de imediato instruída a fazer o *log in*. O nome da página inicial era nonocírculo.com. Talvez pudesse comprar os direitos para usar a imagem, se encontrasse uma forma de os contactar. A única questão era saber como se fazia uma coisa dessas. Independentemente do sítio em que clicasse, recebia sempre a mesma mensagem para fazer *log in*.

O computador emitiu um som a avisar que a impressão estava concluída. Desligou o monitor, arrumou as suas coisas e dirigiu-se à sala das impressões.

Nono Círculo. Quem poderia ajudá-la a entrar em contacto com eles?

* * *

— Até que ponto estará realmente atarantado? Estará a dizer a verdade quando afirma que não se lembra de nada?

Jeppe deu um pontapé num torrão de terra no relvado irregular do pátio interior do Hospital Nacional. O inverno tinha sido implacável com a relva, ou talvez tivesse sido o fluxo constante de crianças a correrem de um lado para o outro, em direção à estrutura em forma de castelo, que impedia que a relva jovem crescesse. Observou Mosbæk e Anette, que estavam ocupados a examinar os poucos bancos do pátio, tentando encontrar um lugar para se sentarem, e questionou-se se seria errado acender um cigarro.

— Atarantado... foi isso mesmo que disse? — Mosbæk enfiou as mãos nos bolsos e pareceu desistir da ideia de encontrar um banco. — Acho que não ouço essa palavra desde 1955.

— O que raio se diz de um miúdo que navega até ao oceano para morrer? *Stressado*?

Mosbæk fez um pequeno sorriso de reprovação. Estava habituado a que os seus colegas polícias se metessem com ele, mas na verdade existia um profundo respeito entre os detetives e os psicólogos, e qualquer desconfiança mútua que pudesse ter havido no passado há muito que fora ultrapassada.

— Ele pode estar a passar por algum tipo de reação retardada por amnésia anterógrada.

— Ora repita lá — Anette ironizou, colocando uma mão atrás da orelha. — É suposto eu saber o que isso significa?

Mosbæk riu-se, abanando a cabeça.

— PSPT, uma reação retardada de choque a uma experiência traumática, com subsequente perda de memória. A menos, claro está, que ele esteja a fingir que não se consegue lembrar por estar a esconder alguma coisa. Preciso de passar mais algum tempo com ele para ter a certeza.

Um rapazinho de caracóis loiros, fralda e uma ligadura na testa passou, vacilante, entre eles e olhou para as suas pernas de adultos desconhecidas com um ar confuso. Quando percebeu que nenhuma delas pertencia à sua mãe, prosseguiu, inseguro, em direção ao parque infantil. Jeppe observou a criança a dirigir-se para uma mulher, levantando bem os bracinhos, sem dúvida à espera de ser elevada num abraço seguro. Ah, de facto nascemos prontos para confiar nos nossos pais.

— A morte do Malthe foi a experiência traumática? — perguntou Jeppe, voltando-se para os dois colegas.

— O rapaz poderia facilmente ficar em choque com a morte do professor, decerto até mesmo com o seu envolvimento nessa morte — Mosbæk afagou a sua barba cheia, moldando-a. — Mas é difícil saber, já que ele não nos diz mais. Fazem alguma ideia se eles eram mais alguma coisa, para além de aluno e professor?

— Pareciam ser confidentes, mas não sabemos até que ponto — respondeu Jeppe com um encolher de ombros.

— Para ele é extremamente conveniente não conseguir lembrar-se de nada — interveio Anette. — Mas não me vão conseguir convencer de que um miúdo que sai para ir de barco até um forte, depois o afunda e a seguir apanha uma *overdose* de *Tylenol* tem outra coisa em vista que não o suicídio.

— A menos que a dada altura do processo alguém o tivesse forçado a tomar os comprimidos. — Mosbæk levantou um dedo indicador e perguntou: — A sua teoria é que ele matou o professor e fugiu?

— Sim — replicou Anette, enquanto Jeppe abanava a cabeça.

Mosbæk olhou de um para o outro.

— Bem, vejo que está tudo como de costume. Não se esqueçam da navalha de Occam, meus amigos.

— Essa é a minha deixa para perguntar o que significa isso, para que nos possa deslumbrar com a sua sabedoria? — perguntou Anette, com um suspiro.

— Exatamente — o psicólogo sorriu. — A navalha de Occam é uma justificação epistemológica, que pode ser basicamente explicada como «a melhor teoria é a que se baseia no menor número de hipóteses possíveis[3]. Deve cortar-se a direito até ao osso e encontrar a teoria mais simples».

Jeppe olhou para a faixa de céu por cima das suas cabeças, delineada de todos os lados pelo betão cinzento do hospital. As nuvens brancas pareceram congelar numa espécie de fotografia instantânea, enquanto gritos felizes de crianças flutuavam pelo ar como o grasnido das gaivotas.

Como os guinchos dos comboios sobre os carris.

— Lamento, Mosbæk, mas a navalha atingiu um nó — Jeppe olhou para Anette. — Um nó chamado Lis Christensen.

— A sério? — ela revirou os olhos.

— Pelo menos temos de fazer algumas averiguações.

— Uh, alguém vai dizer-me quem é essa Lis? — pediu Mosbæk, levantando as mãos no ar.

Jeppe pegou no maço de cigarros.

— A Lis foi atropelada por um comboio ontem às 16h30, enquanto o Oscar estava no forte Prøvestenen. Se tiver sido empurrada, não há qualquer hipótese de ter sido Oscar a fazê-lo.

— Seria suposto eu entender alguma coisa disso? — Mosbæk cruzou os braços sobre o peito. — E se o Jeppe acender um desses, eu dou-lhe, pessoalmente, uma cabeçada.

— Desculpe, Mosbæk. É demasiado complicado para explicar devidamente — Jeppe voltou a guardar o maço de cigarros no bolso. — Quer tentar falar mais uma vez com o Oscar?

---

[3] A navalha de Occam (o seu nome deve-se ao filósofo inglês, frei William, da cidade de Occam, em Inglaterra) é um princípio científico e filosófico que propõe que, entre hipóteses formuladas sobre as mesmas evidências, é mais racional acreditar na mais simples. Ou seja, perante diversas explicações para um problema a mais simples tende a ser a mais correta. [N. da T.]

O psicólogo suspirou, mas depois assentiu.

— Ainda assim, duvido que hoje ele se lembre de mais alguma coisa. Está fraco e a mãe não parece ser o melhor apoio para ele, mesmo que tente.

— Você é boa pessoa, Mosbæk! — Anette deu-lhe uma palmadinha nas costas.

— E vocês também — sorriu, relutante. — Lá por querer retirar-lhe alguma informação, não significa que não me importo com o seu bem-estar.

— Ótimo — disse Jeppe. — Entretanto, vou ligar para o escritório, para saber a quem foi atribuído o caso do comboio. Talvez Lis Christensen tenha algum parente próximo que nos possa dizer alguma coisa.

Jeppe olhou para a sua parceira enquanto ligava. Nos últimos dias parecia ainda mais magra e, de repente, as suas maçãs do rosto tinham-se tornado visíveis. Faziam-na parecer cansada e sensível, mas de uma forma quase romântica, o que era bastante invulgar em Anette Werner.

Se não a conhecesse, pensou, *ia achar que estava apaixonada.*

«Os últimos números revelam um aumento de emissões de CO_2 este ano. Apesar do Acordo de Paris, que pretendia garantir uma redução ou, pelo menos, uma estabilização dos números dessas emissões, há muitos sinais de que as emissões globais de CO_2 este ano estão a caminho de bater um novo recorde. Se não reduzirmos de imediato e significativamente a poluição dos gases com efeito de estufa…»

Kasper Skytte desligou o noticiário do rádio e voltou a centrar a sua atenção na mala aberta sobre a sua cama. Um par de sapatos, umas calças extra, *T-shirts* e roupa interior limpa para cinco dias, o computador, as fotografias de família mais importantes, o cartão multibanco da conta no banco suíço.

O que levamos connosco quando não sabemos se alguma vez regressaremos a casa? Quando tudo precisa de caber na nossa bagagem de mão, para não termos de esperar junto ao tapete rolante das bagagens e podermos fugir a qualquer momento?

Não muita coisa, é a resposta certa. Muito menos do que gostaríamos.

Esvaziou o cálice de vinho do Porto e voltou a enchê-lo. Provavelmente um presente de um colega. Não tinha cedido ao desejo de ligar o computador nos últimos quatro dias, mas também tinha bebido mais do que nunca. A questão era saber se um vício não estaria simplesmente a substituir outro, mas teria de lidar com isso assim que estivessem em segurança.

Kasper percorreu a sua lista mental com os olhos focados na mala aberta. Agora que fugir era uma realidade, sentia-se estranhamente sereno. Parecia mais seguro fugir do que deixar-se ficar e esperar ser exposto.

O seu único problema era Iben.

Fugir sem ela não era uma opção. Tinha apenas 15 anos e não estava pronta para viver sozinha. Além disso, ele amava-a. Mas como iria persuadi-la a ir com ele?

Fechou a mala e verificou se não estava demasiado cheia para conseguir puxar o fecho. Quando a pousou no chão, ouviu a chave na porta. Eram apenas duas da tarde. Ela devia ter faltado à última aula. Passos seguidos por um farfalhar distante indicaram-lhe que Iben tinha ido diretamente para o quarto. Provavelmente não lhe ocorrera que ele poderia estar em casa, já que normalmente àquela hora não estaria. Kasper esperou, ouviu-a a abrir gavetas e a mexer em coisas, de um lado para o outro. Ela murmurava para consigo, como costuma fazer-se quando se está incomodado.

Em silêncio, sentou-se na cama e ouviu os sons que a filha fazia. Tal como se sentara tantas vezes quando ela era pequena e ficava a ouvi-la brincar. Esforçara-se tanto por fazer com que as coisas funcionassem enquanto pai solteiro, tentara ser tudo de que ela precisava. E durante uns tempos conseguira. A devoção da filha tinha sido total, o seu amor sem limites e sem reservas. Agora já não havia nada disso.

Ouviu-a praguejar baixinho. As pessoas deviam gravar as vozes dos filhos. As memórias persistem mais em sons do que em imagens. Com cuidado, levantou-se e foi até ao quarto dela em bicos de pés, ficando a observá-la da porta. Já não era o seu anjo de bochechas gordinhas, mas antes uma adolescente magra e angulosa, com uma expressão desafiadora que ele não conseguia entender. Talvez até mesmo com um namorado?

Iben não o viu. Estava ocupada a atirar roupas para o seu enorme saco desportivo, a tirar pilhas de *T-shirts* e calças de ganga aleatoriamente da cómoda e a lançá-las de qualquer maneira para o saco. Kasper não pôde deixar de sorrir, ante a ironia da situação. Ele ia mandá-la emalar as coisas essenciais assim que chegasse da escola, mas agora suspeitava que estava a fazê-lo por qualquer outra razão que não a sua fuga conjunta.

— Onde vais?

Iben deu um salto com o som da sua voz.

— Pai?! Bolas, assustaste-me! Não percebi que estavas em casa.

— Estás a fazer as malas. Onde vais? — perguntou Kasper com um sorriso.

Iben olhou para os pés calçados com meias, sentindo-se desconfortável sob a atenção do pai.

— Deixa-me adivinhar: alguma visita de estudo de que não ouvi falar? — Sabia que era estúpido ser sarcástico com ela, mas não conseguia evitar. — Uma missão com a Greenpeace sobre a qual te esqueceste de me contar?

— Pai, para com isso!

— Ou talvez tenciones ir a algum lado com o teu namorado? Percebo que estás a entrar numa idade em que esse tipo de coisas…

Iben avançou e agarrou a porta para a fechar na cara dele, mas Kasper não se mexeu, mantendo-a aberta com uma mão.

— Porque é que de repente te interessas por saber onde vou? Nunca quiseste saber — Iben cruzou os braços à frente do peito.

Quase se riu, ante aquela situação tão desesperante. É bizarro como os momentos mais sérios da vida de alguma forma parecem ativar a nossa vontade de rir.

Kasper respirou fundo, colocou as mãos nas faces da filha e falou com seriedade.

— Querida, por uma vez, ouve o que tenho para te dizer: em menos de uma hora partiremos para Zurique, onde tenho um importante assunto de trabalho a tratar amanhã. Daí, voaremos até Joanesburgo. Leva bastante roupa e os livros escolares, porque teremos de ficar por lá durante algum tempo. Não podes dizer a ninguém onde vamos, nem a uma única pessoa! Mais tarde explico-te tudo.

— De que raio estás a falar? — exclamou, afastando-se dele. — Achas mesmo que eu viajaria *contigo* até à África do Sul? Esquece! — voltou-lhe as costas e continuou a atirar roupas para o saco de desporto.

Dois passos e agarrou-a. Os seus ombros magros encolheram-se de surpresa.

— Au! Deixa-me. Estás a magoar-me!

Ele abanou-a. Em todos aqueles anos de choros noturnos e birras, ele nunca, nem uma só vez, levantara a mão à filha. Agora, tinha os seus dedos cravados na sua carne, enquanto a sacudia para a frente e para trás.

Não havia outra maneira. Ela tinha de fazer o que ele dizia. A qualquer custo.

CAPÍTULO 27

Lis Christensen, a falecida professora de Matemática no Colégio Zahles, era casada há trinta e oito anos com o fabricante Robert Christensen, entretanto reformado, e morava numa fileira de casas geminadas em Albertslund, uma comunidade projetada a oeste de Copenhaga. No seguimento da autópsia, o agente de serviço informara que a morte de Lis ainda estava a ser tratada como tendo sido um acidente e fornecera os contactos dos seus familiares mais próximos. Quando Jeppe ligou, Robert estava rodeado pelos filhos e netos, mas mostrou-se disposto a receber a polícia.

Jeppe e Anette bateram à porta azul, por entre uma profusão de gritos de alegria de crianças vindos dos pequenos caminhos entre as casas geminadas.

Idílio familiar nuclear suburbano, pensou Jeppe, refletindo fugazmente na vida que ele mesmo poderia ter tido.

Quando Robert abriu a porta, dentro de casa não se ouvia o mínimo som de crianças. Era um homem alto, calvo, com óculos de aros metálicos e umas mãos enormes.

— Mandei os meus filhos para casa. Também, de qualquer maneira, são horas de começarem a preparar o jantar — apontou para o parque infantil ali próximo. — Os nossos dois filhos e respetivas famílias vivem aqui no bairro. Tenho cinco netos. É maravilhoso vivermos assim perto. Especialmente... — deteve-se, pigarreou e depois, com um gesto da mão, convidou-os a entrar.

A casa geminada era uma estrutura de betão dos anos oitenta, com dois andares, quadrada e funcional. A construção moderna era suavizada por móveis de madeira antiquados, estantes cheias e fotografias de família na parede. Jeppe olhou para as prateleiras e reconheceu as lombadas coloridas de muitos livros policiais, bem estimados e frequentemente relidos — ou, pelo menos, assim parecia.

— Sentem-se.

Robert sentou-se num sofá castanho e fez um gesto para que eles escolhessem entre uma poltrona reclinável de madeira de faia e uma poltrona castanha disposta de frente para o sofá e que combinava com ele.

— Agradecemos-lhe a disponibilidade para nos receber tão rapidamente. Lamentamos muito pela sua esposa — Jeppe sentou-se.

— Obrigado — Robert acenou, com dignidade. — É um período difícil.

— Certamente. É bom saber que tem família por perto.

Voltou a anuir.

— Estamos ligados à investigação do assassinato do Malthe, colega da Lis. Ainda ontem de manhã falei com a sua mulher.

— Sim, ela disse-me que ia encontrar-se convosco, mas não regressou a casa para me falar disso — Robert voltou a limpar a garganta. — Estava a planear reformar-se neste verão. Estávamos tão ansiosos por isso, para termos mais tempo para viajar e para estarmos com os amigos, dispormos de mais tempo para os nossos netos.

— Deve ser muito duro.

— Foi um choque. Estamos todos chocados por ela já não estar aqui connosco — a sua voz tremeu, ao pronunciar essas últimas palavras.

Jeppe deu-lhe um instante para recuperar.

— Sabemos que já falou com os nossos colegas. Eles informaram-nos de que a morte da Lis está a ser tratada como tendo sido um acidente.

Robert suspirou.

— Desde que fez a substituição da anca, a Lis nunca mais conseguiu andar bem. Isso deixou-a com uma das pernas mais compridas do que a outra e desenvolveu problemas nas costas, antes de descobrirem que algo estava errado. Ela recusava-se a usar a bengala, apesar de eu estar sempre a dizer-lhe que era uma parvoíce correr riscos. Que se arriscava a cair e a partir as pernas.

Discretamente, Anette enfiou uma pastilha elástica na boca e começou a mastigar. O som despertou de imediato a irritação de Jeppe.

Lançou-lhe um olhar, que ela ignorou, e depois voltou-se para Robert e perguntou:

— Soube que a sua mulher e o Malthe Sæther tinham um bom relacionamento profissional.

— É verdade. É horrível o que aconteceu ao Malthe, totalmente inconcebível. Ela ficou devastada com a notícia — Robert sorriu tristemente. — A Lis é uma pessoa incrivelmente carinhosa, não apenas com a família, mas também com os alunos e colegas de trabalho.

— Mas eles não conviviam fora do trabalho, pois não?

— Não, Lis sempre evitou esse tipo de situações. Quando éramos mais jovens, saíamos com os outros professores depois do trabalho, mas desistimos há muitos anos. Muitas discussões tolas e galhofas, sabem como é.

A mastigação insistente de Anette penetrou nos canais auditivos de Jeppe como uma broca e ele controlou-se para não lhe pedir para deitar fora a pastilha. Algumas pessoas são irritantes por causa das suas ações deliberadas, outras não fazem ideia de como podem ser exasperantes. E a verdade é que é preciso aprender a conviver com as pessoas deste segundo grupo.

— A Lis contou-me que o Malthe a consultava quando tinha problemas no trabalho... — disse Jeppe.

— Muitos dos professores mais novos a consultavam. A Lis sempre foi representante da comissão de trabalhadores durante a maior parte da sua vida profissional, as pessoas confiavam nela — Robert parecia orgulhoso. — Alguns dos seus colegas, que tinham praticamente a mesma idade, torciam o nariz. Calculo que por terem ciúmes.

— Com que tipo de problemas é que o Malthe precisava de ajuda?

Robert hesitou.

— Percebo que eram assuntos confidenciais — prosseguiu Jeppe —, mas o Malthe foi assassinado. Pode ser importante.

— Parece-me um pouco desleal falar disso — tirou os óculos, pousou-os cuidadosamente no colo e esfregou o rosto. Ficou por um momento perdido nos seus pensamentos e, de seguida, voltou a colocá-los. — O Malthe tinha conflitos com a administração, porque levava muito a sério os relacionamentos entre os alunos. Os adolescentes podem ser muito emotivos, e devem poder expressá-lo, mas os adultos não precisam de andar sempre em cima de todas as suas variações de humor. A Lis estava a tentar ensinar isso ao Malthe. É preciso apoiá-los, mas também saber quando se deve intervir ou não. Por vezes, é preciso deixá-los perceber as coisas por si .

— Está a referir-se ao problema com o Victor Dreyer-Hoff?

— Bem... — Robert virou as palmas das mãos para cima num gesto depreciativo. — É claro que também conversaram sobre isso, mas nos últimos tempos havia outra coisa a incomodar o Malthe, algo mais sério. Ainda recentemente, ele e a Lis conversaram depois das aulas, mais propriamente na quinta-feira, porque o Malthe suspeitava que um aluno fora abusado sexualmente por um membro da própria família. Ele não sabia como lidar com a situação.

O estômago de Jeppe deu uma reviravolta.

— A Lis disse-lhe de que aluno se tratava?

— Não, a Lis é muito discreta. Não sei o que aconselhou o Malthe a fazer, mas tenho a certeza de que o incentivou a ser sensato. É preciso ter cuidado em casos como esse. Ainda assim, pude ver como esse assunto a perturbou.

E agora Lis estava morta. Malthe pedira-lhe conselhos na quinta-feira. Ele fora assassinado na sexta e ela caíra à frente de um comboio na estação Nørreport, na terça-feira seguinte.

— Bem, não queremos tomar-lhe mais tempo — Jeppe levantou-se. — Muito obrigado por ter falado connosco. Lamentamos realmente muito o que aconteceu à sua esposa.

— Tínhamos planos para visitar Malta neste verão, para ver La Valletta e o palácio da Ordem de S. João — explicou Robert, levantando o queixo corajosamente. — Mas agora já não haverá nada disso, está claro.

Acompanhou-os até à porta azul e apertou-lhes as mãos antes de a fechar, com suavidade, atrás deles.

Jeppe e Anette caminharam até ao carro, em silêncio.

Só quando chegaram à estrada de regresso a Copenhaga Anette falou.

— Ui, ele estava tão triste — desabafou. — Pobre homem! Custou-me mesmo vê-lo assim… Bem, onde queres que te deixe?

— Na sede. O Larsen pediu-me para ir lá. Vens comigo ou vais para casa?

Anette acelerou, ultrapassando um Volvo pela direita.

— Para casa, se não te importares. Talvez passe primeiro pelo apartamento do Malthe Sæther. Quero ver com os meus olhos.

— Recusas-te a acreditar que nós, os outros colegas, fizemos bem o nosso trabalho? — Jeppe riu-se. — E então, ainda não terminaste essa pastilha?

— Não e não! Agora escolhe tu que resposta combina com cada pergunta.

Jeppe virou-se e olhou pela janela, para os outros carros pelos quais iam passando. Vislumbres de preto, branco, metal e vidro. Um aluno, abuso sexual, Malthe e Lis a discutirem a melhor forma de proceder.

— Achas realmente que a morte da Lis foi um acidente, um acidente bizarro, que por acaso coincidiu com o assassinato do Malthe?

Anette desviou-se de um camião sem fazer pisca, o que levou um pequeno autocarro que seguia atrás dela a buzinar agressivamente.

— Sabes o quanto odeio adivinhas, Kørner. Mas, não, eu não acho que a morte dela tenha sido um acidente. Creio que ela foi assassinada.

A caminhada da tarde em volta do lago terminou em escassos cem metros para a frente e para trás ao longo da margem. *Dóxa* estava cansada e preguiçosa, e Esther não viu razão para a forçar. Tentou puxar a *pug* pelas escadas acima, mas depressa desistiu, acabando antes por pegar-lhe ao colo. As perninhas da cadela balançavam apaticamente, enquanto ela subia as escadas até ao seu apartamento no quarto andar. Também a ela lhe doíam os joelhos, e só o orgulho a impedia de descansar num dos bancos que existiam nos patamares, ao longo do caminho. A cadelinha choramingou e Esther mandou-a calar. Uma velhota a levar ao colo outra velhota.

Embora por esses dias ela se sentisse tudo menos velha. O livro sobre Margrethe Dybris ia ganhando forma na sua cabeça — um capítulo sobre os seus primeiros anos de vida em Copenhaga; depois, as suas viagens por Gana, Haiti e Indonésia; os homens na sua vida e a sua decisão de não se casar em favor da sua carreira como investigadora. As suas ideias zumbiam avidamente, como mosquitos numa colónia de nudismo.

Chegadas ao apartamento, *Dóxa* dirigiu-se de imediato à cozinha, à sua tigela de comida, e Esther falou-lhe com suavidade, enquanto pendurava o casaco e tirava os sapatos no *hall* da frente.

— Eu vou já aí, querida. Tenho só de fazer uma chamada rápida.

Sara Saidani atendeu de imediato.

— Sim, olá, Sara. Daqui fala Esther de Laurenti. Conhecemo--nos através de …

— Jeppe — interrompeu Sara — Olá, Esther. Que surpresa.

Sara parecia cautelosa, mas não hostil.

— Serei breve. Estou a escrever a biografia de uma antropóloga dinamarquesa e preciso de uma imagem para a capa do livro. Claro que ainda está numa fase de esboço, mas é útil para o processo de escrita ter a imagem mais ou menos definida desde o início. E também torna mais fácil a apresentação do livro a potenciais editoras…

Pelo silêncio do outro lado da linha, Esther percebeu que estava a divagar. Tentou concentrar-se.

— De qualquer forma, encontrei uma fotografia na Internet cujos direitos gostaria de comprar, mas não sei como fazê-lo. E Jeppe está sempre a dizer que a Sara é especialista nessas coisas online…

De repente, Esther apercebeu-se de que poderia não ser correto da sua parte ligar à namorada de Jeppe para lhe pedir um favor. Estava prestes a retroceder, quando Sara respondeu.

— Adoraria ajudar, mas creio que não poderei fazê-lo através do telefone. Hoje não estou no escritório. A minha filha mais velha está em casa, doente, mas talvez pudesse passar cá por casa à noite, a seguir ao jantar? Por volta das 21h00? Poderíamos ver isso juntas.

Esther, que habitualmente não saía à noite, aceitou, com gratidão, e desligou. A ideia de em breve poder apresentar uma proposta a editores, com a imagem da capa e um título fizeram-na sentir-se positivamente vertiginosa.

Dóxa choramingou e Esther foi até à cozinha para lhe dar comida. A divisão estava meio na penumbra e só quando parou na frente do frigorífico reparou no vulto à mesa.

O seu coração deu um salto. Precipitou-se para o interruptor e acendeu a luz.

Gregers estava sentado à mesa a olhar para ela, com medo.

— Mas, que raio?! Assustou-me! — repreendeu-o, com a adrenalina a deixá-la mal-humorada. — O que está a fazer aqui sentado?

— Bem, peço desculpa por estar vivo. Estava a recompor-me, quando entrou por aí fora e começou a gritar — apertou os lábios com pudor, ofendido.

Esther pegou na ração de *Dóxa*, despejou uma dose no prato, misturou-lhe uma colher cheia de patê de fígado e pousou-o no chão.

Enquanto a cadela mastigava alegremente, foi acalmando. Olhou para o companheiro de casa e reparou que ele tinha vestido o seu blusão com fecho e que colocara o seu velho boné.

— Saiu? — perguntou-lhe. — Está tudo bem?

Ele olhou para ela, surpreendido, e depois baixou os olhos para si. Aparentemente, esquecera-se de que ainda estava vestido com a roupa de sair. Havia um pedaço de papel na sua frente.

— O que é isso?

— Escrevi o que a médica disse — Gregers olhou para o papel com um ar perdido.

— Posso ver?

Esther passou os olhos pelas notas da conversa com a médica. Os resultados das análises ao sangue. Escritas na letra hesitante de Gregers. As palavras agigantavam-se sobre o papel.

Mais testes
Risco aumentado
Suspeita aumentada
Corante de contraste

— Bem, isso apenas significa que querem fazer-lhe mais alguns exames, para terem a certeza de que não há nada seriamente preocupante.

A cozinha ficou em silêncio. Gregers tirou o boné e colocou-o sobre a mesa à sua frente, como um artista de rua à espera de moedas.

— Estou... — a voz tremeu-lhe — com tanto medo de morrer.

Diante do medo da morte de Gregers, Esther sentiu-se extremamente estranha. Ali estava ela, deambulando, brincando com a morte como uma curiosidade, uma fonte de entusiasmo e interesse.

Apertou-lhe a mão.

— Todos temos esse medo. Mas ninguém diz que agora está mais perto de morrer do que estava há um mês. Nem eu, já agora — falou com uma convicção que na verdade não sentia e que até a si soou oca.

Gregers olhou para o boné vazio à sua frente.

— Isto de morrer… Eu sempre pensei que seria saudável e feliz, até que um dia, bum, alguém desligaria a ficha. Mas agora já não tenho tanta certeza. Parece mais um longo e sombrio resvalar... — Gregers fechou os olhos — para a escuridão.

Quando Anette parou em frente ao número 19 de Vendersgade, estacionando o carro, ilegalmente, junto a uma zona de bicicletas apinhada, a hora de ponta de fim de tarde já abrandara. Enviara uma mensagem a Svend para perguntar se queria que levasse jantar para casa, mas ele não respondeu. Conseguiria ele ler os seus pensamentos infiéis? Quando se está com alguém há tanto tempo como eles estavam, consegue-se pressentir esse género de coisas, quase como cheirá-las. Conheciam-se tão bem. Mesmo assim, Anette tinha a sensação estranha de que estavam a começar a conhecer-se menos bem. A vida quotidiana ia criando oscilações de distância entre eles, empurrando-os para águas mais profundas. Estavam juntos há vinte e cinco anos, desde os tempos de escola… ainda nadariam na mesma direção?

Fechou a porta do carro e caminhou até à porta do prédio de Malthe Sæther, inseriu a chave com a etiqueta de cartão dos técnicos da cena de crime na fechadura e correu escada acima até ao quinto andar, onde destrancou a porta e passou por baixo da fita que restringia o respetivo acesso. Há muito que os técnicos tinham removido toda a tecnologia, tirado impressões digitais e reunido cabelos e escovas de dentes. O próprio Jeppe tinha passado o local a pente fino. Não havia razão para acreditar que iria conseguir encontrar algo de novo, mas também se ela fosse o tipo de pessoa que se deixava refrear por reservas como essa nunca teria encontrado Oscar.

Saidani tinha acabado de examinar os *e-mails*, o calendário, e o histórico de pesquisa, e anotara no POLSAS que não tinha encontrado nada de invulgar. Mas toda a gente tem segredos, pensou Anette. Alguma coisa havia retirado esse jovem professor do seu quotidiano harmonioso para acabar nu e sufocado naquela garra gigante, na central de incineração. E a resposta poderia estar ali, algures no apartamento.

A casa já parecia desabitada, o silêncio entre as paredes era quase palpável, como se tivesse vindo para ficar. Anette percebeu que estava a murmurar para consigo, para preencher o espaço vazio, enquanto se movia de uma sala para a outra. Realmente, não havia nada a assinalar. Exasperada, abriu gavetas e esquadrinhou tudo, em busca de algo que lhe parecesse estranho. Tinha de haver alguma carta censurável, uma fotografia secreta ou até um brinquedo sexual, por amor de Deus! Percorreu os livros da estante, abriu as gavetas por baixo da cama e vasculhou o armário da casa de banho. Nada. Até os elásticos que tinha na cozinha estavam devidamente arrumados.

Malthe Sæther cancelou o fim de semana com Josephine para ajudar um aluno — isso já eles sabiam. Falara com a namorada ao telefone, saíra do apartamento, descera as escadas, e a seguir?

Anette fechou a porta do apartamento atrás de si e desceu as escadas, tentando refazer os passos do professor: onde tinha ido? Teria algum encontro marcado com alguém ou iria surpreender determinada pessoa?

Muito poucos gostam de ser surpreendidos.

No passeio em frente à porta do prédio, Anette parou e olhou para a zona de estacionamento de bicicletas, junto à qual estacionara o seu carro. Malthe adorava andar de bicicleta. Onde quer que tivesse ido na sexta-feira à noite, certamente não teria ido a pé. Sabia que ele não tinha um carro, pelo que poderia assumir que fora de bicicleta ou que apanhara um transporte público.

— Vem de casa do Malthe?

Anette voltou-se na direção da voz e viu uma mulher com um poncho em tricô sentada nos degraus de uma pequena loja de vinhos, a fumar. As cores berrantes *rasta* do poncho faziam com que a sua pele pós-inverno escandinavo parecesse cartão molhado.

— Conhece-o? — perguntou Anette.

— *Yep*. Eu não moro aqui, mas dirijo aqui a loja e por isso via-o muitas vezes. Que história horrível, quem poderia imaginar uma coisa destas? — a mulher falava com o cigarro pendurado no canto da boca. — Também é da polícia? Houve um fluxo constante de polícia durante todo o dia.

— Sou detetive na Unidade de Investigação — respondeu Anette com um aceno de cabeça.

— A sério? Não sabia que admitiam mulheres nesse trabalho! — a mulher rastafári piscou um olho para enfatizar que estava a brincar.

— Por acaso não viu a bicicleta do Malthe, não? É cara, uma bicicleta de estrada verde-clara.

— Hmm, tenho certeza de que ele a guardava na garagem das bicicletas, não na rua. — Apagou o cigarro e deitou a beata num frasco de compota pousado no degrau ao seu lado. — Mas ele levou-a, da última vez que o vi. Foi na sexta-feira à noite.

— Sexta-feira à noite? Está a falar da sexta-feira passada? — Anette aproximou-se. — Que horas eram, exatamente?

— Eu estava a fechar a loja — apontou para a montra, na qual estava exposta uma miscelânea de peças de arte e artesanato africano. — Eram quase sete horas. Estava a trazer os potes para dentro quando ele desceu e foi buscar a bicicleta.

— Importa-se de me mostrar a garagem das bicicletas, para que possamos ver se aí se encontra?

A mulher encolheu os ombros e pegou num molho de chaves. Abriu uma porta ao lado da sua loja e conduziu Anette ao longo de um corredor até às traseiras e depois até uma cave de teto baixo cheia de bicicletas. Olhou em volta.

— Não está aqui.

— O. K., obrigada. Falou com ele nessa sexta-feira?

— Conversámos um pouco, mas nada de especial. Ele não estava tão falador como de costume — procurou qualquer coisa por baixo do poncho e retirou um maço de tabaco amassado.

Por estranho que parecesse, dessa vez a sua visão não provocou em Anette o mínimo desejo de fumar.

— Lembro-me de lhe ter perguntado se não deveria ter vestido um casaco como deve ser. Estava vestido com um desses *hoodies*, um casaco com capuz, quando até eu já estava com pele de galinha. Mas ele achou que não era necessário. Ia apenas a Østerbro.

Anette sentiu a pele do pescoço arrepiar-se.

CAPÍTULO 28

A luz primaveril esmorecia sobre Sydhavn, sendo substituída por tubos de luzes fluorescentes nos tetos dos poucos escritórios que ainda tinham trabalhadores. Jeppe observou a transformação e deslizou a mão ao longo do quadro da janela. Quem teria inventado janelas que não abriam? Em comboios, autocarros e edifícios de escritórios como aquele. Salas seladas com vista para um mundo que não pode ser alcançado e para um ar que não pode ser respirado. Atrás dele, Thomas Larsen escrevia velozmente no teclado do computador e os sons desses cliques apenas acentuavam o desconforto de Jeppe. Uma brisa artificial, resultante do sistema de circulação de ar, soprou suavemente na parte de trás da sua cabeça e ele sentiu um assomo de claustrofobia, seguido de uma veemente aversão àquele novo espaço de trabalho.

O seu telemóvel tocou e ele atendeu sem tirar os olhos da central de energia, ao fundo da rua.

— Olá, Kørner — gritou Anette. Sempre falara alto, mas ainda mais quando estava entusiasmada com alguma coisa. — Acabei de sair do apartamento do Malthe Sæther. Na sexta-feira à noite foi de bicicleta até Østerbro, por volta das 19h00. A mulher que dirige a loja da porta ao lado conversou com ele na rua, quando ia a sair.

— Bem, isso bate certo com a informação do sinal do telemóvel. Encontraste mais alguma coisa no apartamento? Alguma serra ensanguentada em que nós não reparámos?

— Vai-te lixar — Anette suspirou. — Bem, boa noite.

— Para ti também, Werner. Dá cumprimentos lá em casa!

Jeppe voltou-se para Thomas Larsen, que estava curvado sobre o computador portátil.

— Uma testemunha diz que o Malthe Sæther foi de bicicleta para Østerbro na sexta à noite. A família Dreyer-Hoff vive em Østerbro. Isso significa que ele ia encontrar-se com o Oscar?

— Ou com algum outro elemento da família — sugeriu Larsen, sem levantar os olhos do ecrã.

— O que queres dizer com isso?

— Só um segundo. Preciso de acabar de fazer uma compra — Larsen pegou no cartão de crédito e digitou o respetivo número. — Prometi à Mette que compraria um porta-bebés nesta loja de produtos orgânicos para bebés. Hoje está com um desconto de 25 por cento.

Jeppe sentou-se em frente a Larsen, entrelaçou os dedos sobre a secretária, e esperou até que ele, finalmente, arrumasse a carteira. Um porta-bebés orgânico?! Mais um dos seus colegas prestes a ser engolido pela vida rotineira com um bebé.

— Isso explicaria algumas coisas, não achas? Se o pai estiver envolvido na morte do Malthe Sæther — Larsen afastou o cabelo dos olhos. — O álibi dele é tão estanque quanto uma peneira. Poderia facilmente ter sido ele.

— Mas porquê? — Jeppe massajou com o polegar a linha de preocupação entre as sobrancelhas. O seu ouvido direito captou um bipe estridente. — Vamos assumir que possas ter razão. O Henrik diz à mulher que tem de tratar de um assunto no trabalho, mas na verdade conduz para ir encontrar-se com o Malthe Sæther algures.

— Talvez tenham até combinado encontrar-se no escritório dele?! — sugeriu Larsen. — Também fica em Østerbro.

— Ótimo, imaginemos que sim. O Henrik estrangula-o e atira-o para um contentor de lixo. Qual é o motivo dele?

Larsen parecia uma criança que tinha acabado de partir uma *piñata*.

— Acho que ele o matou por causa de uma fraude!

— Fraude? — Jeppe olhou-o sem compreender.

— Sim — Larsen assentiu. — Tenho uma teoria, ou pelo menos uma hipótese. À partida pode parecer complicada, mas dá-me um segundo. Na verdade é muito simples. Estás pronto?

Jeppe anuiu.

— Tenho estado a examinar as contas da Nordhjem dos últimos três anos — começou Larsen. — Para simplificar, a família Dreyer-Hoff está lixada. Desde o escândalo, a leiloeira está a caminhar para a falência. O Henrik está a arranjar dinheiro de todas as maneiras possíveis e a despejá-lo no navio prestes a afundar. Aqui está um exemplo.

Larsen tirou um papel da sua pasta monogramática e colocou-o à frente de Jeppe. Parecia uma nota de encomenda com três linhas referentes a equipamento de sonorização técnica e um preço total na coluna da direita que estava na casa dos sete dígitos.

— Mais equipamento para bebés? — troçou Jeppe. — Um bocado caro, parece-me.

Larsen ignorou a provocação.

— Deparei-me com um avultado pagamento a uma das filiais da Nordhjem que não consegui explicar e por isso comecei a escavar. O que estás aqui a ver é a compra de precipitadores eletrostáticos para separação de partículas, encomendado pelo ARC ao fornecedor alemão Mirnhof and Schalcke.

— Onde é que já ouvi esse nome?

— É da antiga empregadora do Henrik. Ele atua como agente entre o vendedor e a central elétrica e ganha uma comissão sobre a venda. Não há nada de dissimulado nisso. O problema é que a venda parece não ter sido feita.

— Como é que sabes? — perguntou Jeppe.

— Bem, foi preciso algum trabalho de sapa e uns telefonemas para o departamento de contabilidade deles. E em alemão, ainda por cima! A Mirnhof and Schalcke não sabe nada sobre essa encomenda. Não consta do sistema deles. Mas mesmo assim, o Henrik recebeu a comissão.

O telemóvel de Larsen piscou. Ele apressou-se a escrever qualquer coisa e voltou a pousá-lo.

— Desculpa — disse. — A Mette queria saber se eu não me tinha esquecido do porta-bebés. O que é que achas?

— Do porta-bebés?

— Oh, vá lá, Kørner!

— Que raio pode ter isso que ver com o Malthe Sæther? — disse Jeppe, levando as mãos à cabeça.

— Talvez chantagem? — sugeriu Larsen, apertando os lábios. — O Malthe descobre o esquema do Henrik, ameaça denunciá-lo se ele não lhe pagar, e o Henrik acaba por matá-lo.

— Isso é muito forçado! Todos descrevem o Malthe como um jovem idealista — Jeppe levantou-se novamente e regressou para junto da janela que não podia ser aberta e para o ar que não podia ser respirado.

— Nunca conseguiremos que o Henrik fale connosco sobre isso. Quem no ARC poderia ter encomendado o equipamento?

— Hoje a central está fechada — murmurou Larsen —, por isso, só amanhã poderemos telefonar-lhes. Mas a secretária da Associação Dinamarquesa de Resíduos tem sido muito prestável, partilhando bons conselhos e contactos. Vou falar-lhe novamente.

— O quê, agora? — Jeppe olhou para o relógio. Eram quase oito da noite.

— Eu tenho o telemóvel dela.

Larsen ligou e apresentou-se usando apenas o nome próprio. A julgar pelo seu tom de voz, Jeppe ficou com uma ideia clara do motivo pelo qual a secretária lhe dera o seu número privado. Quando queria, Larsen sabia ser muito charmoso. Falou brevemente com ela, agradeceu-lhe e despediu-se calorosamente.

— Bom, isto é muito interessante. Segundo ela, as encomendas dos equipamentos técnicos para as estações de tratamento costumam ser feitas diretamente pelos engenheiros do processo.

— Kasper Skytte?! — Jeppe virou-se para olhar para Larsen.

— Parece que sim. O Skytte e a sua equipa.

Entreolharam-se.

— Vamos visitar o Skytte na central amanhã de manhã e perguntar-lhe se está ao corrente desta encomenda. Vou enviar-lhe uma mensagem para avisar que vamos lá. Mas, por enquanto, vamos dar o dia por terminado e ir para casa — Jeppe agarrou no casaco pousado nas costas da cadeira. Só quando fechou a porta do gabinete se lembrou de que *casa* já não era onde costumava ser.

O estômago de Anette deu uma guinada, causando-lhe espasmos de náusea em todo o corpo. Claro que já antes na vida passara por situações que lhe tinham provocado sérios ataques de nervos, mas apenas algumas vezes, e sempre por uma razão plausível. O exame de Física no liceu, o momento em que estavam à espera dos resultados dos exames do pai, a primeira ecografia à bebé. Verdadeiras provações. Nada como agora, em que estava sentada no carro, com medo de entrar na própria casa, para junto do marido e da filha.

Descansou a cabeça sobre o volante. Ela não tinha sido infiel e era nisso que devia focar-se. Não havia qualquer razão para se sentir culpada, pois não? As pessoas faziam viagens de trabalho e dormiam com estranhos ao acaso a torto e a direito, e aqui estava ela, prestes a vomitar por ter inocentemente fantasiado sobre outro homem. Era ridículo!

Saiu do carro e procurou a chave de casa. Talvez se sentisse melhor se falasse disso a Svend. Habitualmente podiam falar de tudo, talvez ele compreendesse? Fora apenas puro entusiasmo em relação a outra pessoa que, por acaso, era do sexo oposto. Sempre fora curiosa e com vontade de viver.

Essa é uma das coisas que ele adora em mim, recordou-se, enquanto abria a porta da frente.

O cheiro a assado flutuou na sua direção. A aparelhagem tocava bossa nova e conseguia ouvir Svend a cantarolar na cozinha. Anette pendurou o casaco num gancho na entrada e, hesitante, foi até à sala de estar. Tinha imaginado chegar a uma casa escura e a um marido que tinha adormecido, aconchegado com Gudrun.

Abriu a porta da cozinha e viu Svend de pé, de costas voltadas para ela, a cortar ervas. Sobre o fogão viam-se tachos e frigideiras de cheiros maravilhosos com algo a borbulhar, e sobre a mesa estava pousado um assado com uma cor dourada. O marido servira vinho e tinha posto o seu avental favorito. Um par de nádegas bem visíveis revelou-lhe que ele não tinha mais roupa por baixo.

Anette ficou congelada à porta. Antes de terem a filha, por vezes compravam peixe fresco ou caça — raia, codorniz — e passavam o fim de semana inteiro alternando entre cozinhar e fazer amor. Uma das muitas coisas que já não faziam. Estudou as costas nuas do marido com um ceticismo desconhecido. Enquanto ela emagrecera e voltara a ficar em forma depois de ter a bebé, Svend acrescentara alguns quilos. As fitas do avental enfiavam-se na gordura das costas, criando uma protuberância superior e outra inferior.

— Oh, olá, querida, nem te ouvi chegar — pousou a faca e limpou as mãos no avental, aproximando-se. Abraçou-a durante muito tempo e depois segurou-lhe no queixo. — Ouve, sei que ultimamente não tenho andado com uma grande disposição. Tenho andado tão cansado — beijou-a, continuando a falar —, mas agora sinto que estou a recuperar a energia. Acho que termos mais luz do dia também ajuda. E sexo!

Svend encostou-se a ela. Anette sorriu e libertou-se do seu abraço.

— Uau! Que receção! Deixa-me ir buscar um copo de vinho — foi até ao armário e tirou um copo. — Cheira maravilhosamente. O que estás a cozinhar?

— Molejas e lombo. Os primeiros espargos da primavera e um grande pedaço de homem nu — levantou o avental e deixou-a ver qual era o seu contributo.

— Ha-ha, hoje estás em grande forma. Tenho tempo para um duche rápido antes de comermos?

— Se te despachares!

Svend voltou-se novamente para o fogão, enquanto Anette se apressava a ir para a casa de banho e despia a roupa. Abriu a torneira e deixou a água fria escorrer pelo seu corpo. Não muito fria, apenas o suficiente para se sentir revigorada. Finalmente, Svend voltava a olhar para ela com amor, o desejo estava de volta. Então, por que tinha a sensação de que já era demasiado tarde?

Assim que saiu do chuveiro e começou a secar-se, o seu telemóvel zumbiu na extremidade do lavatório. Era uma mensagem de Mads Teigen.

A pensar em si!

Apagou a mensagem e atirou o telemóvel para o parapeito da janela, enrolou a toalha à volta do corpo e observou o seu reflexo, enquanto, eficientemente, sufocava cada borboleta que sentia a esvoaçar-lhe no estômago. A seguir, correu para a cozinha e para Svend, que desligou o fogão assim que a viu.

Anette recebeu os seus beijos com os olhos fechados e a imagem de Mads na retina.

Sara Saidani gostava de Esther de Laurenti. Gostava da forma como entrara e pendurara o casaco de lã, como se estivesse em casa, e do modo como a abraçara calorosamente e com naturalidade, ainda que apenas se tivessem encontrado algumas vezes.

— As meninas já estão a dormir? Amina e Meriem, não é?

Sara acenou afirmativamente, comovida por Esther se ter lembrado dos seus nomes. Sabia o quanto Jeppe gostava daquela senhora de idade e percebia porquê. Esther era um doce. No entanto, lembrar-se de Jeppe não era agradável e esforçou-se por afastá-lo da mente, enquanto conduzia a convidada até à sala de estar.

— Quer um chá?

— Sim, obrigada.

Sara ferveu água e colocou saquetas de chá em chávenas, enquanto Esther se acomodava na sala de estar. Honestamente, teria preferido algo mais forte do que chá com mel. As conversas desse dia com uma ressacada e infeliz Amina tinham deixado nela uma aversão pelo álcool, mas ao mesmo tempo um desejo de se perder no seu nevoeiro. Por vezes, Sara ainda se surpreendia por ser ela a adulta, aquela que deveria pensar racionalmente e tomar decisões acertadas sobre mudanças de escola, trabalhos de casa ou castigos. Ela mal conseguia gerir a sua vida.

Esther instalara-se confortavelmente no sofá, com os pés por baixo do corpo, como uma menina.

— Onde está o Jeppe?

— Oh, esqueci-me do mel, só um segundo — Sara voltou-se e regressou à cozinha, abriu o armário e levou o frasco de mel para a sala. A última coisa que queria era falar da sua vida amorosa com uma semi-estranha. Infelizmente, Esther não parecia compreender os seus sinais.

— Quer um pouco? — Sara estendeu-lhe o frasco de mel.

— Não, obrigada — Esther pousou a sua chávena no chão. — É muito bom vê-lo assim tão feliz.

— Muito bem — disse Sara, sentando-se ao seu lado, com o computador sobre o colo. — Era qualquer coisa sobre uma imagem, não era?

— Ah, sim. Bem, tal como disse, estou a escrever uma biografia. É sobre esta extraordinariamente interessante antropóloga que viajou pelo mundo durante mais de trinta anos, a estudar rituais fúnebres.

— Que interessante — respondeu Sara, com mais convicção do que na verdade sentia.

— É mesmo, não é? — Esther irradiava entusiasmo.

— E queria usar uma imagem específica? — perguntou Sara. O alarme para despertar estava marcado para as 6h15 da manhã seguinte, não tinha a noite toda.

— Exato! Andei à procura de uma imagem adequada para a capa do livro e deparei-me com esta página da *web*. É uma boneca — Esther desdobrou as pernas e pousou os pés no chão com um ligeiro som tenso. — Nonocírculo.com mas, tal como disse, não consigo aceder. É preciso uma *password*.

— Vamos ver se consigo abri-la.

Escreveu o endereço no campo de pesquisa do *browser*.

— Hum, é apenas uma página normal do WordPress. É o tipo de coisa que qualquer pessoa pode fazer a partir de casa.

— Acha que consegue fazer *log in*?

— Se não for um membro, não me parece. Não há informação de contactos, o que é estranho — Sara ampliou um logotipo no canto do ecrã. — A página está protegida por um serviço chamado Bulletproof Security Pro. Não é habitual ver-se uma página caseira protegida de forma tão profissional.

— Hmm — suspirou Esther, desiludida.

— Terei todo o gosto em ver o que posso fazer, mas não é algo que eu consiga resolver aqui e agora. Qual é a imagem que quer comprar? — Sara ignorou o pedido insistente para digitar o código de acesso e clicou na galeria de imagens. Apareceu uma fotografia a preto e branco da boneca, mas a imagem tinha menos de três centímetros quadrados e não conseguia ampliá-la. — É esta?

Esther aproximou-se mais.

— Não me parece. Experimente avançar mais um pouco.

Sara avançou para a imagem seguinte e ambas se inclinaram mais sobre o ecrã.

— Talvez seja essa? — perguntou Esther.

— Era uma boneca sem roupa?

— Não me pareciam tão pequenas quando as vi na biblioteca — comentou Esther, em jeito de desculpa.

— Talvez eu consiga ultrapassar a questão da segurança e entrar em contacto com a página. Só vou precisar de algum tempo — Sara avançou para a fotografia seguinte. — Será esta? Não, não é uma boneca.

As rugas finas de Esther contraíram-se, fazendo com que as maçãs do rosto se assemelhassem a sonhos de Natal.

— Mas — protestou —, o que *é* isso?

— Acho que parece um pássaro empalhado — disse Sara, semicerrando os olhos.

Jeppe deitou água a ferver na sua caneca de massa instantânea, acompanhado por Marilyn Monroe e Jane Russell que, na sua cabeça, cantavam um hino ao coração destroçado.

Quando o amor corre mal, nada corre bem.

Algumas pessoas sabem cuidar de si. Fazem refeições regulares e asseguram-se de que têm camisas passadas e lençóis lavados, quer tenham um relacionamento ou não, quer estejam felizes ou tristes. Outras alimentam-se com massa instantânea cheia de MSG[4] de pé ao balcão da cozinha que já devia ter sido substituído há um ano, ao mesmo tempo que dizem para dentro que logo de início tinham percebido que as coisas não iriam resultar. Como se ter previsto o fracasso do amor pudesse trazer algum conforto.

---

[4] Glutamato monossódico. [N do T.]

Namorar com Sara não era fácil, e não apenas por causa das crianças. Não era uma pessoa com quem fosse simples estabelecer ligação, era rápida a afastá-lo, crítica, perfeccionista e por vezes francamente preconceituosa. Mas também era selvagem, divertida, bonita e perspicaz. Além disso, quem raio se apaixona pelo que é *fácil*? As pessoas que desejamos podem ser difíceis e complicadas, portanto é preciso que valham a pena. Ela valia. Uma pessoa não pode desistir e ficar deitada à espera de morrer sempre que a vida lhe arreganha os dentes. Porém, qualquer que fosse a forma como encarava a questão, acabava sempre no mesmo ponto: entre uma cria de urso e a respetiva mãe.

Fora aí que Malthe tinha ido parar? Na linha de fogo entre Henrik Dreyer-Hoff e o filho? Teria Malthe confrontado o pai de Oscar com algo que o deixara tão zangado que o professor acabara num contentor do lixo, estrangulado e nu?

Jeppe tirou o computador da mala, abriu o POLSAS, localizou o relatório sobre a morte de Lis Christensen e começou a ler. Na terça-feira, 16 de abril, às 16h32, o comboio proveniente de Farum entrou na estação de metro de Nørreport, no horário devido. No entanto, pouco antes de o comboio chegar à plataforma, uma pessoa caiu sobre os carris e o maquinista puxou o travão e acionou o alarme. O homem estava a tentar evitar que um copo de café caísse e, portanto, não testemunhara propriamente o acidente, mas apenas o corpo já a cair na frente do comboio. Não sabia dizer se estava alguém junto à mulher, antes de ela ter caído. Várias pessoas estavam à espera do comboio, mas encontravam-se mais ao fundo da plataforma e a maioria com os olhos colados aos telemóveis.

— Oh, meu Deus, estás cá? Não pensei que estivesse alguém em casa — a voz profunda de Johannes quebrou o silêncio como um abraço, inesperada, mas confortável. Atirou as chaves para cima do balcão. — Se soubesse que estavas em casa, teria telefonado primeiro. Porque é que não estás em casa da Sara?

Jeppe encolheu os ombros.

Johannes pareceu compreender. De qualquer modo, não fez mais perguntas.

— Fui ao cinema e não estava com vontade de me arrastar até Snekkersten. Posso dormir no sofá, ou preferes ficar sozinho?

— Não, é bom estares aqui.

— Ainda bem — Johannes despiu o casaco e atirou-o para as costas da cadeira. — Na verdade, estava a pensar ir direto para a cama. Tenho de me levantar cedo.

— Porquê? O que vais fazer amanhã?

— Fui chamado para um *casting* para um filme.

— Ótimo — Jeppe sorriu. — Já começava a preocupar-me que estivesses a estagnar.

— A vida continua. Há limites para o tempo que passas a apodrecer com o coração destroçado. Vou lavar os dentes.

Será que Johannes sempre tivera aquele toque de cinismo ou tê-lo-ia desenvolvido com a idade? Jeppe já não se conseguia lembrar, tal como já não conseguia lembrar-se se o próprio coração pesado já fora em tempos leve e despreocupado.

— Johannes — chamou —, lembras-te daquela aula de teatro que tivemos? Devíamos ter uns 17 ou 18 anos. Havia uma rapariga na nossa turma.

— Estás a falar da Lisa? A Lisa que tinha umas pernas compridas? — Johannes saiu da casa de banho de *T-shirt* e cuecas.

— Sim, exatamente! Eu estava tão apaixonado por ela.

Johannes estendeu a roupa de cama e deitou-se no sofá.

— Pois, eu sei. Todos sabiam. Incluindo a Lisa — acrescentou, puxando o edredão até ao queixo.

— *O quê?* Eu não disse a ninguém, nem sequer a ti.

— Tu és como um livro aberto, Jeppe. Sempre foste. Para dizer a verdade, até nos ríamos um bocado nas tuas costas. Eras tão… tímido. Era giro.

Giro? O seu coração quase explodia todos os dias perante a visão daquela rapariga com quem mal ousava falar.

— Às vezes sinto que não me tornei nem um pouco mais sábio desde então.

— E não tornaste, meu amigo. Nenhum de nós se tornou — Johannes rolou para um lado, ficando de costas para Jeppe. — Mas pelo menos tu tens a coragem de amar. Nem todos conseguem, sabes?

— E isso é uma qualidade?

— Sim — Johannes bocejou com vontade. — Ou consegues ou não consegues. Tu consegues. É um dom. Boa noite.

Jeppe sorriu para as costas do amigo deitado no sofá.

— Dorme bem!

Apagou a luz e foi para a casa de banho lavar os dentes com uma escova nova e rija, seguindo depois para o seu quarto escuro, onde se deitou sobre um colchão que ainda não se tinha moldado ao seu corpo.

Da cama podia ver os telhados da cidade, como sombras escuras contra o céu noturno. Sabia que nessa noite todos os seus pensamentos estariam a dançar numa fila de conga na sua cabeça. Fechou os olhos para a escuridão e tentou encontrar o sono.

So take this down in black and white
When love goes wrong, nothing goes right.

QUINTA-FEIRA,
18 DE ABRIL

Ela destrava a bicicleta e pedala ao longo da água. É de manhã cedo e o ar gélido é cortante. A rapariga arrepende-se por não ter vestido uma roupa mais quente. Leva a mochila da escola às costas, mas não vai a caminho da escola. Se tudo correr bem, os outros nem vão perceber que ela se baldou.

O pequeno-almoço move-se inquieto no seu estômago, cornflakes *com leite e açúcar. Quando estão sozinhos em casa, geralmente comem alguma coisa numa tigela com leite. Agora gostaria de não ter comido nada. Mais tarde, irão todos ao hospital.* Na nossa família mantemo-nos juntos, *como diz sempre o pai,* aconteça o que acontecer.

O vento brinca com o seu cabelo. Deixou o capacete da bicicleta em casa, e é agradável senti-lo voar livremente. Tem vestido o seu top *favorito e os ténis novos, e canta enquanto os pneus ressoam sobre os paralelepípedos do caminho à beira-mar e o sol nasce sobre Copenhaga. Uma canção da rádio... não se lembra bem da letra, mas não importa. Canta para se acalmar.*

No grande cruzamento, desmonta da bicicleta e atravessa a rua com ela. Antes de atravessar, olha para a esquerda, depois para a direita e de novo para a esquerda. Ali os carros circulam sempre muito rapidamente, mas ainda é cedo e o trânsito não está muito intenso. Não tem medo. Bem, talvez um bocadinho.

As pessoas acham sempre que ela é frágil porque é a mais nova. A bebé, a menina, a gracinha. Mas estão enganados. Ela é mais forte do que imaginam. Lá bem no fundo, sabe que é imbatível. Suficientemente corajosa para dizer as coisas em voz alta, suficientemente corajosa para enfrentar alguém capaz de cometer um assassínio.

CAPÍTULO 29

O melro cantava. Quando Gudrun acordou, ouviam-se os primeiros trinados animados do ano sobre os telhados de Greve Strand. Anette foi buscá-la antes que Svend acordasse também. Colocou-a na cadeira alta, com uma tigela de iogurte à frente, e começou a preparar o café. Havia algo particularmente encantador nesses inícios de manhã que passava com Gudrun na cozinha. A bebé estava sempre muito alegre assim que acordava e Anette gostava de ligar o rádio para ouvi-la balbuciar a acompanhar a música.

Bebeu duas chávenas de café, uma logo a seguir à outra, mas não conseguiu forçar-se a tomar o pequeno-almoço. Ela, que sempre acordara tão esfomeada como um urso a sair da hibernação, estava a perder, gradualmente, o apetite.

Gudrun começou a choramingar e Anette pegou-lhe e meteu-a no carrinho. Muitas vezes levavam-na para dar um passeio matinal, para que pudesse descansar um pouco antes da creche. Vestiu um casaco de lã e decidiu deixar o telemóvel e as suas mensagens por responder para trás, de forma a aproveitar totalmente o momento com a filha. Porém, quando ia a sair, reconsiderou e enfiou-o no bolso. Para onde quer que tivesse ido o seu apetite, tinha levado consigo a sua autodisciplina.

Ainda não tinham feito duzentos metros pela rua e Gudrun já tinha adormecido, mas Anette continuou a empurrar o carrinho, através da rede de caminhos de Greve Strand. Precisava de ar fresco.

Svend tinha sido tão querido no dia anterior, caloroso, apaixonado, atencioso e tão grato por finalmente voltarem a ter sexo, que Anette sentiu as faces arderem de vergonha. Se ao menos pudesse pegar numa enorme borracha e apagar Mads da sua consciência.

Mads.

Travou o carrinho e sentou-se num banco do parque. O velho maço de cigarros continuava no bolso do peito. Pegou nele e acendeu um. As primeiras fumaças deixaram-na tonta.

Ele era sensível e gentil, mas Svend também. Era forte e másculo, até mesmo voluntarioso. Era isso que ela achava tão excitante? Que Mads não precisasse de ninguém, nem mesmo dela? Talvez aos 46 anos ela tivesse por fim apanhado a síndrome do *cowboy* solitário que muitas mulheres cultivavam, pela qual nunca se deixara influenciar antes. Algo nele a fazia sentir vertigens.

Tirou o telefone do bolso, escreveu uma resposta e depois apagou-a pela vigésima-quinta vez. Sentiu a antecipação disparar e voar dentro de si, até se aperceber de que os dedos dos pés lhe tremiam. Digitou novamente e enviou a mensagem, antes que conseguisse conter-se.

Devemos encontrar-nos?

A seguir, voltou a colocar o telemóvel no bolso e inspirou, sentindo o coração palpitar com força. Ouviu um melro, verificou se a filha continuava a dormir e deitou fora o cigarro, antes que a fizesse sentir-se doente.

Poderia ser o seu lado artístico? Ela seria assim tão fácil, para que um homem com uma oficina e alguns pássaros empalhados a impressionassem daquela maneira?

Seria por ser *misterioso*? *Profundo*?

Levantou-se, destravou o carrinho e empurrou-o ao longo do caminho. Os primeiros corredores da manhã começavam a ziguezaguear pelo bairro, vestidos com cores fortes e respirando audivelmente. Os seus rostos concentrados contrastavam com a própria sensação de estar em queda livre.

O telemóvel deu um toque no bolso. Ela parou, respirou fundo e pegou nele.

Apanho-a daqui a duas horas no cais. O. K.?

Uma única frase, seguida de uma pergunta com uma palavra. Mesmo assim, sentiu o seu desejo irradiar através do ecrã, como as ondas de um reator. Com os dedos trémulos, escreveu a Jeppe a avisar que iria chegar atrasada.

Anette sabia que estava a descer por um caminho que a levaria ao abismo. Ainda assim, sentiu que nunca poderia voltar a ser verdadeiramente feliz se não explorasse esse caminho. Que a vida seria para sempre medíocre se não desse uma oportunidade à paixão.

Antes de ter tempo de mudar de ideias, respondeu a Mads:

O. K.

— Vamos entrar *ali*? — desdenhosamente, Thomas Larsen cuspiu sobre a gravilha do estacionamento.

— Não te preocupes, Larsen, para um depósito de lixo, este lugar até é surpreendentemente apresentável — Jeppe olhou para a fachada de metal brilhante do ARC, onde os suportes de parede se estendiam em direção ao céu azul. Continuava a parecer-lhe bizarro combinar uma central de incineração com uma instalação recreativa. — O Kasper Skytte ainda não respondeu à minha chamada, portanto será melhor confirmar se está por aqui.

Caminharam em direção à entrada e esperaram que as portas de vidro deslizantes abrissem. Um rececionista corpulento levantou-se quando se aproximaram do balcão. Jeppe mostrou-lhe o crachá de identificação laminado.

— Viemos falar com Kasper Skytte. Ele já chegou?

— Deixe-me ver — o rececionista olhou para um ecrã. — Não, não me parece. Gostaria de lhe deixar uma mensagem?

— E Margit Smith? — perguntou Jeppe, antes sequer de ter tempo de pensar.

— A CEO? — o rececionista sorriu, como se os detetives tivessem acabado de aparecer sem avisar num hotel de cinco estrelas a querer falar com a Madonna. — Vai estar num curso toda a semana — olhou novamente para o ecrã. — Os nossos outros dois engenheiros de processo estão aqui. Talvez algum deles possa ajudar?

— Os que trabalham com Kasper Skytte?

— Jim Knudsen e Gitte Mejlhede. Estão no sexto andar. Querem que lhes ligue para saber se têm disponibilidade para vos receber?

— Oh, têm de ter! — Jeppe sorriu para o rececionista, que pegou no telefone e conduziu uma breve conversa.

— O. K. — colocou sobre o balcão os cartões para os dois visitantes. — O elevador fica ali. Sexto andar.

— Obrigado.

No sexto andar, o escritório em espaço aberto estava deserto, com exceção de um grupo de secretárias perto da janela, onde duas pessoas os esperavam. Um homem, que estava sentado a olhar para baixo, para a secretária, e uma mulher, que os observava enquanto se aproximavam, com a cabeça bem levantada e as faces coradas. Tinha o ar de alguém que começara o dia ou com uma caminhada rápida ou com uma discussão.

— Gitte Mejlhede? Sou Jeppe Kørner, da Polícia de Copenhaga. Agradeço-vos por concordarem em falar connosco mesmo sem aviso prévio.

Ela levantou-se e apertou as mãos estendidas, enquanto o seu colega se contentava em cumprimentar com um aceno de cabeça, sentado à secretária.

— Nenhum de nós estava a trabalhar quando o corpo foi encontrado — explicou ela. — E já ambos falámos com alguém da polícia antes.

— Mesmo assim gostaríamos de vos fazer algumas perguntas — Jeppe apontou para duas cadeiras vazias na secretária ao lado. — Podemos…?

Aparentemente, Gitte não conseguiu pensar em nenhuma razão plausível para dizer que não e Jim também não ajudou.

— Na verdade, viemos para falar com o Kasper, mas parece que ele não está, certo?

Ela abanou a cabeça.

— Sabem onde se encontra? Ele não atende o telefone.

Os dois colegas trocaram um olhar e murmuraram em uníssono:

— Não.

— Bem, talvez vocês nos possam ajudar — Jeppe sorriu de forma desarmante. — Seremos breves.

Larsen tirou a nota de encomenda da sua pasta e colocou-a sobre a secretária.

— Algum de vocês reconhece esta nota de encomenda? — perguntou Larsen.

Gitte pegou no papel e examinou-o, perplexa.

— Eu já explico. Podem apenas confirmar-nos se encomendaram este equipamento?

— Mas — começou ela, abanando a cabeça, confusa —, nós nem sequer usamos esse tipo de ESP[5] aqui no ARC.

Jim levantou finalmente a cabeça e olhou para a colega.

— Será melhor dizer-lhes — interveio.

Gitte não respondeu.

---

[5] O acrónimo ESP deriva do inglês Electronic Stability Program, podendo traduzir-se em português como Programa Eletrónico de Estabilidade. [N. da T.]

— Se há algo errado, acabará por aparecer — insistiu Jim, inclinando-se desajeitadamente sobre o teclado.

— Achas mesmo que estamos a precisar de outro escândalo? — sibilou Gitte. — É isso?

— Não é culpa minha se os números não correspondem…

— O que se passa? — Jeppe olhou de um engenheiro para o outro.

— Depois de segunda-feira, quando o corpo foi encontrado no silo… — prosseguiu Jim, ignorando o revirar de olhos da colega — o Kasper começou a agir de um modo estranho. Não apenas como seria de esperar depois de algo assim, mas… estranho, a sair e a entrar como lhe convinha. Esvaziou as gavetas e rasgou montes de papéis. Não responde quando falamos com ele. A princípio, achei que era apenas por causa do choque…

Jim lançou a Jeppe um olhar interrogador, como que para se assegurar que ele queria, de facto, ouvir tudo aquilo.

— Sabe, medir o CO_2 é um processo complexo, que se divide em muitas fases diferentes, e inclui o cálculo e registo das leituras médias, que são enviadas, hora a hora, para a base de dados da central. Isto pareceria incontrolável para aqueles que não sabem como ler exatamente os números. Mas algo não está certo. As leituras da medição dos serviços de monitorização são significativamente mais elevadas do que as que são reportadas à Autoridade Dinamarquesa de Energia e o Kasper é o único que poderia tê-las alterado.

Gitte aparentava estar prestes a protestar, mas depois pareceu resignar-se, com um suspiro.

— Descobrimos a discrepância ontem já tarde — acrescentou ela —, e não sabemos bem o que fazer em relação a isso. O Kasper não atende o telefone e parece extremamente drástico ir de imediato falar com a administração.

— O que é que ele ganha em reportar números errados? — perguntou Jeppe, olhando-os com cepticismo.

Os dois engenheiros entreolharam-se, fechados num duelo silencioso sobre quem deveria responder.

— Um relatório de CO_2 embelezado tanto poupa dinheiro à central, quanto má imagem perante a comunicação social — respondeu Gitte, finalmente.

— Como é que isso poupa dinheiro à central? — perguntou Larsen.

— Quando se queima lixo, as emissões de CO_2 são medidas porque contribuem para o aquecimento global. Com o sistema de comércio de emissões da UE, as quotas de CO_2 precisam de ser compradas e são caras. Só um ano de quotas custa pelo menos vinte milhões de coroas. Estão a seguir-me até agora?

— Eu não sou idiota — retrucou Larsen, sentindo-se insultado.

Gitte não parecia convencida.

— O município de Copenhaga — continuou — quer ser neutro em emissões CO_2 e exige que cumpramos o acordado a esse nível. Ao mesmo tempo, a central é obrigada a importar resíduos do Reino Unido para incinerar mais e fornecer mais energia, que é como nós ganhamos dinheiro. Portanto, existem interesses em conflito. No entanto, se se falsearem os números das emissões, para que pareçam mais baixos, a central poupa dinheiro em quotas de CO_2.

— Não deve ser assim tão fácil de vigarizar — Jeppe abanou a cabeça. — Devem existir sistemas externos de controlo, não?

— Claro. Uma empresa externa recolhe os dados e calcula os valores numa verificação QAL2, que supostamente deteta quaisquer grandes discrepâncias. Porém, esse tipo de verificação só é feito uma vez em cada três anos — as faces de Gitte ficaram vermelhas. — Por acaso, a próxima QAL2 está programada para a semana. É por isso que estávamos a olhar para os números.

De súbito, Jeppe sentiu-se enojado com toda a situação. Com a encomenda fraudulenta e com os cálculos de carbono. Por amar uma mulher que o expulsava da sua vida.

— O Kasper tem um computador aqui? — perguntou. — Conseguem aceder-lhe?

Nenhum deles respondeu.

— Permitam-me que vos lembre de que estamos aqui por causa de uma investigação de homicídio e que obstruir ou reter informação relevante é um delito criminal — Jeppe olhou de um engenheiro para outro. — Temos de descobrir o que se passa.

Jim levantou-se e dirigiu-se a um computador.

— Tenho a *password* dele — disse. — Em circunstâncias normais, *nunca* sonharia sequer em ligar o computador de um colega sem a sua permissão.

— Tem a permissão da polícia. Deve ser suficiente — Jeppe rodou a sua cadeira para junto de Jim. — Abra, por favor, o *mail* dele. É possível que tenha comprado um bilhete de avião.

Jim encontrou o programa de *e-mail* e Jeppe inclinou-se para mais perto do ecrã.

— Vá passando por eles lentamente — pediu Jeppe. — Obrigado.

Jim percorreu os *e-mails*, seguindo do presente para os mais antigos. Notificações e relatórios de reuniões deslizaram ante os seus olhos, numa miscelânea de informações inconsequentes.

Gitte pigarreou.

— Acham que isso tem algo que ver com o corpo no silo? — perguntou, insegura.

Jeppe não respondeu, totalmente focado no ecrã. Tinham chegado à tarde de quinta-feira, quando o nome de um remetente familiar apareceu no ecrã.

Henrik Dreyer-Hoff.

— Abra esse *e-mail*.

Jim clicou nele, nervosamente. Henrik enviara-o na quinta-feira, 11 de abril, às 16h32.

Ele sabe do dinheiro e está a ameaçar falar. Vou tratar do assunto!

Era tudo o que dizia.

Jeppe pegou no telemóvel e ligou para Henrik. A chamada não foi atendida. Ligou então para Malin, que disse um «olá» num tom brusco.

— Olá, Malin, é Jeppe Kørner. Estou a tentar contactar o Henrik. Sabe onde ele se encontra?

Um suspiro exasperado.

— Também não o consigo apanhar. Ele ia trabalhar, mas não está a atender o telemóvel. Talvez esteja numa reunião.

— Pode pedir-lhe que me ligue, assim que conseguir falar com ele?

— Eu estou no hospital, por isso é melhor ser você a contactá-lo — desligou.

Jeppe voltou-se e olhou para Larsen.

Kasper Skytte tinha desaparecido e Henrik Dreyer-Hoff não atendia o telefone. O que raio estava a acontecer?

CAPÍTULO 30

O papel de seda farfalhava entre os dedos de Jenny Kaliban. Limpou as palmas das mãos suadas nas calças e continuou a desembrulhar. Uma camada para o lado, com cuidado, depois a seguinte. Os dedos tremiam-lhe tanto que teve de fazer uma pausa. Acendeu um cigarro, abriu a janela do *atelier* que dava para o quintal das traseiras e fumou, com a adrenalina a pulsar-lhe na garganta como um coração suplementar. Era complicado fazer aquilo sozinha. Mas o que diabo poderia fazer? Até que o seu barco chegasse, não havia outra maneira de arranjar dinheiro.

O fumo queimava-lhe a garganta e fazia os seus olhos lacrimejarem. Jenny deixou-os chorar. O nó constante no seu estômago era tanto por si como por Malin. Por pensar que nem mesmo agora, nesta situação, elas podiam apoiar-se.

Fora Henrik que se interpusera entre as duas. Da última vez que o vira, há dois anos, ele chamou-lhe *sanguessuga* e disse-lhe que já não era bem-vinda. E Malin não protestara. Desde então, Jenny só tinha visto a irmã e as crianças às escondidas. Exalou o fumo. Se alguém tinha apoiado aqueles dois na adversidade, fora ela. Mesmo quando todos lhes tinham apontado o dedo na fraude da leiloeira, ela permanecera ao seu lado. E agora tinham-lhe virado as costas.

Quando as situações ficam difíceis é que realmente se descobre quem são os nossos verdadeiros amigos.

Jenny ainda estava a ponderar se deveria usar o que sabia em relação a Henrik. Já lhe dera a entender que os seus erros poderiam beneficiá-la. Não como uma ameaça, apenas como um aviso.

Apagou o cigarro e abandonou a ideia de fumar outro. Seria melhor guardá-los para mais tarde. Não havia mais ninguém a quem pudesse pedir dinheiro emprestado. Mesmo com fontes de rendimento alternativas, mal conseguia sobreviver, e em breve se veria forçada a escolher entre dar-se ao luxo de fumar ou desenhar. A menos, claro, que os seus contactos encontrassem os compradores certos. O material estava no seu *atelier* à espera para ser vendido e esse pensamento deixava-a invariavelmente sem fôlego.

No entanto, lembrou-se internamente, *se isto funcionar, posso sair desta situação de uma vez por todas.*

A renda do *atelier* era cara, bem como todos os seus utensílios. Cada viagem para comprar material de arte representava um golpe catastrófico no seu modesto orçamento. Quando estava perto de cartolinas fortes, marcadores em pequenos potes e canetas de feltro, não conseguia controlar-se. E, ao contrário dos seus colegas artistas, sempre se abstivera de lamber as botas dos membros do conselho da Fundação Dinamarquesa para as Artes e, consequentemente, nunca recebera nenhuma das bolsas a que todos os anos, em janeiro, se candidatava, por rotina.

A sua ambição nunca contribuíra para uma vida confortável. Não estava interessada em previsibilidade e segurança.

Qual o sentido da vida, se não nos esforçarmos por descobrir o divino que todos possuímos dentro de nós? Batatas fritas, centros comerciais e poupança para a reforma, nada mais.

Estou a tentar encontrar Deus, antes que Deus me encontre.

Sorriu da profundidade do seu pensamento e voltou para a caixa de madeira. Desta vez, desdobrou o papel de seda sem hesitar e retirou a máscara, segurou-a cuidadosamente pelo suporte de madeira que tinha na parte de trás e inspecionou-a. Escolhera uma das desconhecidas, da qual não dariam pela falta durante uns tempos. O rosto era jovem e puro, o género difícil de identificar. Parecia pertencer a um adolescente adormecido. Cuidadosamente, pousou a máscara mortuária sobre a bancada e pegou na sua velha Olympus. A documentação fotográfica tinha de estar em ordem, caso contrário não se venderia. E a seguir uma forte argumentação de vendas, evocativa e detalhada.

Jenny posicionou a máscara de modo a que as finas pestanas de gesso pudessem ser claramente vistas e começou a tirar fotografias.

No dia 6 de novembro do ano anterior fizera 50 anos e desde então lutava para manter a sua fé. Acreditar que o seu progresso seria, se não iminente, pelo menos ainda possível, era tudo o que lhe restava. Se perdesse isso, mais valia deitar-se e deixar-se morrer.

Por vezes perdemos a noção de como estão as pessoas mais próximas de nós e só descobrimos a verdade quando as observamos numa situação desconhecida. Do outro lado da mesa, no restaurante da torre do Palácio de Christiansborg, no meio de enormes paredes de pedra e elegantes móveis de design, Gregers parecia, repentinamente, doente. Um pano da louça usado, gasto e incrivelmente frágil, entre o tecido de damasco recém-passado a ferro.

Esther convidara-o para almoçar, com o intuito de animá-lo. A intenção fora proporcionar-lhe um pequeno passeio agradável, mas a caminhada pelo pátio empedrado do palácio e os lanços de escadas a seguir ao elevador deixaram demasiado claro que ele não estava muito bem. Ficara ofegante e queixava-se de dores no peito e na anca a cada dez metros.

Talvez ela tivesse sido demasiado otimista. Ficara tão animada com a sua ideia que nem sequer tivera em consideração se seria bom para Gregers. Mas agora já ali estavam.

Ele tinha escolhido uma sanduíche tradicional dinamarquesa aberta, com batatas fatiadas e maionese, tinham pedido cerveja e *aquavit* e a cor começava a voltar lentamente ao seu rosto. Levantou o copo.

— Bem, temos de fazer um brinde, certo?

Esther bateu com o seu copo de *aquavit* no dele e bebeu.

— Sente-se melhor? — perguntou-lhe.

— O que quer dizer? Eu estou bem. Mas certamente será melhor mais um pouco desta *aquavit* assim que chegar a minha sanduíche — disse Gregers.

— Vamos pedir outra.

Esther apontou para as esculturas de leões de Thorvaldsen, que pareciam guardar a sala.

— Sabia que aqui costumava ser um depósito onde as antigas estátuas do parlamento ficavam a acumular pó? Descobriram-no quando estavam a recuperar o telhado e decidiram fazer da torre um restaurante. Não é lindo? Assim todos podem aproveitar.

— Aqueles que podem pagar.

— Já reparou na vista? — Esther suspirou. — As pistas de cavalos, o Tivoli, o Museu Nacional…

Gregers olhou para a enorme janela com pinázios voltada para o pátio do palácio, mas perdeu o interesse quando o empregado chegou e anotou o seu pedido de mais *aquavit*. Esther tomou nota mental que da próxima vez que quisesse levar o companheiro de casa a comer fora seria preferível fazer uma reserva no café local. Voltou a olhar para os leões e lembrou-se de que o Museu Thorvaldsens ficava mesmo ao lado do palácio.

Um toque alto interrompeu os seus pensamentos. Olhou em volta, mas ninguém reagiu ao som.

— Hum, Gregers, é o seu telemóvel? Geralmente não o traz consigo.

Perturbado, começou a procurar nos bolsos. Quando, finalmente, o encontrou, teve dificuldade em descobrir o botão verde para atender a chamada.

— Sim? Olá?! — gritou. — Ah, sim. Olá!

Gregers ouviu por um minuto, depois murmurou algumas palavras e desligou. Pousou o telemóvel e colocou as duas mãos bem assentes sobre a mesa.

— Gregers, está tudo bem?

Olhou para ela como alguém que tivesse acabado de acordar ou, talvez antes, alguém que tivesse adormecido e não compreendesse o que estava a sonhar. O empregado colocou um copo de *aquavit* fresca na sua frente e ele bebeu-o.

— Bem, já está — pousou o copo e piscou os olhos, irritado. — Quanto tempo levam a fazer uma sanduíche?

O coração de Esther afundou.

— Quem era? — perguntou.

— A médica. Qualquer coisa chamada antigénios de cancro. *CA 72-4*, foi o que ela disse. Os meus são tão elevados que querem que eu vá de imediato fazer alguns testes.

— Agora? — repetiu Esther, impotente.

— Sim, bem, daqui a algumas horas. Primeiro tenho de fazer a mala.

Esther estava prestes a perguntar o que significava isso, mas conteve-se. Sabia perfeitamente o que significava: cancro. Com toda a probabilidade, o primeiro passo numa longa jornada de sofrimento e preocupação. Mais um passo ao longo do caminho em direção à própria velhice e à solidão que surgiria quando todos os seus entes queridos desaparecessem.

Encontrou os olhos de Gregers.

Aqueles olhos cinzentos-claros contavam a história de uma vida, de amor que floresceu e desapareceu, amizades, empregos, três filhos, um divórcio. De joelhos de crianças com pensos rápidos, lanches, férias de verão, de saídas à noite para beber uma cerveja depois do trabalho, de passeios de barco, fracassos e mal-entendidos, zangas e corações destroçados.

Gregers pigarreou, inseguro.

— Lamento, Esther, mas acho que agora preferia ir para casa.

Uma gaivota planou junto ao farol do Trekroner e entrou no porto de Copenhaga, como uma mancha branca brilhante ao sol. Anette inclinou a cabeça para trás, para acompanhar o seu voo.

— É por isso que adoro viver aqui, os pássaros, o oceano. Quando estamos aqui sozinhos, a natureza torna-se parte de nós.

Mads Teigen estava mesmo atrás dela, suficientemente perto para que Anette conseguisse sentir a sua respiração suave na parte de trás do pescoço. Tão perto que decerto ele veria a pele de galinha que se estendia pelos seus braços. Mesmo não estando a vê-lo, podia sentir o seu corpo robusto. Aquelas mãos que a tinham feito sentir-se tão invulgarmente feminina.

O que estava a fazer ali?

Desde quando precisava de ser reconhecida pela sua aparência? Ela, que nunca se importara com os estereótipos de género, e que adorava ser reconhecida pela sua coragem, resistência e perícia.

Estaria a tornar-se numa daquelas mulheres que usam pestanas postiças, tiram *selfies* ao pôr-do-sol e traem os maridos?

— Venha, quero mostrar-lhe uma coisa!

Mads pegou-lhe na mão e puxou-a em direção à residência vermelha do comandante. Ela deixou-se levar. Enquanto caminhavam ao longo do cais, sentia a palma da mão dele a arder contra a sua. Também eles podiam ser um casal. Olhou-a nos olhos e sorriu. Anette olhou para baixo e tentou recuperar o controlo da respiração.

Mads destrancou a porta da frente e, automaticamente, Anette questionou-se sobre a razão por que a trancava, uma vez que morava sozinho naquela ilha deserta. Mas na verdade as pessoas também iam até ali passear a toda a hora.

— Não costumo mostrar isto a ninguém, mas quero mesmo que *veja*. Tenho a sensação de que vai compreender — expirou, abriu a porta da oficina, deu um passo para o lado e fez sinal para que ela entrasse.

Anette atravessou a soleira da porta para a oficina. Tinha uma bancada no meio e estantes alinhadas nas paredes. Ele seguiu-a, fechou a porta e trancou-a. Permaneceu aí parado, a olhá-la.

Intuitivamente, Anette sentiu que Mads queria que ela olhasse à sua volta, que olhasse para os pássaros. Por isso, aproximou-se de uma das prateleiras e inspecionou as asas estendidas e o esplendor emplumado das espécimes expostas. Apenas conseguia reconhecê-las como sendo de pássaros grandes ou pequenos, insegura quanto ao modo como deveria reagir e desconfortável com os olhos mortos e penetrantes que a seguiam pelo espaço.

— Uau! Fez tudo isto… sozinho?

— Cada um deles. Todos só no último ano.

Ela acenou com a cabeça, em jeito de apreciação.

— Tem andado muito ocupado. É muito difícil empalhá-los?

Anette conseguia ver a desilusão nos olhos dele e percebeu que não estava a reagir conforme ele esperara. Hesitante, aproximou-se de um pássaro negro com o peito branco e longas penas na cauda. Nas asas, as penas tinham uma tonalidade azul prateada, que criava um contraste com as outras cores, e um pequeno bico preto.

— Temos destes pássaros no nosso quintal. O Svend enxota-os sempre…

Mads olhou para o chão, como se ela lhe tivesse dado uma bofetada, e Anette apercebeu-se de que decerto nunca antes mencionara o nome de Svend. Obviamente, fora um erro. Esticou-se para o pássaro e, sem querer, fê-lo cair da prateleira.

— Oh, não. Desculpe! Mas penso que não estraguei nada.

Apanhou o pássaro e voltou a colocá-lo no sítio. Quando se voltou, ele estava mesmo atrás dela.

— Porra! — riu nervosamente. — Bem, não o vi aí.

Mads fixou-a intensamente. Uma ruga profunda dividia-lhe as sobrancelhas e o seu olhar tinha uma expressão determinada. Anette ficou com a boca seca. Tentou engolir, mas não foi capaz.

Mads agarrou-lhe na mão. Desta vez, agarrou-a com tanta força que não havia dúvidas quanto à sua superioridade física.

CAPÍTULO 31

Sara Saidani reduziu a temperatura do bico do fogão sob a panela e ajustou o temporizador a imitar um ovo, colocando de seguida um pão de centeio sobre o balcão da cozinha e alinhando os pratos do almoço. Desde terça-feira à noite que Jeppe nem sequer tentara entrar em contacto com ela, mas tudo bem. Agora a sua atenção centrava-se em fazer com que Amina voltasse a entrar nos eixos e regressasse à escola. O episódio perturbara a filha de um modo inesperado, revelando inseguranças que habitualmente Amina mantinha escondidas. Agora que, finalmente, precisava de novo da mãe, Sara queria estar presente. A todo o custo.

Foi até à sala, abriu o computador e escreveu nonocírculo.com. Sinceramente, não estava com tempo nem energia para isso, mas prometera a Esther que iria tentar. No ecrã apareceu a página principal com as inúmeras fotografias pequenas e ela inclinou-se para as examinar mais de perto. Uma delas parecia mais de uma criança, não de uma boneca, uma criança sem roupa. Continuou e viu mais uma fotografia de um corpo nu. Desta vez a pequena figura estava a segurar a mão de um adulto. Conseguia ver-se um braço tatuado. Sara sentiu a garganta apertar-se. Havia ali algo seriamente errado.

A página não fornecia qualquer informação de contacto, uma vez que não fizera o *log in*. Isso em si já era invulgar, se não mesmo bastante suspeito. Conseguiria *hackear* o *log in*? Os *plug-ins* da

Bulletproof Security eram notoriamente difíceis e talvez fosse um pouco exagerado recorrer a um ataque musculado sobre as *passwords* criptografadas dos utilizadores. Talvez tivesse a sorte de descobrir que o servidor que hospeda a página inicial não era atualizado há algum tempo, estando, por isso, vulnerável a tentativas de acesso não autorizado.

Decidiu avançar com um ataque de engenharia social, clicou através do nome do *host* da página e abriu um *chat* de atendimento ao cliente, onde fingiu ser a proprietária da referida página. Forneceu uma das suas contas anónimas do Gmail e alegou que estava a ter problemas com 500 mensagens de erro do servidor interno e o ficheiro .htaccess. Uma mensagem automática informou-a de que receberia uma resposta em dois minutos.

Recostou-se na desconfortável cadeira da sala de jantar e olhou para a filha mais velha. Estava a ler *Alice do Outro Lado do Espelho*, que a mãe de Jeppe insistira em emprestar-lhes. Estava a crescer demasiado depressa e Sara observou-a com uma dupla dor no coração: uma, pela passagem do tempo, e a outra, por um amor tão difícil.

Um toque no computador voltou a chamar-lhe a atenção para o ecrã. Leu a resposta de *Bill,* que provavelmente estava a escrever-lhe de um *call center* a partir de algum lugar no Paquistão e que decerto também não era quem fingia ser. Até a sua primeira resposta permitiu a Sara perceber que sabia mais do que ele. Depois de quatro mensagens de um lado para o outro, conseguiu que ele redefinisse a *password,* para que ela pudesse criar uma nova.

Conseguira entrar.

A página de destino tinha um fundo preto e estava decorada com uma máscara risonha apoiada contra um candelabro aceso. Aí, encontrou alguns factos concretos: o fórum tinha pouco mais de dez mil utilizadores, todos eles usando pseudónimos do género *PiedPiper* e *Jupiterseagle*. Os utilizadores estavam ativos na página, tanto publicando coisas como comentando. Havia compras e vendas e discussões sobre fotografias e artefactos como máscaras e pássaros empalhados. À primeira vista parecia um fórum de arte com um estilo gótico, quase macabro.

Agora que fizera o *log in*, as imagens já podiam ser ampliadas sem qualquer dificuldade. Hesitou por um momento, com um dedo sobre o painel tátil, até que abriu uma, a da máscara branca. Por baixo da imagem podia ler-se «Vende-se», seguindo-se um texto longo sobre o objeto e um *link*. Inofensivo.

A imagem seguinte era tudo menos inofensiva. O que Esther pensara ser uma boneca era, afinal, uma criança de 7 ou 8 anos deitada sobre um tapete de veludo vermelho. Uma menina com o rosto levemente maquilhado e com *rouge* nas faces. Estava nua. Seguiam-se várias imagens do mesmo género.

Esther de Laurenti tropeçara inadvertidamente numa rede de pedofilia.

Respirou fundo. Já antes encontrara este tipo de casos, mas ainda não se tornara imune à perversão humana que isso representava. E sabia bem como era difícil desmascarar essas redes. Tinha de informar imediatamente os seus colegas do NC3, o Centro Nacional de Crimes Cibernéticos.

De repente, desejou que Amina estivesse longe, distanciada com segurança do mal que o computador estava a canalizar para a sala de estar. Sara clicou no ficheiro e viu mais do mesmo, artefactos e crianças nuas. Uma fotografia fê-la parar. Ampliou-a. Mais um rosto infantil, talvez com 8 ou 9 anos. Uma camada de pó branco fazia destacar o cabelo preto, daí resultando um efeito Branca de Neve.

Ampliou ainda mais a imagem e sentiu um arrepio percorrer-lhe a espinha, um presságio de apreensão. A criança era vários anos mais nova do que no momento atual, mas não havia dúvida. Estava a olhar para Oscar Dreyer-Hoff.

* * *

Às duas e um quarto da tarde, uma jovem apareceu na esquadra da polícia, no interior da Estação Central de Copenhaga, a pedir para falar com Sara Saidani, do Departamento de Crimes Violentos. Quando se confirmou que Saidani ficara em casa com uma filha doente, ela aceitou ser recebida em sua substituição por Jeppe Kørner que, por sua vez, garantiu que chegaria dentro de meia hora. A rapariga parecia calma e controlada, sendo, contudo, de estranhar o pormenor de estar sem sapatos. Indicaram-lhe uma cadeira macia na sala de espera e deram-lhe um refrigerante, que ela deixou descansar, e uma sanduíche, da qual ela tirou o fiambre, comendo-a depois em pequenos bocados.

Foi assim que Jeppe a encontrou, quando entrou apressadamente pela porta, vinte minutos depois.

— Iben?

Ela assentiu, distante.

— Sou Jeppe Kørner. A minha colega e eu estivemos consigo e com o seu pai há alguns dias, mais precisamente no sábado.

— Não estou senil — disse Iben, pousando o que restava da sanduíche sobre a mesa. — Eu lembro-me de si. Estava à procura do Oscar.

Jeppe sentou-se na única outra cadeira da sala de espera.

— Agora estamos à procura do teu pai.

Iben cruzou os braços sobre o peito, num gesto de proteção, mas a *T-shirt* não tapava as marcas vermelhas e os hematomas na zona superior dos seus braços magros.

— Como é que conseguimos entrar em contacto com a tua mãe? — perguntou Jeppe. — Segundo parece, vive em Espanha? Queremos pedir-lhe que venha à Dinamarca, não podes ficar aqui sozinha.

— Esqueça! — disse Iben, abanando a cabeça. — A minha mãe tem uma nova família. Ela não vem. Só preciso de uma boleia e de algum dinheiro para um serralheiro, para poder ir para casa.

— Eu posso tratar disso, mas como tens apenas 15 anos, não podes ficar sozinha em casa. Vou pedir a um dos polícias aqui da esquadra que te ajude, assim que acabarmos de falar. Sabes onde está o teu pai?

Os cantos da sua boca curvaram-se num sorriso pequeno e inesperado, que foi imediatamente substituído por uma expressão de angústia.

— A percorrer a Europa com uma bebida alcoólica no banco do passageiro.

— Sem ti?

— Eu não quis ir — juntou as migalhas da sanduíche num pequeno montinho. — Fugi quando parámos para meter gasolina e o meu pai entrou para ir à casa de banho. Nem sequer tive tempo para calçar os sapatos. Apanhei boleia, dormi numa casa de banho para deficientes num café em Vordingborg e depois voltei a apanhar boleia até Høje-Taastrup, onde apanhei o comboio de regresso a Copenhaga.

Não adiantava pregar-lhe um sermão sobre os perigos de pedir boleia sozinha, embora Jeppe estremecesse só de pensar nisso.

— Irónico, não é? O meu pai está a caminho da Suíça para levantar dinheiro. O meu pai, que me ensinou a reduzir o aquecimento e a participar em manifestações pelo clima, está a caminho de Zurique para esvaziar as suas contas — abanou a cabeça. — *O meu pai* aldrabou os números de CO_2!

Jeppe pegou no seu bloco de notas e escreveu o nome de Kasper no cimo da página.

— Sabes se o fez sozinho?

— O Henrik também estava metido nisso e provavelmente mais alguns, que querem poluir sem pagar. Acho que a CEO também está envolvida — levantou as mãos. — Foi o Oscar que descobriu. Encontrou as notas do pai, percebeu e telefonou-me. Eles nem sequer fizeram grande coisa para tentar encobrir.

— Algum de vocês contou ao respetivo pai o que descobriram?

Iben estendeu a mão para o refrigerante, depois pareceu tomar consciência de que adolescentes idealistas não deveriam tomar aquelas bebidas e voltou a recolher a mão.

— O Oscar contou. Disse ao pai que se não confessassem iríamos denunciá-los à polícia.

— Foi por isso que o Oscar fugiu?

Iben olhou para ele como se a resposta fosse óbvia.

— Ele tem medo do pai.

Algures na parte de trás da sua cabeça, Jeppe sentia um vaso sanguíneo pulsar ritmadamente, ameaçando tornar-se uma espécie de música de fundo latejante.

— Iben, o teu pai estava em casa na última sexta à noite?

— Sim, estávamos os dois. Eu não podia arriscar e fugir, já que tinha prometido ao Oscar que iríamos fingir que ele estava em minha casa.

— Então encobriste-o? — Jeppe levantou os olhos do bloco de notas. — Onde é que ele foi?

— Não me disse. Mas também não era da minha conta. Eu e o Oscar sempre nos encobrimos um ao outro, qualquer que fosse a situação.

— E tens a certeza de que o teu pai não foi a lado nenhum nessa noite?

— Absoluta! Eu estava no meu quarto e ele na sala de estar, em frente ao computador. Ainda estava acordado quando eu me fui deitar, por volta da uma e meia.

Jeppe desenhou uma linha sobre o nome de Kasper que escrevera no bloco.

— Sabes se o Oscar falou desta fraude ao Malthe Sæther?

— Por que razão haveria de o fazer? — perguntou, parecendo confusa. — Falámos em ir à polícia, mas por que falaríamos com o professor sobre isso? A que propósito?

Jeppe não tinha uma resposta. Iben não parecia o tipo de pessoa que precisava da ajuda de um adulto para fazer as coisas.

— É verdade que a Lis foi atropelada na estação de Nørreport? Todos dizem que ela se atirou para a frente de um comboio.

— Ninguém sabe exatamente o que aconteceu. Mas, sim, foi atropelada por um comboio na tarde de terça-feira.

— Porra! — Iben colocou as mãos no rosto. Quando as retirou novamente, tinha os olhos brilhantes e vermelhos em volta. — A Lis era a minha professora favorita. Era rija. Uma verdadeira feminista da velha guarda, que nunca comprometeu os seus ideais. Não como todas aquelas pessoas que ficam moles quando envelhecem. Porra.

— Lamento.

— Eu também — disse, abanando a cabeça.

Jeppe hesitou.

— Iben, tenho de fazer-te uma pergunta sobre outra coisa um pouco... desagradável.

Iben ergueu as sobrancelhas.

— Um aspeto desconhecido numa investigação pode vir a atrapalhar a nossa capacidade para resolver o crime. Mas se não for relevante para o caso, juro-te que aquilo que me contares fica apenas entre nós — Jeppe percebeu que ela sabia o que ele ia perguntar-lhe. — Victor. O que aconteceu?

Ela piscou os olhos, inquieta, e mordeu o lábio.

— O Vic e eu estávamos juntos na festa. Num dos compartimentos da casa de banho. Um dos mais velhos filmou-nos. Ia mandar o vídeo para toda a escola, para mostrar como eu era boa a...

Jeppe baixou os olhos.

— O Victor fê-lo parar, antes que ele conseguisse partilhar o vídeo ainda mais — Iben limpou rapidamente a face com o dedo indicador. — É isso. Mas o vídeo ainda lá está. Nunca irá desaparecer.

Jeppe olhou para o nome riscado no seu caderno e para o espaço vazio por baixo dele. A pulsação na sua cabeça intensificou-se.

Fechou os olhos e tentou pensar. Iben perguntou-lhe algo, mas a sua voz foi abafada pelo latejar e pelo som das peças do quebra-cabeça que, finalmente, começavam a encaixar-se.

A estrada rural entrava e saía de foco, com curvas a surgirem sem aviso, imprevisíveis e nada fiáveis, para não dizer pior. Kasper Skytte agarrou o volante com mais força e forçou os olhos a abrirem.

Só chegara a Hannover no dia anterior, tão cansado que se vira forçado a abandonar o seu plano de conduzir toda a noite e, em vez disso, dormira num motel barato na autoestrada. Acima de tudo, fora a tensão emocional que o deixara esgotado: Iben, o medo de ser apanhado, a preocupação com o que Henrik poderia vir a fazer. A sua mente corria a grande velocidade, o que lhe retirava a capacidade para fazer até as coisas mais básicas. Até guiar um automóvel se tornara um desafio intransponível.

Naquela manhã obrigara-se a ficar deitado na cama do motel até às nove horas, embora mal tivesse pregado olho. Estava morto de cansaço. Um duche na cabine gelada e uma visita ao triste *buffet* de pequenos-almoços do motel não ajudaram. O pânico voltou, ameaçando transbordar, e mantê-lo sob controlo consumia toda a sua energia. Os seus olhos insistiam em fechar-se. Não conseguiu ir além de Heidelberg, antes que a velocidade de cento e setenta quilómetros por hora se tornasse totalmente irresponsável, e teve de sair da autoestrada.

Num posto de gasolina comprou duas barras de chocolate e uma garrafa de *schnapps Schinkenhäger* numa caixa de presente empoeirada. Isso ajudou-o um pouco, especialmente a *schnapps*. Regressou ao lugar do condutor e empurrou os pedaços de chocolate para baixo, com grandes goles de álcool que lhe limparam a garganta e fizeram a sua testa formigar. À sua volta, os carros entravam e saíam dos lugares para estacionamento num fluxo harmonioso, regular como uma respiração uníssona. Uma respiração da qual ele já não fazia parte. As lágrimas surgiram inesperadamente, enquanto um espasmo profundo do diafragma fazia com que os seus ombros abanassem descontroladamente.

Iben tinha fugido. A própria filha tinha medo de estar com ele. Era um pensamento insuportável.

Kasper limpou o nariz na manga e bebeu da garrafa. Não havia nada a fazer, para além de viver uma hora de cada vez e manter o equilíbrio a cada passo em direção ao seu futuro incerto. Provavelmente, seria preferível passar a limitar-se às estradas secundárias.

Ligou o carro e prosseguiu rumo a sul, passando por Bruchsal e Bretten, através de Pforzheim e mais a sul, ao longo de estradas sinuosas. Seguiu por campos verdes e áreas industriais monótonas, sobre rios e passando por igrejas de estuque com torres altas, e por manchas de floresta de faias resplandecentes. A cada dez quilómetros dava um gole da garrafa. Quando chegou à fronteira suíça, estava totalmente calmo. Ligou o rádio e deixou a música *pop* encher o carro.

Iria buscar o dinheiro, voaria para a África do Sul conforme planeado, encontraria um bom hotel na Cidade do Cabo e convenceria Iben a ir ter com ele. Assim que se acalmasse, ela ganharia juízo. Tinha a certeza.

Só viu o pássaro quando já era demasiado tarde.

Ouviu-se uma forte pancada. O parabrisas estilhaçou-se.

Kasper travou com força e derrapou na estrada, cego e em estado de choque. Gritou enquanto o carro o sacudia, atirando-o contra o volante.

Respirava com dificuldade. Havia sangue no parabrisas despedaçado e o rádio continuava a tocar, num barulho insuportável. Desligou-o e tocou no rosto, tentando sentir se estava intacto. As suas mãos ficaram ensanguentadas. Tremiam tanto que demorou séculos a tirar o cinto de segurança e a sair do carro.

A estrada estava deserta. Endireitou-se, sentindo o choque infiltrar-se no chão por baixo dos seus pés, até que os joelhos cederam. As marcas de derrapagem tinham deixado riscas pretas no asfalto em direção à árvore que, finalmente, tinha detido o carro. O vapor assobiava vindo do capô, mas, sem ser isso, tudo estava calmo entre as árvores.

A ave jazia na estrada, parecendo uma almofada sem ossos, de penas e tripas. Kasper aproximou-se, agachando-se. No bico amarelo tinha uma minhoca presa, que se contorcia ainda, tentando escapar.

Observou a agonia da minhoca. Sobre o asfalto, por baixo do seu rosto, foi-se formando, lentamente, uma pequena poça de sangue e lágrimas.

CAPÍTULO 32

Quando Jeppe entrou na leiloeira Nordhjem, uma mulher vestida com um elegante fato de linho e óculos de aros grossos que, sentada no sofá rosa, parecia estar a ter uma reunião, levantou os olhos.

— Desculpe, vem levantar as encomendas? Estão no pátio... — acenou com a cabeça para os outros participantes da reunião em jeito de desculpa e levantou-se para falar com ele.

Jeppe mostrou-lhe o crachá de identificação laminado.

— Preciso de falar com Henrik Dreyer-Hoff.

— Infelizmente, não está — uma vez que Jeppe não se moveu, ela prosseguiu. — Tem hora marcada?

— Não.

A mulher estava prestes a protestar, mas algo no olhar dele pareceu convencê-la a não o fazer.

— Espere aqui!

Deixou Jeppe no piso de parquê com padrão em espinha, a admirar simultaneamente o lustre de cristal e a ignorar os olhares curiosos das pessoas sentadas nos sofás, enquanto conferenciava com o seu chefe.

Após um longo minuto, ela regressou e indicou-lhe o caminho para o gabinete de Henrik. Não parecia satisfeita.

Nem Henrik.

Quando Jeppe entrou, ele estava a fechar a porta de um gabinete contíguo e olhou-o irritado, como se o tivesse vindo interromper a meio de algo importante. Trancou a porta para a outra sala e sentou-se atrás de uma mesa lacada a preto, os olhos apertados em sinal de reprovação.

— Já não passámos o suficiente? Esta última semana foi um inferno e o nosso filho ainda está no hospital. Quando poderemos ter, finalmente, alguma paz?

Jeppe puxou uma cadeira estofada de veludo e sentou-se.

— Tentarei ser rápido.

Um telemóvel iluminou-se sobre a mesa lacada, com o nome de Malin no ecrã. Henrik olhou brevemente para Jeppe e atendeu.

— Olá, querida… não, não tive notícias dela — girou a cadeira noutra direção e baixou a voz. — Provavelmente foi dar um passeio de bicicleta depois da escola, já sabes como ela é. Não assumas logo o pior, querida. A polícia está aqui. Tenho de me despachar — desligou.

— O que se passa?

— A Essie está atrasada — respondeu Henrik, abanando a cabeça. — Com toda esta confusão, a minha mulher deve ter-se esquecido de alguma saída que a miúda tenha combinado. Não é nada.

— A Essie tem telemóvel próprio?

— Não, achamos que ainda é muito nova — Henrik pegou numa caneta e enfiou-a na bota, na zona do calcanhar, para se coçar. — O que me queria perguntar?

— Onde estava na sexta-feira à noite?

Henrik suspirou.

— Estava em casa com a minha família, como já lhe dissemos mil vezes. Sei que está apenas a fazer o seu trabalho e que está a investigar uma morte trágica, mas, sinceramente, de momento tenho outros assuntos em que pensar. E a morte daquele pobre professor não tem nada que ver com o meu filho ou com o meu trabalho.

— É aí que estamos em desacordo, sabe? — disse Jeppe. — Posso dizer-lhe o que acho?

Henrik agitou a mão, impacientemente.

— Neste momento, os colegas do Kasper Skytte estão a preparar um relatório para a polícia — explicou Jeppe, inclinando-se mais sobre a secretária, reduzindo a distância entre eles. — Provavelmente muito em breve terá notícias da polícia.

Henrik olhou-o nos olhos, inflexível.

— No final da tarde de quinta-feira, o senhor enviou um *e-mail* ao Kasper, dizendo que alguém a quem se referiu como *ele* ameaçava falar. E escreveu que iria *tratar do assunto*.

Henrik levantou-se e foi até junto de uma mesa de metal baixa, com uma tigela cheia de fruta por cima.

— Uma maçã? — ofereceu.

Jeppe recusou com um movimento de cabeça. Henrik pegou numa maçã vermelha e poliu-a na manga.

— A pergunta é, quem ia falar?

Henrik deu uma dentada na maçã e mastigou ruidosamente.

— Era o Malthe Sæther? — insistiu Jeppe. — Ligou-lhe e marcou um encontro com ele na sexta à noite?

A tosse foi tão violenta que pequenos pedaços de maçã voaram sobre a secretária. Henrik limpou a boca, mastigou e voltou a tossir. Desta vez, a tosse terminou numa gargalhada.

— Ah, então é essa a teoria?! Ouça, eu não matei ninguém. E por que raio haveria um professor de liceu de preocupar-se com o que eu faço na minha vida profissional? É absolutamente ridículo.

— Talvez ele sentisse a mesma indignação natural que os seus filhos sentem ao saberem da sua irresponsabilidade em relação ao ambiente. Ou talvez ele estivesse a chantageá-lo.

A maçã meio comida brilhava na mão de Henrik. Olhou para ela e deitou-a no lixo.

— Nem sequer vou comentar uma coisa dessas. Mas uma vez que tem andado a ler a minha correspondência privada, acho que tenho de clarificar uma questão. Mesmo que isto me enoje — esfregou as têmporas. — O Kasper sempre foi um grande problema. Joga póquer online. Isso saiu-lhe caro, entre outras coisas, custou-lhe o casamento. Acumulou uma dívida de jogo considerável, duzentas e cinquenta mil coroas, para ser mais preciso. Há algum tempo veio ter comigo para pedir ajuda.

— Então e o que fez?

— Emprestei-lhe dinheiro — Henrik encolheu os ombros, como se isso fosse a coisa mais natural do mundo. — Mas o Oscar descobriu e ficou... indignado. Quis contar à Iben. Prometi ao Kasper que o tentaria demover, mas na sexta-feira à noite o meu filho não estava em casa e no dia seguinte percebeu-se que tinha desaparecido e por isso tínhamos algo mais importante com que nos preocupar.

— E o Malthe Saether? — perguntou Jeppe.

Henrik olhou-o bem nos olhos.

— Nunca falei com esse jovem a não ser nas reuniões entre pais e professores. Eu não tinha nada contra ele e lamento que ele tenha morrido. Posso assegurar-lhe que nem eu nem os meus filhos temos algo que ver com o seu assassinato.

Jeppe observou o homem de ombros largos que se erguia atrás da escrivaninha antiga lacada e percebeu que não iria conseguir que ele adiantasse mais alguma coisa sem provas concretas. Não podia fazer nada e tinha noção de que Henrik também sabia disso.

— O seu escritório tem videovigilância? — perguntou, levantando-se. — Se tiver, gostaríamos de rever as imagens da noite de sexta-feira.

— Vou verificar com o nosso serviço de segurança — disse Henrik com um suspiro exasperado. — Mais alguma coisa?

Jeppe ficou a olhar para ele, para o seu aspeto corpulento e os seus olhos escuros, que o observavam abertamente.

— É tudo. Obrigado.

Saiu do gabinete e acenou para a mulher de fato de linho, que estava agora de pé, sozinha, sob o candelabro. No caminho para a porta, a atenção de Jeppe foi atraída para o desenho sobre a mesa da consola. O retrato de Oscar.

— Ah, uma obra de arte incrível, não é? — comentou a mulher. — Consegue-se realmente sentir o amor que existe nele.

Jeppe assentiu. O olhar esquivo, a luz nas superfícies escuras, era realmente um belo desenho.

— Foi a irmã da Malin, Jenny, quem o desenhou. São duas irmãs talentosas, temos de admitir.

Um pensamento começou a formar-se na mente de Jeppe, uma bolha silenciosa. Sem compreender bem o motivo, teve a sensação de que não deveria sair daquele escritório.

Consegue-se realmente sentir o amor.

— Há algo em relação a mim que precisa de saber.

Um pouco atrapalhadamente, com a mão livre, Mads tirou uma fotografia do bolso de trás. A outra segurava ainda a mão de Anette com uma firmeza férrea. Era a fotografia de uma criança, de bochechas redondas e sorridente, com umas pequenas tranças e olhos grandes.

— Isto não é fácil para mim. Nunca falei deste assunto com ninguém antes…

— Quem é? — Anette estendeu a mão livre para o lado esquerdo, até que as pontas dos dedos alcançaram um pesado cisne ali exposto.

— Olga, o nome dela era Olga. Tinha apenas 4 anos.

Ela fechou a mão em volta da base do cisne. O seu braço esquerdo não era tão forte como o direito, mas ainda assim era forte o suficiente.

— Morreu faz hoje 268 dias. Enterrámos as suas cinzas por baixo de uma macieira, na quinta dos meus pais — Mads soltou-lhe a mão e pousou a fotografia, tapando depois os olhos com as duas mãos. — A minha filha, Olga Marie Teigen. Morreu há quase um ano. Muitas vezes gostaria de ter morrido com ela.

— O que aconteceu?

Ele afastou a mão, mas não olhou para ela.

— Um melanoma, aconteceu tão depressa. Alguns dizem que foi melhor assim.

Anette largou o cisne e esfregou a palma da mão nas calças. O seu coração ainda estava acelerado e sentia-se tonta.

— Não descobrimos a tempo. Achámos que era uma infeção fúngica e esperámos demasiado até a levarmos ao médico... Quando a Olga foi finalmente internada no Hospital Nacional, as coisas começaram a avançar à velocidade da luz. Foi diagnosticada logo após alguns dias de testes e começou de imediato a receber elevadas doses de quimioterapia. Mas já era tarde. Um melanoma é raro em crianças, por isso nunca pensámos... Talvez se tivéssemos percebido antes, se tivéssemos feito logo alguma coisa...

Anette pousou uma mão no ombro dele.

— Sinto muito pela sua perda.

O que mais havia a dizer? Ela conhecia o medo de perder um filho. Habita em cada pai. E Mads passara por isso.

Levantou os olhos e olhou para ela.

— Estou a contar-lhe, porque... porque gosto de si, Anette. E tenho a impressão de que também gosta de mim — sorriu. — Mas se vamos ser alguma coisa um para o outro, então precisava de saber da Olga. Mesmo que para mim seja quase impossível falar dela.

Anette observou o homem que na última semana lhe provocara todo um espectro de emoções e a fizera duvidar do seu casamento. Viu um homem atraente, másculo e caloroso, simples e doce. Viu um homem de luto.

E não havia agora a mínima sombra de atração. O que quer que a fizera fantasiar sobre ele no chuveiro fora substituído por uma avassaladora onda de compaixão, nada mais.

— Mads, gostava de poder reconfortá-lo e de atenuar a sua dor, mas parece-me que ninguém pode fazê-lo. Pelo menos por agora.

Ele anuiu, pousou uma mão sobre as dela e apertou-as.

— Deixe-me levá-la de volta ao continente.

— Sim, é melhor, obrigada. Tenho um caso para resolver.

A rapariga pega no manequim de madeira articulado e examina-o, move-lhe a pequena cabeça em torno do seu eixo, como já tem feito tantas vezes, depois volta a colocá-lo no seu lugar na prateleira e senta-se na poltrona. Deram-lhe um refrigerante, que ela bebe em grandes goles, e fica com soluços. Não come nada desde manhã e sente-se tonta. O refrigerante não ajuda.

A conversa não está a correr como ela esperava.

Começa bem, apesar de ela estar nervosa. Relaxa rapidamente e conta o que sabe sem medo. Afinal de contas, eles amam-se. Sempre lhe disseram que o amor é mais forte do que tudo. A família em primeiro lugar. Mas agora o estado de espírito parece ter ficado destruído. Ela fez alguma coisa mal.

A rapariga sente-se estúpida e tem dificuldade em recordar-se de como esperava que fosse correr.

Está assustada. Quer levantar-se e fugir, mas não se sente bem. Como daquela vez que apanharam o ferry *para Bornholm e oscilava tanto que toda a gente ficou enjoada. Tem dificuldade em descansar a cabeça nas laterais da poltrona e escorrega pelo assento até ficar deitada no chão.*

A sala está a girar.

Uma figura caminha na sua direção, os seus contornos são confusos por causa da luz brilhante. Pestaneja. A seguir fecha os olhos.

CAPÍTULO 33

Jeppe ia a descer as escadas do escritório de Nordhjem quando Sara ligou. O som da sua voz era tão familiar que momentaneamente ele se esqueceu da sua nova realidade. Porém, o tom frio dela recordou-o de que agora não eram mais do que colegas.

— Encontrei uma coisa, fotografias do Oscar na *homepage* de algo que parece ser uma rede de pedofilia.

— *Pedofilia?* — Jeppe deteve-se com a mão na maçaneta da porta.

— Informei a Supe e de momento estou a tentar descobrir quem criou a página. Mas, como sabes, é uma situação bastante complexa. Em pouco tempo começarão a remover os sites, por isso temos de ser rápidos. Vou enviar-te *print screens* assim que desligar.

Jeppe saiu para a rua e deixou a porta fechar-se atrás de si. Ficara sem palavras. A combinação do tom gélido de Sara com a referência a pedofilia deixaram-no incapaz de dizer o que quer que fosse.

— O. K.?

— O. K.

Ela inspirou, como se estivesse prestes a dizer algo, mas não o fez.

— Sara?

— As imagens estão a caminho. Falamos mais tarde!

Desligou. Jeppe ficou parado por um segundo no eco da conversa. Educadamente, sem que quaisquer palavras tivessem sido ditas, o seu amor fora colocado em pausa.

Atravessou a rua para Østre Anlæg. O crepúsculo caíra sobre o parque e os contornos das árvores fundiam-se em formas estranhas: braços de *trolls* e poços sem fundo. No ar pairava o aroma doce e melancólico das flores noturnas.

O telemóvel vibrou. Jeppe abriu os documentos enviados por Sara, dez capturas de ecrã ao todo, com o logótipo do Nono Círculo no canto superior esquerdo. O círculo para os traidores no inferno de Dante.

Era difícil olhar para as imagens. Encenações com crianças nuas, bochechas brancas empoadas e lábios vermelhos não deixavam dúvidas quanto à intenção subjacente. Eram explicitamente sexuais, mas ao mesmo tempo tinham um estilo definido, sombrio, quase gótico, o que as tornava ainda mais perversas. As fotografias de Oscar tinham sido tiradas com um fundo de estúdio fotográfico branco e sobre um tapete preto, sem quaisquer características especiais. Fora fotografado nu, sentado, em pé e deitado, posando infantilmente, como se alguém o tivesse instruído a parecer mais inocente. A maquilhagem reforçava as suas feições infantis. Parecia quase uma boneca.

Fotografias de Oscar nu, Malthe assassinado, Henrik profundamente envolvido numa fraude. E Essie ainda não tinha voltado da escola.

Jeppe ligou para Malin Dreyer-Hoff, mas o telefone não parava de tocar no seu ouvido. Desligou e fez outra ligação. De momento, precisava apenas de uma pessoa no mundo.

Ela atendeu imediatamente.

— Que diabo, Kørner? Ainda estás no trabalho? Não há por aí nenhum programa de culinária na televisão para veres, sentado no teu sofá?

— Olá, Werner. Onde estás?

Anette ficou instantaneamente séria ao perceber o seu tom.

— A caminho de casa.

— Podes vir encontrar-te comigo em frente à embaixada norte-americana? Preciso de discutir uma coisa importante contigo.

Anette não hesitou nem por um segundo e não pediu mais pormenores.

— Estou perto, chego aí em dez minutos.

Jeppe pegou num cigarro e acendeu-o, sem tirar os olhos do ecrã do telemóvel. Como dizia o velho provérbio, *é preciso ter fogo na boca quando se lida com o diabo.* Ou talvez isso fosse apenas algo que o seu pai tinha inventado para justificar o seu maço diário de *Lucky Strike*.

Exalou o fumo para os troncos azulados das árvores do parque e foi passando as fotografias, até chegar a uma em que Oscar estava sentado numa poltrona de veludo vermelho, a olhar para a câmara com uma expressão difícil de interpretar. Aturdimento? Medo?

Jeppe reconheceu aquela poltrona. Ele próprio se sentara nela.

Era em noites como aquela que o vinho tinto se tornava imperativo. Um dia cheio de preocupações, como aquele tinha sido, devia pelo menos terminar com tranquilidade, de uma forma cálida e ligeiramente inebriante. *Não é que eu queira beber, mas preciso mesmo*, troçou Esther para dentro, enquanto se servia de mais um copo. Talvez já fosse demasiado velha para deixar os seus maus hábitos. Oh, aquele sabor a ferro e uma ligeira acidez na sua garganta!

Se Deus não quisesse que as pessoas bebessem, devia ter feito a vida um pouco menos difícil, pensou, sentando-se à secretária. Ali, naquele pequeno casulo de luz suave, com Chopin e uma certa embriaguez, podia iludir-se por breves momentos, imaginando que o mundo era um lugar amigável e bom. Ainda assim, abriu o computador com uma certa cautela. O ecrã tinha sempre forma de lembrá-la dos muitos lados soturnos da vida.

O cursor piscou inexpressivamente sobre o documento que esperava que algum dia viesse a tornar-se um livro. O seu otimismo começou a desaparecer.

De repente, a estrada à sua frente parecia interminável e o pensamento de que alguém pudesse vir a interessar-se pelas suas palavras, absurdo. Os seus dedos moveram-se cegamente sobre as teclas, mas não encontrou nenhuma razão para as pressionar. Não lhe ocorria nada. No limiar da sua consciência, um medo inesperado do vazio assombrava-a. O medo de não ter nada no coração.

Sara Saidini não a contactara, por isso talvez não tivesse conseguido tratar dos direitos para o uso da imagem da boneca. Ainda era um bocado cedo para Esther relembrá-la, pois Sara tinha mais que fazer, para além de ajudar uma senhora de idade com as suas ambições de escritora. Abriu a *homepage* do nonocírculo.com para voltar a ver a imagem da boneca. Talvez nem sequer fosse a mais adequada para uma imagem de capa.

Para sua surpresa, a *homepage* abriu sem sequer pedir uma *password* e desta vez as fotografias estavam perfeitamente nítidas e apresentadas na íntegra. Alguém devia ter desbloqueado o site. Talvez afinal Sara tivesse conseguido.

Uma nova fotografia apareceu no ecrã — aparentemente, algum tipo de apresentação de *slides* que se iniciava de forma automática —, uma máscara branca que parecia uma das que tinha visto no Museu Thorvaldsens. Por baixo da imagem, uma legenda indicava «Vende-se». Bem, então não era certamente uma peça do museu. Devia ter-se enganado. A imagem desvaneceu-se quando a seguinte apareceu. Desta vez era um relevo de um cortejo fúnebre esculpido em madeira, também à venda. No cortejo estavam incluídas crianças a chorar e um esqueleto. A próxima fotografia era a da sua boneca.

Esther soltou um grito e levantou-se. O que era aquilo? Sara teria visto aquelas crianças nuas?

Foi até à janela, confusa e em choque. Um pensamento surgiu no fundo da sua mente e começou a rodopiar no perímetro da sua consciência. Junto ao lago, em frente ao seu prédio, as luzes da rua tornavam o ar azul, os patos grasnavam e um casal passava de bicicleta a rir, de mãos dadas.

Perto dali, no Hospital Nacional, Gregers jazia na cama, a jejuar antes do exame de contraste que teria de realizar na manhã seguinte.

Beleza e sofrimento no mesmo quadro.

Onde teria visto aquele relevo em madeira antes?

Fez um exercício respiratório sem grande entusiasmo e tentou pensar. Então, do nada, recordou-se daquele anúncio de venda com a imagem do cortejo fúnebre esculpido.

Regressou ao computador e abriu a página inicial da Nordhjem. O leilão tinha terminado, mas o anúncio ainda lá estava. Idêntico ao do nonocírculo.com. O mesmo item estava à venda tanto numa leiloeira chique como num fórum de perversão online.

A coincidência indicava certamente algo importante, algo errado. Uma combinação como esta de arte e perversão tinha sempre vítimas.

Escreveu dois nomes no campo de pesquisa. No topo da página apareceu a fotografia de uma exposição na Galeria Asbæk, em 1990. Jenny Kaliban, jovem e bonita, estava lado a lado com Henrik, ambos de calças de ganga descontraídas e grandes sorrisos. Não se tocavam, mas, no entanto, Esther conseguia perceber uma ligação quase palpável entre eles. Teria o marido de Malin Dreyer-Hoff estado originalmente interessado na irmã?

A cabeça de Esther girava com o vinho e os pensamentos confusos. Obras de arte roubadas, à venda online com a ajuda de uma leiloeira reconhecida? Henrik e Jenny a trabalharem em conjunto para roubarem e venderem objetos furtados?

O professor de literatura que tinha sido seu mentor sempre dissera aos alunos que a arte não tem limites e nunca deve ser obstruída por considerações sentimentais. Se não fosse a notoriamente malvada família Medici, não teríamos a Capela Sistina. As pirâmides de Gizé nunca teriam sido construídas se não fosse o sofrimento de centenas de milhares de homens.

Olhou para as próprias mãos, macias e sem calos. Nunca tinham magoado ninguém. Mas, por outro lado, tinham criado algo duradouro?

Esther inclinou a cabeça para trás e esvaziou o copo de vinho. A seguir, abriu o *e-mail* e começou a escrever a Jeppe Kørner.

Anette encontrou-se com Jeppe em Dag Hammarskjölds Allé, em frente à embaixada norte-americana, exausta e sem fôlego, com o cabelo solto ao vento e despenteado.

— E então? — chamou-o, fazendo com que os guardas se virassem e olhassem para ela.

— É bom ver-te! — cumprimentou-a Jeppe, estendendo-lhe o telefone e mostrando-lhe uma fotografia de Oscar. — A Saidani encontrou fotografias do Oscar num site de pedofilia. Sei onde foram tiradas.

— Oh, meu Deus! — o seu rosto contorceu-se de repugnância. — Achas que isto tem alguma coisa que ver com a morte do Malthe?

— Tem tudo que ver com a morte do Malthe. E com a da Lis, já agora.

Anette inclinou-se, apoiando as mãos sobre os joelhos enquanto recuperava o fôlego.

— Ei, estás bem? — perguntou Jeppe.

Ela endireitou-se, parecendo estar a debater-se com o quanto queria partilhar com ele. Por um segundo, a sua parceira durona parecia... dócil, sensível, de olhos arregalados na escuridão. Porém, precisamente quando ele já pensava que ela ia desabafar,

Anette fechou o punho e deu-lhe um soco, forte, na parte superior do braço.

— Tudo bem. Apenas um pouco cansada. Onde vamos?

— É só um pouco mais abaixo.

— Queres ir lá agora? Sem avisarmos antes? — protestou.

Jeppe começou a andar.

— Hoje a Essie não regressou da escola. Os pais não sabem onde está. Estou preocupado.

— Tens a arma de serviço contigo? — perguntou Anette, seguindo-o.

Jeppe afastou uma das abas do casaco, revelando a sua Heckler & Koch.

— Tu não? — perguntou, por sua vez.

Anette fez um som evasivo, que Jeppe supôs significar não. Ele hesitou, abanando a cabeça. Ela ainda não lhe dissera onde estivera todo o dia, mas isso teria de esperar.

— É por aqui — indicou.

Caminharam lado a lado, em silêncio, pelo fim de tarde primaveril. A cada passo, a tensão aumentava, como um arco a ser preparado para atirar. Um arco, contudo, que não conseguia ver o seu alvo no escuro.

Alguns minutos depois chegaram ao destino.

— Vamos tocar a campainha e perguntar se podemos dar uma vista de olhos — disse Jeppe, pressionando a campainha. Não obtiveram resposta. Bateu com força na porta e ouviu o som a ecoar pelas escadas. Esperaram. Então, segurou na maçaneta da porta e agitou-a. A porta cedeu um pouco, mas não abriu. Ele olhou para Anette, que assentiu debilmente. Dois passos para trás e um pontapé bem direcionado, e a porta escancarou-se, revelando uma escada escura.

Entraram e subiram as escadas com alguma hesitação, enquanto uma música indistinta descia para cumprimentá-los. Jeppe tirou a arma do coldre enquanto subia, com Anette logo atrás. A porta do primeiro andar estava entreaberta, revelando uma luz brilhante e notas de piano preguiçosas.

Jeppe ficou ao lado da porta e bateu, com o braço estendido.

Não houve reação.

Bateu de novo e esperou. Finalmente, empurrou a porta e observou, enquanto ela se abria com um rangido prolongado, inclinando-se e espreitando junto à soleira.

— Não está ninguém — sussurrou por cima do ombro, levantando a arma na sua frente. Com toda a cautela, entrou.

A música vinha de um velho gravador a um canto. Dissonante e sombria, parecia ser de Tom Waits. Um cobertor branco estava pendurado no cimo de uma prateleira, tão intensamente iluminado por dois candeeiros de pé que se tornava ofuscante. No chão, logo por baixo, via-se tecido moletão preto, amontoado numa pilha. A poltrona vermelha na qual Oscar havia sido imortalizado estava do outro lado da sala, em frente a uma máquina fotográfica.

— O que é isto? — o sussurro de Anette soou estridente. Ajoelhou-se junto à máquina. — Merda! Vê aqui!

Jeppe ajoelhou-se ao lado dela e viu uma mancha no chão. Tinha dez centímetros de diâmetro, um círculo quase perfeito de sangue fresco. Pôs uma mão no ouvido. O som familiar de uma campainha pareceu perfurar-lhe o córtex cerebral.

Tinham chegado demasiado tarde.

— Há outras saídas além daquela por onde entrámos? — Anette agarrou-lhe o ombro.

— Não sei.

Levantaram-se e caminharam lentamente pela sala. As luzes ofuscantes tornavam-lhes difícil a orientação. Os seus corpos lançavam longas sombras e, no canto, um cabide assumiu uma forma humana.

— Kørner, vem ver!

Anette estava curvada sobre uma gaveta aberta. Jeppe aproximou-se e olhou por cima do ombro dela. Na gaveta estava uma fotografia impressa em papel de tamanho A4.

Era a fotografia de um jovem, nu, com a cabeça apoiada num ângulo estranho contra o encosto da cadeira. O seu rosto estava pálido e tinha o cabelo penteado para trás, como se estivesse molhado. Quase parecia morto.

Jeppe ouviu um gemido fraco por entre os vocais roucos da música. Endireitou-se e olhou para trás.

Foi então que viu os pés. Espreitavam do tecido preto sobre o chão. Sapatilhas. Agarrou no braço de Anette e apontou.

Cautelosamente, Jeppe puxou o moletão para o lado. Por baixo, Jenny Kaliban gemia baixinho, com o lado esquerdo do rosto coberto de sangue.

CAPÍTULO 34

Oscar Dreyer-Hoff estava deitado na cama do hospital a olhar para o teto. Ao longo do dia, tinha havido um fluxo constante de familiares, médicos e enfermeiros a circular pelo quarto, com dedos frios e braçadeiras para medir-lhe a tensão arterial. O seu corpo ia-se curando. No entanto, já não lhe pertencia. Os seus pensamentos ainda eram seus. Mas apenas à noite. Enquanto estivesse rodeado de pessoas, tinha de garantir que não parecia demasiado lúcido e que não falava demais. De outra forma, iriam começar a fazer perguntas e a exigir respostas.

A mãe desejara-lhe boa noite e há muito que fora para casa. Não sentia a falta dela. Não era preciso ser particularmente perspicaz para compreender que a sua atenção enjoativa era uma tentativa para compensar uma consciência culpada. Finalmente tinha percebido que falhara com o filho. Mas o que poderia ele fazer com a vergonha dela? Ele já tinha com que se ocupar apenas com a própria vergonha.

Essa vergonha tornara-se parte integral de si, uma força independente que circulava como sangue através das veias. Estivera várias vezes prestes a contar a Iben, mas a ideia de como isso viria a afetar, para sempre, a imagem que tinha dele, sempre o impedira de o fazer.

Oscar já não conseguia recordar-se exatamente de quando e de como tudo começara. Tanto quanto se lembrava, sentira-se atraído pelo dinheiro e pela atenção extra que iria receber. Além disso, fora-lhe dito como era encantador e único. Não deveria ter mais de 7 ou 8 anos e sentia-se alvo de admiração e importância. Talvez até tenha havido um certo entusiasmo infantil. Quando estavam juntos sozinhos, havia espaço para ideias, músicas de adultos, conversas a sério e todos os refrigerantes que conseguisse beber. Algumas vezes recebia elogios e dinheiro, mas essa não era a parte mais importante. O melhor era a forma como se sentia quando estavam juntos. A sensação de ser talentoso, de ser alguém, de significar alguma coisa.

Sentia-se visto.

Só à medida que foi crescendo começou a sentir que havia algo de errado. Claro que sempre o suspeitara, mas só quando se apaixonou por Iben compreendeu que as fotografias eram um problema. Pedira que fossem apagadas, o que apenas teve como resultado ameaças em divulgá-las na escola, para toda a gente, para que todos pudessem ver a sua moral. Disseram-lhe que, se não mantivesse o segredo, iria arruinar a família e ele sabia que era verdade.

Com o passar do tempo começou a odiar-se.

Malthe percebeu que havia algo de errado. Tinha sido o único adulto que o compreendera, que olhara para os seus desenhos e que lhe perguntara como corriam as coisas em casa. Tinha sido um choque quando Malthe o tinha chamado à sala de aulas vazia e lhe perguntara diretamente o que se passava. Oscar ficara paralisado de medo. Porém, aquela desacostumada atenção tinha, de alguma forma, lancetado a ferida, e antes de ter tempo para pensar melhor, partilhou o seu segredo.

Malthe ficara horrorizado.

Não posso fingir que não estou a par de uma atrocidade dessas, Oscar. Não vou fazê-lo! Estás a ser vítima de abuso. Isso tem de ser denunciado à polícia.

A princípio Oscar sentiu-se aliviado, mas com o passar dos dias arrependeu-se da sua fraqueza e desejou poder voltar atrás com a confissão. Já era demasiado mau que a sua irmãzinha uma vez tivesse ouvido uma conversa e tivesse percebido o seu significado. A ela podia controlar. Mas a Malthe não. E havia muito a perder. Se a sua mãe descobrisse, a família dividir-se-ia em dois. O seu arrependimento transformou-se em desespero, mas Malthe mostrou-se irredutível.

Foi então que Oscar chegou ao limite.

— O pulso está estável e a ferida parou de sangrar. Acho que ela está bem — Jeppe afastou a mão do pescoço de Jenny Kaliban. — Podes chamar uma ambulância e reforços?

Anette pegou no telemóvel e aproximou-se do gravador para desligar a música. Jeppe levantou-se e virou-se lentamente, passando os olhos pelas telas e latas de tinta, potes com pincéis e pilhas de livros. A irmã de Malin Dreyer-Hoff tinha objetos empilhados em todas as superfícies horizontais do seu *atelier.* Conseguia ouvir Anette a berrar comandos ao telemóvel e tentou bloquear a sua voz.

— Essie — chamou —, é a polícia. Eu sou o Jeppe e esta é a Anette. Lembras-te de nós? Já podes sair. Estás a salvo — fechou os olhos, sabendo instintivamente que a irmã mais nova de Oscar estava ali. — Não fizeste nada de errado, estás a ouvir? Não te vai acontecer nada — insistiu e esperou.

O gemido foi fraco, como o de um gatinho recém-nascido, e veio da estante por trás do cobertor branco. Jeppe soltou o cobertor e deitou-o para o chão. A irmã de Oscar estava escondida na prateleira inferior, com os braços em volta dos joelhos.

Ele agachou-se e estendeu-lhe uma mão. Hesitantemente, Essie agarrou-a e permitiu-lhe que a ajudasse a sair dali. Tremia.

— Werner, arranja-nos uma manta, sim?

— A ajuda vem a caminho — disse Anette, apressando-se a colocar uma manta preta em volta dos ombros da menina — Vamos avisar os teus pais.

Pela tensão que percebeu na sua voz, Jeppe soube que ela estava tão zangada como ele.

— Essie, estás bem? — perguntou.

— Disse à minha tia que ela tinha de contar à polícia o que tinha feito, para bem do Oscar. Expliquei-lhe que vocês pensavam que *ele* é que o tinha feito, e que poderia ir parar à prisão — apertou mais a manta à sua volta. — Ela concordou e disse que tinha estado a pensar precisamente o mesmo. Íamos resolver o assunto juntas. Depois, perguntou-me se queria um refrigerante.

Os olhos de Essie desviaram-se para a figura deitada no chão.

— E então o que aconteceu? — perguntou Jeppe, delicadamente.

— Senti muito sono. Quando acordei, a tia Jenny estava mesmo em cima de mim e parecia muito estranha. Eu... bati-lhe com o candeeiro. Está morta?

— Não, tem apenas um galo na cabeça — Jeppe sorriu-lhe de forma tranquilizadora. — Não te preocupes. Senta-te e aquece-te um pouco. Em breve a tua mãe estará aqui.

Essie começou a soluçar.

— Não lhe fale das fotografias. O Oscar vai ficar tão zangado comigo! — a sua súplica revelava um enorme desespero infantil.

Jeppe olhou para a forma de Jenny Kaliban, estendida no chão. O círculo mais baixo do Inferno não é para traidores, pensou. É para pessoas que magoam crianças.

SEXTA-FEIRA, 19 DE ABRIL

CAPÍTULO 35

— Obrigado por me deixares entrar. Sei que ainda é cedo — Jeppe estava à porta do apartamento de Sara, inseguro se deveria entrar ou não. — Não consegui dormir.

— A menina está bem?

Ele assentiu.

— Vai passar a noite no hospital, para fazer exames. Foi sedada, mas vai ficar bem.

— E *tu,* estás bem?

Jeppe pensou por um momento.

— Não — respondeu.

— Entra.

Ele entrou e fechou a porta. Sara não fez qualquer movimento no sentido de o convidar a avançar no apartamento e por isso permaneceram na entrada, entre casacos e sapatos.

— As miúdas ainda estão a dormir.

— Queria apenas ver-te — Jeppe enfiou as mãos nos bolsos, para controlar o impulso de a agarrar. — O caso está resolvido, a assassina confessou. Jenny Kaliban vai ser acusada de ter matado Malthe Sæther, depois de ele ter ameaçado ir à polícia para lhes contar que ela vendia fotografias do seu sobrinho nu.

— *Ela* tirou fotografias do Oscar? A própria tia? — Sara pestanejou, parecendo horrorizada.

— Sim. Quem sabe como chegou a isso.

— As redes de pedofilia costumam estar atentas às páginas de arte, tudo o que tenha desenhos ou fotografias de crianças — explicou Sara, abanando a cabeça. — Começaram por oferecer dinheiro por fotografias inocentes de crianças e, gradualmente, as coisas foram evoluindo a partir daí.

— A rede pedófila «alicia» o artista e o artista «alicia» a criança?

— É um caminho escorregadio. Ela certamente deu dinheiro ao Oscar e elogiou-o pelo seu contributo, fazendo-o sentir-se cúmplice, e a seguir ameaçou-o quando ele quis parar.

— Quem precisa de inimigos quando tem uma família? — suspirou Jeppe. — Também encontrámos uma fotografia do Malthe Sæther no *atelier* da Jenny. Nu e arranjado como as fotografias do Oscar e na mesma poltrona. Achamos que na fotografia ele já está morto.

Sara tapou a boca com as mãos.

— Esse tipo de coisas vende-se a pessoas que se excitam com necrofilia e *snuff*[6]. Potencialmente, pode valer muito dinheiro.

— Um ovo de ouro para uma artista esfomeada.

Sara anuiu com um ar sombrio.

— A empresa Nono Círculo já apagou a sua *homepage* e qualquer indício da sua existência. Não será fácil descobrir as pessoas por detrás dela…

— Eu não vim aqui para falar de trabalho. Desculpa, Sara. Tomei uma decisão e foi a errada. Desculpa.

---

[6] Existem diversas histórias de filmes e vídeos *snuff*, de baixo orçamento e origens obscuras, especialmente ligadas ao submundo da pornografia e da pedofilia, em que são mostradas mortes e violência reais, com o intuito de satisfazer o prazer mórbido dos espectadores. Embora constituam apenas uma lenda urbana, dado não existirem provas da sua existência, vários exemplos destes filmes causaram controvérsia e contribuíram para a proliferação do mito. [N. da T.]

— Não é isso, Jeppe. Bem, não é *apenas* isso — semicerrou um pouco os olhos.

Ele conhecia aquele olhar.

— O que estás a tentar dizer-me? — perguntou. — Acabámos?

Sara deixou cair a cabeça, mas apenas por um segundo. A seguir, levantou o queixo, determinada.

— Percebo que estás a tentar, mas talvez isto não seja exatamente o que queres... E também é difícil para as miúdas. Não está a funcionar.

O silêncio ressoou na entrada. Jeppe desejava poder estender a mão e tocar-lhe, o que talvez fosse o que ela esperava. Porém, sabia que o que quer que ambos desejassem, e quer ela tivesse ou não razão, não valia a pena discuti-lo. Nunca nos devemos meter entre a mamã ursa e os seus filhotes.

— Cuida de ti.

O que mais havia a dizer?

Jeppe voltou-se e abriu a porta. Desceu as escadas, deixando que a distância entre eles fosse aumentando. Cada passo que desse a partir de então só os afastaria mais um do outro e iria fazê-lo sofrer, não só sempre que pensasse nela, mas também quando não pensasse.

Abriu a porta para a Burmeistersgade. Para ele, ela era agora Saidani, uma colega. Já não era a sua Sara.

Aquele era o tipo de manhã de primavera em que nos sentimos compelidos a tirar o casaco e a lançá-lo, descontraidamente, por cima do ombro. Anette abrandou e sorriu para o sol. O ar estava ameno e a antecipação da chegada do verão parecia ainda mais mágica do que o verão em si.

Gudrun estava de excelente disposição e atirou, alegre, um beijo de despedida sentada na caixa de areia, de forma que Anette conseguiu sair da creche da filha sem a habitual culpa que os pais sentem e que é capaz de arruinar um dia por completo. Caminhou para casa através do bairro residencial em Greve Strand com um enorme sentimento de gratidão. Os seus subúrbios não eram elegantes ou chiques, mas ela e Svend possuíam ali a sua maravilhosa casa, onde podiam criar um lar seguro para a filha.

A investigação sobre o assassinato de Malthe Sæther estava encerrada e a assassina presa. Continuava no hospital sob observação devido a uma concussão, mas logo que estivesse suficientemente bem seria acusada e submetida a um inquérito preliminar.

Não parecia que a determinação de culpa pudesse representar um problema. Ao fim da tarde do dia anterior, no hospital, Jenny Kaliban já explicara como Malthe a visitara no *atelier* na sexta-feira à noite, e como o seu comportamento havia sido ameaçador. Ele acusara-a de ter abusado sexualmente de Oscar. Acabaram por brigar e ela teve de se defender, apesar de não se conseguir lembrar dos pormenores da morte e de também não ter feito um comentário imediato sobre o que tinha acontecido depois disso. Apenas entrara em pânico. Iria ser interessante ouvi-la tentar explicar como esse pânico a levara a maquilhar o corpo e a fotografá-lo.

Anette atravessou o caminho e virou em direção a Holmeås. Parou junto a um contentor do lixo, procurou o velho maço de cigarros no bolso do casaco e deitou-o fora. Não voltaria a precisar dele. Enquanto se dirigia à entrada do número 14, viu Svend no jardim, a desenterrar o velho tronco de árvore que há séculos falavam em remover. Os seus braços nus brilhavam de suor e ele cantarolava uma música que tocava no rádio, sobre o peitoril da janela. Anette ficou a observá-lo até ele reparar nela. Claro que havia homens mais magros, mais misteriosos, e até de olhos tristonhos, mas era a Svend que amava. Aproximou-se e deu-lhe um longo beijo nos lábios.

— Estou todo suado.

— E eu não me importo nada — voltou a beijá-lo, desfrutando do sabor do sal e do sentimento de esperança. — É pesado?

Svend riu.

— Tudo é pesado, se decidires olhar para as coisas dessa forma. Por isso prefiro não o fazer. É como um desenho animado, sabes? A gravidade não tem efeito até olhares para baixo.

— Então o segredo é não olhar para baixo?

Ele apoiou-se na pá e olhou para ela durante muito tempo.

— Bem, ponhamos as coisas desta forma: pelo menos podemos escolher se queremos desistir ou se resistimos.

Svend conhecia-a por dentro e por fora, via todas as suas fraquezas e compreendia as suas dúvidas e, mesmo assim, amava-a sem reservas.

Piscou-lhe um olho carinhosamente e disse:

— Vai buscar uma pá e ajuda-me a cavar!

— Querida, estás outra vez a sonhar. Já é de manhã — Sara pôs um braço em volta da filha, tentando acalmá-la. Amina dormira na cama de casal nas últimas três noites.

Amina agitou-se, piscou os olhos, e estendeu a mão para a mãe. Sara agarrou-a e saboreou o facto de a sua filha necessitar dela, pelo menos uma vez.

— Tiveste um pesadelo, querida?

A filha murmurou de um modo incompreensível, encostada ao ombro de Sara.

— Era como se houvesse um espelho que podias atravessar, mas mesmo assim era diferente. Eu era, tipo, muito velha e tinha as bochechas descaídas.

— De que é que estás a falar, tontinha? Que espelho? — afagou o braço de Amina enquanto falava. A filha aconchegou-se mais a ela.

— Aquele do livro *Alice do Outro Lado do Espelho*. Alice atravessa o espelho e depois está tudo ao contrário e é superassustador, porque ela não consegue voltar a ser ela. Sonhei que era eu.

Era o livro de Jeppe. Sara tomou isso como uma dolorosa confirmação de que ele tinha um efeito desestabilizador na sua família.

— Assistes a tantas coisas assustadoras no YouTube, monstros e coisas de terror. Como é que podes ter medo de um livro antigo?

Amina choramingou. Era tão magrinha e pequena, ainda uma criança, muito embora por vezes tentasse parecer mais velha.

— Ainda bem que foi apenas um sonho — Sara beijou a filha na testa e saiu da cama. — Vou arranjar o pequeno-almoço para nós. E também vou deixar a Meriem faltar e por isso vamos começar o fim de semana mais cedo, mas na condição de na segunda-feira termos acabado com toda esta brincadeira. Tenho de regressar ao trabalho.

Sara foi até à pequena cozinha, ligou o forno e abriu uma embalagem de pão *pita*, que comprara na banca de produtos locais. Nesse dia não haveria papas de aveia. O pequeno-almoço seria *shakshuka*, ovos escalfados com molho de tomate e especiarias, o prato tradicional que a sua mãe preparava quando era necessário algo especialmente reconfortante.

Enquanto o molho fervia, Sara abriu o computador e escreveu a Supe, informando-a de que era o último dia em que ficaria em casa e que estaria de volta na segunda-feira. Rapidamente, entrou no sistema, examinou o relatório da polícia e leu que Kasper Skytte se entregara numa esquadra da polícia em Estugarda e confessara a falsificação de documentos. Essa confissão seria tida em conta e investigada pelo Ministério Público como crime económico grave.

Sara desligou o computador e colocou o pão *pita* no forno, para tostar. Quando caísse, provavelmente Kasper Skytte levaria os seus coconspiradores consigo. A sua confissão teria consequências para outros além dele, em particular para a filha. Pobre Iben, já estava em conflito com a vida. O facto de o pai ser um criminoso não iria propriamente ajudá-la a reconciliar-se com a existência.

Regressou ao quarto. Entretanto, Meriem trepara para a cama, para junto da irmã, e as duas raparigas estavam deitadas juntas a sussurrar de forma conspiradora.

Olhou para elas e percebeu que nada mais importava.

— Hora do pequeno-almoço, seus diabretes! — Sara puxou para baixo o edredão e fez cócegas nos dedos dos pés que conseguiu apanhar, antes de voltar à cozinha e começar a pôr a mesa.

Apanhou o livro do chão. *Alice do Outro Lado do Espelho.* Virou a primeira página, a do título, e viu como Jeppe escrevera o seu nome com uma caligrafia infantil. Pensativamente, deslizou o dedo sobre a tinta, como se pudesse criar uma ligação com aquele que há muitos anos o tinha escrito, fazendo com que tudo voltasse a ficar bem. Porém, por muito que tivesse tentado que as coisas funcionassem, nunca fora suficiente. Ela não estava só e ele não parecia alguém disposto a ficar com todo o conjunto.

Fechou o livro. A bênção e a maldição de ter filhos era que eles estavam sempre em primeiro lugar. Levou o livro para a cozinha, levantou a tampa do caixote do lixo e deitou-o fora.

O sol brincava na superfície do oceano, enviando manchas douradas para a sala de estar da velha casa em Snekkersten. Jeppe fechou os olhos e deixou a luz brincar sobre as suas pálpebras. Atrás dele, Johannes limpava o guarda-fatos. Conseguia ouvi-lo a remexer incessantemente em coisas e a abrir e fechar gavetas.

— Vê se queres que eu saia — disse Jeppe.

— Não, não, tudo bem. Hoje não vais trabalhar?

— Só se for absolutamente necessário — respondeu Jeppe, depois de pensar por um momento. — Como no caso de termos de fazer mais alguma detenção.

— Outra?! O que quer isso dizer? Pensei que o caso estava encerrado.

— Não propriamente — Jeppe abriu os olhos e contemplou o mar através da janela. — O Henrik Dreyer-Hoff ajudava a Jenny Kaliban a vender online objetos roubados.

— Aos tais pedófilos sinistros? — perguntou Johannes, fechando uma gaveta atrás de si.

— Entre outras pessoas — Jeppe virou-se. — Ao que parece, Jenny roubava pequenas peças de arte há anos e vendia-as a colecionadores com a ajuda do cunhado. Através do próprio website da leiloeira e também dos seus contactos pessoais. Ele até escreveu argumentos de vendas para ela.

— Que parvoíce — protestou Johannes. — Bastante arriscado para um homem da sua posição, não?

— Era uma alternativa para ajudar a cunhada, ao invés de emprestar-lhe dinheiro. Ao longo do tempo, o mais certo é também ele ter recebido um incentivo financeiro. O Larsen está a trabalhar no sentido de determinar a dimensão do caso e em que grau ele pode ser responsabilizado.

— E como agradecimento ela tirou fotografias do filho dele nu e vendeu-as nas suas costas?

Jeppe respirou fundo e tentou aliviar um pouco do peso que sentia sobre o peito.

— O Henrik deve ter sabido disso. Não percebo como poderia não ter descoberto. Encontrámos avultadas transferências em moeda estrangeira para a conta da Jenny e uma série de transferências que ela agendou simultaneamente para o Henrik. Parece que terminaram a colaboração há dois anos. Imagino que ele tenha descoberto que a Jenny vendia as fotografias do Oscar e cortou relações com ela.

— Sem dizer a ninguém?! — Johannes ficou congelado, de boca aberta, enquanto segurava uma pilha de roupas nos braços. — Sem denunciá-la à polícia?

— Ele não podia arriscar que a Malin descobrisse. A família não aguentaria mais escândalos, nem publicamente nem entre si. Acho que ele queria proteger tanto a empresa quanto a esposa. E uma vez que o mal já estava feito, o melhor seria cortar qualquer contacto com ela e seguir em frente. Certamente que, à sua maneira, ele estava a tentar salvar a família.

— Mas… e o rapaz?

— O Oscar tentou matar-se — respondeu Jeppe com um suspiro. — Escreveu uma nota de despedida aos pais, mas eles não perceberam.

— Isso é terrível. Nem sei o que dizer — Johannes deixou cair as roupas no chão e sentou-se no braço do sofá.

— Sim, é deprimente ver o que as pessoas fazem por dinheiro — Jeppe olhou pela janela. Ele sabia que a pessoa que iria sofrer mais se a história fosse revelada seria Oscar. — Pedi uma licença temporária.

— Pediste *o quê*? — perguntou Johannes.

— Escrevi à Supe e pedi uma licença por tempo indeterminado.

— Mas porquê? — Johannes abanou a cabeça, confuso. — Por causa da relação com a Sara?

— Talvez — Jeppe encolheu os ombros. — Não sei como poderíamos continuar a trabalhar juntos neste momento. Mas é também a nova sede e... Não sei. Preciso de uma pausa.

— Uma pausa? — Johannes levantou-se. — O. K., desculpa, mas com isto apanhaste-me desprevenido. O que vais fazer?

— Ainda não sei. Talvez viajar? Ainda tenho algum dinheiro que me sobrou da venda da casa. Talvez deva ir conhecer o mundo, antes que seja demasiado tarde.

— Demasiado tarde em que sentido? — Johannes pegou numa pilha de papéis que estavam sobre a mesa de café.

— Só temos esta vida insignificante. Temos de espremê-la até à última gota. Não é o que estás sempre a dizer?

— Então e a Sara? — insistiu Johannes.

Jeppe sorriu, triste.

— Não podes limitar-te a desistir!

— Johannes, eu não lhe posso dar aquilo de que ela precisa. Há crianças envolvidas. Não é justo pedir-lhe para esperar enquanto eu tento perceber o que quero.

Johannes olhou-o sem expressão, como se ele estivesse a falar coreano.

— Agora, se não te importas, vou dar um mergulho antes de ir embora.

— Como queiras! — Johannes desapareceu na cozinha.

Jeppe vestiu o fato de banho e foi buscar uma toalha e as sandálias demasiado pequenas. Atravessou a rua e saiu do quebra-mar, em direção à plataforma de natação. A pequena marina estava deserta, os mastros prateados brilhavam à luz do sol, criando pontos atraentes para as gaivotas que iam passando descansarem. Encostou-se ao gradeamento do cais e sentiu o cheiro do mar. O ar estava frio, mas enquanto estivesse ao sol, era agradável.

As mãos de Jenny teriam tremido quando ela tirara aquelas fotografias? E quando estrangulara Malthe e empurrara Lis para a frente do comboio? Ou fizera apenas o que achou que qualquer pessoa na sua situação faria? Forçada pelas circunstâncias.

O seu coração afundou ao pensar em Lis, que se limitara a ajudar um colega. Malthe devia ter falado de Lis a Jenny. Era muito provável que tivesse sido a própria visita de Jeppe ao *atelier* que fizera Jenny perceber como era perigoso ter Lis por perto. Que era apenas uma questão de tempo até a professora perceber o significado do que sabia e revelá-lo à polícia. Depois de Jeppe ter saído do *atelier*, Jenny tinha decerto ido diretamente para a escola e esperara à porta. Um pequeno empurrão e o problema ficara resolvido.

E tudo por dinheiro, para conseguir manter o seu *atelier* e conservar a sua arte e os seus sonhos. Um passo em falso levou ao seguinte, numa sucessão escorregadia de erros com consequências fatais.

Quando se é apaixonado por algo, perdem-se os escrúpulos.

Quando se ama, magoa-se. Mesmo nas melhores famílias há ganância e enganos, e até mesmo no amor mais profundo se pode encontrar traição e sofrimento.

Jeppe tinha apenas de cerrar os dentes e seguir em frente. Já tinha passado por um fracasso e sabia que isso acabaria por torná-lo mais forte. Ou, pelo menos, mais duro. Que isso não o mataria, mesmo que agora o parecesse.

Pendurou a toalha no parapeito e tirou as sandálias. Caminhou até ao final do cais e saltou.

AGRADECIMENTOS

OBRIGADA!

Ingenuamente, pensei que publicar livros se iria tornando mais fácil com o tempo, que a ansiedade diminuiria a cada publicação. Estava enganada. Só piora. É por isso que o enorme apoio que recebo dos leitores e colaboradores se torna cada vez mais valioso.

Agradeço a Dorthe Vejsig do gabinete do procurador distrital de Copenhaga; a Klaus Bo, dos Projetos Mortos e Vivos; ao Museu Thorvaldsens; a Ernst Jonas Bencard, professor de Medicina Forense; a Hans Petter Hougen; a Claus Vilsen e ao vigilante do forte Trekroner, Hans Poul Petersen; a Peter Cummings; a Jens Borregaard da Administração Técnica e Ambiental; e a Cathrine Raben Davidsen.

Ao ARC, pela visita guiada que me proporcionou à central e por dar resposta a todas as minhas questões. Um agradecimento especial ao engenheiro de processo Jørgen Bøgild Johnsen. Espero que me perdoe pelo meu tratamento fantasioso do processo de incineração e assumo total responsabilidade por quaisquer exageros e maquinações de homicídios.

Agradeço a todos do meu círculo profissional: à agência Salomonsson, em especial ao meu agente, Federico Ambrosini, e a todas as pessoas incríveis da Scout Press: Jackie Cantor, Jessica Roth, Abby Zidle, Jennifer Long e à minha querida amiga Jennifer Bergstrom.

Agradeço também profundamente a Sysse Engberg, Anne Mette Hancock e a Sara Dybris McQuaid, pelo seu *feedback* e apoio. À minha editora e amiga Birgitte Franch: sem ti, não haveria livros — tão simples como isso. E por último, mas em todos os sentidos primeiro: Timm e Cassius, quando se trata de vocês, nenhum agradecimento é suficiente. São tudo para mim.